TIM
STAFFEL

SÜD
STERN

ROMAN

kanon verlag

Vielen Dank an:
Lucas Vogelsang, Fabi, Frieda, Karin Graf, Oliver Vogel, Özkan Gümüş

ISBN 978-3-98568-094-8

2. Auflage 2023

Umschlaggestaltung: Anke Fesel / bobsairport
Herstellung: Daniel Klotz / Die Lettertypen
Satz: Marco Stölk
Druck und Bindung: Pustet, Regensburg
Printed in Germany

www.kanon-verlag.de

Tim Staffel

Südstern

I.

1

Ich heiße Vanessa und bin ein Engel. Alle aus meiner Gemeinde warten darauf, dass noch etwas passiert. Ich dimme das Licht. Ein Paar sitzt am runden Tisch neben dem Durchgang zum Raucherzimmer. Noch sind sie kein Paar, erst morgen werden sie eins sein. Sie trinkt ihren Wodka-Lemon mit dem Strohhalm; er wirft den Strohhalm weg. Sie will Kinder; er denkt nicht mal darüber nach. Fünf sitzen am Ecktisch beim großen Fenster, mit Blick auf die Bierbänke draußen, die habe ich schon um elf angekettet. Nach elf schenken wir draußen nicht mehr aus, weil sonst die ausgesperrten Hunde auf den Balkonen zu heulen beginnen und nicht mehr damit aufhören. Die Fünf sind ein Stammtisch, der steht jedes Mal woanders. Keiner ist von hier, vor zehn Jahren sind sie unabhängig voneinander in die Stadt gekommen, haben sich kennengelernt, sind zusammengezogen. Einmal im Monat feiern sie gemeinsam, dass sie sich noch immer kennen, nur leben sie verschiedene Leben. Sie haben sich viel weiter voneinander entfernt, als sie sich eingestehen möchten, deshalb trinken sie schnell und viel, damit sich Nähe einstellt. Ich fülle den Kühlschrank mit Flaschen auf, er ist größer als ich. Ich zerteile Zitronen und schaufele Crushed Eis in Gläser. Der Junge, der vor mir sitzt, liest Gedichte, am liebsten die von Rimbaud. Er würde gerne nach Hause gehen, noch ein, zwei Folgen The Big Bang Theory gucken und dann einschlafen. Sein Freund ist auf der Toilette, ihm kann er das nicht sagen. Sein Freund möchte feiern, er weiß nicht, wer Rimbaud ist. Sie studieren beide, nur nicht dasselbe. Ich gehe ins Raucherzimmer, leere die Aschenbecher, nur eine Frau sitzt noch da, mit ihrem Freund, seinen Heiratsantrag hat sie abgelehnt, das ist schon ein paar Wochen her. Sie raucht und denkt darüber nach, warum sie nicht mehr singt. Ihr Freund ist Steinmetz, er trägt ein dunkelblaues Seidenhemd, das zieht er nur an, wenn sie mit ihm zusammen ist. Sie möchte Swing tanzen, er hat zwei linke Füße, an ihrem Zigarettenfilter bleibt auberginefarbener Lippenstift haften. Er hört schlecht, sie spricht trotzdem leise. Sie möchte sich verändern, nicht mehr nur vom Geld des Vaters leben, der nicht aufhören kann, sich um sie zu sorgen. Er hat nichts dagegen. Sie möchte helfen, er weiß nicht wie. Er möchte Zigaretten, die Schachtel in ihrer Handtasche ist leer, ich bringe ihm welche, woher weißt du, fragt er. Der Freund von Rimbaud sitzt wieder neben seinem Freund. Wo gehen wir hin, wird er gleich fragen. Die Textiltapete an den Wänden klebt dort schon seit Ewigkeiten. Früher blühten Rosen darauf, jetzt sind sie verblasst, lassen die Köpfe hängen. Ich bin bereit für die letzte Runde, aber noch ist es zu früh. Draußen flackert Blaulicht die Wrangel hinauf und herunter. Die Kerzen im Kronleuchter flackern auch, es sind Attrappen, sie verbrauchen Strom, nur die Kristalle sind echt, sie glitzern und funkeln. Der Kronleuchter ist riesig, unser ganzer Stolz. Die Decke hält ihn, trotz seines Gewichts, nur olivegrüne Farbe blättert von ihr herab, hinterlässt ein zufälliges Muster, die Kartierung einer fremden Welt. In der Nische am Eingang hockt einer und schreibt in sein Notizbuch. Zu Hause wird er versuchen, das Geschriebene zu entziffern. Oft sind es Träume, aus denen formt er dann Geschichten, die zum Tagtraum werden. Abend für Abend trinkt er ein Bier nach dem anderen und schreibt in kleine Hefte mit linierten Seiten. Er hat noch keinem davon erzählt, er stapelt sie zu Hause an einem Ort, an dem niemand diese Stapel je zu sehen bekommt. Die Tür geht auf, einer schlendert herein, möchte Geld wechseln. Er ist nur auf der Durchreise, er kommt aus Polen und weiß nicht, wohin die Reise geht. Draußen wartet seine Freundin, die hat er gerade erst kennengelernt, sie möchte nicht weg. Letzte Runde, sage ich und spiele die Erkennungsmelodie. Die Flaschen in meinem Rücken reihen sich vor einem Spiegel in Regalen aneinander, sie leuchten bunt, reflektieren die Lichter der Lampen, die sich unter einer Leiste über dem Tresen verbergen. Bier schäumt aus den Hähnen, ich schöpfe den Schaum ab. Fritz sieht mir zu, er wackelt mit dem Kopf. Es ist auf jeden Fall ein Fritz. Er sitzt an der Bar auf seinem Hocker, zwischen ihm und Rimbaud bleiben zwei Plätze frei. Fritz taxiert die beiden Jungs, gleich wird er sie ansprechen. Der Stammtisch löst sich auf, eine der Frauen träumt von Indien, doch sie hat Flugangst, eine andere hat ihren Job gekündigt, sie weiß nicht, was nun aus ihr werden soll. Sie zahlt für alle, in zwei Wochen wird sie ein Vorstellungsgespräch bei Amazon haben, das weiß sie nur noch nicht. Die wollen sie unbedingt, werden ihr aber nicht das Gehalt bieten, das sie erwartet. Die beiden Männer der Runde werden sagen, viel mehr bekommt sie woanders auch nicht, trotzdem wird sie ablehnen und ihre Entscheidung schon kurz darauf bereuen. Heute Abend beläuft sich ihre Rechnung auf 150 Euro, sie rechnet, 155 wird sie gleich sagen, ich zähle die Sekunden, 155, sagt sie, ich lächele, bedanke mich, das habe ich geübt. Fritz wackelt weiter mit dem Kopf, folgt den dahinrasenden Zeilen auf einem unsichtbaren Bildschirm. Ich spreche ihn an, Hallo Fritz. Ich kann es nicht lassen, rate ihm, seine Bildschirme ab und zu mal auszuschalten. Sofort hält er still, begreift nicht, woher ich seinen Namen kenne. Erst denke ich, er hat eine Frau und Kinder, ich denke, ja, aber sie leben woanders, doch dann wird mir klar, Fritz lebt nur mit sich selbst, seit neunundvierzig Jahren. Rimbaud und sein Freund kommen nicht weiter, Rimbaud bestellt einen letzten Gin Tonic, sein Freund möchte noch ein Hefeweizen. Ich rolle die Flasche hin und her. Gleich wird Fritz nicht mehr an sich halten können, wird die beiden fragen, ob sie etwas zu rauchen haben. Der Freund von Rimbaud hat Gras dabei, aber das wird er für sich behalten. Fritz gehört zu IBM, er findet keinen Schlaf mehr. Sie aktivieren Kameras in seinem Rechner, die laufen wie eine Stechuhr, überwachen ihn und seine Arbeit, wollen sehen, ob er seine IBM-Gebete spricht. Den ganzen Tag löst Fritz Probleme am Rechner, er kann nicht abschalten, das schafft er ohne Hilfe nicht, deswegen möchte er etwas zu rauchen, damit er runterkommen kann. Rimbaud leert sein Gin Tonic-Glas, Fritz soll es mit

Trinken probieren. Rimbaud würde gern mit mir nach Hause, er traut sich nicht, sein Freund möchte wissen, wo es jetzt hingeht. Fritz möchte schlafen. Der in der Nische schreibt noch in sein Notizbuch. Er beobachtet Rimbaud, malt ihn zum Prinzen aus. Ich kann mich nicht entschließen, das Licht hochzudimmen, die Szene aufzulösen, sie hinauszuwerfen. Draußen erwartet sie nur Treibsand, hier drinnen können sie sich noch für einen Augenblick an etwas Unsichtbarem festhalten. Die aus dem Raucherzimmer haben sich auf keinen Tanz geeinigt, morgen wird es ihnen gelingen. Die Musik verstummt, ich stelle den Verstärker aus, bei Fritz geht es nicht so einfach. Rimbaud und sein Freund lassen ihn sitzen. Rimbaud wird seinem Freund folgen, sie werden weiter trinken, Eintritt zahlen. Der Freund wird mit anderen lachen, die er noch nie zuvor gesehen hat, Rimbaud wird schweigen, lächeln, träumen. Ich spüle Gläser, lösche Lichter. Fritz ahnt noch nichts von seinem Glück, warte, sage ich, bleib. Ich habe ein sanftes Indica für ihn, Fritz strahlt. Ich wünsche ihm eine gute Nacht, die wird er haben. Ich schließe die Tür zur Bar ab, ziehe die Vorhänge zu, gehe hinten raus, über den Hof. Am Schlesischen Tor ist es auffällig ruhig, niemand scheint es eilig zu haben, der Verkehr steht still, alle halten inne für eine Gedenkminute, jeder denkt an etwas anderes. Oben an den Gleisen leuchten Neonlichter die Gesichter aus, in allen steht Erschöpfung, niemand gibt es zu. In der Bahn steht mir eine gegenüber, ganz jung noch, ihr Blick streift erst den Boden, dann richtet sie ihn geradeaus, er geht durch alles, durch alle hindurch. Vor ihr verschwimmt die Welt auf einer Leinwand, sie weiß nicht, was sie tun soll. Ein Studium wäre gut, denkt sie, aber welches. Ihre Freunde studieren Musik, Film, Schauspiel, Kulturwissenschaft, das möchte sie auch, aber nur vielleicht, vielleicht auch lieber nicht. Sie erwägt, sich stattdessen für etwas Soziales einzuschreiben, im Bereich der Pflege möglicherweise. Sie könnte sich in einem Praktikum ausprobieren. Viel lieber möchte sie mit den anderen zusammen verreisen, nach Italien, aber sie wohnt noch zu

Hause, kann nicht einfach verreisen, ohne zu wissen, was sie irgendwann einmal tun wird. Sie kann nicht ewig für ein Taschengeld zwei Tage die Woche an der Garderobe der Deutschen Oper Mäntel und Taschen entgegennehmen, fürchtet sie, deshalb hat sie sich die Haare gefärbt heute Morgen, damit sich etwas tut, etwas verändert. Ihre Haare sind jetzt schwarz und weißblond, ihre helle Haut hat sie puderweiß überschminkt, der armygrüne Parka ist neu, den hat sie sich bestellt und behalten. Ihre Lippen hat sie in ein dunkles Rot getaucht, schwarz umrandet, aber hier steht sie alleine in der U-Bahn, so wie sie sich immer fühlt. Nur um diese Zeit, mitten in der Nacht, wird dieses Gefühl groß und größer, bis es größer ist als sie selbst. Alle fahren nach Hause, nur sie fährt allein zurück zu ihren Eltern, weiter, nach Charlottenburg. Alle denken, sie ist langweilig, weil sie ständig redet, ohne etwas zu sagen. Ich setze mich, sagt sie, wenn sie sich setzt. Ich glaube, ich esse jetzt mal einen Apfel, sagt sie, bevor sie einen Apfel isst. Sie sagt nur, was sie tut, und das ist nichts. Das, was sie fühlt, kann sie nicht benennen, deshalb ist sie traurig, auch weil heute Abend niemand gesagt hat, wie schön sie aussieht, wie gut ihr der neue Look steht. Ich steige Möckernbrücke aus, im Übergang zur U7 hocken sie zu viert auf zwei Schlafsäcken, einer schält eine Orange, zwei wischen mit geröteten Augen über die Displays ihrer Handys, der Vierte spielt Geige, vor ihm steht ein leerer Pappbecher. Der Tower mit dem Posthorn ragt monolithisch in den Nachthimmel, ist komplett entkernt, die Wohnungen, die dort entstehen sollen, existieren nach wie vor nur auf Papier. Keine Vorstellung steht auf der Schrifttafel über dem Theater. Cüneyts Kiosk mit Spielzimmer im Souterrain bei uns gegenüber in der Großbeeren hat noch geöffnet. Cüneyt spielt mit seinen Freunden, sie müssen nicht dafür bezahlen. Cüneyt fehlt es an Kundschaft. Ich überlege kurz, ob ich mich dazu setzen, ein Bier trinken, auf dem gewölbten Bildschirm ihr Match verfolgen soll, aber ich bleibe, wo ich bin, auf unserer Seite der Straße. Vor der Haustür liegt ein gestrandeter Elektroroller, am Lenker blinkt ein rotes Licht, es ist ein Notruf, den niemand hört. Ich schließe auf, steige die Stufen hoch, das Holz knarrt unter meinen Füßen. In der dritten Etage steht neben einer der beiden Türen ein Schuhregal, nur linke Schuhe ohne Schnürsenkel stehen darauf. Auf dem Treppenpodest zwischen dritter und vierter Etage hat einer vor dem Buntglasfenster, das sich nicht öffnen lässt, geraucht. In der fünften wohnen wir unterm Himmel. Vielleicht schläft er schon, das würde mir gefallen. Ich drücke die Tür auf, die Wohnung liegt im Dunkel. Ich schleiche in mein Zimmer, öffne das Fenster, höre die U-Bahn über dem Kanal, gucke die Sterne, manchmal sieht man sie, wenigstens ein paar von ihnen. Vielleicht lacht Cüneyt unten mit den Jungs vor seinem Laden. Aber ich drehe den Schlüssel im Schloss, drücke die Tür auf und überall brennt Licht. Mein Freund hat auf mich gewartet. Er sperrt die Sterne aus, liegt mit seinem Rechner auf der Couch im Wohnzimmer, alles darin gehört ihm. Eigentlich mag ich es, wenn er auf mich wartet, egal, wie spät es wird. Er ist müde, ich wollte dich sehen, sagt er. Ich weiß. Etwas bedrückt ihn, er darf nicht darüber sprechen, nicht mit mir, ich unterliege keiner Schweigepflicht. Gleich wird er sich entschuldigen, weil er gestresst ist, den Stress verursacht er sich selbst, jedes Mal. Ich hätte nie geglaubt, dass ich mal mit einem Mann zusammenlebe. Ich sehe ihn mir jeden Tag aufs Neue an, überlege, ob er es ist, mit dem ich zusammen sein will. Bis jetzt erhalte ich jeden Tag dieselbe Antwort. Ich mag sein ehrliches Gesicht, die Augen und sein Lachen, obwohl es laut ist, dafür lacht er viel zu selten. Er hat schöne Arme und einen festen Bauch, er wartet auf mich, bis ich mitten in der Nacht nach Hause komme. Du riechst nach Kneipe, sagt er dann. Das liegt daran, dass ich in einer arbeite. Er versteht mich nicht, das wiederholt er gerne. Es ist mir egal, das weiß er nicht. Vielleicht würde ich als Ehefrau anders riechen, aber Olli glaubt nicht an das Ja, deshalb fragt er nicht. Ich frage auch nicht, lieber küsse ich ihn. Ob ich mich nicht doch noch zum Master anmelden will, möchte er wissen, weil er keine Ruhe geben kann. Für mich kam das nie in Frage. Hm, macht Olli. Hm macht mein Freund immer, wenn er unzufrieden ist und trotzdem nichts mehr sagen will. Lass uns vögeln, schlage ich vor. Er zögert kurz. Gehen wir zu dir oder zu mir, wird er gleich fragen, und dann gehen wir zu ihm. Am nächsten Morgen presst mein Freund im Unterhemd Orangen aus. Er leidet, weil er unzufrieden ist, in seinem Kopf dreht sich die gleiche Platte immer weiter. Ich vermisse Zeitungsrascheln. Alle suchen nur nach Anlässen, um anderen zu schaden, glaubt mein Freund, der Abgeordnete Oliver Lompe. Ich frage, ob er Toast möchte, obwohl ich die Antwort kenne. Die Karaffe, aus der er uns den Saft in Gläser eingießt, hat seine Mutter uns geschenkt, die Gläser gehören auch dazu. Die Saftpresse hat Olli sich selbst gekauft. Er mag es, neben mir aufzuwachen. Er findet, ein Schlafzimmer für uns beide ist genug. Er hat ein Zimmer, ich habe eins, wir teilen uns ein Wohnzimmer, eine Küche, in der wir zusammen frühstücken können. Sogar einen Balkon haben wir, der gehört zu Ollis Zimmer. Ich darf ihn auch benutzen, ich finde es gut so, wie es ist. Mein Freund geht sich die Zähne putzen, vier Minuten später küsst er mich zum Abschied. Mach's gut, mein Engel, sagt er. Ja, du auch.

2

Am Kottbusser Tor wohnen sie unter der Hochbahn, heute haben sie Gäste, die hängen Transparente auf und halten Schilder hoch. Tauben flattern, sehen zu. Am Rand des Kreisels parken vergitterte Mannschaftswagen der Polizei, jeweils zu sechst stehen die Beamten in voller Montur davor, oder sie sitzen darin, gucken herum, durch alles hindurch. Sie lecken an Eiskugeln in Waffeln und warten auf das Ende ihrer Schicht. In der Reichenberger halten zwei Uniformierte in Schusswesten eine alte Dame fest, einer hält sie rechts, der andere links, die Dame zittert und mit ihr ihr Hund, ein Rehpinscher, der an einer Leine hängt. Vielleicht ist ihr nur schwindelig, vielleicht hatte sie eine Tasche dabei, die nun fehlt. Sie erinnert sich an keine Tasche, keinen Namen, sie weiß nicht, wer sie ist, erkennt nur ihren Hund, er ist ihr Alles. Die Polizisten rauchen, versuchen, ihr den Rauch nicht ins Gesicht zu pusten. Sie warten, wissen selbst nicht, worauf, halten sie nur fest, bis sie wieder von alleine stehen kann. Ecke Glogauer bestelle ich mir ein Stück vom New York Cheesecake und einen doppelten Espresso. Der Kuchen sieht heute anders aus als sonst, er schmeckt auch anders. Wir backen ihn nicht mehr selbst, sagt die Frau, die das Café betreibt, es lohnt nicht mehr, sie lassen sich den Kuchen jetzt lieber liefern. Sie hatte eine schwere Nacht, hat kaum geschlafen, ihr Kleiner zahnt, denke ich, jetzt zahnt er in der Krippe. Ich lasse den Cheesecake stehen, gebe ihr Trinkgeld, Bernstein um den Hals soll helfen, sage ich so beiläufig ich kann, sie sieht mich mit großen Augen an. Ich warte vor Andreas' Haus, nebenan installieren sie gerade eine Überwachungskamera an der Außenwand. Sie filmt Andreas, als er herauskommt, er ist der Erste, den sie aufnimmt. Es ist nur ein Test, der Bär bemerkt sie nicht einmal. Er ist mein Freund und Beschützer, früher war er der Freund meines Vaters, den konnte er nicht beschützen, aufhalten konnte er ihn auch nicht. Mein Vater ist verschollen, ich habe ihn nie kennengelernt. Andreas ist geblieben, war da für mich, solange ich denken kann, ist es noch immer. Er sieht mich winken, strahlt, sein großer Kopf fängt an zu leuchten. Hallo, mein Engel. Hallo, dicker Mann. Was machst du hier, fragt er. Ich weiß es selbst nicht, behaupte ich. Das stimmt nicht ganz, ich taste mich nur langsam vor, habe drei Tage frei, einen Urlaub kann ich mir nicht leisten. Ich umarme ihn, du hast mir freigegeben, da dachte ich, ich bringe dich wenigstens zur Arbeit. Andreas lacht, die Erde bebt, sein Körper ist ein Bassverstärker, ein Leben voller Whiskyfässer steckt in seinem Bauch. Zwei Gorillas auf Elektrorädern steuern zwischen uns hindurch, einer kneift die Lippen zusammen, er hat Schwierigkeiten, sein Gleichgewicht zu halten. Nebelkrähen beschweren sich lautstark, schwingen in die Luft, rufen nach Verstärkung. Andreas holt sein Rad aus dem Hof, schiebt es neben uns her, gleich fällt es auseinander. Wir wollen durch den Görlitzer Park, ich vermisse die Rufe der Ziegen und Schafe aus dem Streichelzoo. Alle Tiere sind verschwunden, suchen irgendwo Asyl. Im Park suchen Dealer nach Schatten, ihre bunten Hemden und T-Shirts leuchten wie Fahnen zwischen den Bäumen. Zwei streiten sich, es wirkt wie ein Tanz, die Körper schreien mit, ein dritter sitzt daneben, spielt auf einer Mundharmonika. Eine Kita-Gruppe wird zwischen ihnen hindurchgeschleust, die Kinder stecken in gelben Warnwesten, damit sie nicht verloren gehen, sie niemand überfährt. Die Sonne brennt jetzt schon, die Absätze von Andreas' Cowboystiefeln klappern über den Asphalt, dann knirschen sie im Kies. Der Bär trägt eine braune Lederweste über einem gestreiften Baumwollhemd, es sind immer die gleichen Streifen, es ist immer dieselbe Weste, es sind dieselben Stiefel, egal zu welcher Jahreszeit. Ein Wolt mit himmelblauem Turban klingelt, wir weichen aus. Ein kleines Mädchen lässt vor Schreck die Schnur los, an der ihr mit Helium gefüllter Luftballon schwebt. Er steigt in den Himmel, das Mädchen weint, die Tränen kullern riesig aus erstaunten Augen. Ein Junge rollt auf einem Dreirad auf sie zu, seine Schwester schreit auf dem Arm der Mutter, der Vater rennt dem Dreirad hinterher. Als wäre Sonntag, der Vater verflucht seinen freien Tag. Im Krater bei den alten U-Bahn-Eingängen spielt einer mit roten Zöpfen Golf in einem Kilt, er schlägt die Bälle ziellos Richtung Köpfe, weil keine Löcher in der Nähe sind, nur Hunde, die zu niemandem gehören. Vielleicht trifft er mit einem Ball die Drohne, die über uns sirrt. Die Pilotin trägt eine grüne Latzhose, sie ist vom Naturschutz- und Grünflächenamt, sie spürt mit der Kamera des Quadrokopters Schädlinge an Pflanzen auf, die wird sie später dann besprühen. Andreas schnauft, weil wir bergauf müssen, aus der Kuhle wieder heraus. Was ist los, wird er gleich fragen, weil er nicht dumm ist, er mich länger kennt als ich mich selbst. Ich werde Gründerin, mir fehlt es nur an Kapital, aber das verrate ich noch nicht. Ich muss Andreas langsam darauf vorbereiten. Auf der Görlitzer rast ein Porsche Cayenne einem Audi Q7 hinterher, beide kommen frisch aus der Waschanlage, es ist eindeutig zu viel Testosteron auf den Straßen unterwegs. Auf dem Fahrradweg überholt ein Lieferando einen Uber Eats, ein Amazon-Prime-Transporter versperrt ihnen den Weg. Alle haben Ziele, die Zeit drückt, ich möchte bloß heil über diese Straße kommen, ein anderes Ziel habe ich gerade nicht. Eigentlich fürchte ich mich vor Zielen, das liegt an meinem Freund. Als Abgeordneter verfolgt er eigene, für die geht er ständig Kompromisse ein. Irgendwann wird er vergessen haben, was eigentlich sein Ziel war, er wird enttäuscht sein, weil er sich die ganze Zeit verkauft hat, nur um dorthin zu gelangen, wo er gar nicht mehr sein möchte. Das wird ihn deprimieren, davor fürchte ich mich, weil er den ganzen Rest an Möglichkeiten versäumt, das darf mir nie passieren. Über uns flattert ein Drachen im Wind, der Himmel ist blau, die Wolken sind gelb. Was ist los, Vanessa, fragt Andreas, es gibt jetzt kein Zurück für mich. Ich weiß, wie mein Beschützer zu seiner Bar gekommen ist, was er dafür getan hat, wie er an das Geld gekommen ist, um sich die Bar leisten zu können, für die er lebt und die er liebt. Ich weiß, was er dafür riskiert hat, ich bin bereit, das auch zu tun, so etwas Ähnliches auf jeden Fall, nur viel riskanter, weshalb Andreas garantiert versuchen wird, mich daran zu hindern. Aber ohne ihn wird es nicht gehen. Der Brummbär ist mein Vorbild, ein anderes habe ich nicht, weil ich kein anderes will. In einem Käfig spielen sie Fußball, in Unterhemden die einen, in Hoodies die anderen. Die Mädchen spielen mit, sie machen die Jungs nass, die Schulen haben heute offenbar geschlossen. Andreas schließt sein Rad an und die Tür zu seiner Bar auf. Der Getränkelieferant fährt vor, rollt neue Fässer rein und alte raus, das dauert. Ich schweige, Andreas schweigt auch. Ich habe

Geduld, nur nicht so viel wie er. Der Bär hat mal ein ganzes Jahr kein Wort gesagt, hat alles einfach ausgesessen. Es gab keinen einzigen Beweis gegen ihn, keinen Beweis dafür, dass er Koks in Bananenkisten verschiffte. V-Leute vom BKA haben versucht, den Bär zu ködern, ohne Erfolg. Es gab keine Verabredungen, keine Geldübergaben, keine Ware. In der Justizvollzugsanstalt in Tegel haben die Ermittler ein Foto von Andreas herumgezeigt, keiner kannte ihn. Plötzlich war es die Schuld der Staatsanwältin. Alle hielten sie für unfähig, sie hielt den Kopf hin, wurde strafversetzt. Ein Jahr saß Andreas still und ruhig in Untersuchungshaft, dann mussten sie ihn gehen lassen, mit 600.000 Euro Haftentschädigung in seinen Taschen. Er war der Unsichtbare, der den Stoff nie angerührt, nichts gesehen, nichts gehört hat, aber alle haben auf ihn gehört. Damals war das einfacher, es waren Prepaid-Zeiten, es gab Wegwerfhandys, Erde-Mond-Erde-Verbindungen. Andreas wusste alles, das waren seine Pläne, aber er blieb immer unter dem Radar. Er hielt nicht einmal die Fäden in der Hand, hat sie nur gesponnen, für Libanesen, Albaner. Sind einfach seinen Ideen gefolgt, haben sie umgesetzt; Andreas war der Logistiker. Die haben renommierte Unternehmen genutzt, Aldi, Chiquita, Iglu, BoFrost. In einem Hafen wurden Bananenkisten verladen, QR-Codes wurden auf Paletten geklebt, die in einen Container kamen, in den passten vierzig Paletten hinein, vier waren mit ihrem QR-Code versehen, die liefen irgendwie durchs System, waren originalverpackt, wie die anderen sechsunddreißig. Sie kamen am Großmarkt Berlin an, die Zollpapiere waren korrekt, die Gabelstaplerfahrer waren gekauft. Die wussten, wie sie den QR-Code und die vier Paletten erkennen konnten, wo sie mit denen hin mussten. Und wenn am Ende bei Aldi im Logistik-Zentrum vier Paletten fehlten, musste eben auf der langen Reise etwas schiefgegangen sein, bei der Verladung, dachten die bei Aldi. Die sind nicht richtig verpackt, nicht zeitig aufgeladen worden, nicht mehr zu verfolgen, dachten sie, es war ihnen egal. Heute geht das nicht mehr so einfach.

In den digitalisierten Häfen wissen sie jede Sekunde, wo sich ein Paket befindet. Und trotzdem rutschen noch Paletten durch, die von Iglu vielleicht, tiefgefrorene Ware, auf der steht nur am Ende wirklich Iglu drauf. Viele Unterfirmen bringen das Produkt zusammen, es ist eine lange Kette, da kann überall etwas passieren, etwas hineinrutschen. Zu Andreas' Zeiten haben sie alles zum Transport genutzt, Feuerlöscher, Surfboards, das alles ist vorbei, es ist alles verbrannt. Andreas hat von der Ware nie etwas gesehen, der Bär hat nur das Streckennetz entworfen, die Wege abgesteckt. Die Fässer sind längst rausgerollt, die Luke zum Keller ist wieder dicht, es sind noch viele Stunden, bis der Bär seine Bar öffnet. Ich habe frei und bleibe trotzdem, stelle die Stühle von den Tischen. Wir schweigen immer noch. Ich halte es kaum länger aus. Andreas lacht, erklär's mir, Engelchen. Endlich rücke ich mit meinem Plan heraus.

3

Ich heiße Deniz Aziz. Ich bin Polizist. Meine Kollegin Jovanna Coric und ich haben einen Einsatz in der Bürknerstraße. Ist unser Abschnitt. Abschnitt 52, Kreuzberg-Süd. Jovanna will, dass ich sie ans Steuer lasse. Kann sie vergessen. Ich bin der Streifenführer. Jovanna meint, wenn ich nicht will, muss ich nicht mehr mit ihr fahren. Gibt aber niemanden, der sonst mit ihr fährt. Ich kann mich zu einem anderen Abschnitt versetzen lassen, meint Frau Coric. Dann mach's doch. So einfach geht das aber nicht, behauptet sie. Ja klar. Ich halte zweite Reihe. Wir klingeln bei Ömür. Müssen die Treppen hoch. Im zweiten Stockwerk fängt Jovanna an zu keuchen. Wir müssen hoch bis zum vierten. Ich komme eine Stunde vor ihr oben an. Keine Ahnung, wie Frau Coric die Eignungsprüfung bestehen konnte. Unsere Leute sind verzweifelt. Wir sind zu wenige. Sie nehmen jeden, der drei Liegestütze schafft. Jovanna klingelt. Ein Mann in Filzpantoffeln öffnet die Tür, nur einen Spalt breit. Seine Pantoffeln sind kariert. Der Mann ist Ende vierzig, vielleicht ein paar Jahre jünger. Er muss gerade beim Friseur gewesen sein, die Kanten seines gestutzten Vollbarts sind wie mit einem Lineal gezogen. Herr Ömür?, fragt Jovanna und stützt sich mit einer Hand an seinem Türrahmen ab. Verstehen Sie mich? Sie spricht viel zu laut. Ja, natürlich, sagt er und sieht mich Hilfe suchend an. Er weiß nicht, was er von der Frage halten soll. Ich kann ihm schlecht die Eigenarten meiner Kollegin erklären. Sie vergewissert sich, ob er es war, der wegen Ruhestörung angerufen hat. Dann erklärt sie ihm, dass wir in die Wohnung müssen, um die Quelle des Lärms lokalisieren zu können. Das versteht Herr Ömür nicht. Er zieht die Tür ein kleines Stück weiter auf, füllt mit seinem schmalen Körper den Spalt aus. Er ist kaum größer als Jovanna, trägt eine graue Strickjacke mit Zopfmuster. Ob wir den Lärm nicht hören. Doch. Klingt nach einer Kreissäge. Und Technomusik. Es ist erst kurz nach acht am Abend. Jovanna will in die Wohnung rein. Damit sie hören kann, woher der Lärm kommt, der ihn belästigt. Herr Ömür möchte wissen, ob das wirklich nötig ist. Ja, sagt Frau Coric, das ist Routine. Herr Ömür bittet sie, sich die Schuhe auszuziehen. Jovanna weigert sich, weil sie im Dienst ist. Herr Ömür wundert sich. Türkmüsun?, fragt er. Ich halte mich raus. Jovanna wird noch lauter, erklärt ihm, dass sie keine Türkin ist. Herr Ömür besteht trotzdem darauf, dass sie ihre Schuhe auszieht. Ist mir nicht möglich, sagt sie, wegen Eigensicherung. Sie betont jede Silbe einzeln, hält ihn für behindert. Eine Frau mit Tragetaschen kommt die Treppe hoch, nickt uns zu. Oder Herrn Ömür. Der ignoriert sie. Sie wohnt gegenüber, verkriecht sich schnell in ihrer Wohnung. Dreht den Schlüssel zweimal um, dann hören wir noch den Bügel eines Sicherheitsschlosses einrasten. Mit Schuhen können Sie nicht in meine Wohnung, sagt Herr Ömür. Dann können wir auch keine Maßnahme gegen die Ruhestörung einleiten. Jovanna. Es klingt wie eine Drohung. Herr Ömür sieht mich fragend an. Iyi akşamlar, Ömür

Bey, nasılsınız, sage ich und ziehe meine Schuhe aus. Jovanna flippt aus. Ich soll gefälligst meine Schuhe wieder anziehen. Herr Ömür gibt den Eingang frei, bittet mich herein, içeri buyrun. Teşekkür ederim, danke. Ich sage Jovanna, dass ich gleich zurück bin. Herr Ömür schließt hinter uns die Tür. Ich höre Jovanna Deniz!, brüllen. Ömür bey ist allein in der Wohnung, nur eine Katze streift um seine Beine. Die Bässe hämmern durch die Wände im Wohnzimmer. Die Säge kreischt erbärmlich. Muss aus dem angrenzenden Seitenflügel kommen. Herr Ömür nimmt die Katze auf den Arm. Ich werde sehen, was ich tun kann, sage ich. Dass ich nichts tun werde, sage ich nicht. Herr Ömür bedankt sich und begleitet mich zur Tür. Jovanna wartet unten und lutscht ein Bonbon. Ich steige in den Wagen. Jovanna schnallt sich an und behauptet, ich hätte mich gefährdet. Es wäre gegen die Vorschrift gewesen, da ohne Schuhe reinzugehen. Ich habe sie lächerlich gemacht, sagt sie. Ja genau. Sie hat kein Problem damit, dass ich Türke bin, behauptet sie. Da bin ich wirklich froh. Ihre Großeltern sind aus Kroatien, die wollten auch nie bleiben. Na dann. Ich bin mit einer Irren unterwegs, fahre mit ihr zusammen die Hobrecht runter. Frau Coric will mit mir nicht über Religion sprechen. Was für ein Glück. Sie toleriert meine Ansichten, aber sie will nicht darüber diskutieren müssen. Was sind denn meine Ansichten?, frage ich sie. Lass uns einfach nicht darüber reden, sagt sie und wickelt das nächste Schokobonbon aus. Stopft es sich in den Mund und lutscht es geräuschvoll. Wirft die Plastikhülle auf die Ablage und beschwert sich, weil alle sie für eine Muslima halten. Sie begreift das nicht. Es geht ihr auf die Nerven. Ich will wissen, ob sie auch mal ihre Klappe hält. Sie versteht nicht, was ich meine. Ich habe genug und rufe Baba an, will hören, wie es ihm geht. Alles ist in bester Ordnung, behauptet er. Seine Stimme klingt halbwegs normal, also glaube ich ihm. Es bleibt mir auch nichts anderes übrig. Jovanna meint, private Anrufe sind im Dienst verboten. Ich zwinge mich, ruhig zu bleiben und behalte meine Meinung für mich. Es wird eine lange Schicht.

Nachts um zwei müssen wir hoch zum Columbiadamm, die Kollegen bei einer Fahrzeugkontrolle ablösen. Ich melde der Zentrale, dass 2-0-5 jetzt übernimmt. Es nieselt. Jovanna zupft an ihrer Leuchtweste herum, wedelt mit der Kelle. Ist so ein Moment, wo ich mich frage, warum ich den Job noch mache. Weil es der Einzige ist, den ich habe. Weil Baba und ich ohne ihn nicht klarkämen. Weil ich ihn immer machen wollte. Jovanna winkt einen heraus, der verdächtig weit links fuhr. Vielleicht ist er auf Geisterfahrt. Ich lasse sie machen, sie möchte ihn testen. Er will aber nicht. Ist freiwillig, erklärt sie ihm. Er soll einwilligen, den Alkoholtest zu machen, einer Inaugenscheinnahme seiner Pupillen zustimmen, das war's. Weiter kommt sie nicht. Er will nicht, dass sie ihm in die Augen guckt. Der Regen wird stärker. Jovanna sagt, es war ein gut gemeintes Angebot. Er behauptet, sie hat ihn angehalten, weil er Ausländer ist. Sie konnte nicht sehen, wer im Wagen sitzt. Interessiert ihn nicht. Du kannst mich zu gar nichts zwingen, meint er. Sie erklärt es ihm noch einmal. Ist alles freiwillig. Er soll den Test machen, sie seine Pupillen prüfen lassen, wenn er was genommen hat, wird er's überleben. Ist eine Ordnungswidrigkeit, mehr nicht. Sie will nur ihren Job machen. Es regnet immer weiter. Wir wollen hier alle weg. Er sagt, er macht den Test. Aber er lässt sich nicht in die Augen gucken, nicht von ihr. Ich höre sie seufzen. Vielleicht sind Sie ja damit einverstanden, wenn mein Kollege in Ihre schönen Augen guckt, sagt sie. Dir ist langweilig, oder?, fragt er. Das war ein Fehler. Jovanna fordert ihn auf, den Kofferraum zu öffnen. Mir ist nicht langweilig, behauptet sie, jetzt nicht mehr. Ihr Ton hat sich verändert, er kapiert's zu spät. Sie will sein Warndreieck sehen, den Ersatzreifen, einen Verbandskasten. Auf einmal ist er folgsam. Sie sieht in den Verbandskasten. Sind keine Handschuhe drin, stellt sie fest. Was für Handschuhe?, fragt er. Auf dem Mond kennen sie so was nicht. Endlich merkt er, dass hier was schiefläuft, wenn er sich nicht zusammenreißt. Frau Coric fordert ihn auf, sich in seinen Wagen zu setzen. Er soll blinken, erst rechts, dann links. Vom Schirm meiner Mütze tropft mir Wasser auf die Nase. Er will verhandeln, aber er muss blinken, rechts, links, aufblenden, abblenden, Warnblinklicht an, Warnblinklicht aus. Er soll wieder aussteigen. Widerwillig gehorcht er, sieht das Gerät in Jovannas Hand, will wissen, was das ist. Ist ein Apparat, mit dem sie die Profiltiefe seiner Reifen testen wird. Sein ganzer Körper spannt sich an, der Pulsschlag erhöht sich, Jovanna bemerkt es nicht. Es wird Zeit, mich einzumischen. Ich baue mich vor ihm auf und fordere ihn auf, mir in die Augen zu gucken. Keine Ahnung, was er sieht. Vielleicht ein Licht. Ist aber das der Taschenlampe. Kurz vor Schichtende fahren wir den Mehringdamm runter, wollen zu unserer Wache in der Friesenstraße. Der vor uns verhält sich auffällig, meint Jovanna. Ist ein blauer Clio. Die Verkehrskontrolle ist beendet, sage ich und will es gut sein lassen. Frau Coric besteht darauf, ihn anzuhalten. Vielleicht hat sie kein Zuhause. Oder keins, in das sie gern zurückkommt. Wenigstens hat es aufgehört zu regnen. Wir sind im Dienst, sagt sie. Ja klar. Amına koyuyum. Sie sind zu dritt, riechen nach Sprit. Der Fahrer verweigert den Test. Wir haben keine Wahl, verfrachten ihn nach Tempelhof in die Gefangenensammelstelle. Ist aber kein Arzt in der GeSa, also warten wir. Dauert alles ewig. Als ich endlich nach Hause komme, ist es schon nach acht. Ich schließe die Tür auf, Baba müsste längst wach sein. Baba? Die Tür zu seinem Zimmer steht offen. Im Wohnzimmer, in dem ich schlafe und in dem sich auch die Küche befindet, ist Baba auch nicht. Baba? Bist du im Bad? Ich drücke gegen die Tür. Sie geht nicht auf. Baba! Er ist gestürzt, blockiert die Tür. Endlich bewegt er sich, zieht sich von der Tür weg. Ich schiebe. Er hat sich eingeschissen. Fängt an zu weinen. Tut mir leid, Baba. Ich erzähle ihm von der Trunkenheitsfahrt kurz vor Schichtende und hieve ihn in die Badewanne. Setze ihn auf den Hocker, dusche ihn. Ist eh große Wäsche heute, sagt er. Ja. Er will sich rasieren. Das kann Katrin nachher machen. So wie er heute zittert, schneidet er sich glatt den Hals durch. Kommt Katrin nicht?, fragt er. Doch, Baba. Ich trockne ihn ab, muss ihn zum Laufen bringen. Rechtes Bein hoch! Linkes Bein hoch! Wir schaffen es bis in sein Zimmer. Ich will ihm eine Windel anziehen. Er scheucht mich weg. Ich lasse ihn allein, mache ihm Frühstück, damit er seine Pillen nehmen kann. Sonst kommt der Motor nicht ins Rollen. Baba schlurft rein. Vorsicht Teppichkante! Rechtes Bein hoch! Linkes Bein hoch! Ich soll ihm das Hemd in die Hose stecken. Er hat die Windel vergessen. Was für eine Windel?, fragt er und setzt sich an den Esstisch. Ich stelle ihm seinen Tee hin. Er kann den Becher kaum halten. Nimm erst die Pillen, sage ich. Der Tee schwappt über den Rand, läuft sein Kinn hinunter. Es dauert, bis das Madopar wirkt. Ich schmiere ihm Butter und Honig auf einen Sesamring. Er will nicht, dass ich so viele Überstunden mache. Kann ich mir nicht aussuchen, Baba. Selda hätte das nicht gewollt, sagt er. Ich weiß, Baba. Aber Mama lebt nicht mehr. Er nickt. Als hätte er's vergessen. Du musst schlafen, Junge. Er steht auf, nimmt seinen Teller, schafft es ohne Unfall in sein Zimmer. Ich schaff's nicht mehr, das Sofa auszuklappen, falle drauf und bin schon weg, ehe ich gelandet bin.

Ich wache auf und höre das Klackern. Baba hockt wieder am Esstisch und würfelt Pillen ins 7-Tage-Kästchen. Ich habe keine zwei Stunden geschlafen. Baba zählt mit. Montag. Morgens. Einmal Requip. Einmal Motilium. Einmal Madopar. Einmal Blutdruck hoch. Oder einmal Blutdruck runter. Montag. Abend. Eine halbe Motilium. Einmal Madopar. Einmal Blutdruck runter. Montag Mittag und Montag Nachmittag hat er vergessen. Seine Hände zittern, aber nicht so doll wie vorhin. Trotzdem fallen Tabletten daneben. Dauert, bis er sie wieder eingesammelt hat. Ich frage, warum er das nicht Katrin überlässt, sie kommt eh gleich. Ich will keine Fremden im Haus, sagt er und wünscht mir einen guten Morgen. Er wollte mich nicht wecken. Du kennst Katrin, Baba. Sie kommt jeden Montag, jeden Mittwoch, jeden Freitag. Einmal Motilium. Einmal Madopar. Einmal Blutdruck hoch. Die Tabletten klackern in das Döschen. Du brauchst ein eigenes Zimmer, Junge. Ja. Baba hat frischen Tee gemacht, vielleicht wird es ein guter Tag für ihn. Ich gehe mich duschen. Als es klingelt, komme ich gerade aus dem Bad. Baba geht ganz normal zur Tür, als wäre nichts. Na, Herr Stummer, uns geht's ja prächtig heute. Katrin. Wir begrüßen uns, ich sage ihr, dass wir die große Wäsche schon hinter uns haben. Sie können ruhig Markus zu mir sagen. Baba. Katrin lacht. Er will raus vor die Tür. Na, erst mal wollen wir uns rasieren, meint Katrin und schiebt ihn ins Bad. Sind alle weggezogen hier, sagt er, Kaiser's ist auch weg. Das heißt jetzt Rewe, meint Katrin. Ich suche in der Kammer meine Sachen zusammen. Die Selda ist hier geboren, kommt hinten vom Leuschnerdamm, ich komm vom Südstern, sagt Baba. Wir sind beide von zu Hause ausgebüchst, die Selda und ich. Weil wir's mit den Eltern nicht mehr ausgehalten haben. Mit Ihnen ist auch schwer auszuhalten, sagt er. Katrin lacht, Baba dann auch. Ist schwer, nicht mitzulachen, wenn sie lacht. Die Medikamente wirken. Baba erzählt Geschichten, immer dieselben. Katrin schäumt ihm das Gesicht ein, rasiert ihn. Trockenrasur mag er nicht. Der Apparat ist eh kaputt. Meine Selda, die wollte Kinderärztin werden, sagt er, aber für Abitur haben ihre Noten nicht gereicht. Waren ihre Eltern dran schuld, die haben sie nicht in die Schule gelassen. Musste sich um alles andere kümmern, die Selda, nur nicht um die Schule. Da ist sie dann Erzieherin geworden. Katrin tut so, als höre sie das zum ersten Mal. Sie warnt ihn, weil sie ihm mit der Pinzette Nasenhaare ausziehen will. Das ziept gleich, sagt sie. Selda konnte immer gut mit Kindern. Ist dann später zur Abendschule, das Abitur nachmachen. Wollte sich was beweisen. Da haben wir den Deniz schon gehabt, sagt Baba. Da war sie ganz stolz, die Selda. Guck, Markus, ich hab's geschafft, hat sie gesagt. Ist Deniz noch da? Ich bin hier, Baba! Das Verfallsdatum vom letzten Joghurt im Kühlschrank ist abgelaufen, was anderes ist nicht mehr da. Ich schneide mir einen Apfel rein. Wir sind ja beide von zu Hause weg, die Selda und ich, sonst wären wir uns nie begegnet. Vorsicht, Teppichkante, warnt Katrin. Beim betreuten Wohnen sind wir uns begegnet, draußen in Spandau, war eine Jugend-WG. In Spandau fehlt mir die Wärme, meinte Selda, die hatte Heimweh nach Kreuzberg. Baba landet wieder am Esstisch, hat vergessen, dass er schon gefrühstückt hat. Katrin guckt in den Kühlschrank, fragt, ob sie schnell für uns was einkaufen soll. Ich schüttele den Kopf, kann ich nicht annehmen. Als der Deniz in die Schule sollte, hat Selda gesagt, hier soll unser Junge nicht zur Schule. Hast 'nen schlechten Ruf, wenn du in Kreuzberg aufwächst. Deniz soll auf 'ne Schule mit weniger Ausländern, meinte Selda. Gab überall Ausländer hier, Polen, Russen, Türken, Libanesen, konnste dir aussuchen. Katrin will Babas Bett frisch beziehen. Du musst das nicht machen, sage ich. Lass mal, meint sie und kümmert sich. Baba redet trotzdem weiter. Hat sich Sorgen um den Deniz gemacht, meine Selda, und ich sag, Selda, guck mal, Selda, ich bin doch auch nur mit türkischen und arabischen Freunden aufgewachsen. Muss doch nicht heißen, wir gehen alle den Bach runter. Ich hab eine türkische Frau, Selda, du bist doch meine Frau, du hast doch trotzdem deinen Namen behalten, das war dir wichtig, dass der Deniz auch so heißt, das war mir doch egal. Du sagst doch immer, ist meine Heimat hier, sagst du immer. Aus uns ist doch auch was geworden. Katrin hat das Bett bezogen und kontrolliert, ob Baba seine Pillen richtig einsortiert hat. Ich packe meinen Rucksack. Ich dachte, du hattest Nachtschicht, sagt Katrin. Sie streicht mir über den Arm. Ihr braucht neue Medikamente, erinnert sie mich, ob ich das Rezept schon besorgen konnte. Ich kümmere mich, sage ich. Was flüstert ihr denn da, will Baba wissen. Wir flüstern doch nicht, Herr Stummer. Na sehen Sie, jetzt haben wir uns schon wieder verplaudert. Babas Zeit ist abgelaufen, Katrin muss los. Bis Freitag dann, Herr Stummer, tschüss, Deniz, sagt sie. Tür zu!, ruft Baba ihr hinterher. Er steht problemlos auf, will raus auf den Balkon. Ich zeige ihm sein Mittagessen. Bin nicht dazu gekommen, zu kochen. Hab's aus dem Eis geholt. Ich sage ihm, er soll die Mikro benutzen, auf keinen Fall den Herd. Warum soll ich nicht den Herd benutzen?, fragt er. Ich schreibe Mikro auf einen Zettel und klebe ihn an den Teller. Damit er es nicht vergisst. Ich hab noch nie was vergessen, behauptet er. Ich muss los. Bist doch gerade erst gekommen. Hab trotzdem jetzt die nächste Schicht, Baba. Mach dir um mich mal keine Sorgen, Junge. Ja klar.

4

Ich habe einen großen Bruder, Felix, er ist zwei Jähre älter als ich, mit sechzehn fing er an, zu dienen, unser Land zu verteidigen, wie sie es nennen. Ich war da schon auf einem Gymnasium, hatte Biologie als Leistungskurs. Was mich wirklich interessierte, war Ökotrophologie, da kommen Elemente der Botanik, der Physiologie, der Biochemie vor, das sprach mich an. Ich bin diesem Pfad gefolgt, habe mich fortgebildet und studiert. Jetzt bin ich Pharmakologin, es bedeutet mir nichts. Ich interessiere mich für die Wechselwirkung zwischen Stoffen und Menschen, mehr ist da nicht. Heute bin ich zum ersten Mal wieder an der Freien Universität, aber nur als Besucherin. Ich sehe die Studierenden und vermisse nichts. Ich sehe sie mit ihren Taschen und Rucksäcken durch die Ein-und Ausgänge fluten, hoffnungs- und erwartungsvoll, blass, müde, gelangweilt, überdreht, ehrgeizig, selbstverloren, zufrieden, ängstlich, überfordert. All das war ich nie. Vor dem Chemie-Institut wartet Connor auf mich, Hallo Vanessa!, ruft er und winkt. Ich habe ihn in meinen Plan eingeweiht, er ist ein Teil davon, jetzt setzen wir ihn um. Connor kann es kaum erwarten, er war mein Tutor, hat sich damals gleich in mich verliebt. Ich umarme ihn, er riecht gut, hat Sommersprossen, sein Lächeln verrät mir, er hat noch immer keine feste Freundin, selbst etwas Loses läuft bei ihm nicht. Connor möchte mit mir zusammen sein, er möchte Kinder mit mir haben, mit mir seine Apotheken führen, er würde es nie zugeben. Noch gehören die Apotheken seinem Vater, aber Connor ist geduldig. Sein Vater mochte mich, ich durfte ein Praktikum bei ihm absolvieren, er vertraute mir sogar die Schlüssel zu den Mülltonnen an, das bedeutete eine große Verantwortung. Es gibt Abhängige, die darauf warten, dass man vergisst, die Tonnen abzuschließen. Sie durchsuchen sie dann nach Schmerzpflastern, die sind getränkt mit Fentanyl, einem synthetischen Opioid, das fünfzig Mal stärker wirkt als Heroin. Sie saugen die Pflaster aus, kochen sie auf, setzen sich Spritzen, aber wer einmal falsch dosiert, dosiert nie wieder. Connor grinst und strahlt, er macht sich immer noch Hoffnungen. Obwohl er weiß, es ist umsonst. Ob ich mir wirklich sicher bin, fragt er besorgt. Ja, sonst wären wir nicht hier. Wir wollen zu Bruno, ein Studienfreund von Connor, jetzt ist er Angestellter der FU. Bruno forscht auch in seiner freien Zeit, erfindet Nebentätigkeiten, weil er sich in Laboren wohler als in Kneipen oder Kinosälen fühlt. Connor schleust uns durch die Flure. Die Cafeteria wurde schon vor Wochen geschlossen, unter Neonröhren bilden sich vor den Kaffee- und Sandwichautomaten lange Schlangen. Wir erreichen den Labortrakt, Connor klingelt an einer der Türen, über ihr hängt eine Überwachungskamera, das hatte ich nicht bedacht. Connor beruhigt mich, die Bänder werden jeden Tag gelöscht, wir sind nur Freunde, Freunde gehen bei Bruno ständig ein und aus. Die Tür summt, Bruno hat uns schon erwartet. Er kommt mit einem Drehstuhl auf mich zugerollt, er sieht mich an, dann sieht er knapp an mir vorbei, und hofft, dass ich es nicht bemerke. Bruno hält meinem Blick nicht stand, das bin ich schon von anderen gewohnt. Er begrüßt Connor, ist herzlich, hat eine warme, weiche Stimme. Sein Atem geht schwer, Bruno bekommt zu wenig Luft. Ich bin sicher, er war schon bei einem Arzt, einer Ärztin vielleicht, ich sehe es ihm an, Bruno fürchtet immer gleich, es könnte etwas Schlimmes sein. Wahrscheinlich reist Bruno schon bald an die Nordsee, fünf Tage wird er es dort aushalten, sich in einem Strandkorb verstecken, die Hosen hochkrempeln, mit seinen bleichen Füßen im Sand wühlen. Bruno wischt sich seine Hände an der grünen Cordhose ab, holt mich zurück. Sein Händedruck ist kräftig, die Haut chronisch trocken, beinahe rissig, er benutzt regelmäßig eine Salbe, sie lindert die Beschwerden nur, er wird sie nicht mehr los. Schön, dich kennenzulernen, wird er gleich sagen. Wir sind uns nie begegnet. Connor stellt uns vor, klopft seinem Freund wieder und wieder auf die Schulter. Schön, dich kennenzulernen, sagt Bruno. Er zeigt mir glücklich seine kleine Speed-Fabrik, Connor kennt sie schon, er hat mir davon erzählt. Bruno lagert sein Produkt in einem der Kühlschränke, zu dem haben nur Bruno und der Reinigungsdienst Zugang, für die Reinigungskräfte sieht alles, was darin ist, gleich aus. Bruno verkauft Minimum fünfzig Gramm, sonst lohnt es nicht für ihn, erklärt er mir. Ich denke an Andreas, der Bär hat mich gewarnt, zu viele in diesem Geschäft leiden an psychischen Problemen, sie verschwinden irgendwann für immer. Andreas wollte mich abschrecken, es ist ihm nicht gelungen. Also hat er mir die goldenen Regeln aufgezählt: kein persönlicher Kontakt zu Kunden, nicht gierig werden, niemals selbst konsumieren, kein Kredit für niemanden. Er hat nicht aufgehört zu brummen, zwischen uns stand nur sein dicker Bauch, als wäre ihm etwas verloren gegangen, so hat er mich angesehen. Ich nehme alle in die Arme, so war es schon immer, niemand bemerkt etwas, ich falle niemals auf. Ich blättere Bruno meine Scheine hin, ich wünsche ihm schöne Tage an der Nordsee. Seine Augen reißen auf, woher weißt du? Er läuft rot an, ich wollte ihn nicht beschämen. Draußen sinkt die Sonne und entflammt den Grunewald. Felix, mein großer Bruder, hat mir eine Nachricht hinterlassen. Er hat wieder schlecht geschlafen, möchte meine Stimme hören, hofft mich bald zu sehen, er muss gleich los zu seinen Häftlingen nach Tegel. Mein großer Bruder arbeitet dort in der Strafanstalt, als Justizvollzugsobersekretär. Heute werden wir uns nicht mehr sehen können, sofort werde ich unruhig. Connor möchte mich mitnehmen, egal, wohin ich will. Ich begleite ihn nach Wedding, dort leitet Connor im Gesundbrunnen-Center eine der Apotheken seines Vaters. Connor erzählt mir von der Kundschaft, er mag sie nicht, viele kommen aus dem Fitnessstudio unter Kaufland, wollen nur Spritzen für ihr Testosteron oder verlangen nach Pseudoephedrin. Connor verkauft ihnen schachtelweise Grippemittel. Andere schieben ihm schwitzend selbstausgedruckte Rezepte hin, von Ärzten unterschrieben, die niemals existierten. Connor verliert sich, erzählt mir von früher, als er noch Handball spielte, schon in der B-Jugend haben sie hohe Dosen Ibuprofen und Paracetamol geschluckt, der Handballsport war hart, zu hart für Connor, das weiß ich, viel härter wäre die Strafe seines Vaters gewesen, wenn Connor es nicht ins Team geschafft hätte. Connor lacht es weg, ist noch immer dieser Junge, der sich vor seinem Vater fürchtet, obwohl er ihm längst überlegen ist. Ob ich für ihren Lieferservice fahren will, fragt er. Ein zweiter Job neben dem in der Bar wäre gut für mich, niemand würde fragen, warum ich plötzlich Geld habe. Auch unser persönlicher Warenaustausch wäre viel einfacher. Du brauchst nur einen Führerschein, sagt Connor. Den habe ich. Ja!, ruft er, ich wusste es. Er schlägt aufs Lenkrad, freut sich, weil wir uns nun öfter sehen werden. Wir hören Musik, um uns herum kommt der Verkehr zum Erliegen, nur wir fahren weiter. Connor möchte feiern, ich vertröste ihn, er bemüht sich, seine Enttäuschung zu verbergen. Er lässt mich Bad Ecke Behm raus, ich drücke ihm einen Kuss auf die Wange, sein Strahlen kehrt zurück. Ich sehe ihm hinterher, dann steige ich die endlose Treppe zur U8 hinunter. Die grünen Kacheln an den Wänden sind verblasst und rissig, ausgespucktes Kaugummi pflastert die Stufen, in den Ecken trocknen Urinlachen. Eine Spur von Abfällen führt zu Behältern, die niemand mehr leert. Am Bahnsteig pressen alle die Lippen aufeinander, ein Alter läuft barfuß auf und ab. Seine Füße sind schwarz, er droht, wir werden ihm alle in die Hölle folgen. Sein Gesicht ist braun gebrannt, ein grauer Bart klebt auf der nackten Brust, die Knöpfe von seinem

Hemd hat er verloren. Niemand hilft ihm, sie zu suchen, alle versuchen nur, der Hölle auszuweichen, die er mit sich trägt. Sein kahler Schädel ist verschorft, wir haben Krieg!, brüllt er. Ich berühre ihn vorsichtig an der Schulter, er zuckt zurück, bleibt stehen und verstummt. Ein Waffenstillstand wurde ausgehandelt, er soll das nutzen, schlage ich behutsam vor, oben, über Tage geht die Sonne langsam unter, vielleicht möchte er den Abendhimmel sehen. Er blinzelt mich an, zweifelt. Am Flakturm im Humboldthain haben sie die Geschütze abmontiert, verspreche ich, er lächelt. Mal sehen, sagt er und beginnt den Aufstieg an die Oberfläche. Kottbusser Tor steige ich aus, im Neonlicht warten sie mit Hunden auf Lieferanten, hoffen, zwischen all den anderen Verzweifelten am Bahnsteig ihre eigene Verzweiflung zu vergessen. Ich rolle mit der Treppe zur U1 hoch, fahre bis Möckernbrücke, zwei Surfer springen vom Dach eines Waggons ins schwarze Wasser des Landwehrkanals. So wie mein Bruder früher, Felix. Ich muss dringend zu ihm, aber vor morgen macht es keinen Sinn. Wasserpolizisten fischen die Wagemutigen aus dem Kanal, hieven sie in ihre Patrouillenboote und halten sich die Nasen zu. Mein Freund ist nicht zu Hause, nicht um diese Zeit, trotzdem schließe ich meine Tür, bevor ich Brunos Päckchen in der Vitrine verstaue, die Mama mir vermacht hat, als sie auf ihre Insel ausgeflogen ist, um Heilerin zu werden. Plötzlich höre ich es rumoren, Olli ist im Homeoffice, ich habe ihn nicht bemerkt. Ich umarme meinen Freund, ich habe Lust auf ihn, er möchte lieber erst spazieren gehen, war noch nicht draußen heute, er sehnt sich nach frischer Luft. Wir spazieren im Gleisdreieck-Park, ich werde Kurierin, sage ich. Hm, macht Olli. Vor der Bude am Spielplatz stehen sie Schlange, Olli möchte sich einreihen und den Kindern zuschauen. Ich brauche keinen Karriereplaner, einen Familienplaner brauche ich auch nicht. Ich habe doch gar nichts gesagt, empört sich mein Freund, der Abgeordnete Lompe. Nein, aber ich weiß, was du gedacht hast, Olli. In der Nacht, als wir uns kennenlernten, strandeten wir im

Adlon. Es war gerade da, wo wir waren, zumindest in der Nähe. Wir haben bis zum Morgengrauen gevögelt, ich habe nicht nachgedacht, war gleich verliebt, also haben wir unsere Nummern ausgetauscht. Ich bin ihm zuvorgekommen, habe ihn angerufen, er hat mir seine Wohnung gezeigt, ein Zimmer war frei. Ich weiß, gleich wird er sich bei mir entschuldigen. Zwei Mädchen rollen auf Skateboards an uns vorüber, sie haben bunte Helme auf den Köpfen, ein breites Grinsen im Gesicht, eine Graswolke zieht hinter ihnen her. Tut mir leid, sagt Olli, er legt einen Arm um mich. Zwei Jungs stehen auf einem Elektroroller, sie befinden sich auf Kollisionskurs mit den beiden Rollbrettmädchen. Der hinten hält sich an dem vorne fest, sie lachen beide, die Mädchen weichen aus und landen unverletzt auf einer Wiese. Ollis Telefon klingelt, vibriert, er ist im Homeoffice, muss das Gespräch annehmen. Die Jungs an den Tischtennisplatten ziehen ihre T-Shirts aus, sie trinken Bier, ich wünschte, wir hätten unsere Schläger mitgenommen. Ich texte meinem großen Bruder, gleich morgen früh komme ich dich besuchen, versprochen. Olli fragt, ob wir nach Hause wollen. Wir müssen noch einkaufen, wird er gleich feststellen, das ist seine Aufgabe, das haben wir verabredet. Ich kann mich im LPG in keine Schlange stellen, ich würde keine Luft bekommen und vermutlich um mich schlagen, niemand wäre sicher. Wir können etwas bestellen, schlägt mein Freund vor, weil er sich vor dem Einkauf drücken will.

5

Im U-Bahnhof Möckernbrücke campieren nach wie vor die vier mit den zwei Schlafsäcken beim Übergang zur U7, vielleicht ist es ihr neuer Wohnsitz. Der mit der Geige sitzt vor seinem leeren Pappbecher, er macht gerade eine Pause, isst einen Apfel zum Frühstück, den hat ihm jemand zugeworfen. Station Haselhorst in Spandau steige ich aus, alles ist sauber, trotzdem hocken überall Krähen und warten auf Beute. Ich fahre mit einem Bus bis zum Stadion, von dort sind es nur noch ein paar Minuten zu Fuß zu meinem großen Bruder, zu der Siedlung mit den Neubauquadern, die haben sie durch eine Schablone ans Ufer der Havel gestanzt. Rechts herum führt ein Weg direkt zu einem Steg am Wasser, links herum biegt man um eine Ecke und ist keinen Schritt weitergekommen. Alles sieht gleich aus. In einem der Blöcke versteckt sich ein Bäcker, in einem anderen ein Spätverkauf, zur nächsten Kneipe braucht man eine halbe Stunde. Im Block laufen Kinder über Spielstraßen, Frührentner führen auf Bürgersteigen ihre Rollatoren samt Einkaufsnetzen spazieren. Felix rennt im Kreis herum, bis ihm die Luft ausgeht, er findet es friedlich hier, im Gegensatz zu mir. Er macht mir nicht auf. Für die Haustür benutze ich meinen Schlüssel, oben vor der Wohnung trommele ich gegen seine Tür, aber Felix reagiert nicht. Ich rufe seinen Namen, Felix!, rufe ich, ich komme jetzt rein! Falls er Besuch hat, ist es ihre letzte Chance, sich etwas anzuziehen. Ich öffne die Tür, sofort steigt mir der vertraute süßliche Geruch in die Nase. Felix ist allein, er liegt im Wohnzimmer auf einer Akupunkturmatte, die Jalousien sind heruntergelassen, Kerzen brennen und Räucherstäbchen glimmen. Ich ziehe die Jalousien hoch, Sonne flutet herein, ich reiße die Fenster auf, frage vorsichtig, ob er bei der Arbeit war. Mein Bruder antwortet nicht, die Spitzen auf der Matte drücken hundertfach in seine Haut. Angeblich werden Hormone ausgeschüttet, wenn man darauf liegt, der Körper glaubt, der Rücken wäre eine einzige Wunde, doch dann erwärmt er sich, wird immer wärmer, er überwindet sich, irgendwann lösen sich Blockaden. Felix glaubt daran. Er will nicht aufstehen, ich setze mich zu ihm auf den Boden. Von der Justizvollzugsanstalt in Tegel bis hierher braucht er keine halbe Stunde mit dem Rad. Für Felix ist es eine Reise um die Welt, er kommt nie an, weder hier noch dort. Dort in Tegel ist er der Justizvollzugsobersekretär, wer er hier in Haselhorst ist, vergisst er immer wieder. Mein Bruder sieht mich an, die Erinnerung kommt hoch, er erinnert sich an seine Schicht, gleich zu Beginn leistete einer der Häftlinge auf dem Hof passiven Widerstand, er wollte nicht wieder rein. Felix sollte ihn holen, der Häftling provozierte Felix, lachte, weil sie den Kickbox-Champion schickten, meinen Bruder, der blieb ganz ruhig, ging auf ihn zu. Der Häftling war kleiner als er, hatte große Muskeln, Brandwunden auf den Armen, auf denen drückt er seine Zigaretten aus. Felix blieb freundlich, das stachelte den Häftling an. Du hältst dich für was Besonderes, warf er meinem Bruder vor, bloß weil du mal Champion warst, die von der OK dich respektieren. Der Häftling rührte sich nicht von der Stelle, er wusste, Felix war gezwungen, ihn zu disziplinieren, wenn er seinen Anweisungen nicht Folge leistete. Mein Bruder warnte ihn, ohne Erfolg. Der Häftling spuckte ihm vor die Füße, glaubst, du bist ein Kämpfer, ein harter Kerl, für mich bist du 'n Haufen Scheiße. Ich sehe meinen Bruder an, er atmet flach, blinzelt, die Sonne blendet ihn. Er war schneller als der Häftling mit den Brandwunden, Felix ist immer schneller. Er drückte den Häftling mit den Knien auf den Boden, riss an seinen Ohren, vielleicht war es ja möglich, ihm die Ohren abzureißen, dachte er. Felix hält schützend eine Hand vor seine Augen, lächelt, mir zuliebe, er hat den Häftling nicht verletzt, beteuert er. Mein Bruder liegt auf seiner Nadelmatte und kriegt die Bilder nicht aus seinem Kopf. Vier Jahre lang war er Fallschirmjäger. Mit 23 hatte er genug, die Bilder waren stärker, sie überschwemmten ihn. Er musste sich etwas anderes suchen, wollte zum Personenschutz, ihm fehlte eine abgeschlossene Berufsausbildung im Sicherheitsbereich, hieß es. Sechs Jahre Bundeswehr, vier Jahre Kampfeinsatz, die zählten nicht. Wir sind nicht sicher, bedeutet das vielleicht. Felix war es egal, er ließ sich nicht beirren, bewarb sich für den Jugendstrafvollzug, er war ja selbst noch jung. Sie warfen einen Blick auf seinen Lebenslauf und kamen zu der Überzeugung, beim Strafvollzug für Männer wäre mein Bruder besser aufgehoben. Felix hatte Angst, dafür war er nicht bereit. Im Bewerbungsgespräch forderten sie ihn auf, über ein politisches Thema zu sprechen. Felix schwieg sich aus, hoffte, abgelehnt zu werden, umsonst. Sie sind genau der Richtige, befanden sie. Sie haben ihn nicht mehr gehen lassen, trainierten ihn für den Umgang mit Inhaftierten der Organisierten Kriminalität. Die von der OK haben ein hohes Gewaltpotenzial, es besteht die Gefahr einer Befreiung von außen, sie brauchten in Tegel dringend einen Experten für Disziplinarmaßnahmen, sie wollten Felix. Mein großer Bruder blieb dort hängen, jetzt ist er 28 und erschöpft. Er liegt auf einer Nadelmatte, kann nicht schlafen, du warst nicht da, sagt er. Ich weiß. Ich habe ihm vom Indica mitgebracht, es ist das Einzige, das ihm dabei hilft, einzuschlafen, gegen die Ängste anzukommen, die Bilder und die Träume zu verschließen. Es tut mir leid, dass ich es nicht früher geschafft habe. Er lächelt, es war noch etwas übrig. Trotzdem hat er geträumt, hatte wieder einen Spaten in der Hand, konnte ihre Gesichter nicht erkennen, hat ihnen mit dem Spaten Kopf und Arme abgetrennt. Er weiß nicht, ob es Soldaten waren, vielleicht waren sie in Afghanistan, vielleicht auch nicht. Felix' Augen werden feucht, er kann nicht zur Arbeit, nicht heute, nicht morgen, er hat sich krank gemeldet. Ich nehme seine Hand, er lässt es zu, versucht zu lächeln. Was ist mit dir?, fragt er. Ich erzähle ihm von meinem Unternehmen, dem Kurierdienst, meiner Gründung. Mama wird dich umbringen, wenn sie davon erfährt, sagt er. Ich weiß. Ihn bringt sie auch um. Weil er nicht auf mich aufpasst, glaubt sie. Sie hat nie begriffen, dass ich auf mich selbst aufpasse. Felix sieht mich traurig an, drückt meine Hand noch fester. Ich weiß, ich sollte es nicht tun, nicht jetzt, ich fange trotzdem davon an. Ich will, dass du in Tegel aufhörst. Er windet sich, mein Bruder glaubt, er kann nichts anderes. Sie haben ihn befördert, Felix ist Beamter auf Lebenszeit, so haben sie ihn eingefangen, so einen Job gibt man nicht auf. Felix lässt meine Hand los, es ist nur eine dunkle Phase, sagt er. Er braucht einen neuen Trainingsplan, muss wieder mehr trainieren, ich soll mir keine Sorgen machen. Seit mein Bruder fünfzehn ist, führt er ein Tagebuch, führt jede Trainingseinheit auf, plant jeden Zyklus neu. Wir können das zusammen machen. Ich stehe auf, ich ziehe ihn hoch, er leistet keinen Widerstand. Sein Rücken ist rot, hundertfach markiert, er zieht sich ein T-Shirt an, ich hab dich lieb, sagt er.

6

Ich fahre zum Schlesischen Tor, laufe die Falckenstein bis zur Wrangel, bin noch immer aufgewühlt vom Besuch bei meinem Bruder. Ich sehne mich nach der Gesellschaft eines Freundes, doch ich drohe, mich zu verirren. Immer mehr Menschen bevölkern die Straßen, in den meisten Läden mit Außer-Haus-Verkauf tragen sie auf einmal Uniformen. Sie verkaufen Pizza in roten Polohemden mit roten Schirmmützen auf dem Kopf, die Eisverkäuferinnen stecken in türkisen Hemden unter türkisen Kappen, beim indischen Imbiss kleiden sich die Angestellten in Lila, die schwarzen Dealer in den Hauseingängen tragen alle das Zeichen von Nike. Im Sushi Macchiato ziehen sie an, was sie möchten. Fish strahlt, als er mich sieht, ich umarme ihn. Fish drückt mich fest und innig, ich bin mehr als nur ein Stammgast, seit wir uns kennen, sind wir Freunde, wir kennen uns ewig. Jetzt fallen ihm die Haare aus, er rasiert sich seinen Schädel, damit es nicht so auffällt. Die dunklen Stoppeln im Gesicht bekommen graue Sprenkel, über seine breite Brust spannt sich ein navyblaues T-Shirt. Ich setze mich an den Tresen, auf die Bank am Fenster, auf der sitze ich am liebsten. Ich möchte nichts essen, nehme nur einen doppelten Espresso. Ein Aquarium trennt den Gastraum von der Bar, bunte Fische schwimmen durch einen Unterwasserwald. Von der Decke hängen papierne Lampions, die Wände sind mit Bambus verkleidet, im Gastraum stehen lange, schwere Tische aus dunklem Holz. Fishs Vater stammt aus Korea, in Fishs Augen lebt er fort. Fish hat früh gelernt, mit Messern umzugehen, und seinem Lehrer assistiert. Als er anfing, selbst zu kochen, sind sie zu ihm ins Restaurant gepilgert, saßen um die offene Küche herum, Fish hat ihnen Essen zubereitet, sie sahen ihm zu, alle liebten ihn, vor allem die Frauen. Fish hat es gefallen, mit einer ist er zusammengeblieben, lange vor meiner Zeit. Mit ihr hat Fish einen Sohn, Puma, aber Puma konnte sie nicht halten. Sie hat Fish verlassen, wollte nicht Nacht für Nacht allein sein, an seiner Treue zweifeln. Sie zog mit Puma zurück nach München, da kam sie her. Fish arbeitete mehr als je zuvor, vermisste seinen Sohn, er vermisst ihn immer noch, darf Puma nicht mal sehen. Aber jetzt hat Fish es geschafft, er hat endlich seinen eigenen Laden, das Sushi Macchiato, ich bin furchtbar stolz auf ihn. Früher war hier Gino, sagt einer, der auf einem Stuhl vor dem Aquarium sitzt und sich die Fische anschaut. Er sitzt dort schon seit Stunden, flüstert Fish mir zu. Er hat sein Handy verloren, Geld hat er auch keins dabei, er möchte nicht gehen, weil er nicht weiß, wohin. Ich nehme einen Stuhl und setze mich zu ihm. Er ist Anfang fünfzig, hat einen Schnauzbart, wellige, dunkelblonde, mit ein wenig Schmiere zurückgekämmte Haare. Er drückt seine großen Hände auf die Oberschenkel, ich wollte zu Gino, sagt er, früher war das Ginos Laden, aber der ist weg. Ich kenne Gino. Gino hat ein Haus im Libanon, am Meer, da kann er nicht mehr hin, weil seine Mutter krank ist, ein Transport kommt für sie nicht mehr in Frage. Gino hat Heimweh, sagt der Mann mit den großen Händen. Er möchte gerne ein Bier, aber Bier darf er nicht. Er lacht. Sein Lachen fängt mich ein. Ich bin Vanessa. Er sieht mich an, lächelt plötzlich traurig. Ich bin sicher, er hat jemanden verloren, die große Liebe, er kann sie nicht vergessen. Seine Hände zittern.

7

Ich fahre den Kottbusser Damm runter und biege in die Lachmann ein. Ich brauche eine Pause, habe Hunger. Nirgends gibt es einen Parkplatz. Jovanna lutscht Bonbons. Ich fahre einmal um den Hohenstaufenplatz herum. Wir müssen wieder auf den Damm, ich probiere es über die Schönlein. Du bist der einzige Bulle, der nicht zweite Reihe parkt, meint Jovanna. Halt die Klappe! Ich reagier allergisch, wenn uns einer Bullen nennt. Jovanna tut so, als hätte sie es nicht gehört. Sie will zum Asiaten, steht auf gebratenen Eierreis. Ich hab das Fenster auf. Die Luft ist lauwarm. Wird garantiert ein harter Sommer. Jovanna schwitzt jetzt schon. Sie will wissen, wo ich hin will. Sie will auf keinen Fall zu Imren Burger. Pech gehabt. Bei Imren müssen wir nicht warten. Mein Kumpel Volkan arbeitet da, wir waren zusammen in der Schule. Seinem Vater gehört der Laden. Ecke Lachmann stehen vier Bäume in Blumenkübeln aus Beton und bilden einen Schutzwall. Durchfahrt verboten. Ich parke direkt davor. Die Bäume werfen kaum noch Schatten, sind schon so gut wie verreckt. Jovanna erzählt was über was weiß ich wen. Ich höre nicht zu, melde uns ab. 2-0-5 geht mittagessen. Jovanna soll ihren Müll aus dem Wagen räumen. Sie flucht auf Kroatisch. Wenn Frau Coric wütend auf mich ist, wechselt sie die Sprache. Oder wenn ihr die Argumente ausgehen. Soll mir recht sein. Der Eimer der Stadtreinigung am Laternenpfahl läuft über. Nebelkrähen sortieren den Müll auf dem Asphalt. Ist eine Überforderung für Jovanna. Frau Coric ist süchtig. Sie stopft dutzende von Bonbonhüllen in ihre Hosentaschen. Wir kürzen über die Grünanlage vom Hohenstaufenplatz ab. Im Käfig trainiert ein Mädchen mit einem Basketball. Sie wirft von der Dreier-Linie, der Ball trifft erst das Brett, dann den Ring. Sie holt den Rebound, dribbelt zurück zur Linie, wirft. Der Ball flutscht durchs Netz, ohne den Ring zu berühren. Sie holt ihn sich, dribbelt, wirft. Am Käfig lehnen zwei Jungs, fünfzehn, höchstens sechzehn Jahre alt.

Mein Magen knurrt. Jovanna mault rum, geht einen Meter hinter mir, ruft: Warte, Deniz! Sie holt mich ein, zeigt auf die zwei Jungs am Käfig. Sie sehen uns und lachen. Das Mädchen wirft immer noch. Nur Dreier. Versenkt fast jeden zweiten Wurf. Die Jungs kiffen. Jovanna ist sich sicher. Kann sein. Ist mir egal. Jovanna erzählt mir was von Vorschrift. Mittagspause ist die einzige Vorschrift, die mich gerade interessiert. Jovanna findet, dass die Jungs verdächtig sind. Nafris, sagt sie, Nafris sind sonst nicht am Hohenstaufenplatz. Nafris sind Nordafrikanische Intensivtäter. Ist Funksprache. Funksprache beherrscht Frau Coric perfekt. Die Jungs lachen, reißen Witze. Ich höre nur Bruchstücke. Ist kein Hocharabisch, so viel kapiere ich. Jovanna kann es nicht lassen, greift zu ihrer Funke, meldet zwei Männer. Ausländer. Nafris. Boppstraße. Hohenstaufenplatz. Ist eine Eigenmeldung. Niemand hat uns gerufen. Niemand hat uns geschickt. Niemand fühlt sich bedroht. Frau Coric möchte Punkte sammeln. Hält ihre Augen offen, schreitet ein, handelt eigenverantwortlich. Ist immer im Einsatz. Sie will wissen, worauf ich warte. Auf gar nichts. Ich lasse sie machen, ist ihr Tatort. Sie geht auf die Jungs zu, ich bleibe im Hintergrund. Sie lachen wieder. Ihr Lachen klingt nicht nervös. Jovanna versteht nicht, was sie sagen. Ihr Glück, oder meins. Oder das der Jungs. Jovanna stellt uns vor. Polizei, sagt sie. Wird eine echte Überraschung für die Jungs sein. Wir tragen Uniform. Einer hält den Joint, ist nicht zu übersehen. Der Grasgeruch lässt sich auch schwer ignorieren. Jovanna probiert es auf Englisch. Will wissen, ob sie sie verstehen. Sie kichern. Ob das ein Joint in der Hand des einen ist, fragt Jovanna und zeigt mit dem Finger auf ihn. Sehr souverän, die Kollegin Coric. Zigarette, sagt der Junge. Jovanna erklärt ihm, dass sie weiß, wie ein Joint aussieht. Sie fordert den Jungen auf, ihr den Joint auszuhändigen. Bitte, sagt sie. Soll noch einer behaupten, wir wären nicht höflich. Die Jungs haben Spaß. Kann ich verstehen. Der ohne Joint sagt etwas an Jovanna gerichtet. Muss eine Beamtenbeleidigung sein, sicher bin ich nicht.

Kreuzberger Arabisch verstehe ich, das klingt anders. Jovanna erwartet, dass man ihr unverzüglich den Joint aushändigt. Ich gehe dazwischen, bin zu schnell für den Jungen, habe seinen Joint. Er ist voll überrascht. Ich bedanke mich höflich, Jovanna ist mein Vorbild. Die Jungs gucken skeptisch. Jovanna fasst sich wieder. Marihuana ist verboten, erklärt sie den beiden. Sie lachen wieder. Ich lasse den Joint fallen, trete drauf. Frau Coric flippt aus. Ich soll ihn wieder aufheben und eintüten. Der muss in die Asservatenkammer. Der Basketball knallt gegen das Brett. Das Mädchen lässt sich nicht von uns beirren, trainiert weiter. Ist Alltag hier. Jovanna will die Ausweise der Jungs sehen. Mein Magen knurrt. Die Jungs ändern ihre Haltung, die Körper spannen sich an. Ausweise haben sie nicht, nicht für uns. Ich versuche zu retten, was zu retten ist. Packe den einen, drehe ihn mit dem Gesicht zum Gitter. Drücke ihn dagegen. Er soll den Adler machen. Er weiß Bescheid, breitet die Arme aus. Jovanna weicht ein Stück zurück. Der andere steht still daneben. Ich durchsuche die Taschen seines Freundes, finde ein Tütchen Gras. Ist höchstens fünf Euro wert. Aus einer anderen Tasche fische ich eine Medikamentenschachtel. Medizin, sagt der Junge. Plötzlich höre ich Angst in seiner Stimme. Jovanna will, dass ich auch den anderen durchsuche. Sie hält Sicherheitsabstand. Schweiß perlt auf ihrer Stirn. Ich mache Meldung. 2-0-5 ist ohne Feststellung. Jovanna sagt, du spinnst. So viel verstehen die Jungs, sie können sich ein Grinsen nicht verkneifen. Wir sind fertig hier. Zieht Leine, sage ich. Sie verdrücken sich. Endlich können wir essen gehen. Jovanna stapft hinter mir her, ist wütend. Ist mir egal. Ich gehe zu Imren Burger rein, begrüße Volkan, bestelle mir Chickencheese mit Barbecuesauce. Jovanna hat es auch geschafft, sie nimmt Pommes und frittierte Zwiebelringe. Ich pflanze mich draußen auf eine der Bierbänke. Vor dem Laden warten zwei Lieferandos, ein Wolt und zwei Foodoras. Jovanna sitzt mir gegenüber und behauptet, ich hätte gelogen. Volkan bringt mir meinen Burger und Jovanna die Pommes mit Zwiebelringen. Ich rede mit dir, Herr Aziz, sagt sie. Volkan fragt, ob wir was trinken wollen, bringt mir ein Glas Tee. Jovanna gibt nicht auf, will, dass ich das kapiere. Dass ich gelogen habe. Weil ich gesagt habe, wir sind ohne Feststellung. Kann sein. Ich rede nicht mit vollem Mund. Habe ich von Selda gelernt. Da war sie unerbittlich. Wir hätten sie anzeigen müssen, meint Jovanna und tunkt zwei Pommes-Sticks in Mayonnaise. Ist Ermessenssache. Sie stöhnt, leckt sich die Finger ab. Fragt, was das für'n Ermessen sein soll, wenn ich denen auch noch ihre Pillen wiedergebe. Sie fragt, was das für Pillen waren. Rivotril. Löst Krämpfe, beruhigt, lässt dich schlafen. Woher soll ich wissen, ob sie das nicht nehmen müssen, vielleicht wurden die ihm ja verschrieben. Jovanna schüttelt den Kopf, steht auf, holt sich eine Cola. Vielleicht bringt der Zucker sie runter. Tut er nicht. Nafris sind ätzend, findet Frau Coric. Sie fragt sich, wie die scheiß Nafris an verschreibungspflichtige Medikamente rankommen. Die schlucken das und haben keine Angst mehr. Ist Jovannas größte Angst. Dass sich niemand vor ihr fürchtet. Rivotril sind BTM, ob mir das klar ist, fragt sie und erwartet keine Antwort. Wenn die scheiß Nafris das schlucken, sollen sie wenigstens am Kotti bleiben, meint sie, da können sich dann die Kollegen vom Abschnitt 53 mit denen rumschlagen. Ich will wissen, ob sie endlich fertig ist. Nein, sagt sie, und dippt einen Zwiebelring in Chilisauce. Ich schnappe mir eine Serviette, wische mir die Finger ab und verabschiede mich von Volkan. Jovanna hockt noch immer vor ihrem Teller. Ich soll warten. Ich warte nicht. In meinem Rücken höre ich sie kroatisch fluchen. Ich rufe Baba an. Er geht nicht ran. Wir bringen irgendwie die Schicht zu Ende. Im Wagen riecht's nach Zwiebeln und Schokolade. Ich ziehe mich auf der Wache um, verlasse sie in Zivil. Das mache ich meistens so. Als ich nach Hause komme, steht Baba unten vor der Tür. Er steht da nicht alleine. Vanessa, stellt sie sich vor, gibt mir die Hand. Sie ist ein Engel, behauptet Baba. Er hat seine Schlüssel vergessen. Sein Handy muss oben liegen, vielleicht hat er es auch verloren. Er ist im Sushi

Macchiato gestrandet. War früher das Gino's. Vanessa hat Baba da aufgelesen. Ist Zeit fürs Abendbrot, sagt er. Vanessa umarmt ihn. Ich bedanke mich bei ihr. Vielleicht sehen wir uns da mal, im Sushi Macchiato. Baba lacht. So lernst du Frauen kennen?

8

Er heißt Deniz. Sie wohnen in der Taborstraße. Sein Vater wusste nicht mehr, wo die ist. Manchmal, wenn er auf die Straße tritt, ist nichts mehr da, wo es mal war. Ich verabschiede mich, umarme Markus, Deniz schließt die Tür auf, ich drehe mich nicht noch einmal um. Trotzdem behalte ich sein Bild vor meinen Augen, vielleicht sehen wir uns ja wieder. Ja, bestimmt. Ich weiß nicht, welche Richtung ich einschlagen soll, mein Freund ruft an. Olli möchte am Abend ins Futurium, dort findet eine Veranstaltung zur Zukunft der Gesundheit statt. Als Gesundheitsexperte muss Olli sich dort blicken lassen. Mein Freund fragt, ob ich ihn begleite, ich habe nichts dagegen, freue mich auf ihn, wir treffen uns dort. Gleich beim Eintreten treffen wir auf Sebastian Hennig, einen Kollegen oder auch Konkurrenten von Olli, es gibt verschiedene Blickwinkel. Die beiden sitzen zusammen im Ausschuss für Gesundheit, Pflege und Gleichstellung, ich glaube, sie verfolgen unterschiedliche Ziele. Olli hat mir schon von ihm erzählt, ich bin Herrn Hennig nie begegnet, jetzt stellt Olli ihn mir vor. Herr Hennig hat einen kleinen Bauch, ich bin größer als er, sein Anzug ist teuer, ich bin sicher, seine Frau sucht seine Garderobe für ihn aus. Herr Hennig lächelt mich an, er freut sich aufrichtig, meine Bekanntschaft zu machen. Olli holt uns etwas zu trinken, er ist schon verschwunden, geht in der Menge unter. Herr Hennig fühlt sich unwohl, ich sehe es ihm an, es liegt nicht an mir, er hatte einen langen Tag, wie jeden Tag. Er ist froh, mich in ein Gespräch verwickeln zu können, vielleicht ist er nur höflich. Er möchte wissen, was ich mache, ich erzähle es ihm. Seine Lebensgeister kehren zurück, Pharmakologie interessiert Herrn Hennig sehr, das hatte ich schon vermutet. In der zweiten Etage beginnt ein Vortrag über RFID-Chips und Biosensoren, Herr Hennig möchte lieber mit mir unten bleiben. Er dreht den Ring an seinem Ehefinger. Seine Frau geht nicht gerne unter Menschen, es strengt sie zu sehr an. Sobald sich mehrere Menschen in einem Raum befinden, gibt es zu viele Nebengeräusche, die übertönen alles, dann beginnt es, in ihrem Kopf zu rauschen, ihr wird schwindelig, deshalb bleibt sie lieber zu Hause. Herr Hennig vermisst sie, ihm fehlt die Unterstützung, sie vermisst ihren Mann, ihr fehlt die Unterhaltung. Beide fühlen sich einsam, weil sie zusammen meist ein Leben ohne den anderen führen. Ihre Kinder sind längst aus dem Haus, sind weit in die Welt hinaus, ziehen dort die Enkelkinder auf, darauf sind sie beide stolz, doch sie sehen sie viel zu selten. Frau Hennig reist nicht gerne ohne ihren Mann, sie traut sich nicht, ihm fehlt die Zeit. Trotzdem möchte sie nicht, dass er seinen Beruf aufgibt, der bedeutet ihm zu viel, obwohl ihm das zu viel wird, all das, was man von ihm erwartet, obwohl er von sich selbst viel mehr erwartet, als alle anderen zusammen. Mein Freund singt oft das gleiche Lied. Herr Hennig wird eine Initiative gegen Einsamkeit gründen, erzählt er mir, er hat schon alles vorbereitet. Er hat viele Ambitionen, er möchte wissen, welches meine sind. Ich habe keine. Herr Hennig lacht, ich bin sicher, er lacht nicht oft. Ich bin sehr aufgeschlossen, sagt er, nur traut ihm das niemand zu. Er beäugt das Treiben der Kollegen skeptisch, beauftragt keine Agentur, die für ihn sein Image steuert, er verlässt sich lieber auf sich selbst. Manchmal denke ich tatsächlich, es wäre vernünftiger, sich zurückzuziehen, wissen Sie. Ja, ich weiß. Er hält sich für einen vernunftbegabten Menschen, trotzdem hat er noch Visionen. Aber ihm fehlt die Unterstützung, niemand will über den Moment oder sich selbst hinaus. Herrn Hennig fehlt die Zeit, die Energie, er kann sich nicht mehr konzentrieren. Endlich sind wir angekommen. Ich öffne ihm die Tür, da kann ich helfen, sage ich. Ich bin Expertin für Zeitmanagement, ich weiß, was zu tun ist, wenn man die körpereigenen Ressourcen besser nutzen möchte. Herr Hennig zögert kurz, dann schnappt er nach meinem Köder. Er sucht nach jemandem, der ihn berät, fällt ihm gerade ein. Gleich wird er fragen, ob ich vielleicht Interesse hätte. Ich bin Pharmakologin, er sitzt im Ausschuss für Gesundheit, so wird er es drehen können. Hätten Sie vielleicht Interesse, beratend für mich tätig zu werden?, fragt er. Natürlich, ja, das habe ich. Herr Hennig schöpft Hoffnung. Also gleich morgen, Frau Paschke, am Vormittag, wäre das möglich? Ja, morgen früh passt mir sehr gut. Er reicht mir seine Hand, sie ist trocken, weich und kraftlos. Hallo, mein Engel. Olli reicht mir einen Sektkelch, Herr Hennig entschuldigt sich aufgeregt, er hat jemanden entdeckt, den er begrüßen muss. Olli möchte wissen, worüber wir gesprochen haben. Ich werde deinen Kollegen beraten. Mein Freund wundert sich, er schlürft Sekt, legt die Information in einem seiner Speicher ab, es gibt wichtigere. Olli blickt um sich, am liebsten würde ich gehen, aber Olli glaubt, er müsse bleiben, also bleiben wir zusammen.

9

Meine freie Zeit ist abgelaufen, ich beginne neu, bleibe mir trotzdem treu. Im Eingangsbereich des Abgeordnetenhauses werde ich abgetastet, mein Rucksack wird durchleuchtet, dann lassen sie mich durch, und ich begebe mich auf die Suche nach Sebastian Hennig. Ich höre seine Stimme, er ist aufgebracht, kann seine Termine nicht finden. Ich betrete das Vorzimmer, Frau Abbas, lese ich auf einem Namensschild, das auf einem Schreibtisch steht, sie wird Sebastian Hennigs Referentin sein. Auch die Zwischentür steht offen, ich sehe die beiden in seinem Büro, sie sehen mich nicht. Frau Abbas legt Herrn Hennig die Agenda für den Tag vor, sie betet sie herunter,

Fraktionssitzung, Mittagessen mit Frau Hennig, Treffen des Kreisverbandes, Herr Hennig unterbricht sie. Er fragt nach Frau Paschke, ob Frau Paschke noch nicht da ist. Ich bin hier. Herr Hennig strahlt, er stellt mich vor, ich werde beratend für ihn tätig sein, erklärt er Frau Abbas. Sie wirkt irritiert, ich stehe nicht auf der Agenda. Ich bestelle im Borchardt, wird sie gleich sagen, obwohl Frau Hennig sich dort nicht wohlfühlen wird, das vergisst Frau Abbas. Ich bestelle im Borchardt, sagt sie. Herr Hennig versteht nicht. Für Sie und Ihre Frau, sagt Frau Abbas, jetzt fällt es ihm wieder ein, das Mittagessen. Frau Abbas mustert mich, sie kommt zu keinem Ergebnis, sie weiß nicht, was sie von mir halten soll. Ich sehe sie an und weiß, ihre Loyalität gegenüber Herrn Hennig bedeutet ihr alles. Sie nickt mir zu und schließt die Tür. Herr Hennig massiert sich die Schläfen, sein Kopf schmerzt, er verträgt keinen Alkohol, sucht nach Tabletten, er weiß nicht, wo wir stehen geblieben sind. Wir sprachen über Zeitmanagement, jetzt erinnert er sich wieder, er weiß nicht, wie viele Espressi er noch trinken soll. Kaffee allein wird nicht reichen, Herr Hennig. Er tut so, als würde er mich nicht verstehen, also lasse ich ihm Zeit, sich zu sortieren, lasse ihn reden. Seltsam, dass es als Ideal gilt, möglichst viel zu arbeiten, finden Sie nicht, Frau Paschke? Es gibt Abgeordnete, die bleiben, ohne etwas zu tun, zehn Stunden täglich im Büro, damit alle denken, oh, die arbeiten aber viel, aber ich, Frau Paschke, ich arbeite tatsächlich viel. Er sieht mich an, ich bin nicht sicher, ob ich etwas sagen soll. Herr Hennig lächelt, wirkt müde, er legt eine Kapsel in seine Nespresso-Maschine ein. Frau Abbas kommt, ohne anzuklopfen, herein, legt eine Mappe auf seinen Schreibtisch. Sie hat die Anträge für die nächste Ausschusssitzung für ihn zusammengefasst, sie mit Anmerkungen versehen, Herr Hennig soll sie sich bis morgen ansehen. Der Antrag von Oliver Lompe zum Thema Drug-Checking liegt obenauf. Olli Lompe ist mein Freund, das weiß sie nicht. Mein Freund engagiert sich im Kampf für saubere Drogen. Wenn man sie schon nehmen muss, soll man sie wenigstens prüfen lassen können, damit niemand mehr an dreckigem Stoff verrecken muss. Herr Hennig möchte nicht gestört werden. Er massiert sich wieder seine Schläfen, Frau Abbas schließt erneut die Tür. Ob ich nicht doch einen Kaffee möchte, fragt Herr Hennig. Nein, danke. Es gibt etwas, das viel effektiver ist als Koffein, wenn man seine Schlagzahl erhöhen möchte. Jetzt wacht er auf, schenkt mir seine Aufmerksamkeit. Als Pharmakologin kennen Sie sich mit Stimulanzien aus?, wird er gleich fragen. Ja. Ich lächele, das hilft ihm. Amphetamine sind mein Spezialgebiet, Herr Hennig, die bekommt man aber nicht einfach so in einer Apotheke. Er blickt zur Tür, Frau Abbas lässt sich nicht blicken, vielleicht lauscht sie, denkt er und wird unruhig, er versucht es zu verbergen. Wenn Sie möchten, treffen wir uns morgen wieder, schlage ich vor, zum Frühstück, bestimmt gibt es ein Café, in das Sie morgens gerne zum Zeitunglesen gehen. Ich verblüffe ihn schon wieder. Natürlich gibt es das, beinahe jeden Tag ist er in seinem Stammcafé zu Gast. Es klopft an seiner Tür, Frau Abbas, sie erinnert ihn, die Fraktionssitzung beginnt in drei Minuten. Herr Hennig reicht mir seine Hand, ich umarme ihn, das hat schon länger niemand mehr getan.

10

Connor hat sich gemeldet, er hat alles arrangiert, ich soll ihn treffen, aber ich werde mich verspäten, ich muss erst noch die Bar putzen. Der Reinigungsdienst ist nicht erschienen, hat uns gekündigt, ihnen fehlen Mitarbeiter. Ich habe mich auf den Vertrag berufen, sie haben gelacht, wir sollen sie verklagen, haben sie mir vorgeschlagen. Andreas ist in Amsterdam, ich will ihn nicht damit belästigen, schließlich ist er wegen mir dort. Der Bär kauft für mich ein, er unterstützt mich, weil er sich langweilt, ich weiß, das gab den Ausschlag, er würde es nie zugeben. Heute Abend kommt er wieder mit dem Bus zurück, ich kann es kaum erwarten. Ich wische die Böden, bringe den Müll hinaus zu den Tonnen, die laufen über, die gelbe und die schwarze wurden nicht geleert. Müll, der nicht mehr reinpasst, sammelt sich daneben. Ich verschnüre die Säcke, bringe sie zurück in die Bar, lagere sie am Hinterausgang und hoffe, sie morgen entsorgen zu können. Endlich komme ich los, Connor wartet schon auf dem Parkdeck des Gesundbrunnen-Centers. Ich umarme ihn, dann präsentiert er mir stolz meinen Dienstwagen. Jetzt ist es offiziell, ich bin Kurierin mit einer mobilen Apotheke. Beinahe bin ich glücklich, viel lieber hätte ich ein Cabrio gehabt. Connor lacht sein Jungenlachen, auf seinem Gesicht tanzen die Sommersprossen. Ich darf den Wagen auch nach Dienstschluss nutzen, einen Automatik bin ich nie zuvor gefahren. Auf Connors Stirn bilden sich Sorgenfalten, er hat für mich gebürgt. Vielleicht solltest du üben, schlägt er vor. Ich übe, sobald ich losgefahren bin. Connor lacht, er weiß, es gibt jetzt kein Zurück mehr. Er zeigt mir eine blaue Wanne, auf einem der Päckchen darin steht Paschke/Großbeeren, das ist für mich. Ich frage, ob er alles bekommen konnte. Connor grinst, natürlich, sagt er. Connor ist ein Profi, er sitzt an der Quelle, dank ihm erweitert sich mein Warenangebot. Er freut sich, weil er mich unterstützen kann und sein Vater dabei zusieht, ohne die geringste Ahnung davon zu haben, was tatsächlich vor sich geht. Ich umarme Connor, er sieht mir hinterher, ich bin Vanessa, die Kurierin. Um fünf beende ich meine erst Tour. Ich parke im Hof der Bar, mittlerweile läuft auch die braune Biotonne über. Ich kehre die Abfälle zusammen, jetzt haben wir einen Komposthaufen im Hof. Ich habe noch Zeit, bevor ich die Bar öffne. Ich laufe die Wrangel hoch, besuche Fish. Vielleicht hat im Sushi Macchiato jemand nach mir gefragt, ein Mann mit einem schwarzen Vollbart, Mitte zwanzig, er heißt Deniz, ich kann sein Lächeln nicht vergessen, aber Fish muss mich enttäuschen. Ich warte, aber nichts passiert, Deniz kommt nicht mehr. In der Bar stelle ich die Stühle von den Tischen, fülle den Kühlschrank auf, löse die Ketten von den Draußenmöbeln, die ersten Gäste verlangen nach Bier. Andreas taucht erst auf, als die letzten wieder gehen. Er will seine Reisetasche loswerden, ich nehme sie ihm ab, bringe sie zu meinem neuen Wagen, jetzt vervollständigt sich mein Sortiment. Dank Bruno, Connor und Andreas habe ich alles, was ich haben wollte, jetzt bin ich tatsächlich eine Gründerin. Der Bär hat gute Laune, trotz der langen Busfahrt, er hat sich mit alten Freunden getroffen, ich weiß, es war nur einer, und der war früher mehr als nur ein Freund für ihn. Vielleicht wird er es wieder. Was?, fragt Andreas. Nichts. Seit sein Mann gestorben ist, lebt der Bär alleine, geht mit niemandem mehr aus. Ich muss nichts mehr erleben, sagt er immer, weil ohne seinen Mann so ein Erlebnis nichts mehr wert ist, glaubt er. Aber nun kommt er zurück von seiner Reise, er grinst, ist aufgekratzt, holt unsere Whiskyflasche aus dem Regal und schenkt uns ein. Wir stoßen an, ich möchte, dass er mir von seinem Freund aus Amsterdam erzählt. Er lacht. Du weißt doch sowieso schon alles, sagt er. Das stimmt nicht, ich weiß nur, ich muss geduldig sein. Ich soll Feierabend machen, er kümmert sich. Sei vorsichtig, brummt der Bär zum Abschied, ich drücke ihn, dann chauffiere ich mich nach Hause und finde einen Parkplatz direkt vor Cüneyts Laden. Cüneyt hockt mit seinen Jungs davor, unter einer Laterne erzählen sie sich Geschichten. Wir haben nichts bestellt, ich bin gesund, witzelt Cüneyt. Er gratuliert mir zu meinem neuen Gefährt, zu meinem neuen Job. Olli ist noch wach, er kann es kaum erwarten, mir etwas mitzuteilen. Ich weiß es längst, das weiß er nicht, sein Antrag zum Drug-Checking ist im Ausschuss gelandet. So einen Erfolg konnte Olli bislang noch nicht verzeichnen. Mein Freund ist berauscht, er wundert sich nicht, warum ich mit einer Reisetasche von der Arbeit komme, sie fällt ihm gar nicht auf. Gleich wird er zurückrudern, der Antrag steht noch gar nicht auf der Tagesordnung, wird er sagen, nicht auf der für morgen. Ich weiß, er möchte trotzdem üben. Alles hängt von der Performance ab, glaubt er, also frage ich, ob er den Vortrag trotzdem schon mal üben möchte. Ja, sehr gerne, Olli freut sich. Er wischt über sein Tablet, das Tablet reagiert nicht. Mein Freund ist hilflos ohne sein Tablet. Ich kenne seinen Antrag auswendig, er offensichtlich nicht. Ich fürchte, gleich bricht Ollis Jähzorn durch, er hat ihn von seiner Mutter, glaubt er. Ich versuche Olli zu beruhigen, Fritz kann es reparieren, behaupte ich. Mein Freund kennt keinen Fritz, er hört mich nicht, er holt aus und knallt das Tablet gegen eine Wand. Das Glas des Displays zersplittert. Ich denke nicht, dass Fritz es jetzt noch reparieren kann. Olli ist es egal, er wird sich ein neues kaufen, für ihn hat sich die Angelegenheit erledigt. Er verschwindet im Badezimmer, ich schlafe in meinem Bett und er in seinem.

11

Wo willst du so früh hin?, fragt mich mein Freund. Ich berate den Herrn Hennig. Schon wieder? Olli starrt ins Leere, er kann sich nichts darunter vorstellen. Es scheint ihm bedeutungslos, sonst würde er nachfragen, so küsst er mich nur zum Abschied und wünscht mir einen schönen Tag.

Herr Hennig sitzt auf einer rotgepolsterten Bank in einem Charlottenburger Café, über ihm hängt das gerahmte Bild eines Harlekins, daneben schmückt eine venezianische Karnevalsmaske mit Piratenhut und Halstuch die Wand. Die Serviererin trägt eine weiße Spitzenbluse zu einem schwarzen Rock und an den Beinen hautfarbene Nylonstrümpfe. Diese Uniform begleitet sie seit über fünfundzwanzig Jahren, ihr Gesicht ist längst vergilbt, so wie die Raufasertapete auf dem Weg zu den Toiletten. Sahnetorten drehen sich in einer Kühlvitrine, Zeitungen klemmen in hölzernen Zeitungsstöcken, die Zeit steht still. Herr Hennig ist aufgeregt, er hält die Krawatte gegen die Wölbung seines Bauchs, steht auf, er reicht mir seine schwitzige Hand. Viel lieber würde er mich umarmen, er erinnert sich an das letzte Mal, das ihn daran erinnert hat, dass Menschen sich umarmen können. Er frühstückt Rühreier mit Lachs, ich bestelle einen Grünen Tee. Herr Hennig breitet verlegen eine Serviette auf seinem Schoß aus, ich lege das Buch, das ich ihm mitgebracht habe, auf die runde Marmorplatte des Bistrotischs. Herr Hennig starrt es an, nimmt es in die Hand, er dreht es herum und ist enttäuscht. Er fühlt sich missverstanden, hatte auf etwas anderes gehofft. Ich bin sicher, er wird darin etwas finden, das für seine Arbeit nützlich ist. Er beginnt in dem Buch zu blättern, ich nehme es ihm behutsam aus der Hand, nicht hier, Herr Hennig. Früher loderte hinter seinen Augen mal ein Feuer. Er lächelt beschämt, ich bin doch noch zu ihm durchgedrungen, es tut ihm leid. Wir hören beide die Musik, das Hintergrundrauschen der Stimmen um uns herum. Eine Dame mit Blumen am Hut und einem hechelnden Pekinesen an der Leine wankt zu den Toiletten. Sie hustet in ein Taschentuch, der Hund beginnt zu bellen. Ich stelle mir vor, wie Herr Hennig, sobald er sich unbeobachtet fühlt, sein neues Buch aufschlägt, das Briefchen darin findet und dann überlegt, wie er es anstellen soll. Vielleicht hätte ich eine Gebrauchsanweisung beipacken sollen.

12

Oma Zuppe wartet schon auf mich, ich sehe sie hinter ihren Glanzmispeln im Garten. Wenn Andreas es war, der für meinen Vater eingesprungen ist, dann war es Oma Zuppe, die für meine Großeltern eingesprungen ist, gleich für alle vier. Solange ich denken kann, kenne ich Oma Zuppe, sie wohnt jetzt Alter Park in Tempelhof, nicht weit vom Feld entfernt. Sie steht vor ihrem kleinen Beet, in einer Hand hält sie eine Gießkanne, mit der anderen hält sie sich an ihrem Rollator fest. Erst begreift sie gar nicht, dass ich es bin, die aus dem Wagen steigt und über ihren Gartenzaun springt. Ich bin der Apothekenservice, sie strahlt mich an. Schön, dich zu sehen, mein Engel, sagt sie. Ich halte sie fest, und wir umarmen uns. Oma Zuppe drückt mir die Kanne in die Hand, die Margeriten in den Terracottakübeln brauchen dringend Wasser. Oma Zuppe rumpelt mit ihrem Rollator über einen schmalen Streifen Rasen hinter mir her. Früher hatte Oma Zuppe einen Blumenladen, da haben wir zusammen Würstchen mit Kartoffelsalat gegessen, im Hinterzimmer, wenn ich aus der Schule kam, Mama noch auf Arbeit war. Im Hinterzimmer wohnte Riko, Oma Zuppes Papagei. Ich habe Simit mitgebracht, einen Sesamkringel für Riko und einen für Oma Zuppe. Wir wohnten nebenan, waren Schlüsselkinder, Felix und ich. Im Blumenladen gab es Blumen und gebrauchte Bücher, altes Geschirr, auch Porzellanfiguren, die hat Pavel mitgebracht. Von Blumen allein können wir hier nicht leben, meinte Pavel immer. Pavel war Florist, er hat sich in Oma Zuppe verliebt und ihr den Blumenladen gekauft, ihr alles beigebracht. Oma Zuppe war zuvor auf einer Haushaltsschule, nach ihrem Abschluss war sie Tag und Nacht im Haushalt eines Pfarrers tätig, sie musste ihre Eltern mitversorgen. Aber dann kam Pavel, er schenkte ihr erst Blumen und dann den Laden. Später fiel sie im Laden von einer Leiter, Schmerzen hatte sie schon vorher, ihre Skoliose feiert demnächst fünfundfünfzigsten Geburtstag. Nach dem Sturz war Oma Zuppe halb gelähmt, sie verpflanzten ein Stück ihres Hüftknochens in ihre Halswirbelsäule, die OP war ungewöhnlich. Es gab einen Bericht in der B.Z. darüber. Oma Zuppe musste lange in der Klinik bleiben, bei ihr blieben die Schmerzen. Nachts schlich sie zu den Medikamentenschränken, die waren nicht verschlossen. Oma Zuppe klaute Morphium, beinahe wäre sie süchtig geworden. Pavel hat sie nach Hause geholt, ihre Schmerzen haben nie aufgehört. Die Ärzte verschrieben Oma Zuppe jahrzehntelang Mittel, die ihr den Darm verätzten, da bekam sie Depressionen. Dann starb Pavel, und irgendwann verlor Oma Zuppe auch noch den Laden. Da hat sie der Schlag getroffen. Sie ist im Erdgeschoss im Alten Park gelandet, seit zwei Jahren zittern ihre Hände. Sie leidet unter Polyneuropathie, auch die Beine wollen nicht mehr wie der Kopf. Die Margeriten leuchten, wir hören einem Amselpaar zu, sie singen für Oma Zuppe. Ich dachte schon, die beiden kommen nicht wieder, sagt Oma Zuppe. Komm, mein Engel, sagt sie und rollert in ihr Erdgeschoss, ein Zimmer mit Küche und Bad. Vor Oma Zuppes Bett steht ein Bügelbrett, auf dem Bett ein Korb mit Wäsche. Das Bügeln fällt ihr schwer, ich kann das übernehmen. Sie möchte lieber in die Backstube, so nennt sie ihre Küche. Den Mürbeteig hat sie schon vorbereitet, sie holt ihn aus dem Kühlschrank. Ich wiege das frische Gras aus Amsterdam auf ihrer Küchenwaage ab, aber Oma Zuppe beschwert sich, ich bin ihr nicht präzise genug. Bei Medikamenten muss man präzise sein, sagt sie, ich soll Butter in die Pfanne tun. Oma Zuppe zerstampft das Gras im Mörser. Wenn ich die Cannabis-Kekse esse, fühl ich mich leichter, sagt sie immer, ich denk nicht dauernd an die Schmerzen und bin nicht mehr so traurig. Oma Zuppes Beine funktionieren auch viel besser, wenn sie die Kekse isst. Die Butter in der Pfanne ist geschmolzen, Oma Zuppe will das Gras untermischen, aber der Rollator steht ihr im Weg. Ich reagiere viel zu spät, Oma Zuppe stolpert schon. Sie lässt den Mörser fallen, er zerschellt auf den Steinfliesen am Boden und zersplittert, das Gras können wir vergessen. Ich kehre alles auf, und Oma Zuppe weint. Ich ziehe die Pfanne von der Herdplatte, nicht schlimm, sage ich, ich bin doch Apothekenkurierin. Oma Zuppe hat nicht genügend Geld, weil Monatsende ist, sie möchte es verrechnen. Ich sehe den Bär vor mir, meinen Beschützer, kein Kredit für niemanden, so lautet eine seiner goldenen Regeln. Oma Zuppe rollt aus der Küche, sie sucht ihren Notgroschen, den hat sie irgendwo versteckt, sie weiß nicht, wo. Ich schäme mich, es tut mir leid. Nein, nein, Engelchen, das muss dir nicht leidtun. Doch, das tut es. Ich lege ihr Geld zurück auf ihr Buffet. Nu fang du nicht auch noch an zu heulen, sagt Oma Zuppe. Wir beginnen von vorne, ziehen die Blüten durch das Öl und kneten die abgekühlte Cannabis-Butter in den Mürbeteig. Oma Zuppe holt ein Glas und sticht die Kekse aus, der Ofen heizt schon vor, nach einer Viertelstunde sind sie fertig. Ich fange an zu bügeln, Oma Zuppe sitzt in ihrem Sessel, knabbert einen Keks, trinkt Tee, sie fragt mich nach Felix. Es geht ihm gut, sage ich, mehr kann ich ihr nicht sagen. Felix hat mir heute Nacht etwas anderes erzählt, er hat mich angerufen, ich habe ihm zugehört, mehr konnte ich nicht für ihn tun. Mein großer Bruder hatte Doppelschicht, in der Nachtschicht muss er durch Spione gucken und kontrollieren, ob die in ihren Zellen noch leben. Einen Häftling konnte er nicht sehen. Felix schloss die Tür auf, da hing er, hatte sich vor der Tür erhängt, hing an einem Laken, direkt vor meinem Bruder. Felix nahm ihn hoch, glaubte, seinen Atem noch zu hören. Aus dem Körper entwich Luft, ein Kollege schnitt ihn vom Laken ab. Mein Bruder versuchte, ihn wiederzubeleben, vielleicht war ein Rest Adrenalin im Herz, hoffte er, zum Überleben hat es nicht gereicht. Felix ist ein guter Junge, sagt Oma Zuppe. Er hat sie beschützt damals, ihr geholfen, das vergisst sie nie, erzählt es immer wieder. Mit vierzehn fing Felix an zu sprayen, übersprühte gleich das Tag eines anderen Sprayers. Der wusste, Felix gehört zu Oma Zuppe, Pavel und den Blumen. Am nächsten Morgen waren die Fenster vom Blumenladen mit Farbe zugeschmiert. Felix verlangte von dem Sprayer, die Farbe wieder zu entfernen, den interessierte das nicht. Das konnte Felix nicht auf sich sitzen lassen. Nach der Schule auf dem Parkplatz wollte er sich mit ihm schlagen. Mein großer Bruder las Magazine, Budo und Karate, er wollte Kickboxer werden, trainierte dreimal die Woche in einem Gym, aber er wusste, er war noch nicht so weit, es war ihm egal. Der andere wartete schon, siegessicher, einen Kopf größer als Felix. Ich war dabei, sah wie alle anderen zu, wie mein großer Bruder die ersten Schläge einkassierte, sein rechtes Auge zuschwoll. Den nächsten Schlägen wich er aus, dann ging er seitlich in den anderen rein, kam mit dem Ellenbogen auf seinen Kehlkopf, drückte zu. Der andere gab gleich auf, verlor beinahe das Bewusstsein. Das ging so schnell, niemand verstand, was passiert war. Felix reichte ihm die Hand, der andere schlug sie aus. Die Farbe von Oma Zuppes Fenstern musste er trotzdem entfernen, alle sahen ihm zu, danach ließ er sich nie wieder blicken. Felix war stolz, dachte, jetzt ist er ein Mann, dabei war er noch ein Junge. Der Felix hat mir abends immer alles reingetragen, als der Pavel nicht mehr war, erinnert Oma Zuppe sich. Wollte er nie was für haben, der Felix, war für ihn selbstverständlich. Ja. Ich räume die Wäsche in die Schränke, ich muss los. Mach's gut, mein Engel. Zum Abschied drücke ich Oma Zuppe, ich komme bald wieder, versprochen. Ich sitze im Wagen, über dem Tempelhofer Feld schwebt eine schwarze Wolke, es sind Nebelkrähen. Die Familien treffen sich, bilden Schwärme, die Schwärme verbinden sich zu einer Wolke, sie wird größer und größer. Ich rufe Felix an, er geht nicht ran. Ich drehe die Musik auf, sonst drehe ich durch.

13

Neben mir, auf dem Beifahrersitz, liegt immer noch Ollis Tablet. Ich habe es ihm versprochen, also probiere ich es bei Fritz. Fritz war schon lange nicht mehr in der Bar, um bei mir zu trinken. Jetzt sagt Fritz mir, wo er wohnt. Er lässt mich herein, ich umarme ihn, Fritz freut sich, mich zu sehen, ich soll mir einen Platz aussuchen. Ich setze mich zu ihm auf ein Sofa, das er erst kürzlich shampooniert hat, man riecht es noch. Die Sonne leuchtet durch zwei große Fenster drei wunderschöne Ficus-Bäume an, die bis zum Stuck der Decke ragen. Fritz trinkt Eistee, ich nehme gerne ein Glas, er hat ihn selbst gemacht, mit viel Zitrone und kaum Zucker. Ich zeige ihm Ollis Tablet, es ist runtergefallen, behaupte ich. Das Tablet kannst du vergessen, sagt Fritz, er will versuchen, die Daten wiederherzustellen, vielleicht hat Olli Glück. Ob ich solange warten möchte. Ja, natürlich. Fritz hat bei IBM gekündigt, er arbeitet jetzt im Staatsdienst, er hat noch niemandem davon erzählen können, ich höre ihm gerne zu. Fritz sitzt in einem Büro unter der Einsatzleitzentrale der Polizei, dort wartet er darauf, dass die Polizei ihn ruft. Über ihm geht jeder Notruf ein, wenn sie über ihm in Not geraten, rufen sie nach Fritz. Es sei denn, Fritz hat ihre Not schon selbst entdeckt, auf einem der vier Monitore an seinem Überwachungsplatz. Auf denen laufen die Kontrolltools, die kontrollieren die gesamte Netzwerktechnik. Wenn die nicht läuft, läuft überhaupt nichts mehr, der Digitalfunk nicht, die Telefonie, die Datenbanken. Fritz folgt dem Script, das ständig mitläuft, alle drei Minuten prüft das Script den Server. Sobald der aussetzt, drohen der Stadt Chaos und Finsternis. Dann muss Fritz eingreifen, es kommt selten vor, so gut wie nie. Er ist nur da, damit da einer ist, falls doch etwas passiert. Darauf wartet Fritz die ganze Zeit, zwölf Stunden lang am Stück, so lange dauert eine Schicht. Fritz muss sich beschäftigen, um wach zu bleiben, das fällt ihm schwer, er redet mit sich selbst, fürchtet verrückt zu werden. Manchmal spielt er Golf, er bringt seine Matte mit und seinen Putter. Stunde für Stunde wartet Fritz darauf, dass jemand etwas von ihm will. Manchmal, äußerst selten, ruft ein Wachleiter an oder eine Hauptkommissarin oder ein V-Mann. Ihre Daten sind verschwunden, sie haben sie verloren, sie wenden sich an Fritz, er stellt dann ihre Daten wieder her. Alles streng vertraulich, aber Fritz zaubert sie hervor. Er könnte sie sich ansehen, niemand würde es bemerken. Sie danken Fritz, weil sie ihre Daten wiederhaben, der V-Mann, die Hauptkommissarin, das Script läuft weiter, Fritz muss wach bleiben. Bei IBM konnte er nie schlafen, selbst in seiner Freizeit nicht, jetzt weiß er nicht, wie er sich wach halten soll. Sie haben eine Padmaschine im Büro, er schmeißt ein Pad nach dem anderen ein, mittlerweile fürchtet er, Herzrhythmusstörungen zu bekommen oder sich zu Tode zu langweilen. Du hast Glück, sage ich, ich habe etwas für dich, davon wirst du hell und wach. Damit erfinden andere die Welt neu, an Elite-Unis, in Think-Tanks. Alle, denen die Ideen ausgehen, die ihre Energie verlieren, schwören darauf. Früher sind sie mit diesem Stoff auf Reisen gegangen, die Beatles haben ihn besungen, Lucy in the Sky with Diamonds, aber heute dosieren sie LSD so maßvoll, dass sie am Boden bleiben, nicht mehr in sich selbst oder einer vierten oder fünften Dimension verschwinden. Du dosierst so, dass du der Welt beweisen kannst, wozu du fähig bist, du dopest nur dein Gehirn, wirst kreativ, förderst deine Phantasie zutage. Fritz kommt aus dem Staunen nicht heraus. Er betrachtet das Tablet meines Freundes, er fürchtet, der ganze Kosmos ist zu groß für ihn. Er muss einsatzfähig bleiben, auch wenn er nur in einer Warteschleife hängt. Fritz zögert, aber er hat sich längst entschieden. Ich muss nur die Dosis richtig berechnen, Fritz wiegt siebzig Kilo, ist einssechsundsiebzig groß, ich gebe ihm einen Blotter, das sind zwanzig Mikrogramm. Er soll ihn vierteln, mit fünf Mikrogramm bleibt er auf der sicheren Seite. Fritz strahlt, dein Freund hat Glück gehabt, sagt er. Ich weiß, es ist nichts verloren. Fritz zieht mir Ollis Daten auf einen Stick und freut sich wie ein kleines Kind.

14

Ich gebe meinem Freund den Stick mit seinen Daten, er bedankt sich, als wüsste er nicht, wofür. Vielleicht läuft es besser mit den Karten, ich habe Eintrittskarten für ein Konzert der Slackers, Ollis Lieblingsband. Heute?, fragt mein Freund. Ja, es sollte eine Überraschung sein. Er wollte eigentlich laufen gehen. Na dann. Nein, nein, sagt er, ich freue mich, ehrlich. Vor dem SO36 stehen sie Schlange, ich habe Freundinnen an der Tür, wir kommen vor den anderen rein. Ich verliere Olli aus den Augen, versuche, Felix zu erreichen, er geht nicht an sein Telefon, schreibt nicht zurück. Es geht ihm gut, versuche ich mich zu überzeugen und trinke Bier. Mein Freund lenkt mich nicht ab, Olli beschäftigt sich mit seinem Handy, ist noch auf Arbeit, als wäre er zu Hause. Es ist wichtig, glaubt er, das ist es immer. Das Saallicht erlischt, die Slackers treten auf. Mein Freund bekommt nichts mit, die Musik perlt an ihm ab. Alle um mich herum beginnen zu tanzen, nur mein Freund nicht. Ich feiere allein, mit allen anderen, zusammen mit den Slackers. Ich bin klatschnass geschwitzt, kann nicht genug bekommen, doch die letzte Zugabe verklingt, die Party ist vorbei. Ich weiß nicht, was jetzt noch passiert. Ich lasse den Wagen stehen, wir gehen zu Fuß nach Hause, schweigen uns an. Normalerweise gefällt mir die Stille zwischen uns. Es war ein langer Tag, wird er gleich sagen. Ich möchte vögeln, mein Freund ist zu müde. Es war ein langer Tag, sagt er, es tut ihm leid. In der Wohnung trennen sich unsere Wege. Fritz ruft an, er ist im Dienst, sitzt unter der Einsatzleitzentrale der Polizei, er hat aus Versehen eine Hälfte des Blotters geschluckt, das sind zehn Mikrogramm. Ich sage nicht, das waren fünf zu viel. Ich sage, es passiert schon nichts, bei dir auf Arbeit passiert nur selten etwas, oder nie. Fritz lacht, das hat er vergessen. Er hat seine Golfmatte und den Putter dabei. Schlimmstenfalls versagst du beim Putten, beruhige ich ihn. Ein Fernseher läuft, ich höre den Jingle von n-tv. Fritz legt nicht auf, ich bleibe bei ihm. Olli schläft in seinem Zimmer. Ich bin nicht müde, liege auf meinem Bett, sehe durchs Fenster der Mondwanderung zu, unter der bleichen Kugel rumpelt die U1 überirdisch am Kanal entlang. Ich schließe mein Handy über Bluetooth mit der Boom-Box auf dem Nachttisch kurz und höre Radio Fritz:

Wir sind am Holly, dem berüchtigten achtzehnten Grün des US-Masters in Augusta. Tiger Woods und Fritz Rosentreter liegen gleichauf; das leicht ansteigende Grün wird von Bunkern umgeben; es regnet in Strömen. Tausende Schirme schillern in den leuchtendsten Farben. Darunter verharren die Zuschauer; sie halten den Atem an, Tiger Woods schwingt, und … Nein! Kollektives Aufstöhnen. Der Ball verfehlt das Loch! Tiger Woods verfehlt das Loch! Das ist die Chance für den Nobody Fritz Rosentreter. Wenn er jetzt einlocht, eine Bahn von vielleicht fünf, sechs Metern, dann … Strömender Regen macht das Grün unberechenbar. Fritz Rosentreter setzt an; er fixiert den Ball; er schwingt; er trifft den Ball und … Ja!!! Der Ball ist drin! Der Ball ist drin! Der Ball ist drin! Die Menge tobt, unbeschreibliche Jubelszenen. Fritz Rosentreter gewinnt das Masters! Das Masters ist vorbei, ich brauche eine kurze Pause, dann geht es zu den British Open, zu denen wollte Rosentreter schon immer, aber zuerst Kontrolle. Das Script läuft, Fritz sieht dem Script zu, das alles kontrolliert. Hier ist der Datenbankserver. Ich funktioniere. Ich bin da. Das Telefon klingelt. Ja, Rosentreter? Ich soll den E-Mail-Verkehr von einem Kontaktmann zu Europol durchleuchten? Geht klar. Stockmann heißt der, okay. Den File-Server abziehen, ja. Ich spiele Stockmanns Sicherungsstände zurück, dann sehe ich, ob die Dateien verändert wurden. Alles klar. Datei Gallant Phoenix, was haben wir da? Stockmann verfälscht elektronische Daten. Ich greife zu, ich greife jetzt zu. Was macht Stockmann in Syrien? Er landet mit Gallant Phoenix in Aleppo und sein Kontaktmann ist in Aleppo zweifelsfrei zusammen mit einem Saudi, einem Marokkaner, einem Türken und einem Israeli. Ein Kanadier, ein Amerikaner und einer aus Katar sind auch dabei. Geheimkommando Gallant Phoenix ist auf der Suche nach Spuren von IS-Kämpfern, wenn ich das richtig sehe. Von wegen Spuren sammeln. Rekrutieren, steht hier. Gesprächsverlauf IS. Wenn das kein Kontakt ist. Du dachtest wohl, ich hole die Daten nicht zurück, oder? Die Operation läuft aus dem Ruder. Ihr seid aufgeflogen. Plan zur Verzögerung der Evakuierung von Aleppo? So nennst du deine Datei, Stockmann? Das darf ich echt nicht wissen, oder? Die müssen euch da rausholen, Jungs, und zwar ohne Beweise, dass ihr jemals da wart. Weil sonst bewiesen wäre, dass ihr da mit dem IS zusammen, das wäre, o Mann! Entschuldigung, das Telefon klingelt. Nein, das andere. Ja, Rosentreter! Ich bin dran. Nein, ich habe nichts gelöscht. Ich soll die Protokolle löschen? Von mir aus. O Mann. Wir sind hier im Royals St George's Golf Club, die

British Open, das älteste Golf-Turnier der Welt steht auf dem Programm. Der frischgekürte Masters-Sieger Fritz Rosentreter steht zum Abschlag am siebten Loch bereit, Par fünf, nein! Wir sind schon auf dem Grün, umgeben von sanften Hügeln, auf denen sich die Gräser im Wind wiegen. Rosentreter liegt vier Schläge hinter dem Führenden Rory McIllroy zurück. Er nimmt den Putter, er konzentriert sich, er vergeigt es. Fritz Rosentreter packt seinen Putter ein. Das war's. Eine Legende verabschiedet sich. Das Publikum verneigt sich. Ich sitze am Überwachungsplatz. Ich blicke auf die Kontrollbildschirme. Ich überwache. Das Script läuft aus dem Ruder. Das Telefon klingelt. Das ist real, Fritz. Ja. Rosentreter hier. Ich sehe es. Ich bin schon unterwegs. O Mann! Chaos und Finsternis. In der Einsatzleitzentrale sitzen Polizisten an riesigen Tischen. Die Tische sind uralt, kenne ich noch aus den Neunzehnhundertachtzigern, Windows 95 läuft hier immer noch. Die Not ruft, also los, Auftritt Fritz Rosentreter. Hallo, Fritz. Hallo, Frau Einsatzleiterin. ANP 14 und 15 streiken. Ja, habe ich unten schon gesehen, dann will ich mal gucken, was nicht stimmt mit den Annahmeplätzen. Keine Sorge, ich rede öfter mit mir selbst, eine Vorsichtsmaßnahme, Überlebenstraining. Da haben wir ja die Rechner. Achtung, ich stelle sie jetzt aus, jetzt sind sie off geschaltet. Einmal die Stecker gezogen, wieder rein und on. Und jetzt, Fritz? Jetzt warten wir, bis sie wieder hochgefahren sind, vielleicht laufen sie dann wieder, vielleicht auch nicht. Was soll das, Fritz? Mehr darf ich nicht machen, Frau Einsatzleiterin, das wissen Sie doch, streng nach Vorschrift. Ich richte die Reserveplätze ein, Telefonie, Funktechnik funktioniert. ANP 16 und 8 fallen aus. Das ist übel. Fritz! Ja! Ich schlage vor, wir verlagern die Arbeitsplätze zur Reserveeinheit. 3 und 5 fallen auch aus. Okay, so viele Reserveeinheiten gibt es nicht. Kannst du nichts machen, Fritz? Ja, natürlich, ich könnte schon, wenn ich wollte, ich bin echt willig, nur habe ich leider keinerlei Befugnis. 1 und 7 fallen aus. Ist ein Systemausfall. Keiner kann mehr 1-1-0 anrufen. Fritz! Ja, schon klar. Ich meine, klar, muss der Server sein, die Software, beides zusammen. Wenn ich jetzt nicht eingreife, könnt ihr eure Funkwagen nicht mehr erreichen. Wohl möglich. Chaos und Finsternis! Ist vielleicht ein Hack. Tu endlich was! Ja gut, Frau Einsatzleiterin, ich rufe jetzt die Rufbereitschaft, also schreien Sie mich nicht an! Ja, hier Rosentreter vom Servicedesk aus der Einsatzleitzentrale. Wir haben hier ein massives Problem, könntet Ihr … nein, nicht morgen früh, sofort! Das ist ein Notruf! Möglicherweise erreichen die gleich ihre Funkwagen nicht mehr, dann können sie keine Funkwagen mehr koordinieren, die ganze Stadt liegt lahm, Chaos und Finsternis, kein Funkwagen kann eine Statusmeldung abgeben, niemand weiß mehr, wo wer ist, ja leider, das wäre eine Katastrophe, das sehe ich genauso. Klar könnte ich! Nur bin ich nicht befugt, leider, leider, deswegen rufe ich bei euch an, streng nach Vorschrift, ist die Befehlskette, vom Servicedesk zu den Experten von der Fachabteilung. Ich mache nur meinen Job und rufe euch an, alles nach Vorschrift, ich bin zwar qualifiziert, aber nicht befugt, ist Vorschrift, die darf ich nicht verletzen, ich bin noch in der Probezeit, leider, leider. Fritz! Ja, gut. Chaos und Finsternis.

15

Baba klackert Pillen in die Fächer. Donnerstag. Morgens. Einmal Madopar. Einmal gegen Schwitzen. Die gegen's Schwitzen helfen nicht. Baba hatte wieder einen Anfall in der Nacht. Ich musste ihn zweimal umziehen, Laken und Bettwäsche wechseln. Riecht nicht normal, der Schweiß. Ist Parkinson-Schweiß. Die Sachen müssen sofort in die Waschmaschine, sonst bleibt der Geruch für immer, und ich kann die Sachen gleich entsorgen. Freitag. Mittags. Blutdruck hoch. Alles fällt daneben. Ich sammele die Pillen, die es nicht ins Kästchen schaffen, wieder ein, samt des Kästchens und der Packungen. Warum nimmste mir denn das weg?, fragt Baba. Ich war gerade fertig, meint er und guckt traurig auf den leeren Tisch. Seine Hände zittern. Was möchtest du auf dein Brot, Baba? Käse, sagt er. Wir haben keinen Käse mehr. Er möchte Leberwurst. Wir haben nur Marmelade und Butter. Ich muss los, Baba. Er hört mich nicht. Sein Tee schwappt über den Becherrand. Ich schaffe es gerade noch rechtzeitig zu Dienstbeginn auf die Wache, muss mich noch umziehen. In meinem Spind ist nur das Hemd von gestern. Ist ein Fleck drauf, meint Jovanna. Sehe ich auch. Wenn ich nicht zum Waschen komme, sie kann das für mich übernehmen. Danke, ich komme schon klar. Offensichtlich nicht, meint Frau Coric. Ich schicke sie raus zum Funkwagen, sie soll die Einsatzmittel prüfen. Sie beschwert sich. Warum muss ich das immer machen? Weil ich der Streifenführer bin. Als ich rauskomme, ist sie immer noch am Sortieren. Absperrband, Gehörschutz, Munition. Die Reizgasflaschen sind leer. Ihren Schlagstock schiebt sie möglichst weit nach hinten. Habe sie eh noch nie damit im Einsatz gesehen. Kann mir nicht vorstellen, dass sie damit umgehen kann. Ich lege mir meinen Gürtel um, Taschenlampe, Handschellen, Handschuhe, Karabiner und Pistole sind dran. Meine Dienstwaffe ist älter als ich selbst. Wird überall gespart. Jovanna meldet über Funk, dass 2-0-5 bereit ist. Wir sollen zum Hermannplatz, da läuft angeblich einer nackt zwischen den fliegenden Händlern herum, die haben sich beschwert. Sind illegal, aber beschweren sich, stänkert Frau Coric. Ich parke vor dem alten Kaufhaus, da stehen sie Schlange vor den Eingängen, die immer noch verschlossen sind. Der nackte Mann steht still auf dem Platz. Er hat sein Gesicht zur Sonne gedreht und die Augen geschlossen. Vor seinen Füßen picken Tauben Krumen auf. Jovanna fühlt sich durch seinen Anblick beleidigt, alle anderen weichen einfach aus. Die Händler stehen hinter ihren improvisierten Ständen und zeigen mit den Fingern auf ihn. Ist ja gut, wir haben's kapiert. Warum rennt der Spacko nackt hier rum? Jovanna. Ich spreche den Mann an, er weiß es selbst nicht. Er kann sich nicht erinnern, wo er wohnt, ist Schlafwandler. War er schon als

Kind, meint er. Ist aufgewacht und war hier auf dem Hermannplatz. Es ist helllichter Tag. Er ist Nachtarbeiter, behauptet er, im Sicherheitsdienst. Er schiebt Wache vor der chinesischen Botschaft in Mitte. Schläft immer nur am Tag. Jovanna hat eine andere These. Seine Alte hat ihn rausgeschmissen, sie wettet darauf. Sie will, dass er sich etwas vorhält, fragt sich nur, was. Sie soll eine Decke aus dem Wagen holen. Hat sie keine Lust zu, ist ihr zu weit. Sollen die Händler uns doch eins ihrer Tücher geben. Die verlangen, dass wir dafür bezahlen. Ich frage den Schlafwandler, ob er sicher ist, dass er jetzt wach ist. Er glaubt schon, aber er erinnert sich noch immer nicht daran, wo er wohnt. Seine Alte nimmt den garantiert nicht zurück. Jovanna. Zwei Kollegen stoßen zu uns, der eine hält sich an 'ner Schrippe mit Fleischwurst fest. Der andere hat eine Decke dabei und will wissen, warum der Mann nackt ist. Ist ein Schlafwandler, erkläre ich ihm. Ihr könnt ihn haben, sagt Jovanna, seine Frau hat ihn gefeuert. Damit hat sich die Sache für sie erledigt. Der Kollege gibt dem Mann die Decke, fordert ihn auf, sie um sich zu wickeln. Jovanna ist am Funk. Dem Kollegen mit der Fleischwurst ist nicht klar, warum sie den Nackten übernehmen sollen. Weil wir zur Baerwaldstraße fahren, sagt Jovanna. Am Urbanhafen wurde ein Obdachloser in den Kanal geworfen. Die Rettungskräfte sind bereits vor Ort, als wir eintreffen. Ein paar Schüler haben den Obdachlosen wieder rausgefischt. Als sie ihn reanimieren wollten, haben die beiden Besoffenen, die ihn reingeworfen haben, versucht, sie daran zu hindern. Die Besoffenen hocken immer noch da, sind beide Mitte zwanzig, riechen übel nach Sprit. Er hat in unser Schlauchboot gepisst, sagt der eine. Ich fasse es nicht. Und deshalb habt ihr ins Wasser geworfen? War keine Absicht, behaupten sie, der hat die Leine vom Boot losgemacht, er sollte nur ihr Boot zurückholen. Sie konnten ja nicht wissen, dass er nicht schwimmen kann. Sie wollen wissen, wie sie ihr Boot zurückbekommen sollen. Sie wollen keinen Ärger mit dem Vermieter. Ich kann's nicht glauben. Sie sehen, dass er nicht schwimmen kann, aber helfen nicht.

Wir können auch nicht schwimmen, verteidigt sich der eine. Der andere kotzt Jovanna vor die Füße. Er entschuldigt sich, wischt sich über den Mund. Was jetzt aus ihrem Tretboot wird, will er wissen. Ich dachte, es war ein Schlauchboot. Eins zum Treten, meint der eine. Warum sie die Ersthelfer behindert haben, wissen sie auch nicht. War keine Absicht, beteuern sie. Sie wollten die unterstützen, muss anders rübergekommen sein. Der Obdachlose wird es überleben. Jovanna. Die beiden verstehen nicht, warum wir sie trotzdem festnehmen müssen. Wenigstens leisten sie keinen Widerstand, als wir sie in den Wagen verfrachten. Wir bringen sie zur GeSa. Im Wagen stinkt's nach Kotze, Schweiß und Sprit. Jovanna summt vor sich hin, lutscht Schokobonbons. Wir laden die Idioten in der GeSa ab, fahren zurück zum Abschnitt. Ich rufe Baba an. Katrin geht ran. Alles in Ordnung, sagt sie, klingt aber komisch. Ich glaube ihr nicht. Es liegt an ihr, behauptet sie, sie hat einen schlechten Tag. Ich soll mir keine Sorgen machen. Ja klar. Bei Rossmann in der Zossener stehen sie Schlange, wir schlängeln uns vorbei. Ein 10-Jähriger hat eine Tüte Schokobonbons geklaut. Ist ein Fall für Jovanna. Ob er kein Geld hat, fragt sie ihn. Er hat keins. Er hatte nur Hunger. Gibt doch in der Schule was zu essen, meint Jovanna. Die Schulkantine ist schon seit Tagen nicht mehr in Betrieb, erklärt er uns. Deshalb ist er in der Pause los, wollte sich was holen. Der Kleine hat dunkle Locken, die hängen ihm in die Augen, seine Zähne sind mit einer festen Klammer verdrahtet. Ich frage ihn, warum er sich nicht wenigstens was Vernünftiges organisiert, wenn er Hunger hat. Er zuckt nur mit den Schultern. Wir warten auf die Mutter. Erklären ihr, was los ist. Sie wischt dem Kleinen eine. Klau wenigstens 'ne Schrippe, wenn du Hunger hast, sagt sie. Er guckt mich an, ich schäme mich. Ich übernehme das, sage ich, und zahle seine Bonbons. Jovanna stöhnt, hält mich für bekloppt. Ohne ein weiteres Wort zerrt die Mutter den Kleinen hinter sich her. Wir sind noch keine drei Stunden im Dienst. Wir sollen zur Kolonie am Flughafen. Ich frage Jovanna, wann sie das letzte Mal trainiert hat. Sie gibt keine Antwort. Ich halte am Mahnmal vom Konzentrationslager Columbia. Auf beide Teile der stählernen Skulptur sind rote Hakenkreuze gesprayt. Ich melde es. Geht uns nichts an, kommt über Funk zurück. Ich sehe das anders. Ist dem Kollegen egal. Am Eingang der Kolonie hängt ein Transparent zwischen zwei Bäumen. Hände weg vom Gartengrün – Tomaten züchten ist sozial, steht darauf. Die Kleingärten werden bedroht, auf dem Areal sollen Wohnungen gebaut werden. Die Kolonisten versuchen, es zu verhindern. Ich hasse Schrebergärten. Jovanna. Das Eingangstor klemmt, Jovanna tritt dagegen. Wir finden die Parzelle von Frau Çelik nicht, ist ein Labyrinth, die Kolonie. Hierher!, ruft eine Dame mit zerfranstem Strohhut. Wird wohl Frau Çelik sein. Sie hat sich ihre Lippen und die Fingernägel angemalt, von den Nägeln blättert die Farbe bereits ab. Frau Çelik hält einen Spaten in der Hand, die andere stemmt sie in die Hüfte. Die Sonnenblumen auf ihrem Kleid leuchten greller als die in ihrem Garten. Hinterm Zaun zu ihrem Nachbarn steht ihr Nachbar. Der hat ein Hawaiihemd und rote Badeshorts an. Er trinkt Bier und raucht Elektrozigarette. Ich will, dass Jovanna den Sachverhalt aufnimmt. Warum ich?, fragt sie. Holt ihren Bleistift, ihren Block raus, fängt an zu notieren. Der Mann mit der Bierflasche hat eine Katze. Die Katze ist nicht da. Frau Çelik hält Vögel in Volieren. Die Katze greift die Vögel an, behauptet Frau Çelik. Der Hawaiimann beschuldigt sie, mit Steinen nach seiner Katze zu werfen. Mit dem Spaten auf sie einzuschlagen. Weil sie die Vögel angreift, verteidigt sich Frau Çelik. Die Katze können wir nicht befragen, die Vögel auch nicht. Frau Çelik besteht darauf, dass wir das Hawaiihemd auffordern, seine Katze von ihrem Garten fernzuhalten. Er hat das seiner Katze schon gesagt, sagt er, aber er ist nicht sicher, ob sie es verstanden hat. Aha. Frau Çelik ist empört. Sie möchte wissen, was wir jetzt zu unternehmen gedenken. Jovanna wedelt mit den Händen, verscheucht Fliegen oder Mücken. Sie scheint beides anzuziehen. Wir geben den Vorgang an unsere Sachbearbeiterin weiter, sage ich. Was für eine Sachbearbeiterin?, fragt der Katzenmann. Die hört sie beide persönlich an, oder fordert sie auf, sich schriftlich zu erklären, erkläre ich ihm. Wir haben uns doch gerade erklärt, meint Frau Çelik. Die Sachbearbeiterin klärt das. Jovanna. Ich dachte, sie tun das. Der Katzenmann. Wozu sind sie denn sonst hier? Die Vogelfrau. Auf einmal sind sie sich einig. Mich hat was gestochen. Jovanna. Ich teile den beiden mit, dass wir hier nichts weiter für sie tun können. Frau Çelik will sich über uns beschweren, das Hawaiihemd stimmt ihr zu. Wird eh bald alles plattgewalzt hier. Wir finden den Ausgang nicht. Jovanna kratzt sich. Kratzen macht's nicht besser. Es juckt aber, sagt sie. An ihrem Hals bildet sich um den Einstich herum ein übler roter Fleck. Ich zähle die Stunden. Wir fahren Dreifachschicht. Alle Wachen in den Abschnitten sind unterbesetzt. Ich höre auf, die Stunden zu zählen. Der Mond klettert über den Südstern. Jovanna kratzt sich immer noch am Hals. Mein Handy klingelt. Laleh. Wir waren zusammen in der Schule, zusammen mit Kerem, sind zusammen groß geworden. Kerem und Laleh haben geheiratet, haben sich vom Hochzeitsgeld einen Spätkauf in der Wrangel gekauft. Baba geht da gerne hin. Ich bin quasi Anteilseigner. Hab damals einen Hundert-Euro-Schein an Lalehs Hochzeitskleid gepinnt. Vorm Laden stehen zwei Tische mit Bierbänken. Für Baba stellen Kerem und Laleh immer einen Stuhl mit Lehnen für die Arme raus. Baba ist gerade bei ihnen. Das Madopar hat aufgehört zu wirken. Baba kann nicht aufstehen. Kerem wollte helfen, ihn nach Hause bringen, aber Baba lässt ihn nicht. Ich sage Laleh, sie soll ihn mir geben. Ich sitz hier gut, meint Baba, ich soll mir keine Sorgen machen. Seine Stimme leiert schon bedenklich. Geht gleich wieder, meint er. Laleh ist wieder dran. Jovanna wird nervös. Ich frage Laleh, ob Baba noch bleiben kann, nur für kurze Zeit. Kein Problem, meint Laleh, er ist ganz friedlich. Ich rufe Katrin an, frage, ob sie ausnahmsweise, ist ein Notfall, ich zahle ihr das. Wovon willste denn das bezahlen, Deniz?, fragt sie. Ich sage ihr nicht, dass ich die dritte Schicht hintereinander fahre, dass sie mir das immerhin vergüten. Aber Katrin kann sowieso nicht, es tut ihr leid, sagt sie, sie ist selbst auf Arbeit. Sonst gerne, Deniz, ehrlich, sagt sie. Jovanna starrt aufs Funkgerät, zeigt mir einen Vogel. Was ist los, Jovanna? Wir sind im Dienst, sagt sie. Das weiß ich selbst. Wo willst du hin, Deniz? Halt die Klappe. Ich melde uns ab, wir essen was, gebe ich durch und fahre zur Wrangel. Ohne Meldung darfst du den Abschnitt nicht verlassen. Jovanna. Sie will nicht, dass ich sie mit reinziehe. Ist längst passiert. Sie beschimpft mich auf Kroatisch. Baba sitzt noch vor Lalehs Spätverkauf. Ich ziehe ihn hoch. Er kann nicht gerade stehen, kann die Beine nicht durchdrücken. Ihm wird schwindelig. Er beugt sich vor, stützt sich auf den Oberschenkeln ab. Speichel tropft aus seinem Mund. Komm schon, Baba, sind nur ein paar Meter. Kerem meint, wir sollen ihn lieber fahren. Jovanna will ihn nicht im Wagen haben. Ist eh besser, wenn wir laufen, damit Babas Blutdruck wieder steigt. Jovanna soll zur Tabor fahren. Baba klammert sich an mir fest. Ich frage Laleh und Kerem, ob er Bier getrunken hat. Laleh und Kerem sehen sich an. Tut mir leid, Deniz, sagt Laleh. Schon in Ordnung. Baba kann sehr überzeugend sein, wenn es um sein Bier geht. Ich schleife ihn mit, er schlurft. Komm schon. Linkes Bein hoch! Rechtes Bein hoch! Jovanna hat uns überholt, wartet schon. Ich bringe Baba hoch. Dauert alles ewig. Ich habe keine Zeit, ihn umzuziehen, die Windel zu wechseln. Er kriegt nichts mit. Ich decke ihn zu, lasse das Fenster auf, renne die Treppe runter. Jovanna lehnt am Wagen, lutscht ein Bonbon. Du bist mir etwas schuldig, sagt sie. Ich weiß. Ich soll melden, dass 2-0-5 wieder bereit ist. Sind wir aber nicht. Ich brauche irgendwas, das hell ist, nur für einen Augenblick. Der würde reichen, um mich wieder aufzubauen. Ich fahre die Wrangel runter zur Falckenstein. Jovannas Hals schwillt an, muss wohl der Stich sein. Wo willst du hin, Deniz? Ich will nur schnell was gucken. Sie ist nicht da. Im Sushi Macchiato brennen keine Lichter. Vielleicht ist Ruhetag.

Wir brauchen mehr Red Bull, stehen Blücherstraße zweite Reihe. Jovanna ist ins Alsancak, holt mir noch einen Spinat-Börek, für sich Baklava. Ein ungeheurer Knall zerfetzt die Luft, erschüttert alles. Ich gucke in den Rückspiegel. Hinter einem Lotto-Kiosk steigt Rauch auf. In der Hauswand klafft ein Loch. Da war eben noch ein Geldautomat von Euronet. Der muss explodiert sein. Euro-Scheine fliegen durch die Luft. Die könnte ich gebrauchen. Ich bin nicht der Einzige. Alle Welt hüpft auf der Straße rum, versucht die Scheine aufzufangen, sie vom Boden aufzuklauben. Muss ein Traum sein. Ich bin hellwach, müsste eigentlich todmüde sein. Die dritte Schicht läuft, wir sind seit sechzehn Stunden im Dienst, fehlen nur noch acht. Ich mache Meldung, steige aus, will sehen, was da los ist. Es gibt kein Durchkommen. Alle fischen Scheine, meine Uniform interessiert niemanden. Plötzlich sprengen die Sammler auseinander. Ein roter Mazda rast an mir vorbei. Müssen die Täter sein. Jovanna taucht auf, steigt mit mir in den Wagen. Mein Jagdinstinkt setzt ein. Jovanna will zwei Red Bull-Dosen öffnen, kommt aber nicht dazu. Ich setze dem Mazda nach. Der Mazda rast den Mehringdamm hinunter, driftet links ins Hallesche Ufer. Nimmt Kurs auf den Tunnel. Jovanna klammert sich am Sitz fest. Wir hätten bleiben müssen, meint sie. Sie soll das Kennzeichen zur Einsatzleitzentrale durchgeben. Sie reißt sich zusammen, funkt. 2-0-5, Hallesches Ufer, verfolgen roten Mazda Richtung Reichpietschufer, Kennzeichen B-XG 456. Niemand reagiert. Keine Bestätigung, keine Antwort. Scheiße!, brüllt Jovanna. Scheiße ist keine Funksprache. Das Adrenalin hält mich am Leben. Wir verlassen den Abschnitt, sind im Tunnel Tiergarten. Können nicht melden, dass er in den Wedding fährt. Deniz!, schreit Jovanna. Was? Der Funk ist tot! Frau Coric flippt aus. Sie soll es weiter probieren. Ich fahre nicht in den Wedding, sagt sie. Irrtum. Wir sind längst aus dem Tunnel raus. Abschnitt 17 oder 18. Müllerstraße, S-Bahnhof Wedding. Hier schert sich niemand darum, wenn du mit Blaulicht und Sirene anrückst. Kollegen sind keine in Sicht, niemand unterstützt uns. Der Funk bleibt tot. Der Mazda schert aus. Will in die Triftstraße rein. Sein Auspuff qualmt. Vor einem Eurogida schaffe ich es endlich, vorbeizuziehen. Ich schneide ihn, er tritt in die Bremsen, das war's. Der Fahrer steigt aus, hält die Hände hoch. Hat ihn noch keiner drum gebeten. Ich sehe, dass er weint. Auf der Rückbank liegt seine Freundin. Meine Dienstwaffe wandert zurück ins Halfter. Sie wollten ins Virchow-Krankenhaus, sind ihr eigener Notarztwagen. Auf ihren Notruf hat niemand reagiert, alle Leitungen waren tot. Die Frau auf der Rückbank hat einen schweren Malariaanfall, ihr Freund ist davon überzeugt. Sie muss sofort ins Krankenhaus, im Virchow sind sie darauf spezialisiert. Jovanna holt ihren Bleistift raus, will seine Personalien aufnehmen, einen Krankenwagen rufen. Der Funk ist aber immer noch tot. Es sind nur drei Minuten bis zur Notaufnahme. Ich will, dass sie den Stift wegsteckt. Nein, sagt sie. Der Mann heißt Miro, mit Nachnamen Dzeko, er ist der Halter des Fahrzeugs. Seine Freundin kriegt nichts mit, er will endlich los. Sie müssen auf den Rettungswagen warten. Jovanna. Sie kapiert es nicht. Wir haben ihn nie gerufen. Jovanna traktiert das Funkgerät, belebt es wieder. Wir hören eine Stimme, Systemausfall, sagt sie. Jovanna gibt unseren Standort durch. Wir sollen warten. In der Leitzentrale ist die Hölle los, in der ganzen Stadt herrschen Chaos und Finsternis. Ich sage Miro Dzeko, er soll fahren. Er sieht aus wie fünfzehn, wischt sich die Tränen aus den Augen. Er soll langsam machen, sie sind eh gleich da. Er nickt nur. Du bist krank, Deniz. Jovanna. Wegen mir verliert sie ihren Job, meint sie. Die in der Einsatzleitzentrale haben andere Probleme, hast du doch gehört. Auf unserer Wache auch, der Systemausfall trifft alle, also gib endlich Ruhe. Jovanna glaubt, dass Terroristen uns gehackt haben. Ja klar. Sie soll einsteigen. Du kannst mich mal, sagt sie. Ja genau. Hier gibt's nur Assis, stellt sie fest, redet sich in einen Rausch. Überall nur Benz und BMW. Ist denen wichtiger als Wohnen. Die wohnen alle in Einzimmerwohnungen, mit ihrem ganzen Clan, aber haben Protzkarren, damit die jeder sehen kann. Und wenn sie Geld zum Tanken brauchen, vermieten sie die stundenweise, dann geben andere damit an, Dreckskiez. Frau Coric dreht voll auf. Lutsch Bonbons, Jovanna. Wieso? Weil ich will, dass du die Klappe hältst. Ich sage nur, wie es ist, sagt sie. Ja klar. Ich fahre die Wildenow runter, biege links in die Burgsdorfer. Kurz vor der Müller stehen mindestens dreißig Leute auf der Straße, bilden einen Kreis. Dreh um, Deniz. Jovanna. Die Männer brüllen rum, bemerken uns gar nicht. Ich blende auf, unser blaues Licht dreht sich, interessiert sie nicht. Sie feuern zwei an, die in der Mitte kämpfen. Ein paar brüllen auf Türkisch, die meisten in einer anderen Sprache. Ist Russisch, schätze ich. Jovanna soll es melden. Sie weigert sich. Geht uns nichts an, wenn sich die Russen im Wedding gegenseitig aufs Maul hauen, meint sie. Ich fasse es nicht. Was stimmt nicht mit dir, verdammt! Ich bekomme keine Antwort. Sie will nicht, dass ich aussteige. Sie kapiert es nicht. Da schlägt einer auf einen anderen ein, wir haben keine Wahl. Ist unsere Pflicht, ist ihr egal. Ich gebe durch, dass wir Verstärkung brauchen, einen Versuch ist's wert. Lasse Scheinwerfer und Blaulicht an. Bleib hier, bittet mich Jovanna leise. Sie steigt trotzdem mit mir aus. Wir können nicht auf Verstärkung warten. Ich sehe die beiden inmitten des Kreises der aufgekratzten Zuschauer. Der eine hat eine Platzwunde am Kopf. Er kann sich kaum noch wehren, hält sich gerade eben noch auf seinen Beinen. Es sind zu viele, Deniz. Unterzahl spielt keine Rolle bei einer körperlichen Bedrohung. Die anderen schauen eh nur zu. Ist wie bei einem Cage-Fight, sie feuern die Kämpfer an. Scheint so, als wären sie alle auf der Seite des Überlegenen. Ich gehe auf sie zu, halte in der rechten Hand mein Pfefferspray versteckt. Sie sehen mich, greifen mich nicht an, brüllen weiter. Ich blicke über meine Schulter, Jovanna ist nicht hinter mir. Sie steht am Wagen, rührt sich nicht. Der eine schlägt weiter auf den anderen ein, der blutet aus dem Auge, aus dem Mund. Er taumelt, kriegt Schläge ins Gesicht, in den Magen. Ich schiebe Zuschauer zur Seite, trete in den Kreis.

Der Schläger lacht mir ins Gesicht. Verpiss dich, Bulle! Klingt nach einem russischen Akzent. Ich versuche ihn zu beschwichtigen, ohne Erfolg. Er schlägt seinem Gegner gegen die Schläfe, das Opfer geht zu Boden, kriegt einen Tritt ab. Jovanna steht am Wagen. Die Menge brüllt. Ich gehe auf den Russen zu, feuere mein Spray ab. Er springt auf mich zu, schreit. Seine Augen müssen brennen wie die Hölle. Ist ihm egal, ob er was sieht. Er erwischt mich trotzdem. Ich bin zu langsam. Er bringt seine Arme um mich, schleudert mich zu Boden. Die Menge rastet aus. Ich klammere mit meinen Beinen, er lockert seinen Griff, will zuschlagen. Ich schiebe einen Arm unter seinen Hals, gehe seitlich rein, bringe aber meinen Ellenbogen nicht auf seinen Kehlkopf. Ich rufe nach Jovanna. Mein Ruf geht unter in dem Lärm. Ich sehe sie durch die Beine der Zuschauer hindurch. Sehe, wie sie in den Wagen steigt, sich auf den Beifahrersitz setzt. Sie zieht die Tür zu, ich stecke Schläge ein. Er kann kaum ausholen, zielt auf meine Leber. Seine Faust rutscht an meiner Schutzweste ab, er trifft mich im Gesicht. Wieder, wieder und wieder. Ich spüre dem Schmerz nach, da ist keiner. Zu viel Adrenalin. Ich halte ihn noch immer, schaffe es nicht, ihn abzuwürgen. Seine Schläge verlieren an Kraft, ich bekomme mit der Rechten einen Arm zu fassen. Ich fange den Blick eines Jungen auf, probiere es. Habe eh keine Wahl, wenn ich nicht krepieren will. He! Gel buraya lütfen, yardim et! Er starrt mich an. Mir bleibt nicht mehr viel Zeit, ich werde schwächer. Ne olur! Bitte! Der Junge löst sich aus der Menge, kniet sich neben mich. An meinem Gürtel ist eine kleine Tasche, da sind Handschellen drin, hinten am Rücken. Er nickt. Er soll sie rausholen. Die Rufe werden leiser. Der Junge zögert. Es fällt mir schwer zu atmen. Ich frage ihn trotzdem, wie er heißt. Emir, sagt er. Bitte, ne olur, Emir, hadi ne olur. Emir öffnet die Tasche, holt die Handschellen raus. Greift den anderen Arm des Russen, umschließt das Handgelenk. Der Russe stemmt sich dagegen, ich drücke seinen Arm an den anderen. Emir bekommt die zweite Hand in den offenen Ring. Ich höre das

Klacken, gebe den Hals des Russen frei. Ziehe die Handschellen nach. Der Mob verstummt. Ich reiße den Russen hoch auf die Füße. Du bist tot, Türke! Er meint Emir. Emir hält seinem Blick stand. Ich bedanke mich bei ihm. Er nickt mir zu. Ist besser, wenn ich mich verziehe, meint Emir. Evet. Ja. Die anderen lassen ihn in Ruhe. Sie sind enttäuscht, weil es vorbei ist. Sie zerstreuen sich. Der Russe beschimpft mich. Sein Opfer hockt alleine auf der Straße, spuckt Blut. Ich schleppe den Schläger zum Streifenwagen. Jovanna sitzt noch drin. Hat die Türen verriegelt. Ich drücke den Russen auf den Boden, er lehnt sich an den Wagen. Ich hämmere gegen die Scheibe. Jovanna öffnet endlich die Türen, guckt mich an, ist wie gelähmt. Ich fordere Gefangentransporter und Rettungswagen an. Der Russe fixiert mich, reißt sein Maul auf. Du hast keine Ahnung, mit wem du dich anlegst, Bulle. Halt die Fresse, Arschloch. Die Verstärkung rückt an. Irgendwer hat das System wieder zum Laufen gebracht. Ein Kollege fragt, ob ich in Ordnung bin. Keine Ahnung. Aus meiner Nase läuft Blut. Mein Hemd ist unter der Schutzweste zerrissen. Ich bin seit zwanzig Stunden im Dienst, die Schicht ist noch nicht vorbei. Ich soll auf den Notarztwagen warten. Kein Interesse. Den braucht das Opfer. Das ist längst weg, stellen die Kollegen fest. Ich fahre mit Jovanna zurück in unseren Abschnitt, zur Wache in der Friesenstraße. Der Wachleiter muss mir ein Hemd leihen. Ist mir drei Nummern zu groß. Bevor ich nach Hause kann, muss ich den Bericht schreiben. Ich formuliere eine Anzeige wegen schwerer Körperverletzung und Widerstand gegen Vollstreckungsbeamte. Jovanna will wissen, was ich sonst noch reinschreibe. Den Tathergang, was sonst. Ich meine wegen mir, sagt sie. Sie will mir was zum Kühlen holen. Mein Kinn ist angeschwollen. Ich hole dir gern was, sagt sie. Ich ignoriere sie. Sie verlässt den Raum. Der Wachleiter meint, wenn wir Probleme auf dem Wagen haben, müssen wir das klären. Ich soll mit Jovanna reden. Ich weiß nicht, worüber. Null am Funkgerät ist Notruf. Null bedeutet, wir brauchen Unterstützung, weil Lebensgefahr besteht. Wenn du Null drückst, brechen alle anderen ihren Einsatz ab, um zu helfen. Null hat Frau Coric nicht gedrückt. Sie hat sich im Wagen eingeschlossen und ist eingefroren. Interessiert den Wachleiter nicht. Du bist der Streifenführer, meint er. Ich soll den Vorfall aus der Welt schaffen. Jovanna taucht wieder auf, hat ein Eispad in ein Handtuch gewickelt. Ich frage, wie viel sie dafür haben will. Der Wachleiter geht eine Rauchen, meint, wir kommen sicher für einen Moment alleine klar. Ja klar. Ich frage Jovanna, ob es daran lag, dass es Russen waren. Ob sie denkt, Russen können sich ruhig die Köpfe einschlagen, geht uns nichts an. Wenn ein Kollege dabei draufgeht, auch egal. Ist eh nur ein Türke. Nein, sagt sie, gar nicht, ich habe nur. Du hast gar nichts, Jovanna. Es tut ihr leid. Sie fängt an zu weinen. Guck dich doch mal an, sage ich. Es war ein Ausrutscher, behauptet sie. Schwachsinn. Die Tränen laufen ihr durchs Gesicht. Ich hatte Angst, schluchzt sie. Dann meld dich krank und mach 'ne Therapie. Sie weiß selbst, dass sie was gegen ihre Ängste unternehmen muss. Na dann ist ja alles klar. Ich versprech's dir, Deniz. Ist mir egal. Heul woanders.

Draußen wird's schon hell. Babas Nacht war auch beschissen. Er ist aufgewacht, hat versucht aufs Klo zu kommen. Er hat's nicht mehr geschafft, die Windel war im Weg. Ich wische den Boden im Bad auf. Hieve Baba in die Wanne, setze ihn auf den Plastikschemel. Ich will keine Fremden im Haus, sagt er. Katrin kommt heute nicht. Katrin ist doch keine Fremde, sagt er. Ich wasche ihn, ziehe ihn an, kann kaum noch die Augen offen halten. Wo bist du denn gewesen, Junge? Nachtschicht, Baba. An die Abholaktion vor Lalehs und Kerems Kiosk erinnert er sich nicht. Was ist mit deinem Gesicht passiert?, fragt er. War nur Sparring, Baba. Sieht übel aus, meint er. Ist nicht schlimm. Sieht aber schlimm aus, Junge, lass das bloß nicht deine Mutter sehen. Nein, Baba. Ich helfe ihm aus der Wanne. Wir warten immer noch auf die Bewilligung für den Einbau einer ebenerdigen Dusche. Ich will ihn abtrocknen. Lass mich, sagt er, ich kann alleine. Ich mache ihm Frühstück, stelle es in sein Zimmer. Frühstück ist bei dir, Baba! Ich zieh mich selber an, sagt er. Von mir aus. Ich klappe das Sofa aus, hole mein Bettzeug aus der Kammer, muss endlich schlafen. Ich lege mich hin, der Schmerz ist überall. Das Adrenalin ist längst verpufft. Ich schlucke zwei Ibuprofen 600, träume von 'nem besseren Leben und schlafe ein.

16

Ich habe verschlafen, mein Freund hat mich vergessen, er ist schon unterwegs, versucht, die Welt zu retten. Radio Fritz läuft immer noch: Chaos und Finsternis. Hier Fritz Rosentreter, ich bin der Systemadministrator. Ich kündige den Staatsdienst. Und zwar fristlos, Sie haben recht gehört. Diesem Staat kann ich nicht länger dienen. Der Staat muss ab sofort auf mich verzichten. Hallo, Frau Sachbearbeiterin, entschuldigung, ich dachte, ich hätte angeklopft, Rosentreter mein Name. Fritz. Sie müssten eine Mail von mir erhalten haben, gerade eben, die haben Sie vorliegen? Wunderbar, ja genau, meine Kündigung, ich kündige. Ja, absolut, ich bin ganz sicher, ich möchte Sie verlassen, das ist wohl überlegt, absolut, das ist mir bewusst. Noch in der Probezeit, jawohl, ich habe hier genug probiert, danke vielmals. Ja, bitte, gerne, ich setze mich, im Warten bin ich gut, auf die Papiere kann ich auch noch warten. Ich müsste nur kurz telefonieren, ich rufe eine Freundin an, die ist, sie hat mir … O! Vanessa? Du bist noch dran? Ja, das bin ich, guten Morgen, Fritz, ich hoffe, es geht dir gut. Es geht ihm wunderbar, so gut wie lange nicht mehr. Das freut mich für ihn. Ich mache mich fertig, bin bereit für meinen Kurierdienst. Ich brauche heute nicht lange, schon am Nachmittag ist alles ausgeliefert.

Baba weckt mich. Ist schon nach Mittag. Baba hat einen Termin beim Neurologen, den hat er alle drei Monate. Wolltest doch mit, sagt er. Ja, Baba. Der kann auch gleich dein Gesicht verarzten, sagt er. Ja klar. Ich komme kaum aus dem Bett. Bist schon genauso steif wie ich, na los, Junge, rechtes Bein hoch, linkes Bein hoch. Er ist witzig, mein Baba. Er lächelt. Ich bringe Decke und Kissen zum Lüften raus auf den Balkon. Klappe das Bett hoch, jetzt ist es wieder ein Sofa. Baba hat mir Kaffee gemacht, hat Schrippen, Käse, Milch und Obst geholt. Es geht ihm also gut. Warum soll's mir nicht gut gehen?, fragt er. Damit der Neurologe dich neu einstellt. Was soll der neu einstellen? Schon gut, Baba. Vor der Praxis stehen sie Schlange. Baba darf vor, ein paar beschweren sich trotzdem. Sein Neurologe surft durch die Krankenakte. Na, Herr Stummer, wie geht's uns denn? Baba soll sich hinstellen, die Arme nach vorne strecken, die Fäuste auf und zu machen, auf einer geraden Linie ein paar Schritte gehen. Was für 'ne Linie?, fragt Baba. Er soll sich eine vorstellen. Ich frage mich, was für ein Neurologe das ist. Das frage ich mich schon seit Jahren. Bei einem anderen kriegen wir keinen Termin. Baba setzt sich wieder hin. Der Rigor hat sich nicht verschlimmert, der Tremor auch nicht, stellt der Doktor fest. Das sehe ich anders, sage ich. Mir geht's gut, meint Baba, nur manchmal nicht. Ich frage den Doktor, ob man Baba nicht neu einstellen kann. Gibt eine Klinik, die sind darauf spezialisiert, da bleibt man für vier Wochen, sie beobachten ihn und können dann alles anpassen. Sieht der Doktor keinen Anlass für. Ist eh völlig überlaufen, die Klinik. Was ist dann wenigstens mit Physiotherapie?, frage ich. Das können wir machen, meint der Doktor. Er stellt ein Rezept für zehn Behandlungen aus, das wird im Vorzimmer ausgedruckt. Physio macht nur Sinn, wenn sie regelmäßig ist, dachte ich. Mehr als zehn im Quartal darf er nicht verschreiben. Ob er eine Physio-Praxis weiß, wo's keine Wartezeiten gibt. Ihm fällt keine ein. Er fragt Baba, wie es um seinen Geruchssinn steht. Ich rieche gut, meint Baba. Er lügt, keine Ahnung, warum. Ich erzähle von den Schwitzattacken. Das ist normal, meint der Doktor. Ob Baba seine Antihidrotika nimmt. Ja. Wir sollen die Dosis erhöhen. Außerdem empfiehlt der Doktor Salbeitee. Salbei mag ich nicht, meint Baba. Der Doktor lächelt. Na schön, Herr Stummer, sagt er, wir sehen uns in drei Monaten wieder. Baba zittert kaum, steht problemlos auf, geht fast aufrecht, ohne zu schlurfen, zur Tür raus. Ist jedes Mal dasselbe. Er will zum Friedhof. Zu Mama. Ich habe keine Zeit, muss die Wohnung putzen, Wäsche waschen, schlafen. Er will alleine gehen. Ich bin kein Kind, meint er. Wir sind eh schon am Kotti. Ich bringe ihn runter zur U8. Hermannstraße steigst du um in die U7 Richtung Spandau und Südstern dann raus und die Lilienthal hoch, sage ich. Halt die Klappe, Deniz, meint er. Die Strecke fährt er blind. Den Weg zum Grab von seiner Selda verfehlt er nie. Ich laufe die Oranien hoch, die Skalitzer entlang, dann die Wrangel Richtung Tabor. Immer mehr Menschen bevölkern die Straßen. Ich gucke bei Laleh und Kerem vorbei. Sie fragen nach Baba, wollen wissen, was mit meinem Gesicht passiert ist. Ich erzähle ihnen nur eine Kurzfassung, bedanke mich für gestern Abend. Ich gehe zum Sushi Macchiato. Sie ist nicht da. Ich hole mir gegenüber bei Kampus einen Kaffee. Setze mich auf einen der Poller vorm Café und behalte die Tür vom Sushi Macchiato im Auge.

Ich sehe Deniz schon von Weitem. Er hockt vor Kampus auf einem der Poller, da gibt es Tauben, Nebelkrähen und Sperlinge. Ich wechsele die Straßenseite, gehe auf Deniz zu. Er grinst mich an, es scheint ihm Schmerzen zu bereiten. Sein Mund verzerrt sich, sein Kinn und die Oberlippe sind geschwollen, um sein linkes Auge herum schimmert es dunkelviolett, über der Augenbraue klebt ein Pflaster. Ich weiß nicht, was er gleich sagen wird, das verwirrt mich. Er sitzt da vor mir, sieht mich an und lächelt. Ich kann nicht aufhören, ihn anzusehen. Schön dich zu sehen, sagt er. Ja. Ich frage, ob sie ihn getackert haben, er senkt den Blick, schüttelt den Kopf. Was ist passiert? Bin ausgerutscht, behauptet er. Was ist mit dir, Vanessa? Ich dachte, ich gucke mal, wo du bist. Er grinst. Scheint, als hättest du mich gefunden. Das war nicht schwer, du hast auf mich gewartet, Deniz.

Ich frage, ob wir ein Stück gehen wollen. Wir gehen Richtung Ufer, dann über den Steg und die Treptower Brücke. Wir landen beim Schlesischen Busch, auf einer der Bänke. Bist du öfter hier?, fragt sie.

Seine Fingerknöchel sind aufgeschürft, ich muss an Felix denken, ich habe ihn vergessen.

Sie denkt an etwas anderes. Tut mir leid, sagt sie. Kein Problem.

Wir reden kaum, ich weiß nicht, was er denkt, das bin ich nicht gewohnt, dass mich einer nicht gleich überschwemmt. Wir sitzen einfach da und gucken uns im Park die Menschen an. Ein paar lassen sich ihr Abendessen liefern, die Kuriere fahren mit ihren Rädern kreuz und quer über die verbrannte Wiese, man hört das Summen der Elektromotoren.

Sind eine Menge Leute unterwegs. Ist noch Frühling. Vom Gefühl her könnte es auch Sommer sein. Allmählich gehen überall die Lichter an, gerät alles in Bewegung. Wäre auch möglich, ich nehme es anders wahr. Alles verlangsamt sich, dann steht es still.

Deniz fragt, ob mir das manchmal auch so geht. Dass sich alles um mich herum in einer anderen Geschwindigkeit bewegt. Vielleicht habe ich es bisher nur noch nicht bemerkt. Das Feuer im Himmel erlischt, über dem Wachturm schwebt ein halber Mond. Früher haben sie vom Wachturm aus geschossen.

Ist doch seltsam, findet sie, zwei auf einer Parkbank, die sich zusammen den Mond anschauen. Der ist nicht echt, sage ich. Es gibt auch keine Sterne mehr, nur Partylichter.

Deniz möchte los, er muss früh aufstehen. Du bist ein Vernunftmensch, stelle ich fest. Deniz lacht. Was bist du?, fragt er. Bis eben wusste ich es noch.

Vanessa begleitet mich nach Hause.

Ich muss hoch, sagt er.

Schon klar, sagt sie.

Null eins sechs zwei drei sieben drei vier acht fünf, zähle ich ihm vor; er staunt. Ich frage, ob er sich die Nummer merken kann.

Ich schätze schon.

Ich gehe allein zur Bar, Andreas ist da, ich umarme den Bär. Was ist?, fragt er. Nichts. Er glaubt mir nicht. Einer steht einsam am Tresen, ist groß und blass, ich frage ihn, was er trinkt und nehme das Gleiche. Ich wette, er ist Arzt, noch Assistent, ist überarbeitet, will feiern, ist auf der Suche und will vergessen. Ich bin Vanessa. Tobi, sagt er. Andreas gefällt das gar nicht.

II.

1

Tobi wohnt in den Lincke-Höfen, in einer der Einheiten der obersten Etage. Vom Balkon aus blickt man bis zum Funkturm, der Westen öffnet sich, ein weites Land. Wer in den Höfen ein Auto besitzt, benutzt den Carlift, um diesen Ausblick zu genießen. Tobis Eltern haben die Wohnung ausgesucht, sie bezahlt und eingerichtet. Tobi ist nur Gast, das war er schon immer, ein Gast, der dafür bezahlen muss, dass er das in Anspruch nehmen darf, was seine Eltern zu bieten haben. Die Währung war und ist sein Leben, das Tobi so lebt, wie seine Eltern es für ihn vorgesehen haben. Über uns schwebt eine Möwe im Abendhimmel, der sich seltsam einfärbt, erst schwefelgelb, und dann am Horizont leuchtet er auf einmal grün, als wären wir am Meer. Tobi schenkt uns Weißwein nach, entschuldigt sich, springt in die Küche, die ist Teil eines riesigen Raumes, der einhundert Quadratmeter misst. Eine Schiebetür verbindet ihn mit dem Schlafzimmer, dahinter gibt es noch ein Badezimmer. Ich darf das für Gäste nutzen, neben dem Eingangsbereich. Die Couch im Wohnraum ist mit weißem Kunstleder bezogen, würden Tobis Eltern hier leben, wäre das Leder echt, sie trauen ihrem Sohn nicht. Im Essbereich finden zwölf Leute Platz an einem Tisch aus Holz, wir sind nur zu zweit. In einer Schublade entdecke ich Serviettenringe mit Stoffservietten. Tobi kocht, er hat es sich selbst beigebracht, ohne Zutun seiner Eltern, sie haben nie Zeit dafür gefunden. Beide sind niedergelassene Ärzte, alle heißen Mühe, haben Doktortitel, auch Tobis Schwester, nur Tobi hat die Promotionsarbeit noch vor sich. Es gibt Spargelrisotto und einen bunten Salat mit Kirschtomaten und Pinienkernen. Tobi hätte gerne Kunst studiert, früher hat er Graphic Novels gezeichnet, seine Eltern hielten ihn für talentiert, für sie war es ein Hobby, mehr nicht, ein Kunststudium hätte Tobi sich selbst finanzieren müssen. Ihm fehlte der Mut dazu, er war zu faul oder zu feige oder beides, glaubt Tobi. Die meisten seiner Kommilitonen während des Medizinstudiums hätte er früher, in der Schule, verprügelt. Alle hatten einen Notendurchschnitt von 1,0, die meisten schluckten Ritalin, um ihren Schnitt zu halten, konnten dann angeblich endlos wach bleiben, sich besser konzentrieren. Tobi probierte es aus, zwanzig Milligramm an Tag, ihm wurde übel davon, er bekam Kopfschmerzen, weder blieb er wach noch konnte er sich konzentrieren. Tobi probierte es mit Gras, das half ihm, schuf eine Blase, in der verschwand er, blieb dort acht, neun Stunden unberührt und konnte lernen, sonst hätte er sich zu Tode gelangweilt, zum Sterben fühlt er sich zu jung. Tobi möchte, dass ich den Tisch decke, auch das Geschirr hat seine Mutter ausgesucht, es gibt ein Service für die helle Jahreszeit und eins für die dunkle. Ich wähle das helle, es sind Blumen darauf. Eine Taube landet auf der Umrandung des Balkons, blickt zu uns herein. Tobi träumt davon, Nervenarzt zu werden, nur in Brandenburg bilden sie dazu aus. Noch ist er Assistenzarzt, auf dem Weg zum Facharzt für Psychiatrie und Neurologie – so nennen sie es im Klinikum am Hafen und im Rest der Welt. Noch in hundert Jahren werden wir nicht wissen, wie unser Gehirn funktioniert. Vielleicht werden wir nie verstehen, warum wir fühlen, was wir fühlen, wie unsere Träume entstehen. Vielleicht entdecken wir eines Tages, ohne es zu wollen, wo unsere Seele sich versteckt, vielleicht haben wir ja eine. Tobi träumt nur selten, sein Schlaf-Wach-Rhythmus ist gestört, er verbringt die Tage und die Nächte im Klinikum am Hafen auf der psychiatrischen und auf der neurologischen Station. Tobi wechselt hin und her, wenn er da nicht ist, wenn sie ihm einen Moment der Ruhe gönnen, will Tobi leben und nicht schlafen. Tobi fürchtet sich davor, etwas zu versäumen, die Furcht wird groß und größer, er kämpft dagegen an, mit allen Mitteln. Wir beginnen mit dem Salat, die Taube bekommt Besuch von ihrem Liebsten, sie haben nichts Besseres vor, hören den Geschichten zu. Da gab es Frau Lies, die wurde von einem Delfin vergewaltigt, der tauchte plötzlich auf in ihrem Bett, sein Penis war zwei Meter lang. Kaum setzte sie die Medikamente ab, kamen die Delfine, um sie zu vögeln. Es war wie in einer Drehtür. Frau Lies kehrte zu den Medikamenten zurück, auf einmal verliebte sie sich in Tobi, davon war Frau Lies plötzlich überzeugt, dass sie Tobi liebte. Frau Lies folgte ihm auf Schritt und Tritt, auch in der Klinik. Du willst mich doch, sagte sie, folgte Tobi bis zu den Lincke-Höfen. Nimm mich mit, flehte sie ihn an. Da war ein junger Mann, gerade 25 Jahre alt, der hatte einen Russell-Terrier, der sprang ständig an ihm hoch, rieb sich erregt an seinem Bein, das hielt der Mann nicht aus, es wurde ihm zu viel, er musste etwas tun, konnte das nicht ertragen. Er drehte den Spieß um, er fickte seinen Hund, war manisch depressiv, das wusste er nicht, das fand Tobi dann später in der Klinik heraus. Der Mann hieß Devrim. Als Devrim hörte, dass sein Hund nicht überlebt hat, fing er an zu weinen, konnte nicht mehr aufhören, weinte immer weiter. Tobi versorgte ihn mit Neuroleptika, wollte ihn dabehalten, die Oberärztin ließ es nicht zu, es gab zu wenig Betten, der Fall war nicht akut, glaubte sie. Devrim fuhr zum Wannsee, spazierte an den Gleisen entlang, so wie er das zuvor Tag für Tag mit seinem Hund getan hatte. Devrim zog sich aus, faltete seine Kleider fein säuberlich zusammen, legte seinen Personalausweis daneben und warf sich vor den nächsten Zug. Eine alte Dame, Frau Peuthart, kam zu Tobi auf die Stroke, sie war schon 94 Jahre alt, sie hatte einen Schlaganfall erlitten, plötzlich stand auch noch ihr Herz still. Tobi versuchte, sie wiederzubeleben, fürchtete, ihr den Brustkorb zu zerdrücken. Frau Peuthart war halbseitig gelähmt, litt an Aphasie, da kam der Herzinfarkt dazu. Tobi wollte sie in Ruhe sterben lassen, er war seit sechsundzwanzig Stunden im Dienst, musste auf Anweisung der Oberärztin am Morgen die Visite übernehmen, es gibt zu wenig Personal. Schwester Iga wurde es zu viel, sie ging nach Hause, ihr Mann kochte für sie, ich lege mich nur kurz hin, sagte sie. Iga schloss die Tür, gab sich eine Spritze, die hatte sie aus der Klinik mitgehen lassen. Ihr war nicht mehr zu helfen, sie hat nicht überlebt. Einmal war Tobi drei Tage hintereinander im Dienst, sie fanden ihn im Ruheraum, er lag zusammengerollt unter einem Tisch, ein Embryo, völlig verängstigt. Tobi glaubt, er ist für seine Ängste selbst verantwortlich, nicht die anderen. Ein Mann kam zu ihnen, ein Geflüchteter, aus Syrien, sagte er, er hieß Munir. Sie holten einen Dolmetscher dazu, Usama, einen Syrer, ein Freund von Tobi. IS, sagte Munir, PTBS. Usama glaubte ihm kein Wort, war überzeugt, Munir war Marokkaner, Angst hatte er so oder so. Munir erhoffte sich ein psychiatrisches Gutachten, das seine Angst bestätigte. Ein posttraumatisches Belastungssyndrom würde einen Antrag auf Asyl vereinfachen. Munir sagte, er sei achtzehn, er sah viel älter aus, war beinahe dreißig, vermuteten sie. IS, sagte Munir. Usama war sich sicher, Munir kannte den IS nur aus dem Fernsehen. Tobi fragte, ob er schon behandelt wurde, Munir ballte die Fäuste. I want to kill myself because of IS, sagte er, er wusste wohl, sobald er einen Suizid erwähnt, sind sie verpflichtet, ihn in der Klinik aufzunehmen. Tobi bietet mir Mezcal an, Gin Tonic, was ich möchte, für die Bar im Haus ist er verantwortlich. Tobi will nicht schlafen, nichts versäumen, nicht wie die Kollegen und Kolleginnen den Feierabend auf der Couch verbringen. Das Einzige, das er sich nach 24 Stunden Dienst noch regelmäßig leistet, ist Kokain, deswegen bin ich hier. Acht Gramm für Tobis Wochenende, er möchte feiern. Montagmorgens kommt er aus einem Club raus, geht direkt zum Dienst, Tobi kann es kontrollieren, glaubt er. Die meisten Angestellten im Krankenhaus nehmen Citalopram, ein Antidepressivum, es steigert ihren Antrieb, holt sie aus dem Morgentief, sie würden es nie zugeben, Ärzte haben keine Probleme. Auch Tobi ist niemand, der Hilfe annimmt. Ich soll mir keine Sorgen machen, das mache ich nicht. Ich vernichte mich nur körperlich, sagt er und lacht. Tobi will noch los, möchte wach sein, sein Leben auskosten, sonst vergisst er noch, dass er eins hat. Ob ich mitkommen möchte. Nein, das möchte ich nicht, ich bin nur die Kurierin.

2

Herr Hennig wartet schon auf mich, sitzt auf dem roten Plüsch in seinem Café, über ihm hängt der gerahmte Harlekin, die Farbe des Kostüms verblasst. Herr Hennig summt mit einer Lesebrille auf der Nase. Ohne aufzuschauen bearbeitet er die Tastatur seines Notebooks, bittet mich um einen Moment Geduld. Mittlerweile laufen in den Nylonstrümpfen der Serviererin die Maschen, ich entdecke Löcher überall, winzige Löcher in ihrer Schürze, der Tapete, den Polstern, auf den Fliesen, im Marmor der Tischplatte. Ich sehe Frau Hennig vor mir, die zu Hause sitzt und Löcher stopft. Die Serviererin wartet auf mich, sie wartet schon seit Jahren. Ich möchte nichts, sage ich, nicht einmal ihr Blick schafft es zur Tür hinaus. Herr Hennig lächelt, möchte wissen, ob ich ihn für einen Mann der Mitte halte. Ich weiß nicht, wo die Mitte anfängt, wo sie aufhört. Gleich wird er fragen, ob mir etwas an ihm auffällt. Er hat abgenommen, er freut sich, weil ich es bemerke. Manche legen es einem als Charakterschwäche aus, wenn man zu dick ist, denkt er, sie glauben, man sei zügellos und träge. Er möchte nicht, dass jemand ihn für dekadent hält, schnell wechselt er das Thema. Ob ich neue Lektüre für ihn habe. Nur deshalb bin ich hier. Ich müsste längst in Haselhorst bei Felix, meinem Bruder, sein. Herr Hennig möchte mich umarmen, ich reiche ihm die Hand.

3

Felix öffnet mir die Tür, er hat dunkle Ringe um die Augen, wirft scheue Blicke ins Treppenhaus, als fürchte er, jemand könne uns sehen, mich verfolgen. Bis zwei Uhr nachts lag er wach, dann konnte er nicht mehr, zog Trainingssachen an, schnürte seine Laufschuhe, um vier Uhr lief er immer noch, ein Fuchs kam ihm entgegen, kehrte um, wich nicht von seiner Seite. Die Vögel fingen an zu singen, auf den Balkonen knurrten Hunde. Felix lief und lief, als müsse er Gewicht für einen Kampf verlieren, dabei kämpft er offiziell nicht mehr, sein Arbeitgeber verbietet Felix, weiterhin an Wettkämpfen teilzunehmen. Felix wollte einfach laufen, bis er tot umfällt, es ist ihm nicht gelungen. Mein Bruder ist noch wach, auch CBD und THC machen ihn nicht müde. Es gab einen weiteren Suizid, Felix hat die Bilder vor sich, sie in sich aufgenommen, sie treiben ihn um. Erst schien alles normal, Felix sollte einen Häftling in den besonders gesicherten Haftraum verbringen. Der Häftling beschmierte sich mit Kot, Felix sollte ihn nicht anfassen. Es gibt einen Schlauch im Gang, Felix spritzte ihn ab und ging hinunter zu den Duschen. Er weiß nicht warum, er fragte die Häftlinge im Waschraum, ob sie länger duschen wollten, erklärte ihnen, wie sie es anstellen konnten, sie mussten nur den Feuermelder einschlagen. Alle zögerten, keiner traute sich. Mein großer Bruder provozierte sie, nannte sie Feiglinge, das konnten sie nicht auf sich sitzen lassen. Einer schlug das Glas ein, löste den Alarm aus, sofort schloss sich die Tür von außen, und alle gingen sie auf einen los. Felix schwört für mich, er wusste nicht, dass der mit drin war, er war wegen Pädophilie verurteilt, die dürfen nicht mit anderen zusammen sein, nur diesmal war das anders. Als Felix seinen Irrtum bemerkte, war es schon zu spät. Er fürchtete die Folgen, sie hätten ihn verraten können, aber später bei der Zählung fehlte keiner, nur darauf kam es an. Das Opfer behauptete, es hätte sich selbst verletzt, einer der Peiniger gab zu, den Alarm ausgelöst zu haben, zum Spaß, zur Strafe erhielt er Fernsehverbot für einen Abend, alles blieb ruhig. Es wird eine ruhige Nacht, dachte mein Bruder. Um 22 Uhr fuhr er auf seinem Rad nach Hause, am nächsten Morgen um sechs trat er zur nächsten Schicht an, drehte seine Runde, sah die Pfütze schon von Weitem. Felix schloss die Zelle auf, sah den Leichnam auf dem Boden liegen, die Arme hingen in einem Eimer Wasser, so konnten die Wunden sich nicht schließen.

Ein Abschiedsbrief lag auf dem Tisch, er hatte nichts mehr zu erwarten, seine Freundin wollte ihn nie wieder sehen, die Eltern auch nicht. Felix musste raus, habe eh vier Tage frei, dachte er, jetzt ist er hier, ich bin bei ihm und auch die Bilder, die kriegt er nicht aus seinem Kopf. Ich bin der Apothekenservice, habe Barbiturate dabei, vor denen hat mein Bruder zu viel Respekt, lieber trainiert er weiter, raucht das Indica, irgendwann schläft er schon ein, er ist sich sicher. Felix erzählt mir von einer Frau, auf die ist er im Netz gestoßen, sie bietet ein Life-Balance-Coaching an, mein Bruder hat sie angerufen, nachher geht er zu ihr. Es ist ein Schritt, Life-Balance-Coaching ist der falsche Ansatz, das sage ich nicht. Ich nehme Felix in den Arm, ich drücke ihn ganz fest, er will mich nicht mehr loslassen, ist froh, dass er mir davon erzählen konnte. Alles wird gut, glaubt er. Er soll in Tegel aufhören. Mein großer Bruder lässt mich los, wendet sich ab. Es sind nur die Suizide, die ihn belasten, alles andere nicht, glaubt er. Es war sein zwölfter. Ich möchte, dass er dafür sorgt, dass es sein letzter war. Er hört mir nicht mehr zu. Ich bin schon im Verzug, muss in die Stadt zurück, Kuriere kommen nicht zu spät, sonst werden sie ersetzt, mich kann man nicht ersetzen.

Ich stelle meinen Lieferwagen auf dem Hof der Bar ab, kette draußen die Bänke und Tische unter der Markise los, ein Hund läuft hechelnd an mir vorbei, ihm folgen zwei weitere. Ich entdecke niemanden mit Leine in der Nähe, niemanden, zu dem die Hunde gehören. Mein Handy liegt drinnen auf dem Tresen, ich versäume einen Anruf, in meinem Gesicht und unter meinen Achseln spüre ich ein Kribbeln. Vielleicht erscheint in meiner Anrufliste jetzt eine Nummer ohne Namen, die Nummer von einem, der sich an meine Nummer aus dem Kopf erinnert, doch auf dem Display leuchtet nur der Name meines Freundes. Olli hat mir eine Sprachnachricht hinterlassen, er klingt müde und enttäuscht, sein Antrag wurde im Ausschuss verhandelt, die Entscheidung aufgeschoben, es kam nicht zur Abstimmung. Das ist kein Sieg, aber es ist auch keine Niederlage, so komplex kann mein Freund schon nicht mehr denken. Er möchte mit mir trinken, ich möchte, dass er zu mir in die Bar kommt. Bei mir auf Arbeit will mein Freund nicht mit mir trinken. Die Zeit rauscht durch mich hindurch, ich habe nur Augen für mein Handy, kein Annruf von Unbekannt erreicht mich, nicht einmal eine Nachricht, vielleicht hat Deniz meine Nummer doch vergessen. Zu Hause schläft mein Freund seinen Rausch vorm Fernseher aus. Er schläft nicht tief genug, wacht auf, sein Schädel brummt, ich will ihm etwas geben. Dein Freund Hennig ist ein Arsch, sagt er. Er braucht nichts für seinen Kopf, behauptet er, er braucht nur mich, ich soll nicht weggehen, das mache ich nicht. Olli möchte doch eine Aspirin, ich hole zwei und eine Literflasche Wasser. Olli hält sich an mir fest, auch als er längst schläft, so finde ich keinen Schlaf. Ich wage nicht, mich zu befreien, habe es versprochen, geh nicht weg, ich gehe nicht, ich denke an Felix. Was hat er der Life-Balance-Frau erzählt, warum hat er sich danach nicht mehr gemeldet? Was hat sie ihm erzählt? Jeder Satz beginnt mit einem Ich. Olli schnarcht, es reicht, mein Liebster. Ich bin nicht weg, nur woanders, in einem anderen Zimmer, in meinem Bett, die Tür bleibt angelehnt, kein Grund sich zu beschweren, ich höre dich noch immer. Ich träume von Hunden und blutenden Delfinen, ich träume von Deniz, da bin ich schon wach und versuche, mich zu beruhigen.

4

Ich habe den Frühstückstisch gedeckt, rufe Baba. Er bleibt vor der Teppichkante stehen. Rechtes Bein hoch! Linkes Bein hoch! Er lacht, es geht ihm gut. Siehst müde aus, sagt er. War eine lange Nacht. Wir wurden zu einem Leichenfund gerufen, die K1 ist ewig nicht gekommen. Wir haben den Leichnam bewacht, ich hab den Geruch noch in der Nase. Gibt's keine Schrippen?, fragt Baba. Kannst ja welche holen, schlage ich vor und schiebe ihm die Pillen zu. Bis ich beim Bäcker bin, das würde dauern, meint Baba. Er hält seinen Becher mit beiden Händen fest. Was ist da drin?, fragt er. Dein Tee. Das ist kein Tee, behauptet er. Ist Salbeitee. Er will wissen, warum er keinen richtigen kriegt. Wegen Blutdruck, wegen Schwitzen, weißt du doch, Baba. Ich schwitze nicht, sagt er. Wo er recht hat, hat er recht. Salbei ist auch gut für deinen Magen, Baba. Er starrt in den Becher. Selda hätte mir richtigen Tee gegeben. Ja, aber Mama lebt nicht mehr. Ich muss işemek, sagt er. Er war gerade erst, schlurft aber trotzdem ins Bad. Ich muss los. Jovanna wartet. Hat die Einsatzmittel schon geprüft, bestimmt erwartet sie ein Lob dafür. 2-0-5 ist bereit, melde ich. In der Mittenwalder hat einer einen anderen zugeparkt, der lamentiert jetzt herum, weil er Termine hat. Wir kümmern uns, zaubern können wir nicht. Jovanna versucht, den anderen Halter zu ermitteln. Er wohnt nur ein paar Häuser weiter. Ich gehe klingeln, niemand öffnet. Der Typ mit den Terminen flippt aus, weil er nicht an seinen Wagen kommt. Wir rufen einen Abschleppdienst. Ob ich ernsthaft glaube, dass der ihm noch etwas nützt, er ist jetzt schon zu spät dran. Er soll die U-Bahn nehmen, schlage ich vor. Gneisenau ist um die Ecke, es gibt auch Busse, Carsharing, Uber, Elektroroller. Er läuft rot an. Ob ich ihm vorschreiben will, wie er zur Arbeit fahren soll. Nein, will ich nicht. Er bewegt sich nicht von der Stelle, nervt die Frau vom Abschleppdienst, weil sie zu langsam ist. Wir fahren raus zum Schießstand, müssen trainieren. Unser Trainer ist nicht da. Ich versuche ihn anzurufen, geht nur die Mailbox ran. Ich frage die Kollegen am Schießstand. Niemand sagt etwas, ich seh nur Schulterzucken. Jovanna weigert sich, ohne ihren Trainer zu schießen, schon klar. Sie trifft nie, er lässt es anders aussehen, damit sie keinen Ärger kriegt. Der kommt nicht wieder, flüstert ein Kollege mir ins Ohr. Hat Krebs. Von der Abluftanlage am Schießstand. Die ist defekt. Haben sie seit Jahren nicht repariert, war im Etat nicht vorgesehen. Darf keiner drüber reden. Wir fahren zurück zum

Abschnitt. Jovanna knistert mit Bonbonpapier. Ob ich ihr wegen der Sache mit dem Russen irgendwann verzeihe und wieder mit ihr rede. Ich hab mich doch entschuldigt, sagt sie. Kann ich mich nicht dran erinnern. In der Urbanstraße parkt ein Wagen zweite Reihe, vorm Shisha Voyage. Ist ein schwarzer Audi A7, frisch aus der Waschstraße. Der Fahrer raucht draußen auf den Polstersesseln vom Voyage mit zwei Kumpels Shisha. Hat Rosenöl in seinen Haaren, an jedem Finger Ringe. Wohnt wahrscheinlich in 'ner Einraumwohnung, mit seiner Frau, drei Kindern und den Schwiegereltern. Wir haben dem Typ schon mal gesagt, er soll da wegfahren, ist keine Viertelstunde her. Halt an, Deniz. Ja klar, Jovanna. Sie steigt aus und stellt sich vor den Audi, kann sie sich drin spiegeln. He, was machst du da! Der A7-Typ regt sich gleich auf. Wir haben Ihnen eben schon mal gesagt, dass Sie hier nicht parken können. Jovanna. Sie will, dass er wegfährt. Ist eine Ordnungswidrigkeit, stellt Jovanna fest, da kennt sie nichts. Der Audi-Mann empört sich, ich bin doch weggefahren! Das haben wir gesehen. Und jetzt stehen Sie wieder hier. Jovanna. A7 wechselt die Tonlage, die Körperhaltung. Ob wir ihn verfolgen, will er wissen. Ob wir nichts Besseres zu tun haben. So kann er Jovanna nicht kommen. Sie will die Fahrzeugpapiere, seinen Führerschein sehen. Er massiert sich die Fingerknöchel. Das wird ein Schauspiel. Ist zu spät, um es jetzt noch zu verhindern. Wir ziehen Publikum aus dem Voyage an. Ist ein Stück mit Zuschauerbeteiligung. Warum wir den Mann nicht in Frieden lassen, fragt Shisha-Kumpel Nummer eins. Der Audi-Mann zieht die Nationalitätenkarte, wendet sich an mich, was machst du, hemşerim? Wir teilen die Heimat, glaubt er, und meint nicht diese hier. Ist nur 'n Strafzettel, sage ich. Jetzt stehen sie schon zu viert mit uns zweite Reihe auf der Bühne. Sen de bizdensin, du bist einer von uns, meint Nummer vier zu mir. Der Dritte setzt noch einen drauf, nennt mich Verräter. Ich glaube nicht, dass ich ein Verräter bin, aber ich nehme gerne noch eine Anzeige wegen Beleidigung auf. Aus der anderen Richtung kommen zwei, die waren eben noch zusammen im Kiosk, ein Weißkopf mit Bierflasche und einer mit Hund. Hier laufen überall Verbrecher rum, meint der mit Hund, warum wir die nicht jagen. Wir wollen hier nur unsere Arbeit machen. Jovanna. Sie ist auch noch da. Eine scheiß Arbeit macht ihr, meint der Weißkopf mit der Bierflasche. Jovanna will endlich die Papiere von A7 sehen, aber A7 reagiert nicht. Ich soll mich schämen, utan lan!, ja klar. Ich schikanier hier meine eigenen Leute, meint die Weißkopfflasche. Ich zahl Steuern für euch, meint Shisha Nummer zwei. Schätze, gleich bringt uns einer Tee raus. Sie probieren es im Chor. Haut ab! Allah belanı versin! Siktirin gidin! Verpisst euch! Rezil herif, ja klar, ich bin für sie 'ne Schande, meint Shisha Nummer eins. Jovanna wird's zu ungemütlich, sie möchte lieber, dass wir gehen. Das mit dem Tee war ein Irrtum, niemand bietet uns welchen an. Der A7-Typ grinst, trägt ein braunes Hemd mit Dolce & Gabbana-Muster. Hat er wahrscheinlich für zehn Euro aus 'nem Asia-Shop. Der Chor tönt immer noch, zerrt an Jovannas Nerven. Scheint so, als hätte sie noch keinen Coach zur Angstbewältigung gefunden. Ich frage den Audi-Mann, ob er der Fahrzeughalter ist. Er lacht mir ins Gesicht. Was denkst du, Mann, der ist geklaut. Die anderen brüllen vor Lachen. Ich gebe das Kennzeichen durch. Jovanna springt über ihren Schatten, hat die Schnauze voll von den Schreihälsen. Sie sollen zurück zu ihren Blubberpfeifen, befiehlt sie und löst nur einen neuen Shitstorm aus. Was ist mit deiner Ehre, Mann! Ich bin gemeint. Tut mir leid, ich habe keine Ahnung, was du meinst. Wir können Sie auch mitnehmen, meint Jovanna zum Audi-Mann. Könnte sein, das eskaliert gleich. Es gibt keinen Vorhang, der fällt. Ist ein Ein-Akter, denke ich, aber dann klingelt mein Handy, Katrin ist dran. Baba ist gestürzt, hat sich am Kopf verletzt. Katrin muss weg. Sie meint, es wäre besser, wenn er nicht alleine bliebe. Was soll ich machen, Katrin? Sie weiß es auch nicht. Ich sage, sie soll Markus in seinen Sessel setzen, aus dem kommt er nicht alleine hoch. Wenn sie geht, soll sie den Schlüssel unter die Matte legen, ich lasse mir was einfallen. Jovanna hört zu, sie macht mich darauf aufmerksam, dass wir im Einsatz sind. Schon klar. Baba will mit mir sprechen. Er erklärt mir, wie er die Lage sieht. Seiner Ansicht nach gibt es kein Problem. Katrin ist wieder dran. Tut mir leid, sagt sie. Jovanna streitet wieder mit dem Audi-Mann, der Chor lacht sich kaputt. Der Hund vom Weißkopf fängt an zu bellen. Ich will wissen, ob wir hier endlich fertig sind. Ja, sagt Jovanna, alle applaudieren. Ich schreie A7 an, er soll jetzt endlich seinen Wagen wegfahren. Für zwei Sekunden verändert sich der Raum, nur er und ich sind darin, sein Grinsen friert ein, ich sehe ihn vor einem anderen kriechen. Er ist ein kleines Licht, bekommt es mit, dass ich ihn kriechen sehe, dann kehren wir zurück zu den anderen, sie haben nichts bemerkt. Steig ein, sage ich zu Jovanna. A7 lässt den Motor an, amına koyuyum!, ruft er noch in meine Richtung, da haben die anderen schon ihren Respekt vor ihm verloren. Ein Funkspruch kommt rein. Im Klinikum am Hafen gibt es auf der Neurologischen Abteilung Probleme mit einer Gruppe Sinti. Wir übernehmen, gibt Frau Coric durch. Ich dachte, du wärst Türke, meint sie zu mir. Markus klingt für sie nicht türkisch. Sie hat den Namen eben aufgeschnappt, hat alles mitbekommen. Du heißt doch Aziz, sagt sie. Meine Mutter hieß Aziz. Warum meine Mutter sich nicht um meinen Vater kümmern kann. Weil sie tot ist. Das tut Jovanna leid. Mir auch. Die Hafenklinik sieht wie ein Raumschiff für mich aus. Eins von einem Planeten, der nicht überlebt hat. Ich will irgendwas kaputt machen. Jovanna wickelt ein Schokobonbon aus. Ob ich auch eins möchte. Nein, danke. Sie fragt mich, ob ich eine Freundin habe. Ich will, dass sie die Klappe hält. Ich wollte doch nur reden, sagt sie. Ja klar. Ich brauche dringend eine Aussicht. Ich ringe mich endlich durch. Ich zögere nicht länger und rufe Vanessa an. Die Nummer habe ich eh die ganze Zeit im Kopf. Als wäre die ein Bild von ihr. Dauert keine zwei Sekunden, und ich höre ihre Stimme.

5

Jovanna hat's kapiert, die ganze Fahrt kein Wort gesagt. Ist ein Rekord, wir waren vier Minuten unterwegs. Im Klinikum am Hafen blockieren Sinti einen Flur in der Neurologischen. Mindestens dreißig Leute veranstalten dort ein Picknick. Fehlt nur noch ein Grill, meint Jovanna. Das Oberhaupt der Familie Simion liegt in einem der Zimmer. Hatte einen Schlaganfall, aber er kann sprechen, sich bewegen, erklärt uns Tobias Mühe, der verantwortliche Arzt. Er hat uns verständigt. Ist noch Assistent, aber außer ihm sind keine weiteren Ärzte auf der Station. Wir sollen dafür sorgen, dass die Familie verschwindet, meint Aliya, die leitende Pflegefachkraft. Tobias Mühe und Aliya tragen Namensschildchen auf der Brust. Jovanna sieht begeistert aus. Im Zimmer vom Simion hocken die Frauen rechts von seinem Bett und die Männer links davon. Im Flur toben die Kinder und der Rest der Verwandtschaft. Sie stören den Betriebsablauf, ihr Lärm macht die anderen Patienten verrückt, meint Tobias Mühe. Auf ihn und Aliya hören sie nicht, deswegen sind wir hier. Jovanna ist schon in ihrem Element. Sie weist in Richtung Ausgang, winkt wie eine Schülerlotsin auf einem Zebrastreifen. Interessiert die Simions aber nicht. Sie sind Familie, Familie hat Besuchsrecht, darauf beharren sie. Auf Uniformen hören sie also auch nicht. Der Pager von Tobias Mühe setzt ein Warnsignal ab. Er liest die Nachricht und wird so bleich wie sein Kittel. Ob wir bitte mit runter in die Psychiatrische kommen können, sie haben da ein Problem. Ich dachte, das Familientreffen ist das Problem. Das muss warten, sagt Tobias Mühe. Er erklärt es uns auf dem Weg nach unten. Offenbar ist er auch für die Psychiatrische Abteilung verantwortlich. Da mussten sie einen Patienten in einem Isolierzimmer fixieren. Der wollte alle totschlagen, hat hohlgedreht, meint Doktor Mühe, war nicht mehr zu kontrollieren. Der Patient ist schizoaffektiv, bipolar mit psychotischen Symptomen. Was immer das bedeutet. Sie hatten keine Wahl, meint Tobi Mühe. Die Pfleger haben ihn zu viert fixiert und das Zimmer abgeschlossen. Man kann von außen durch eine große Scheibe reingucken, um den Patienten zu überwachen. Als wir unten ankommen, befindet sich ein Loch in der Scheibe. Scherben liegen auf dem Boden vom Flur. War offenbar kein Verbundglas, obwohl's ein Sicherheitsbereich ist. Vier verstörte Pfleger wahren Abstand. Der Patient hat sich befreit, das Bett zertrümmert und mit den Trümmerteilen das Loch in die Scheibe geschlagen. Das darf eigentlich nicht passieren, sagt Tobias Mühe. Seine Hände zittern. Der Patient passt nicht durch das Loch durch, immerhin. Er hockt im Isolierraum auf dem Boden und kackt. Als er fertig ist, wirft er seine Kacke durchs Loch in der Scheibe. Er trifft uns nicht. Jovanna fängt trotzdem an zu würgen. Tobias Mühe versucht, auf den Patienten einzuwirken. Ich wünschte, ich wäre woanders. Ich töte dich, sagt der Patient. Er wiederholt es immer wieder. Ich töte dich. Ich töte dich. Doktor Mühe kann nicht zu ihm durchdringen. Ich kann nicht rein zu ihm, meint er. Sehe ich genauso. Wir müssen verhindern, dass er sich etwas antut. Ist schwierig, wenn man nicht mit ihm reden, nicht zu ihm rein kann. Ich töte dich. Ich töte dich. Ich töte dich. So wie er es sagt, besteht Lebensgefahr für uns alle. Nur nicht für Jovanna. Die hat sich verpisst. Ich verständige die Zentrale, fordere eine Einheit vom SEK an. Die kommen zu sechst. Jeder ist mit Helm, Weste, Schild und Schlagstock ausgerüstet. Der Patient wirft mit Scheiße und Trümmern um sich. Ich töte euch! Ich töte deine Familie! Ich töte erst dich, dann töte ich deine Familie! Die Kollegen vom SEK wollen allein auch nicht rein. Sie rufen Verstärkung. Es kommen noch mal acht Kollegen dazu. Tobias Mühe ist nach wie vor der einzige Arzt vor Ort. Wir sind unterbesetzt, meint er. Die vierzehn Mann vom SEK räumen den Flur, ziehen Masken auf, bewaffnen sich mit Tränengas und stürmen den Isolierraum. Sie überwältigen den Patienten, fixieren ihn auf einem anderen Bett. Tobias Mühe gibt dem Patienten eine Spritze.

Diazepam, sagt er. Ist ein Beruhigungsmittel, was Stärkeres darf er ihm nicht verabreichen, ist gesetzlich festgelegt. Das geht mich nichts an. Ich suche Jovanna. Sie ist zurück auf der Neurologischen. Sitzt mit einer Wasserflasche auf einem Stuhl im Flur, schnappt immer noch nach Luft. Die Picknickgesellschaft, wegen der wir eigentlich hier sind, hat sich mittlerweile aufgelöst. Ich frage Jovanna, wie sie das geschafft hat. Sie hatte nichts damit zu tun. Dem Patriarchen Simion wurde es selbst zu viel. Er hat seine Sippe rausgeschmissen. Wir sehen zu, dass wir ebenfalls verschwinden. Als wir draußen sind, drehe ich mich noch einmal um. Ich sehe, wie das Raumschiff abhebt. Deniz? Was? Träumst du? Kann sein. Auf dem Parkplatz stehen plötzlich fünfzehn Wohnmobile. Das Ufer am Kanal ist voller Menschen. Sie hocken dicht an dicht, essen und trinken, hören Musik. Überall liegt Müll. Die Eimer der Stadtreinigung laufen über, die Krähen tanzen darum herum. Wir fahren zur Wache, ist Zeit für die Berichte. Ich frage Jovanna, ob sie die übernehmen kann. Auf keinen Fall will sie die allein schreiben. War klar. Ich denke an Vanessa. Zu zweit geht's schneller, meint Jovanna.

6

Ich finde den Schlüssel unter der Fußmatte, so wie Deniz es gesagt hat. Welcome Bienvenue Willkommen steht auf dem Abtreter, ich bin nicht sicher, ob es so gemeint ist. Vielleicht bin ich ein ungebetener Gast für Deniz' Vater. Angeblich weiß Markus, dass ich komme, aber er wurde nicht gefragt, vielleicht hat er mich längst vergessen. Vorsichtshalber rufe ich durch die Tür, an der stehen die Namen Stummer und Aziz. Ich bin es, Vanessa!, rufe ich, ich komme jetzt zu Ihnen rein, Herr Stummer! Ich schließe die Tür auf, in den Flur fällt Licht. Markus versinkt in einem grauen Ohrensessel vor einem großen Fenster mit Balkon dahinter. Der Engel, sagt er, wir waren schon beim Du, erinnert er mich. Über einem Auge klebt ein riesiges Pflaster mit Mull darunter, auf den Knien sind auch Pflaster, unter seiner Trainingshose, er zeigt sie mir. Meistens fällt er auf die Knie, dann reißt die Haut auf, es beginnt zu bluten, manchmal fällt er drauf, bevor die Wunden vom Sturz zuvor verheilt sind. Heute hat es auch seinen Kopf getroffen, das ist ihm noch nie passiert, aber es geht ihm wieder gut, er hatte genügend Zeit, um sich in seinem Sessel zu erholen. Es gibt Sessel, die unterstützen einen beim Aufstehen, man braucht nur einen Knopf zu drücken. Wenn man einen anderen drückt, verwandelt sich der Sessel in eine Liege, man kann darauf schlafen, es gibt auch Modelle, die können einen zusätzlich massieren, wenn man auf ihnen liegt. Markus steht lieber von alleine auf, das verstehe ich. Aufstehsessel können er und Deniz sich nicht leisten. Vielleicht gibt ja die Krankenkasse etwas dazu. Markus lacht, es hört sich traurig an, nicht so, wie ich es in Erinnerung habe, als er mich mit seinem Lachen eingefangen hat. Unter unseren Füßen ist der Teppich bunt und abgewetzt, auf einem Couchtisch liegt eine Fernsehzeitschrift, einen Fernseher kann ich nirgendwo entdecken. Markus' Hände zittern, er hat seine Uhr verlegt, möchte wissen, wie spät es ist, es ist ein Uhr. Markus steht ohne Aufstehhilfe auf, als wäre nichts. Um ein Uhr gibt es Mittagessen, weil er um ein Uhr seine Pillen nehmen muss, er darf sie nicht ohne Nahrung zu sich nehmen. Wenn er sie zu spät einnimmt, geht er off, dann hört sein Motor auf zu laufen. Markus kommt in der Küche an und drückt die Starttaste einer Mikrowelle. Es gibt Biber Dolması, gefüllte Paprika, es sind nur Reste, er isst den dritten Tag davon. Deniz hat gekocht. Deniz kocht zwei Mal in der Woche, er friert Portionen ein. Die von heute reicht nur für einen, es sind Simit im Schrank, aber die sind von vorgestern, die sind für die Tauben. Das macht mir nichts, ich bin nicht hungrig. Wir können nachher zusammen einkaufen, schlage ich vor. Nachher ist Mittagsruhe. Wir könnten nach der Mittagsruhe gehen. Nach der Mittagsruhe gibt es Kuchen, wegen der Drei-Uhr-Pillen.

Wir könnten die Pillen mitnehmen und draußen Kuchen essen, danach kaufen wir dann ein. Markus lacht, die Traurigkeit verfliegt. Die Mikrowelle gibt ein Pling von sich. Markus holt einen tiefen Teller heraus, seine Hände zittern, die cremige Tomatensauce droht über den Tellerrand zu schwappen. Er balanciert den Teller vier Schritte bis zu einem kleinen Tisch, stellt ihn ab und setzt sich auf einen der beiden Holzstühle. Ich finde Messer und Gabel in einer Schublade, fülle Wasser in ein Glas, setze mich zu ihm. Es riecht gut. Ich rieche nichts mehr, sagt er. Ich finde, das kann manchmal auch von Vorteil sein. Du musst nicht bleiben, Engelchen, sagt er. Ich bleibe aber gerne. Er lächelt und schneidet mit dem Messer durch die mit Reis und Kräutern gefüllte Paprika. Es ist eine komplizierte Operation, die Zeit braucht. Markus bewegt die Gabel auf den Mund zu, sie erreicht trotz Wellengangs ihr Ziel. Etwas Tomatensauce kleckert auf seinen Schoß. Scheiße, sagt er. Ich nehmen eine Serviette aus einem Serviettenhalter, schiebe sie ihm zu, es gibt auch Küchenrolle an einem Küchenrollenhalter, der würde Olli gefallen. Das Zittern ist für Markus das Schlimmste, das Zittern und der Rigor, alles wird langsamer, Stück für Stück und immer steifer. Er bekommt die Füße nicht mehr hoch, den Oberkörper kaum noch aufgerichtet, fällt hin, und irgendwann läuft er dann gar nicht mehr. Gehört alles zu Parkinson dazu, sagt er, den Rest will ich nicht wissen, glaubt er. Doch, das will ich. Ob ich Ärztin bin. Nein, das bin ich nicht. Er lacht. Im Kühlschrank steht noch Nachtisch, ein Schälchen mit Vanillepudding. Markus klackert mit einem Tagesdöschen, schüttet die Mittagsration Pillen vor sich aus und erklärt mir, welche Pille welche ist. Eine ist wegen Parkinson, eine wegen Blutdruck, den muss er aber erst messen, um herauszufinden, ob er ihn ankurbeln oder senken muss. Eine Tablette ist wegen Verdauung, eine für den Magen, eine gegen Schwitzen, dann gibt es eine gegen Übelkeit, eine gegen Schmerzen, eine gegen Depressionen, von einer weiß er nicht, wofür oder wogegen die ist, von einer anderen weiß er das auch nicht. Er nimmt sie trotzdem, schluckt eine nach der anderen, das braucht Zeit. Ich möchte wissen, ob er glaubt, dass die Tabletten wirklich alle nötig sind. Das soll ich den Doktor fragen. Ich stelle den Teller in die Spüle, er löffelt den Vanillepudding. Und dann messen wir den Blutdruck, und danach ist Mittagsruhe. Nein, sagt er, jetzt gehen wir beide raus.

7

Meister Parkinson lebt mit einem anderen Zeitmaß, an das muss ich mich erst gewöhnen. Markus musste işemek, er war im Bad und blieb da eine Weile, dann wollte er sich umziehen, zog seine Freizeitjacke aus, die hat einen Reißverschluss, aber dann wollte er ein Hemd anziehen, das hat Knöpfe, es war schwierig für die Hände, das Hemd dann zuzuknöpfen, ich durfte nicht helfen. Jetzt sind wir bei den Schuhen. Markus sucht noch einen Schuhlöffel, der ist draußen bei den Schuhen im Treppenhaus, aber vorher will er noch sein Ledersakko anziehen, und dann landen wir tatsächlich draußen in der Sonne auf der Tabor. Markus geht fast aufrecht, schlurft nicht, er geht nur langsam. Wir biegen langsam in die Wrangel ein, ein Hund kommt uns entgegen, die Augen blutrot unterlaufen. Vor einem Haus stehen Frauen und Männer mit ihren Kindern Schlange, im Erdgeschoss ist die Praxis einer Kinderärztin. Eine Assistentin weist die ersten ab, vertröstet sie auf morgen. Sie bleiben trotzdem vor der Praxis, hoffen auf das Glück, vielleicht kommen sie ja doch noch heute dran. Markus möchte in den Schatten, also überqueren wir die Straße, nur komme ich alleine auf der anderen Seite an. Meister Parkinson ist mitten auf der Fahrbahn stehengeblieben, mit den Händen in den Hosentaschen blickt er in den wolkenlosen Himmel. Ein roter BMW muss halten, die Frau am Steuer hat künstliche Dreadlocks in ihr Haar geflochten. Sie lächelt, hupt zweimal kurz und einmal lang und erregt die Aufmerksamkeit einer Gruppe vor einem Nahkauf. Sie sitzen dort auf zusammengerollten Schlafsäcken in der Sonne, haben Bier- und Schnapsflaschen gesammelt, die haben sie zuvor ausgetrunken, Sperlinge tanzen um sie herum. Meister Parkinson blickt immer noch zum Himmel hoch, ich guck mir nur die Häuser an, sagt er, die BMW-Frau lacht. Ich gehe zu ihm, nehme ihn am Arm. So viel Nebelkrähen gab's hier früher nicht, sagt er. Hinter dem BMW bildet sich eine Schlange, die Frau telefoniert mittlerweile. Ich ziehe Markus am Ärmel, nu zieh mal nicht so, Engelchen. Die BMW-Frau hupt wieder, diesmal ist es ein Abschiedsgruß, sie winkt uns zu. Markus' Ziel ist das şekerli kahve, wir erreichen es tatsächlich, er möchte draußen bleiben, setzt sich an einen der Tische, an einem anderen sitzt einer mit Speckrolle im Nacken und Zigarre in der Hand. Um sein Handgelenk baumelt ein goldenes Armband, in einem seiner Schuhe befindet sich ein Loch, der große Zeh hat sich durchs brüchige Leder gebohrt. Markus grüßt ihn, der andere nickt nur, tippt sich an seinen Kopf, deutet dann auf Markus und sagt etwas in einer Sprache, die ich nicht verstehe, es könnte Farsi sein. Markus lacht, war ein Haushaltsunfall, sagt er und bestellt einen çay, dazu ein Stück kek bei mir, ich soll mir auch etwas mitbringen. Ich bin nicht sicher, ob er Schwarzen Tee darf. Warum soll ich keinen Tee dürfen, fragt er. Ich weiß es nicht, es ist nur ein Gefühl, das behalte ich für mich, er hat den Blutdruck nicht gemessen, ich habe vergessen, ihn daran zu erinnern. Ich gehe ins şekerli kahve und gebe die Bestellung weiter. Ich kann ruhig wieder raus, sie bringen die Sachen an den Tisch, heißt es. Ich setze mich Markus gegenüber, vielleicht stört ihn der Verband an seinem Kopf, er spürt ihn gar nicht. Ah Ayşe, merhaba, sagt Markus. Ayşe bringt çay und kek. Markus stellt uns vor, ich freue mich, Ayşe freut sich auch. Sie möchte wissen, was mit Markus' Kopf passiert ist. Ist nur eine Schramme, behauptet Markus. Er fragt nach Orhan, Ayşes Vater, der ist noch in Kur, fühlt sich dort wohl, will gar nicht mehr zurück. Ayşe und Markus lachen, wir sollen uns den Kuchen schmecken lassen. Markus legt ein Stück Würfelzucker auf einen kleinen, silbernen Löffel, taucht ihn in das Glas. Ayşe konnte immer gut mit Selda, deshalb kommt er immer wieder her. Er probiert es mit einem zweiten Würfel Zucker, der landet neben dem Glas auf der Untertasse, saugt sich dort mit Flüssigkeit voll, die über den Rand geschwappt ist. Markus rührt weiter in seinem Tee, dann holt er das Pillendöschen heraus, es ist schon nach drei, Selda ist geblieben. Selda sollte keinen Deutschen heiraten, aber Markus war für Selda nicht verhandelbar. Er möchte, dass ich vom Kuchen probiere, ich bin nicht hungrig. Du musst was essen, Engelchen, Ayşe macht den Kuchen selbst. Der kek sieht lecker aus, erinnert an Brownies, ich probiere doch ein Stück, Markus reist in der Zeit zurück. Seldas Mutter gewöhnte sich dann doch an ihren Schwiegersohn, sie mochte ihn. Markus trank nicht, Markus rauchte nicht, er ging nicht fremd, vor allem schlug er seine Frau nicht, das zählte für Seldas Mutter, die Geschichte ihrer eigenen Ehe war eine andere. Ein Stück vom kek landet auf Markus' Schoß, er klaubt die Krümel auf, unter unserem Tisch streiten sich Sperlinge um die Reste. Markus guckt auf seinen Teller, als würde er die Jahre zählen, sie alle noch mal vor sich sehen. Da waren sein sechzehnter Geburtstag, als die Eltern sich trennten, die neue Wohnung der Mutter, in der für ihn kein Platz war, der Abschied, als sie aus Berlin wegzog, um ihn zu vergessen, die Streitigkeiten mit der Freundin seines Vaters, der wollte, dass er geht, der Abend, an dem Markus seine Koffer packte, der Morgen, an dem er wirklich ging. Es war der Tag, an dem er auf Selda traf. An Markus' Mundwinkeln bilden sich kleine Spuckebläschen, er wischt sie mit einer Serviette weg. Die Bewegung verlangsamt sich, die Serviette findet keinen Weg zurück, sie fliegt davon. Früher war ich Schweißwerkmeister, sagt Markus, als wäre er jetzt nichts mehr. Ich höre ihn kaum, er blickt auf seine Hände, sie zittern. Erst hieß es, es sei ein Tremor, nichts, weswegen er sich Sorgen machen müsste, war aber Parkinson. Sein Blick verschwimmt, er rührt in seinem Tee, als würde er dort eine

Antwort finden, die Frage hat er längst verloren. Der Löffel fällt aus seiner Hand, die Hand fällt auf den Tisch, seine Augen haben sich geschlossen. Ich nehme seine Hand, er zieht sie zurück, weiß nicht, was passiert ist. Du bist eingeschlafen, sage ich. Ich schlafe nicht, behauptet er, die Augen fallen ihm wieder zu. Er will zurück nach Hause, zu Hause wartet Selda. Ich muss bezahlen, ich wünsche mir, dass er nicht wegläuft. Wo soll ich hin?, fragt er. Ich lege Ayşe einen Zehn-Euro-Schein auf den Tresen. Das ist zu viel, sagt sie, das ist es nicht. Ayşe lächelt, ihr Lächeln fühlt sich vertraut an. Ich gehe wieder raus, Markus sitzt noch auf seinem Platz, neben ihm sitzt Deniz. Er legt seinem Vater einen Arm auf den Rücken, streichelt ihn, hast du wieder Schlafattacken, Baba? Wie soll ich bei dem Lärm denn schlafen, Junge? Mir bleibt die Luft weg, ich versuche, ruhig zu bleiben. Schöne Uniform, die du da trägst, höre ich mich sagen. Ich sehe es ihm an, Deniz weiß nicht, was er von der Bemerkung halten soll. Er ist stolz auf seine Polizeiuniform, ich war noch nie so ahnungslos. Schickes Kleid, gibt er zurück. Gibt's ein Problem?, fragt Markus. Ich hoffe nicht. Na dann, sagt Deniz, ich bringe Baba nach Hause. Ob ich noch mitkommen will.

8

Wir haken Baba ein. Vanessa links, ich rechts, er lässt es sich gefallen. Der Kühlschrank ist leer, sagt er. In seinem Zustand kann ich nicht mit ihm in den Nahkauf rein. Vanessa sagt, sie kann das übernehmen. Ich gebe ihr Geld und geh mit Baba vor.

Fünf Leute stehen vor mir an der Kasse, ich habe Deniz' Bild vor Augen, er strahlt in seiner blauen Uniform. Drei der Kunden vor mir möchten ihre Bons vom Pfandautomaten gegen volle Flaschen einlösen, leider fällt der Kartenleser aus. Auf Bargeld sind sie an der Kasse nicht vorbereitet, nicht auf große Scheine. Eine Kundin möchte mit einem Hundert-Euro-Schein bezahlen, sie können nicht wechseln. Der ganze Laden gerät in Aufruhr, jeder hat einen Lösungsvorschlag, es dauert, bis sich eine findet. Als ich mit den Einkäufen in der Tabor ankomme, spült Deniz schon das Geschirr vom Abendbrot. Im Eis gab es noch Kürbissuppe, die hat er aufgetaut, er hat Sonnenblumenkerne geröstet und sie draufgestreut, Markus war's egal, er schmeckt eh kaum noch was, meint Deniz. Er hat sich umgezogen, ist wieder in Zivil. Meister Parkinson putzt sich die Zähne, weil er fernsehen möchte, der Fernseher ist in seinem Zimmer. Markus macht sich jeden Abend bettfertig, bevor er fernsieht, weil er beim Fernsehen meistens einschläft. Bis später, Engelchen, sagt er. Ich umarme ihn, wünsche ihm eine gute Nacht. Er lacht, schließt hinter sich die Tür, will uns nicht stören. Ich frage Deniz, ob er auch ein Bier möchte, ich habe welches mitgebracht. Deniz ist froh, weil Markus es nicht mitbekommen hat. Wir setzen uns auf den Balkon, einen grünen Daumen hat hier niemand. Pflanzen wären eine schöne Aussicht, das findet Deniz auch, er hat schon an Kakteen gedacht. Er hält es für Glück, dass ich Zeit für sie hatte, mitten am Tag. Er könnte fragen, ob oder was, für wen ich arbeite.

Sie fährt für einen Apothekenservice, arbeitet in einer Bar. Ist mir nicht wichtig, was einer macht. Ihr angeblich auch nicht. Bist du gerne Polizist?, fragt sie.

Ja, manchmal, sagt er. Im Haus gegenüber sehen wir durch ein Fenster einen riesigen Bildschirm, auf dem läuft ein Ego-Shooter-Spiel.

Das läuft zwölf Stunden täglich, meistens in der Nacht. Ich sehe immer nur den Bildschirm, nicht den Spieler. Vielleicht ist es auch eine Spielerin.

Die Nachbarn des Ego-Shooters feiern eine Küchenparty, wir sitzen in der Loge, gucken zu, einer guckt zurück, er steht am offenen Fenster, raucht einen Joint. Unten auf der Straße brüllen sich zwei an, sie zerschlagen ihre Flaschen. Idiot!, brüllt einer, siktir lan!, der andere. Sie werden gleich aufeinander losgehen. Ich bin nicht im Dienst, meint Deniz, er wohnt nur hier, die klären das unter sich.

Ich frage Vanessa, ob sie einen Neurologen kennt, einen, der etwas taugt.

Ich kenne einen, aber ich weiß nicht, ob er etwas taugt.

Ich erzähle ihr von der Parkinson-Spezialklinik. Du gehst vier Wochen rein, sie gucken, wie es bei dir läuft, dann stellen sie dich neu ein. Checken, ob es funktioniert, und bessern nach, falls nötig. Um in der Klinik aufgenommen zu werden, braucht man eine Überweisung und das Okay der Krankenkasse. Babas Arzt meint, Baba muss da nicht hin. Ich sehe das anders.

Geld ist eine Eintrittskarte, ich habe welches, das behalte ich für mich. Ich kann mich kundig machen, sage ich und frage, ob er das will.

Ja, will ich.

Ich wähle Tobis Nummer, hallo Tobi, sage ich. Er erzählt etwas von Gedankenübertragung, gerade wollte er mich anrufen, um mich zu fragen, wann wir uns sehen können, jetzt kann er nicht reden.

Dein Arzt heißt Tobi?

Tobias, ja.

Ich habe heute einen Doktor Mühe kennengelernt, der hieß Tobias. Stand auf seinem Namensschild.

Das ist ein seltsamer Zufall.

Ja, vielleicht.

Was hast du in der Hafenklinik gemacht?

Nichts Wichtiges.

Du willst nicht darüber reden.

Nicht unbedingt.

Das ist eine neue Erfahrung für mich. Wir stoßen an, trinken von unserem Bier, gegenüber verliert einer sein Leben und darf nicht weiterspielen.

Dann ist also Doktor Mühe der Neurologe, den du kennst?

Ja, aber er hat noch keinen Doktortitel.

Verstehe.

Soll ich ihn trotzdem fragen?

Fragen kostet nichts, oder?

Kommt darauf an, Deniz.

Worauf?

Darauf, wen du fragst.

Kommt da jetzt eine Geschichte?

Ich erzähle keine Geschichten.

Ich auch nicht.

Das ist mir schon aufgefallen.

Trinken wir mehr Bier?

Gerne.

Aber?

Du bist müde, Deniz.

Merkt man mir das an, ja?

Wir trinken einfach später mehr.

Wann? Morgen? Am Wochenende?

Ich rufe dich an.

Lass mich nicht zu lange warten.

Nein, versprochen.

Gibst du oft Versprechen?

Was verstehst du unter oft?

Und hältst du sie dann auch, Vanessa?

Du hast schlechte Erfahrungen gemacht.

Nein. Vielleicht. Du?

Ja. Also?

Was?

Vertraust du mir, Deniz?

Ja. Sollte ich nicht?

Doch.

Ich bin gegangen, habe Deniz nicht umarmt, es wäre zu gefährlich gewesen. Wenn ich ihn berühre, wird es mir unmöglich sein, wieder von ihm loszulassen. Ihm geht es ähnlich, denke ich, ich bin nicht sicher. Du kommst spät, sagt Olli. Er riecht nach Küche, hat für uns gekocht, weil wir zusammen essen wollten. Es klingt nicht wie ein Vorwurf, trotzdem steht ihm die Enttäuschung ins Gesicht geschrieben. Ich kann sehen, wie er um seine innere Ruhe kämpft, das war nicht den ganzen Abend so. Olli hat den Zorn herausgelassen, wird etwas zerschlagen haben. Im Mülleimer finde ich die Scherben, es tut mir leid, was habe ich versäumt? Es war ein Brathuhn, jetzt sieht es aus wie Frikassee. Ich lache, breite meine Flügel aus, gehen wir zu mir oder zu dir? Zu mir, entscheidet mein Freund.

9

Ich habe eine letzte Lieferung für diesen Tag, am Kaiserdamm, nahe dem Zentralen Omnibusbahnhof. Ich habe es extra so gelegt, damit ich Andreas abholen kann, er kommt aus Amsterdam zurück. Zwischen zwei anderen Lieferwagen finde ich für meinen eine Lücke. Der vor mir bringt Getränke, er kämpft mit einer Sackkarre, deren linker Reifen ist platt. Er flucht und schwitzt, so geht es schon den ganzen Tag, nichts funktioniert, alle beschweren sich, niemand gibt Trinkgeld. Plötzlich hält er inne, wir stehen beide im Regen, der stürzt auf uns herab, über uns bricht eine schwarze Wolke. Wir sind beide zu langsam, lassen es geschehen, weichen in Sekundenschnelle auf, wir sehen uns an und fangen an zu lachen, da kommt die Sonne schon zurück, der Himmel färbt sich blau. Ich freue mich auf den Bär, stehe hinter einem Maschendrahtzaun und winke ihm zu. Er entdeckt mich, lächelt, hat seine Weste und die Stiefel an, nimmt seine Reisetasche in Empfang, die Busfahrerin reicht sie ihm an. Ich gehe ihm entgegen, um ihm die Tasche abzunehmen, es war eine lange Fahrt, sein Rücken tut ihm weh, es tut mir leid. Er sorgt sich lieber um mich, so durchnässt wie ich bin, hole ich mir den Tod, glaubt er. So empfindlich bin ich nicht, das weiß er auch. Ich stelle die Tasche in den Wagen, wir fahren zu ihm nach Hause. Vor uns weicht ein Wohnmobil einer jungen Frau auf einem Elektroroller aus, sie hat ihre Spur verloren, das Wohnmobil landet auf meiner. Andreas drückt sich in den Sitz, er bremst mit mir zusammen, ich streichele ihm über die Wange. Ich soll nach vorne gucken und mich nicht über ihn lustig machen. Das würde ich nie tun. Nach neun Stunden im Bus sehnt Andreas sich nach einer Dusche. Ich komme mit ihm hoch, wir wollen zusammen essen, nachher kann ich die Bar alleine übernehmen, damit der Bär sich ausruhen kann. Ich ziehe meine nassen Sachen aus, stecke die Hose in den Trockner, fische mir ein schwarzes T-Shirt aus seinem Schrank, ziehe es über, jetzt ist es ein Kleid. Im Eis ist Pizza, ruft er aus dem Badezimmer. Der Bär ernährt sich von Tiefkühlkost, ich muss besser auf ihn achten. Als ich die Pizza aus dem Eis hole, stelle ich fest, er hat sie selbst gemacht, das hätte ich mir denken können. Ich schiebe sie in den Ofen, decke den Tisch, nehme mir ein Bier aus dem Kühlschrank, Andreas möchte auch eins. Er steht da in einem blaugrün gestreiften Frotteebademantel und rubbelt sich die Haare trocken. Ich sehe ihm an, es geht ihm gut, er hat etwas erlebt, das war besonders, hat ihn bewegt, bewegt ihn immer noch. Er spielt es herunter. Arjen war mit ihm im Stadion, bei Ajax, mehr war da nicht, will er mir glauben machen. Eigentlich interessiert der Bär sich kaum noch für Fußball, er hat sogar aufgehört zu wetten, Arjen hat trotzdem darauf bestanden, ist mit dem Bär zum Spiel. Arjen ist nicht eine Minute von seiner Seite gewichen, drei Tage lang ist er mit Andreas durch die Stadt gestreift, ich sehe die beiden vor mir. Arjen will herausfinden, was Andreas nach all den Jahren wirklich umtreibt, warum er sein Leben in einer Bar verbringt, plötzlich wieder auf Reisen geht. Andreas mag die Bar, sie ist ein Wohnzimmer, er ist dort fast zu Hause, die Gäste fühlen sich wohl bei ihm. Arjen sieht es anders, Gäste können kein Zuhause sein, Andreas sieht den Leuten nur beim Trinken zu, damit er nicht alleine ist, aber Gäste gehen wieder, niemand bleibt, in keiner Bar der Welt, auch wenn sie immer wieder kommen. Warum bist du hier, will Arjen wissen. Andreas weicht seinem Blick aus, es gefällt mir, mich mit dir zu treffen. Arjen zweifelt, du wolltest mich zwölf Jahre lang nicht sehen, Andreas. Zwölf Jahre. Jetzt weicht der Bär auch meinen Blicken aus. Da lebt etwas in ihm auf, seine Augen werden rot und feucht. Ist nur die Müdigkeit, behauptet er. Wir sitzen in der Küche, der Bär in seinem Bademantel, ich in einem Kleid, das mal sein T-Shirt war. Wir trinken Bier und warten auf die Pizza. Wir kennen uns mein ganzes Leben lang, aber der Bär behält seine Männer gerne für sich. Ich kannte nur einen, seinen Ehemann, danach gab es keinen mehr. Andreas hat ihn verloren, es ist ganz schnell gegangen, erst kam die Diagnose, zwei Monate danach haben wir ihn beerdigt. Von den anderen, die meinen Bär verlassen haben, weiß ich so gut wie nichts, angefangen bei meinem Vater, der war Andreas' erste große Liebe. Als mein Vater Mama kennenlernte, entschied er sich für sie. Andreas war sein bester Freund, er schlief nur mit ihm, weil er dachte, er tut Andreas einen Gefallen. Dann kam Felix auf die Welt, mein Vater zweifelte, hatte keine Ahnung, was er davon halten sollte. Er probierte es, zog bei Mama ein, spielte Vater, er war nie gut darin. Mein Vater verlor das Interesse, erst an Mama, dann an Felix. Als ich kam, wurden wir ihm zu viel, es war zu eng für ihn, er war immer auf der Suche, wusste nie wonach. Er verschwand, war nicht mehr aufzufinden, niemand wusste, wo er war, selbst Andreas nicht. Der liebte ihn trotzdem noch, ließ uns nie im Stich, obwohl Mama ihn auf Abstand hielt. Felix und ich haben nie nach unserem Vater gefragt. Andreas hätte uns von ihm erzählen können, Mama hätte es nicht gewollt. Es war eine stille Übereinkunft, als wäre da weniger oder gar kein Schmerz, wenn nicht einmal so etwas wie ein Bild von ihm entsteht. Bei Arjen war es anders, Arjen hat Andreas nicht verlassen. Als Arjen auf Andreas traf, wollte Arjen nur noch ihn, aber er war mit einem anderen zusammen, der litt an MS, Arjen musste bei ihm bleiben. Der Bär war einverstanden, er hat sich darauf eingelassen, er war es ja gewohnt, die Nummer zwei zu sein, aber diesmal war er glücklich. Arjen schlief mit ihm, weil er den Bär ehrlich wollte. Arjens Freund bekam nichts davon mit, dachten sie, sie irrten sich. Plötzlich standen Arjens Sachen vor der Tür, das Schloss war ausgewechselt, binnen eines halben Tages hatte sein Freund ihn aus seinem Leben gelöscht. Arjen war erleichtert, weil es vorbei war, er rief Andreas an, wollte zu ihm nach Berlin, alles andere vergessen, aber er konnte Andreas nicht erreichen, sie hatten ihn schon weggesperrt. Andreas saß in Untersuchungshaft, das wusste Arjen nicht, der Bär verlor sein altes Leben, durfte nichts davon bewahren, auch Arjen nicht. Zwölf Jahre ist das her. Ich hole die Pizza aus dem Ofen, wir trinken noch mehr Bier. Der Bär sitzt da auf seinem Stuhl, ist eingeklemmt zwischen Vergangenheit und Gegenwart. Arjen möchte, dass er zurück nach Amsterdam kommt, für länger bleibt, das ist doch gut. Ich kümmere mich um die Bar, wir haben Stellan und Awa, die können noch mehr Schichten übernehmen, sie sind beide zuverlässig, wir mögen sie. Der Bär kann ans Meer, sich eine Auszeit nehmen. Ich überlege, die Bar aufzugeben, sagt er. Mir bleibt die Luft weg. Das habe ich nicht kommen sehen. Alles steht still. Was wird dann aus mir? Ich teile die Pizza in zwei Hälften, der Bär sitzt da, wir atmen kaum. Mir war das nie bewusst, zu seiner Geschichte gehört auch eine Zukunft, die mich einschließt. Oder ausschließt. Ich gehe in der Zeit verloren, mein Handy klingelt, es ist Tobias, ich erinnere mich. Ich möchte etwas von ihm, er möchte etwas von mir, er soll mich später in der Bar abholen, nach meiner Schicht, gerade bin ich ganz woanders. Andreas blickt mich finster an, ich soll es aus der Bar raushalten, das war die Bedingung. Das mache ich doch. Er soll mich endlich fragen, wie es mir geht. Ich habe jemanden kennengelernt. Du lernst ständig Leute kennen, sagt er. Diesmal ist es anders. Warum?, wird er gleich fragen. Ich hätte nicht davon anfangen sollen. Andreas erinnert mich an meinen Freund, dass ich noch einen habe. Am Ende werde ich allein sein, der Gedanke tut ihm weh. Ich habe doch immer noch dich. Vielleicht stimmt das ja nicht. Du kannst zu Hause bleiben, sage ich, aber er möchte mit mir in die Bar. Wir packen all das Unausgesprochene und Übergangene ein, nehmen es mit, warten auf eine nächste Gelegenheit, jeder für sich.

10

Tobi sitzt mit mir auf einer Bank am May-Ayim-Ufer, in unseren Rücken stehen Wohnmobile, innen leuchten Lichterketten, die Bewohner sind nirgendwo zu sehen. Tobi hat zwei Flaschen Pale Ale dabei, ich möchte keins, er hat auch Wodka, den bewahrt er in einem Flachmann auf, er trinkt ihn lieber selbst, ist noch immer aufgewühlt. Tobi hat beinahe jemanden umgebracht. Das bekommt er nicht aus seinem Kopf heraus. In meinem finde ich gerade keinen Platz dafür, er bemerkt es nicht. Beinahe wäre sie gestorben, wegen ihm. Ja, ich weiß. Er erzählt es trotzdem, als wäre ich ein Magnet für all den Ballast, den sie sonst nirgends los werden. Selbst meine Kräfte schwinden irgendwann. Tobi trinkt. Die Frau war keine vierzig, tauchte mitten in der Nacht mit ihrem Mann im Klinikum am Hafen auf, Herr und Frau Kaczmarek, sie erkannte ihren Mann nicht mehr, der war völlig aufgelöst. Um ein Uhr nachts lag er allein im Bett, vermisste sie, fand sie in der Küche, sie kochte. Als er sie berührte, schreckte sie zurück, wusste nicht mehr, wo sie war, was sie da tat, wer sie berührte. Tobi untersuchte sie, sie hatte keine Schmerzen, alle Tests blieben negativ. Tobi veranlasste ein MRT, Herr Kaczmarek sah seine Frau in einer Röhre verschwinden, er wurde noch nervöser. Tobi zeigte ihm die Bilder, es war nichts darauf zu sehen. Tobi konnte einfach nichts erkennen, mittlerweile war es fünf Uhr am Morgen, er entschied sich, abzuwarten. Zwei Stunden später sah der Chefarzt sich die Bilder an, entdeckte etwas, das eigentlich nicht zu entdecken war, eine SAB. So etwas entdeckt man nur, wenn man schon dreißig Jahre lang dabei ist, beruhigte der Chefarzt Tobi. Vor dreißig Jahren war Tobi noch nicht einmal geboren. Eine subarachnoidale Blutung muss man sofort operieren, im Klinikum am Hafen gab es keine Möglichkeit, sie brauchten einen Helikopter, für die Verlegung. Die Oberärztin tauchte aus dem Nichts auf, erinnerte Tobias an die Morgenvisite, die er übernehmen sollte. Sie monierte seine Arztbriefe aus der Nacht, sie hatte Stellen, die ihr nicht gefielen, rot markiert. Tobi brach zusammen, fing an zu weinen. Und Frau Kaczmarek, frage ich, um die Geschichte zu einem Ende zu bringen. Ihr geht es wieder gut. Wir blicken auf die Spree, das Wasser ist nachts so schwarz, wie auch am Tag. Vor uns halten Partyboote aufeinander zu, wir sehen die

Lichter, hören die Musik, die Feiernden sehen müde aus, als sehnten sie sich an Land. Eine Tonne, voll mit Müll, landet im Wasser, Möwen stürzen sich darauf herab. Ich frage Tobi nach der Parkinson-Klinik. Er kann nichts machen, darf keine Überweisung schreiben. Ob ich an ihn gedacht habe. Natürlich, deswegen sind wir hier. Ich tausche zwei Tubes gegen seine Scheine, er muss jetzt unbedingt in einen Club. Ich nehme doch ein Pale Ale, bleibe sitzen, über mir fliegt eine Himmelslaterne, vielleicht steckt sie den Himmel in Brand. Ich versuche mir vorzustellen, wer Arjen ist, wie Arjen aussieht, ich stelle mir Arjen mit Andreas vor, sehe sie zusammen vor mir, es ist ein schönes Bild, das mir gefällt. Ich versuche es mit meinem Vater, da entsteht nur eine unberührte Fläche. Ich überlege, Deniz anzurufen, ich bleibe nicht alleine, ist neben dir noch frei?, fragt sie. Sie heißt Ora, ihre Freundin möchte tanzen gehen, sie ist schon ohne Ora losgezogen. Auch Ora tanzt gerne, aber in Clubs fühlt sie sich unwohl. Vielleicht bin ich auf ein Abenteuer aus, denkt sie und versucht mit mir zu flirten, sie ist nicht wirklich gut darin. Gleich wird sie fragen, ob ich sie begleite. Ora möchte ihre Freundin eifersüchtig machen, Eifersucht ist ihrer Freundin fremd. Ich lasse mich trotzdem überreden, tanze viel zu selten, mein Freund tanzt nicht mehr mit mir, also tanze ich mit Ora. Eine Frau taucht aus dem Nebel auf, küsst Ora und beäugt mich. Ich sehe Tobi, er ist auf den Weg zu den Toiletten, hat schon zwei für seine Nacht gefunden, die ihn dorthin begleiten. Ich will Olli eine Nachricht schicken, er soll kommen, sonst wird es spät. Mein Handy ist verschwunden, ich verliere das Gleichgewicht. Ora fängt mich auf, fragt besorgt, ob etwas passiert ist. Ich habe gerade mein Leben verloren, vielleicht wurde es mir gestohlen. Ich suche danach, Ora hilft mir, ihre Freundin verlangt nach ihrer Aufmerksamkeit. Ich lasse Ora gehen, frage am Tresen, an der Garderobe, bei der Security, vielleicht habe ich das Handy schon am Ufer verloren, noch in der Bar. Ich klammere mich an den Gedanken, dass ich es wiederfinde, obwohl ich weiß, dem wird nicht so sein. Ich begebe mich auf einen langen Heimweg, brauche Zeit, um mich zu beruhigen, es gelingt mir nicht. Ein Fuchs schleicht vor mir her, das bilde ich mir ein. Olli schläft, war nicht enttäuscht genug, um wach zu bleiben, mir das vorzuwerfen, dass ich mich nicht gemeldet habe. Ohne Handy melde ich mich nirgends mehr. Niemand darf mein Handy finden, niemand darf wissen, dass all die Nummern darin zu mir gehören. Meine Kontakte würden mir das nie verzeihen, wenn ich sie in etwas mit hineinziehe. Mir fällt die Ware ein, die ich noch bei mir trage, vielleicht habe ich mit dem Handy auch meinen Verstand verloren. Ich öffne die untere Tür von Mamas Vitrine, ich versuche es zumindest, möchte ans Depot, die Tür klemmt, ich reiße am Schlüssel. Die Tür springt auf, ein Schachspiel, das als Abdeckung dient, fällt heraus, der Deckel klappt auf, die Figuren purzeln über den Teppich, bis aufs Parkett. Ich bin zu laut. Ich höre Olli, er taucht in meinem Zimmer auf, natürlich möchte er wissen, warum ich um diese Zeit so einen Lärm veranstalte, natürlich erkläre ich mich. Er steht da in seiner Pyjamahose aus nachtblauer Seide, ein burgunderrotes Paisley-Muster ist darauf, es verschwimmt vor meinen Augen. Mein Freund möchte wissen, warum ich in der Vitrine nach meinem Handy suche, wenn ich überzeugt bin, dass es mir gestohlen wurde. Ich sammele verzweifelt die Schachfiguren ein, Olli kniet sich zu mir, will mir helfen. Ich stoße meinen Freund weg, ich möchte nicht, dass er an meine Sachen geht. So hat er mich noch nie erlebt. Ob ich eine heiße Milch mit Whisky möchte. Er versucht, mich zu beruhigen, das nimmt mich mit. Ich werde überschwemmt von einer Zuneigung, die ich immer noch für ihn empfinde. Ich möchte ihn berühren, aber da ist plötzlich so viel Stille zwischen uns in diesem Raum, wir können uns darin unmöglich einander nähern. Dabei möchte ich mich einfach nur kurz festhalten, mich seiner und meiner vergewissern. Soll ich die Polizei rufen?, fragt mich mein Freund, er will den Diebstahl meines Handys anzeigen. Dafür ist es schon zu spät. Er sieht mich fragend an, mir fällt keine Antwort für ihn ein.

11

Am Morgen sitze ich mit Olli in der Küche, er presst Orangen aus, zwei Toastscheiben flippen aus dem Toaster heraus. Ein Vogel fliegt gegen das geschlossene Fenster, Olli schreckt zurück. Morgens scheint die Sonne in die Küche, der Vogel muss einer Illusion erlegen sein. Olli sieht hinaus, ich sehe ihn nicht, sagt er, aber an der Scheibe klebt Blut. Er muss dort unten liegen, wir haben beide keine Zeit, um uns zu kümmern. Ich versuche mein Glück bei eBay, so unwahrscheinlich es ist, mir bleibt keine Wahl. Olli erinnert mich an eine Vereinbarung, wir wollten beim Frühstück offline bleiben, er versucht mit mir zu reden. Ich kann mich nicht auf ihn konzentrieren, kann mein Glück kaum fassen, einer bietet mein Handy an, hat es mitsamt meiner Schutzhülle fotografiert und das Foto online gestellt. Im Profil gibt er seine Adresse an, das muss ein Irrtum sein, so dumm kann niemand sein. Olli schmiert erst Butter, dann Quittenmarmelade auf seinen Toast. Ich kann nicht so tun, als wäre nichts, ich brauche mein Handy zurück, mein Freund findet mich seltsam. Ob das nicht bis nach dem Frühstück warten kann. Ich küsse ihn zum Abschied, er beschwert sich trotzdem. Ich bin schon im Flur, er wird lauter. Als ich die Wohnungstür schließe, höre ich, wie hinter mir Geschirr zerbrochen wird, ich höre Olli Scheiße!, brüllen. Ich liebe dich auch!, ruft er mir hinterher, ich bin schon auf den ersten Stufen, kann nicht mehr zurück. Es ist noch früh, vor Euronics bildet sich noch keine Schlange. Ich weiche den Gorillas aus, die auf dem Gehweg fahren. Bei Euronics erstehe ich ein billiges Handy mit Prepaidkarte, ich registriere mich, kann meine Identität dank meines digitalen Personalausweises verifizieren. Ein paar Nummern habe ich in meinem Kopf gespeichert, ich sichere sie auf der neuen SIM. Ich muss nach Friedrichshain, stecke hinter Lieferwagen fest. Die Stadtreinigung hat endlich wieder ein paar Fahrzeuge auf der Straße, sie entsorgen wenigstens das Nötigste. Ich finde keinen Parkplatz, als

Kurierin darf ich zweite Reihe parken, in zweiter Reihe bilden sich die ersten Schlangen. Ich habe wieder Glück, finde einen Platz direkt vor dem Haus, das ich gesucht habe. Vielleicht werde ich für mein Glück bezahlen müssen. Ich finde auch seinen Namen auf einem Klingelschild, Hässler. Hässlich, denke ich. Ich muss mich zusammenreißen, eine Stimme meldet sich über die Gegensprechanlage. Die Post, persönliches Einschreiben, höre ich mich sagen, ich benötige eine Unterschrift. Tatsächlich summt die Tür, ich werde eingelassen, in der dritten Etage erwartet mich einer, er ist kaum größer als ich, auf seinem T-Shirt sind eigelbe Flecken. Er beginnt zu zweifeln, vielleicht erinnert er sich an mich. Ich habe keinen Umschlag bei mir, ich trage keine Uniform. Ich bin sicher, es ist Alex Hässler. Ich behaupte, an dem Handy interessiert zu sein, das er zum Verkauf anbietet. Er erkennt mich doch, er versucht, mir die Tür ins Gesicht zu werfen. Ich bin schnell, ich drücke dagegen. Ich weiß, deine Freundin ist längst wach, sie wundert sich, Alex Hässler, sie wundert sich über dich, den Lärm, den ich veranstalte, sie ist nicht eingeweiht, habe ich recht? Er hält mich für verrückt. Ich verspreche ihm, zu gehen, sobald er mir mein Handy gibt. Ich soll mich verziehen, das kann ich leider nicht. Er ist stärker, ich kann kaum noch dagegen halten. Er soll mir wenigstens die beiden SIM-Karten wiedergeben. Er rückt sie nicht heraus, stemmt sich gegen seine Tür, drückt sie zurück ins Schloss. Ich verliere die Kontrolle, fange an zu brüllen, hämmere gegen die Tür. Ich drohe ihm, beschimpfe ihn, es ändert nichts. Die Nachbarn bleiben unsichtbar. Vielleicht lugt auf der Etage einer durch seinen Spion, vielleicht rufen andere die Polizei, vielleicht hätte ich mich besser vorbereiten sollen.

12

Jovanna will, dass ich anhalte. Sie braucht Schokobonbons. Ich dachte, sie trainiert endlich. Macht sie auch, behauptet sie. Ich frage, ob Schokolade mit zur Therapie gehört. Sie hat keine Ahnung, von was für einer Therapie ich spreche. Ich warne sie. Wir hatten einen Deal. Entweder sie unternimmt etwas gegen ihre Angststörung, oder ich fahre in Zukunft mit einer anderen Kollegin. Du kannst mich mal, Deniz. Ja klar. Ich muss dauernd an Vanessa denken. Ist gefährlich mitten im Verkehr. Mein Handy klingelt, auf dem Display steht eine Nummer ohne Namen. Es ist Vanessa. Ich glaube nicht an Zufälle. Sie ist aufgeregt, meint, sie fasst sich kurz. Ihr Handy wurde gestohlen. Sie hat es bei eBay entdeckt, der Typ, der es anbietet, heißt Alex Hässler. Sie steht bei ihm vor der Tür, Boxhagener Ecke Glatzer. Wir müssen in die Methfessel, meint Jovanna, sie hängt am Funk. Vanessa ist noch dran, ich höre das Zittern in ihrer Stimme. Jovanna wird ungeduldig. Fahr!, befiehlt sie mir. Halt die Klappe. Ich hab nicht dich gemeint, erkläre ich Vanessa. Ich gebe es an die Kollegen weiter, die kümmern sich, verspreche ich ihr. Sie reagiert nicht. Vanessa? Sie ist nicht sicher, ob sie mich verstanden hat. Ich muss das weitergeben, ist nicht mein Abschnitt. Sie muss los, sagt sie. Ist kein Problem, du musst nicht warten. Ich frage, ob's ihr gut geht. Jovanna hat einen Kiosk in der Duden entdeckt. Vanessa hat schon aufgelegt. Jovanna besorgt sich ihre Bonbons. Wir biegen rechts in die Methfessel, vor uns läuft ein herrenloser Hund über die Straße. Er hinkt, hat nur noch drei Beine. Jovanna meint, es sind Studenten, die den Einbruch gemeldet haben. Ist eine Wohngemeinschaft im Erdgeschoss. Die Wohnungstür besteht aus Holzkassetten. Da, wo ein Klingelschalter sein sollte, hängen zwei Drähte aus der Wand. Ich halte die Enden gegeneinander, nichts passiert. Jovanna klopft gegen die Tür. Eine Kassette bricht weg. Frau Coric verfügt neuerdings über ungeahnte Kräfte. Wir gucken durch das Loch.

Drei Zombies kommen in den Flur geschlurft. Einer lässt uns rein, hat eine Zahnbürste im Mund. Sie haben in der Nacht das Küchenfenster zum Hof offen gelassen. Am Morgen war die Wohnung leer geräumt, sagt einer in Boxershorts. Jovanna fragt, was fehlt. Nur die Sachen aus dem Flur. Ihre Jacken, die Rucksäcke und vor allem ihre Skateboards, meint der dritte. Seine Zunge ist gepierct. Hier riecht es nach Marihuana, stellt Frau Coric fest. Sie will sich in der Wohnung umsehen. Ich glaube nicht, dass das ohne Durchsuchungsbefehl erlaubt ist, meint der Zombie mit der Zahnbürste. Wir haben auch unsere Rechte, unterstützt ihn der Kollege mit dem Edelstein in der Zunge. Ist vielleicht ein Diamant, den haben die Diebe übersehen. Ihre Skateboards können die Jungs vergessen, so viel steht fest.

13

Ich stelle die Wanne mit den Medikamentenpaketen in den Kofferraum. Es darf heute keine Sonderwünsche, keine Änderungen des Fahrplans geben. Ich möchte Connor nicht gestehen müssen, dass mir seine Kundendaten verloren gegangen sind. Vielleicht geschieht ein Wunder, ich bin ein Engel, Engel glauben an Wunder. Trotzdem fürchte ich mich, weil Deniz sich nicht persönlich darum kümmert. Ich fürchte noch viel mehr, dass es ein Fehler war, ihn um Hilfe zu bitten. Es war unvermeidlich, er ist die ganze Zeit in meinem Kopf, ich musste seine Nummer wählen, ich habe mir nur dabei zugesehen. Ich drohe mich zu verlieren, vielleicht finde ich auf diesem Weg zu meinem Handy. Das neue klingelt. Landeskriminalamt, meldet sich eine Stimme, Weißgerber, fügt sie an, das muss ihr Name sein. Der Verkehr kommt zum Erliegen, ich werde rausgewinkt, spüre ein Kribbeln im Gesicht, unter meinen Achseln. Die Stimme möchte wissen, ob sie mit Frau Paschke spricht. Mein Herz beginnt zu rasen, ich mache den Mund auf, vielleicht bringe ich ja einen Ton heraus.

Ja, höre ich mich sagen. Sie konnten mein als gestohlen gemeldetes Handy beschlagnahmen. Das ist eine gute Nachricht, hoffe ich. Frau Weißgerber fordert mich auf, mich beim Landeskriminalamt am Tempelhofer Damm in der Asservatenkammer zu melden. Vielleicht sollte ich noch etwas sagen. Danke, ich bin unterwegs.

Eine Beamtin des LKA betrachtet mich durch Panzerglas, ein Mikrofon befindet sich vor ihr auf Mundhöhe. Ich stelle mich vor, erwähne Frau Weißgerber. Die Beamtin hinter Glas trägt einen anderen Namen, verrät ihn nicht. Ich sehe sie an, sie war noch nie im Außendienst, denke ich, sie sitzt auf einem Abstellgleis, vielleicht verbringt sie ihre freie Zeit in einer Laube. Unter ihren Nagelrändern sind dunkle Ablagerungen, sie liebt das Gefühl von Erde an den Händen, ich bin nicht sicher. Sie möchte meinen Ausweis sehen. Vielleicht wurde sie verletzt, ist froh darüber, noch für den Pfortendienst zu taugen. Sie bittet mich um einen Moment Geduld, wählt eine Nummer auf ihrem internen Festnetzapparat. Ich warte mit ihr zusammen auf die Verbindung, sie drückt mit ihrem Kugelschreiber blaue Punkte auf ein Stück Papier. Um diese Möglichkeit beneide ich sie. Ich hab jetzt die Frau Paschke hier, sagt sie. Ich spüre das Kribbeln im Gesicht, aus einem toten Winkel löst sich eine weitere Uniform, sie nimmt den Platz der Beamtin ein, die noch meinen Ausweis in den Händen hält. Ich erkenne einen schmalen Streifen weißer Haut um ihren Ehefinger, sie hat den Ring verloren. Sie bleibt in meinem Rücken, wir steigen eine Treppe hinab, das Licht fällt aus, ich tappe im Dunkeln. Plötzlich flackern Neonröhren auf. Wir haben eine Lichtschranke passiert, die Beamtin öffnet eine Tür, die führt auf einen engen, fensterlosen, lang gezogenen Gang. Ich berühre mit den Fingern die Decke, der Beton ist nicht verputzt, ich soll das lassen, sagt sie. Am Ende des Gangs öffnet sie eine weitere Tür, die der Asservatenkammer. Die Lüftung ist ausgefallen, meine Kehle trocknet aus, ich wage nicht, nach einem Schluck Wasser zu fragen. Die Beamtin in meinem Rücken ruft nach einer Ines, Ines trägt ein Uniformhemd mit kurzen Ärmeln. Ihre Haut ist so gelb wie das Licht, sie hat einen Buckel, bilde ich mir ein. Sie wohnt hier unten, hütet ihre Schätze, verteidigt sie mit ihrem Leben. Mir wird schwindelig von dem Geruch. Ines möchte jeden Irrtum ausschließen, auch sie prüft meine Identität, sieht sich das Bild auf meinem Ausweis an, den die Kollegin ihr ausleiht. Ines mustert mich, gleich wird sie fragen, ob ich Frau Paschke bin, das bin ich. Sie gleicht die Information mit den Daten eines Handys ab, das sie aus einer Schachtel holt, ich erkenne es, muss husten. Ines fordert mich auf, ein Formular auszufüllen, ich muss drei Unterschriften leisten, ich bestätige, dieses Smartphone erhalten und entgegengenommen zu haben. Ich gehöre zu den Glücklichen, erklärt mir Ines, viele davon gibt es nicht. Ich möchte wissen, ob das alles ist. Falls ich noch eine Schleife drum erwarte, kann sie nachsehen, ob sie eine findet. Ich spüre die Hand der Beamtin hinter mir auf meinem Rücken. Ines putzt sich die Nase, träufelt sich Tropfen in die Augen, sie hat eine Stauballergie, ich hätte es wissen müssen. Die Tropfen, die sie benutzt, taugen nichts, ich behalte es für mich. Ich steige mit der Beamtin in meinem Rücken die Treppe hoch, wieder liegen einige Stufen im völligen Dunkel. Meine Knie werden weich, ich suche nach Halt, ertaste ein Geländer. Die Beamtin geleitet mich zum Ausgang, sie ermahnt mich, in Zukunft besser auf meine Sachen zu achten. Sie mögen Flieder, sage ich, und Feldblumen, sie haben die schönste Wiese in der ganzen Laubenkolonie. Ihre Augen werden groß, sie lächelt. Ich trete ins Freie, vor meinen Füßen hockt eine Taube mit gebrochenem Flügel. Ein Mann in einem grauen Overall mit dem Logo einer Reinigungsfirma auf der Brust kommt mit einem Spaten und einer langstieligen Kehrschaufel. Er trennt der Taube mit dem Spaten den Kopf ab, schiebt den Kopf und den zuckenden Körper auf die Kehrschaufel. Erst jetzt sieht er mich an. War eh kaputt, sagt er, wenigstens überträgt das Vieh jetzt keine Keime mehr. Der Himmel öffnet sich, der Hausdienst macht sich davon, es schauert. Als ich am Wagen bin, liegt Graupel zentimeterhoch im Rinnstein. Es wären nur noch ein paar Minuten Fahrt zum Alten Park, zu Oma Zuppe, ich hänge meinem Zeitplan hinterher. Ich prüfe mein Handy, sowohl die SIM mit meinen Kontakten als auch die mit den Kontakten der Apotheke sind noch vorhanden. Herr Hennig hat viermal versucht, mich zu erreichen, er sehnt sich nach weiterer Lektüre. Auch Deniz wurde nicht gelöscht, er ist der Erste, der mich unter meiner alten Nummer erreicht. Er freut sich, weil er helfen konnte. Ich schulde ihm ein Bier, das vom Balkon, das wir verschoben haben, jetzt schulde ich ihm noch viel mehr. Wir müssen uns treffen, so bald wie möglich. Ich schaffe es auf keinen Fall vor sieben, vor sieben kann er auch nicht.

III.

1

In der Reichenberger feiern sie ein Straßenfest. Deniz wartet an einem runden Stand, dort werden Biere, Weine und Longdrinks ausgeschenkt. Er trägt Freizeitkleidung, ich bin nicht dazu gekommen, mich umzuziehen. Deniz stellt mir Katrin vor, Markus' Pflegerin. Katrin zapft uns beiden ein Bier, ich bin sofort verliebt in sie. Alles an ihr strahlt. Die Schaumkronen fallen in sich zusammen, Katrin lächelt mich an, sie weiß viel mehr als ich. Sie lacht hell und schön mit ihren Gästen, die meisten kommen nur wegen ihr. Sie weiß auf alles eine Antwort, hat für jeden etwas übrig. Eine hält sich kaum noch auf ihrem Hocker, Katrin fragt sie zärtlich, ob sie einen Kaffee möchte, sie soll doch langsam machen, aber die Frau verlangt nach einem nächsten Korn. Katrin streicht ihr über den Arm, Korn ist aus, Liebste, du bekommst 'nen Kaffee, den spendier ich dir. Die Frau ist glücklich, sagt kein Wort mehr, wartet geduldig auf die nächste Geste Katrins, die sie beschützt. Sie kann sich auf sie verlassen, so wie alle anderen auch. Katrin macht das schon, solang sie denken kann, seit über dreißig Jahren, kleine Wäsche, große Wäsche, wenn ihre Schicht beim Pflegedienst vorbei ist, kellnert sie in einer Kneipe oder arbeitet an einem Stand, so wie heute. Sie macht es, um zu überleben, sonst reicht das Geld nicht, noch mehr braucht sie es für ihre Seele, sie umgibt sich nach der Pflege gerne mit Menschen, die sich noch selbst zu helfen wissen. Katrins Mann liebt sie, er kommt ohne sie zurecht, auch dafür liebt sie ihn. Ihre Tochter lebt schon längst ein eigenes Leben, so wie Deniz, so wie ich, vielleicht tun wir das ja gar nicht. Alles gut bei dir?, fragt Deniz. Ich dachte, darauf trinken wir. Deniz lächelt, das nächste Bier möchte er lieber woanders trinken.

Ich frage Vanessa, ob sie etwas dagegen hat, wenn wir das nächste Bier woanders trinken. Sie will sich noch von Katrin verabschieden.

Vanessa umarmt sie. Wir haben uns noch immer nicht berührt. Vielleicht weiß sie das. Sobald es dazu kommt, werde ich nicht mehr von ihr lassen können. Katrin wirft mir einen Handkuss zu. Vanessa und ich gehen zur Wiener. Die orangen Eimer laufen über. Bei den meisten sind die Böden weggebrochen, ist ein Fest für Nebelkrähen. Wir holen einen Sechserträger, der geht auf Vanessas Rechnung. Bei der Lohmühlen gehen wir in den Park rein. Überall stehen Zelte, es werden immer mehr.

Wir kommen zur Brücke, die vom Görlitzer Park über den Landwehrkanal führt. Alles löst sich in Rauch auf, wir atmen Holzkohlestaub und Asche ein, es riecht nach Grillanzünder, Fleisch und Gras. Familien werden zusammengeführt, zerstreiten und versöhnen sich. Picknickdecken und Campingstühle drängen sich dicht zusammen, darüber geht die Sonne unter, sie malt den Himmel und die Wolken aus. Deniz will über das Brückengeländer klettern, zwei Betonträger ragen meterweit in den Kanal hinein. Auf der einen Plattform sitzen welche, sie lassen über dem Wasser die Beine und die Seele baumeln, auf der zweiten ist noch niemand. Deniz fragt, ob ich es schaffe, über das Brückengeländer hinunterzuklettern.

Ob ich sie beleidigen will, fragt Vanessa. Sie klettert über die Brüstung und dann runter auf die Plattform. Ich bin hinter ihr, also über ihr, habe den Sechserträger, bringe ihn sicher ans Ziel. Ich setze mich zu ihr. Wir treiben über den Kanal, folgen der Biegung des Flusses, landen immer wieder hier. Das Ufer jedes Mal genauso nah oder so fern wie das Mal zuvor.

Deniz öffnet eine Flasche mit den Zähnen, er hakt den Kronkorken hinter einen Backenzahn ein und ploppt ihn auf. Ich erwarte, dass er seinen Zahn ausspuckt und ernte nur ein Grinsen.

Die zweite Flasche steht unter zu viel Druck. Der Kronkorken ploppt auf, und Bier schießt raus. Ich spritze mich voll. Versuche, den Daumen auf die Öffnung zu drücken und spritze auch Vanessa voll. Sie fängt an zu lachen. Ich will den Schaumfluss stoppen, er rinnt mir am Kinn runter. Vanessa hört nicht auf zu lachen, steckt mich damit an. Ich habe noch die Flasche am Mund und pruste los, pruste ihr den Bierschaum ins Gesicht. Sie lacht noch lauter.

Ich stoße mit Deniz an, auch in der Gruppe auf der anderen Plattform prosten sie sich zu, lachen über anderes, bleiben unter sich, treiben vielleicht schon Jahre auf dem Floß, die Stadt zieht sich zurück. Ich frage nach Markus, ich weiß nicht, warum ich das tue. Bestimmt ist Deniz froh, einen Moment ohne ihn zu sein, ohne sich zu sorgen, weil er an ihn denken muss. Aber vielleicht frage ich nach Markus, weil ich vieles andere, das zur Sprache kommen könnte, fürchte.

Baba trinkt Bier bei Laleh und Kerem. Vanessa wundert sich. Sie weiß, Markus darf kein Bier. Schon klar. Aber Kerem kann nie Nein sagen, wenn Baba eins möchte. Ich kann's verstehen.

Alles färbt sich rosa, gelb, grünblau und rot, fließt ineinander, dann zieht sich ganz allmählich ein dunkler Schleier über die Farben, dimmt sie herunter, taucht alles in ein Nachtblau, Lichter beginnen darauf zu tanzen. Wenn man Glück hat, geht Stunden später die Sonne wieder auf, und der Mond verblasst.

Ich frage, ob sie eine Ahnung hat, was Glück bedeutet. Ich kann einfach nicht verstehen, wie das funktioniert. Warum sich alles nur im Hirn abspielt. Da gibt es Botenstoffe, ist klar. Die docken an der richtigen Stelle an, damit du Glück empfinden kannst. Hab ich kapiert. Aber es ist halt möglich, dass die Boten sich verdrücken und nicht wiederkommen. Niemand weiß, warum. Sie bleiben einfach weg.

Sie lassen sich auch nicht ersetzen. Dann ist das mit dem Glück für dich vorbei. Das will einfach nicht in meinen Kopf. Dass Glück nur eine Frage von Chemie ist. Bloß weil die Chemie nicht mehr stimmt, fängst du an zu zittern, wirst steif und scheißt dich ein.

Unter uns schippert ein Boot mit bunten Lampions entlang.

Vanessa sucht nach mir. Ich bin noch hier. Sie hat sich informiert. Man kann Impulsgeber in den Nucleus subthalamicus implantieren, die verbessern angeblich die Symptome. Ist nicht so, dass Baba und ich das nicht wüssten. Gibt aber Nebenwirkungen, die so ein Hirnschrittmacher verursachen kann. Die Persönlichkeit verändern, zum Beispiel. Ich möchte nicht, dass Babas Persönlichkeit verloren geht. Die Krankenkasse wäre auch nicht einverstanden, das haben wir längst geklärt.

Wir lauschen dem Lachen und Reden der Gruppe auf der anderen Plattform, sie hat schon fast die offene See erreicht.

Vanessa meint, es gibt einen Chinesen, der behauptet, die Evolution des menschlichen Gehirns braucht zwischen zwanzigtausend und zweihunderttausend Jahre, um eine erkennbare oder bedeutende Veränderung hervorzubringen. Unsere Zivilisation ist gerade mal fünftausend Jahre alt. Unsere Gehirne sind also eigentlich die Gehirne primitiver Urmenschen. Ist nur logisch, wenn man kaum was versteht. Unsere Selbstwahrnehmung gaukelt uns nur vor, wir wären hochentwickelt, meint Vanessa. Ich frage mich, wie ein Gehirn, das einem so etwas vorgaukeln kann, primitiv sein soll. Ist eh egal. Baba kann nicht noch mal zwanzigtausend Jahre warten, bis sich irgendwas verändert.

Wir können die Zeit verkürzen, mir bleibt keine Wahl, ich muss es wenigstens versuchen. Ich frage Deniz nach Gras. Er wendet seinen Blick ab, ich bin Polizist, sagt er. Er trinkt lieber Bier, versteht mich nicht. Ein Fahrrad mit Boom-Box im Korb rollt am Ufer entlang, die Musik fliegt an uns vorüber. Ich frage, was mit Markus ist. Der trinkt auch gern Bier, sagt Deniz, aber er grinst, darauf habe ich gehofft. Wir werden leichter. Cannabis bringt nicht das Glück zu ihm zurück, aber vielleicht wirkt es besser als ein paar der Pillen, die er schluckt.

Du kennst dich damit aus, ja? Lieferst du als Apothekenkurierin auch Weed aus?

Ja. Aber nur das medizinische. Du brauchst erst einen Arzt, der es dir verschreibt, den zu finden, ist nicht leicht. Es gibt Cannabis, das ist viel besser, das liefere ich auch, aber das kann ich nicht sagen. Deniz macht noch zwei Bier auf, diesmal ohne uns in Schaum zu baden. Wir hören auf den Atem einer Joggerin, ihre Stirnlampe leuchtet das Ufer aus, ein anderer keucht, rennt ihr ohne Licht entgegen. Es wird nie wirklich dunkel in der Stadt, es sei denn, man schließt die Augen, drückt sich ein Kissen aufs Gesicht.

Ich bin nicht sicher, ob ich ihr von Selda erzählen will. Berühren kann ich sie noch nicht. Keine Ahnung, warum ich zögere. Vielleicht, weil's etwas Ernstes ist. Also werde ich ihr vielleicht von ihr erzählen.

Es passiert noch immer nicht, vielleicht wird es das nie. Am Rand der zweiten Plattform steht einer und pieselt in den Kanal, es dauert, aber als sein Strahl aufs Wasser trifft, hört man das Plätschern derart laut, dass alle lachen müssen. Für einen Augenblick sind wir mit den anderen verbunden, vielleicht passiert viel mehr, als ich mir vorstellen kann. Es fällt nur schwer, mir vorzustellen, dass etwas unvorstellbar ist.

Denkst du manchmal zu viel nach, Vanessa?

Ich denke lieber selten nach.

Denkst du über Familie nach?

Nur über die, die ich schon habe.

Geht mir genauso. Baba denkt, wenn er an Selda denkt, kommt das Glück zu ihm zurück. Ist schwer für ihn zu akzeptieren, dass sie nie wiederkommt.

Jetzt erzählst du doch Geschichten?

Nur wenn du sie hören willst.

Das würde ich sehr gerne. Also Selda, ja?

Ja. Früher, da war Selda vielleicht acht oder neun, da hat sie abends immer ihre Anne von der U-Bahn abgeholt. Am Kotti. Anneanne kam vom Putzen. Sie war bei einer Reinigungsfirma, arbeitete in der Spätschicht. Selda wollte nicht, dass ihre Mama im Dunkeln nach Hause muss. Gab damals kaum Beleuchtung in der Gegend. Seldas Baba konnte seine Frau nicht abholen, um die Zeit war er meistens schon betrunken. Oder woanders. Dede ist viel fremdgegangen. Hat auf dem Bau gearbeitet, war Maurer. Er hat mit den Kollegen getrunken, mit den deutschen. Damit die ihn akzeptieren. Hat sich immer in seinen Ausreden verheddert, wenn er was mit einer anderen hatte und abends nicht nach Hause kam. Wenn er da war, gab's gleich Ärger. Er kam nicht klar mit seinen Lügen. Anneanne wusste sofort Bescheid, wenn er sie hinterging. Sie hat ihn beschimpft. Wollte ihren Mund nicht halten, Dede ist ausgerastet. Hat sie geschlagen. Selda war mittendrin. Sie hat auch was abgekriegt. Auch bei 'ner schlechten Note gab es Schläge. Ging schnell bei ihm, das Ausholen. Selda bekam nur schlechte Noten, weil sie zu viel versäumte. Ihr Baba ließ sie nicht immer in die Schule. Hat häufig Hausarrest verhängt. Dabei war sie eine gute Schülerin, das hat er nie kapiert. Mama hat's nicht mehr ausgehalten, ist abgehauen. Hat sich um betreutes Wohnen bemüht und kam in eine WG für Jugendliche. Da hat sie Baba kennengelernt. Anneanne wollte sich scheiden lassen, damit Selda zu ihr zurückkommt. Kam aber für Anneannes Familie nicht in Frage. Sie war auf sich allein gestellt, hat sich nicht getraut. Eine Ehe zieht man bis zum Tod durch, so haben sie das gesehen. Manchmal ist's so, als wär die Welt um mich herum verschwunden. Dann erinnere ich mich. Manchmal hielt Selda ihre Hand hoch. So über meinen Kopf. War ein Zeichen für mich. Bis hierhin und nicht weiter. War nur die Markierung einer Grenze. Sah für andere aber aus, als wollte sie mich schlagen. Dede hat's mal mitgekriegt, brüllte sie an. Eğer bu çocuğu döversen! Wenn du den Jungen schlägst …! Mama ist auf ihn losgegangen, was willst du, Baba, du hast mich ständig verprügelt! Aber Dede blieb ganz ruhig. Erheb die Hand gegen den Jungen, und ich breche dir den Arm, hat er gesagt. Ich hör noch Mamas Lachen. Er hat sie nie nur mit der Hand geschlagen, mit allem möglichen hat er auf Selda eingedroschen. Ich hab's nicht besser gewusst, meinte Dede zu ihr. Er hat nur weitergegeben, was er von seinem Vater kannte. Dedes Eltern haben ihn auch nie umarmt oder so. Deshalb hat er auch Selda nie in den Arm genommen. Er hat sie nur berührt, wenn er sie schlug. Mama meinte immer, er holt das alles mit mir nach, weil er es bei ihr nicht konnte. Als ich klein war, hat er mich ständig in den Arm genommen, mich abgeküsst, mit mir gekuschelt. Er kannte mich nur, weil Selda ihm verziehen hat. So machen wir das eben, meinte sie immer. Deshalb hat sie auch ihren Namen behalten, Aziz. Sie wollte, dass ich den trage. Ich würde ihn auch nicht hergeben. Baba hat das nie gestört.

Die Welt um uns herum verschwindet nicht, entfernt sich nur. Deniz' Geschichte ist noch nicht zu Ende. Aus dem Park weht Musik zu uns herüber, es ist das Festland, wir sind die Insel. Trommelklänge werden von den Sirenen eines Polizeikommandos übertönt, das die Görlitzer hinunterjagt.

Selda war mit dem Fahrrad unterwegs. Der Typ hat mit seinem Kumpel Autorennen gespielt. Hatte zwei Promille. War auf beiden Augen blind. Selda hatte keine Chance.

Im Mondlicht fließt das Wasser rückwärts.

Sieht aus, als würde das Wasser rückwärts fließen. Bricht sich das Mondlicht drin. Ich denke an Tage, die liegen tausend Jahre zurück.

Es tut mir leid.

Ihr Handy meldet sich, gibt nur einen einzelnen Ton von sich. Sie kann nicht anders, muss auf das Display gucken. Sieht nicht gut aus für mich. Ist eine schlechte Nachricht, es geht um ihren Bruder. Sie muss antworten, ist aufgeregt. Ich bin schon alles losgeworden. Sie nicht. Ihr Handy klingelt, sie muss rangehen. Olli, sagt sie, dreht mir den Rücken zu. Sie will, dass Olli sich beruhigt. Ihr Bruder heißt Felix. Olli ist ein anderer. Ihr Freund, vermute ich. Sie verspricht ihm etwas, keine Ahnung was. Olli?, fragt sie, er hat schon aufgelegt. Ich kann nicht länger warten, küsse sie. Sie zögert nicht, mich zu berühren. Die Plattform löst sich aus der Verankerung. Wir verlieren den Halt.

Die Brücke beginnt zu schwanken. Wo musst du hin?, fragt Deniz. Er will mich bringen.

Lieber nicht, sagt sie. Will sich nicht trennen.

Du musst los, sagt er, wir sehen uns wieder. Er verspricht es mir. Dabei bin ich diejenige, die geht.

2

Olli schlägt um sich, eine Hand landet auf meinem Bauch, er bemerkt es nicht, ich bin mir selbst nicht sicher, ob ich träume. Mein Handy vibriert auf Ollis Nachttisch, ein Alarmsignal ertönt. Olli wälzt sich herum. Sofort vermisse ich seine Hand auf meinem Bauch. Er weiß nicht, wie spät es ist, ich möchte, dass er weiterschläft. Ollis Hand findet zu mir zurück, ich nehme ihre Wärme auf, ignoriere meinen Wecker, schlummere. Ollis Hand verschwindet, ich soll aufstehen, er weiß, ich will zu Felix. Ich fürchte mich vor dieser Klinik. Olli dreht sich zur Seite, zeigt mir seinen schönen Rücken, ich zähle die Sommersprossen auf seinen Schultern, ich weiß, ich muss zu meinem Bruder.

Sie lassen mich warten, ich soll Platz nehmen, die Wartesessel überzieht ein pastellfarbener Stoff. Ich halte eine Broschüre in der Hand, die Einzelzimmer der Patienten und Patientinnen sind gemütlich, wird behauptet, jedes hat ein eigenes Badezimmer. Sie verzichten auf Handys, Tablets, Fernseher, die aktive Gestaltung der sozialen Gemeinschaft soll gestärkt werden. Ich stelle mir Felix als einen Teil dieser Gemeinschaft vor. Mir wird schwindelig. Die Klinik möchte die Angehörigen mit einbeziehen, alles in Pastell, denke ich, Verhaltenstherapie, Tiefenpsychologie, Traumatherapie. Was ist Felix passiert? Warum ist er hier? Warum spricht niemand mit mir? Es gibt Einzel- und es gibt Gruppentherapie, es gibt Entspannungsverfahren. Vielleicht sind Akupunkturmatten gemeint. Sie bieten ein kunsttherapeutisches Modul an, bestimmt wird Felix sich dafür entscheiden, er ist ein Überlebenskünstler, immer und immer wieder sieht er den Tod vor Augen. Sie arbeiten psychoedukativ und ressourcenorientiert. So wollen sie Felix' persönliche Potenziale, seine Stärken und Kraftquellen fördern, sie für ihn zugänglich und nutzbar machen. Mir wird schwarz vor Augen. Diese Methode haben sie auch bei den Fallschirmjägern der Bundeswehr angewandt. Eine

Empfangsassistentin holt mich ab, will mich zum Zimmer meines Bruders begleiten. Alleine würde ich mich verlaufen, auch die Wände sind in Pastell getunkt, wir bewegen uns entlang eines rosafarbenen Flusses. Uns bleibt wenig Zeit, in einer Stunde wird Felix seine Bezugstherapeutin treffen, erklärt die Assistentin, sie riecht nach ihrem Schoßhund, bilde ich mir ein. Der Flur nimmt kein Ende, jemand hat ein Lächeln ins Gesicht der Assistentin geritzt. Ich möchte wissen, wie alt Felix' Bezugstherapeutin ist, meine Begleitung versteht die Frage nicht, wie auch. Als Kinder mussten wir in den Sommerferien mit Mama zum FKK-Baden an den Schlachtensee, wir waren die einzigen Kinder, die meisten Nackten waren älter als fünfzig, Felix gefiel das. Er schwamm mit Taucherbrille und Schwimmflossen ausgerüstet den Frauen hinterher, tauchte auf dem Rücken liegend unter ihnen hindurch, sah sich alles ganz genau an, ihre Brüste, ihre Vulven. Er mochte nur die älteren, daran hat sich bis heute nichts geändert. Die Assistentin öffnet eine Tür, Felix liegt auf dem Boden, die Assistentin lässt uns allein. Mein großer Bruder bewegt sich, als wäre er von Gelee umgeben, bestimmt haben sie ihn medikamentiert. Ich nehme Felix in den Arm, er drückt sich an mich, was ist passiert, flüstere ich. Er drückt mich noch fester, dann lässt er unvermittelt von mir ab, entschuldigt sich, nur weiß ich nicht, wofür. Es gibt ein Fenster, vielleicht kann man es öffnen, man sieht den Himmel, es gibt einen Sessel, auch der ist pastell überzogen. Wir setzen uns nebeneinander aufs Bett, die Wäsche ist weiß, wir lehnen uns an eine pastellgrüne Wand. Felix schließt die Augen. Er musste eine Disziplinarmaßnahme vollstrecken, ein Häftling der OK sollte in den besonders gesicherten Haftraum geführt werden, ein leerer Raum, in dem es nur einen Lichtschacht gibt. Wer dort vierundzwanzig Stunden drin ist, verliert sein Zeitgefühl, meist auch seine Würde. Ein Kollege begleitete Felix, der Häftling hieß Bashir Hamudi, er galt als hochgradig aggressiv. Mein Bruder war überzeugt, er findet einen Draht zu ihm. Felix ging alleine zu ihm in seine Zelle, wollte zuerst mit Bashir reden. Es handele sich um eine Anweisung des Anstaltsleiters, erklärte Felix ihm, Bashir solle sich beugen, es wäre besser für sie beide, sonst müsse Felix die Verbringung zum besonders gesicherten Haftraum mit unmittelbarem Zwang durchführen. Bashir wusste, was ihn erwartete. Er würde sich ausziehen müssen, Felix würde sich Handschuhe überstreifen, Bashir auffordern, sich vorzubeugen. Danach würde Bashir für vierundzwanzig Stunden völlig nackt in einem dunklen leeren Raum sein. Es wäre besser für sie beide, wenn Bashir ihm folge, Felix versuchte ihn zu überzeugen, aber er erreichte Bashir nicht, alles Reden war umsonst. Bashir fuhr sich langsam hoch, pumpte sich Adrenalin ins Blut. Mein Bruder spürt so etwas, er spürt sofort, ob einer ein Gegner, ein Opfer oder einfach nur gefährlich ist. Er wusste, ihm blieb nicht mehr viel Zeit. Doch Bashir zog ein Messer, damit hatte Felix nicht gerechnet. Mit Messern hat mein Bruder ein Problem. Als er fünfzehn war, zogen ihn drei auf einem S-Bahnhof ab, wollten seine Jacke, seine Schuhe, einer hielt Felix ein Messer an den Hals. Zwei Monate später, in der U-Bahn, waren zwei auf Felix' Geld aus, bedrohten ihn mit Rasiermessern, alle sahen zu, das hieß, sie sahen weg. Einer zog die Klinge über Felix' Unterarm, die Narbe gehört seitdem zu ihm. Die Furcht vor Messern hat sich bei ihm eingebrannt, sobald mein Bruder einen mit Messer sieht, klinkt sein Verstand sich aus. Er sah Bashir mit einem Messer, für einen von der OK ist es nicht schwer, an eins heranzukommen, in einer JVA kommt man an alles heran. Bashir stach zu, Felix wich aus, bekam einen Stuhl zu fassen, mit dem drückte er Bashir Hamudi gegen eine Wand, fixierte ihn mit diesem Stuhl, von draußen sah ihm der Kollege zu. Eine Hand hatte mein Bruder frei, in Bashirs Hand lag immer noch das Messer. Mit seiner freien Hand schlug Felix auf Bashir ein, endlich ließ Bashir das Messer fallen. Aber Felix schlug weiter zu. Mein Bruder konnte nicht aufhören. Er brach Bashir das Jochbein, den Kiefer, die Nase, er kugelte ihm den Arm aus. Felix' Kollege sah zu, rührte sich nicht, es ging zu schnell für ihn. Felix hatte es im Griff, redete er sich ein. Erst jetzt fallen mir die Abschürfungen an Felix' Hand auf, an den Fingerknöcheln, sie sind geschwollen, verfärben sich. Felix versucht sie zu bedecken, er schämt sich, ich kann ihm seine Scham nicht nehmen. Sie haben ihn suspendiert, ihn zum Amtsarzt ins LAGESO nach Moabit verbracht. Der sollte Felix' Dienstfähigkeit überprüfen. Felix musste dem Amtsarzt den Vorgang schildern. Ich bin verroht, sagte mein Bruder, er gab zu, die Kontrolle verloren, völlig unverhältnismäßig reagiert zu haben. Der Amtsarzt war freundlich und unvoreingenommen, er las in Felix' Akte. Nach Ansicht des Amtsarztes ist mein Bruder als Justizvollzugsobersekretär völlig ungeeignet. Wie Felix selbst seine Zukunft im Strafvollzug sieht, wollte er wissen. Felix wollte da nie hin. Der Amtsarzt sah auf seine Uhr, Felix' Zeit war abgelaufen. Der Amtsarzt bot ihm an, ihn krankzuschreiben. Felix willigte ein. Der Amtsarzt überwies ihn in diese Klinik für Psychogene Störungen, deshalb sind wir hier. Hier sollen sie herausfinden, ob die Arbeitsfähigkeit meines Bruders wiederhergestellt werden kann. Bis Weihnachten muss er in der Klinik bleiben. Neun Wochen brauchen sie, dann wissen sie, ob er zurück in seinen Dienst darf. Wenn sie Felix zurück nach Tegel schicken, verklage ich die Stadt, das ganze Land. Felix drückt mit seiner unversehrten Hand die andere zusammen, die Gelenke knacken, das Geräusch vergrößert sich im Raum, beinahe bleibt mir die Luft weg. Im Gegensatz zu mir bleibt Felix ruhig. Er glaubt, die Klinik ist das Beste, das ihm passieren konnte. Hinter dem Fenster spielt der Himmel verrückt. Pastellgrüne Wolken umringen eine pastellblaue Sonne, es regnet Laub. Keine Sorge, sagt Felix, wir sind im ersten Stock, rausspringen lohnt sich für mich nicht. Unsere Zeit verrinnt, seine Bezugstherapeutin wartet auf ihn, es ist die erste Sitzung. Mein großer Bruder umarmt mich, als wär's das letzte Mal. Vielleicht finde ich hier ja endlich einen Sinn, sagt er.

3

Ich erinnere mich, ich bin ein Lieferservice, ich muss liefern, vielleicht ergibt das einen Sinn, also liefere ich, aber dann ruft Oma Zuppe an, sie ist gestürzt. Nicht schlimm, behauptet sie, es geht ihr gut, der rechte Arm ist gebrochen, nur die Elle, nichts passiert, sagt sie. Meine Welt fällt auseinander, ich möchte die einzelnen Teile auffangen, vielleicht kann ich sie neu zusammensetzen. Es sind zu viele. Ich gerate auf die Bus-Spur. Wie willst du jetzt mit deinem Rollator fahren?, frage ich Oma Zuppe. Ich bin ja nicht behindert, sagt sie, sie hat nur Schmerzen, ob ich nicht kommen kann, um sie zu lindern. Auch Keksteig auszurollen wird schwierig mit nur einem Arm. Noch hab ich beide, sagt Oma Zuppe. Mein Bruder wird verwahrt, meine Kräfte schwinden, ich drohe sie zu verlieren. Der Sommer nimmt kein Ende, wir haben längst Oktober, überall türmen die Stadtreiniger mit ihren Laubbläsern das Laub auf, es gerät in Brand, Benzin verdunstet, die Feuer geraten außer Kontrolle. Ich brauche Hilfe, denke an Katrin, die so viel für Markus tut. Ich überwinde mich, ich rufe sie an, sie ist sofort bereit, hat frei, ich soll sie abholen. Der Verkehr spielt verrückt, überall bleiben Wagen liegen und warten auf die Abschleppdienste. In drei Bezirken im Süden darf man vorübergehend kein Leitungswasser trinken. Ist was reingeraten, meint Katrin, sie hält meine Hand, wo geht es hin?, fragt sie, in meiner Hand ihr Leben. In die ambulante Pflege ist sie reingerutscht, es ist ihr einfach so passiert, vor neunundzwanzig Jahren war das, vielleicht war sie ja auserwählt. Fast dreißig Jahre später denkt sie immer wieder, warum tue ich mir das an? Die Antwort bleibt dieselbe, sie liebt ihre Arbeit. Deswegen ist sie hier bei mir, rettet mich und vielleicht mit mir zusammen Oma Zuppe. Wir benötigen nur Zeit, aber die ist ein kostbares Gut. Katrin teilt sie nach ihrem Ermessen ein, sie schenkt sie denen, die sie mehr als andere brauchen. Wenn Katrin sieht, einem Kunden steht noch eine halbe Stunde zu, aber er schläft, es gibt nichts mehr zu tun für sie, dann bleibt sie nicht, sie geht und nimmt die halbe Stunde mit, schenkt sie einem, dem sie eigentlich nicht zusteht. Algorithmen wollen ihr das verbieten, sagt sie, es gab schon einen Testlauf. Katrin bekam ein Tablet, sie drückte auf Start, sobald sie losfuhr, dann drückte sie wieder, als sie beim Kunden ankam. Für eine kleine Körperpflege gewährt der Algorithmus zehn Minuten. Ausziehen, waschen, anziehen, Wäsche sauber halten, Frühstück machen, plaudern, bei Katrin kommen da mehr als zehn Minuten zusammen, das versteht der Algorithmus nicht. Katrin weigert sich, das Tablet zu benutzen, lieber gibt sie ihre Arbeit auf, sagt sie, gerade weil sie die Menschen, für die sie da sein will, so liebt. Selbst wenn Katrin vierzig Fieber hat, geht sie noch zu ihnen, eine Vertretung, falls sie ausfällt, gibt es nicht. Wir schleichen den Mehringdamm hinauf, hinter uns nickt eine Getränke-Lieferantin in ihrem Transporter ein, niemand weiß, wie lange sie schon fährt. Auf dem Platz der Luftbrücke dirigiert ein Polizist im weißen Mantel den Verkehr, er trillert auf einer Pfeife, dreht sich im Kreis, es ist ein schöner Tanz, vielleicht tanzt Deniz auch, auf einer anderen Kreuzung, warum bin ich dann auf dieser hier? Katrin weiß es auch nicht, sie hat vierzig Fieber, sie muss zu einem Kunden, der läuft mit einem baumelnden Katheter herum, er hat nichts, um ihn an der Hose zu befestigen, es ist ihm egal. Er soll nicht stolpern, sagt sie, schon wird ihm schwindelig, er stolpert über seinen Beutel, der platzt auf, doch er hat Glück, denn Katrin ist ein Wunder. Plötzlich erfüllt mich eine ungeheure Angst, um Olli, um Deniz, um Felix und Andreas, um Markus und um Katrin, sie sind nicht sicher, fürchte ich, was soll aus ihnen werden? Ich weiß nicht, ob ich fragen soll, ob Angst für Katrin eine Rolle spielt. Eine Kundin sitzt bei sich zu Hause in der Küche, unter ihr schon eine Pfütze, aber sie verbietet Katrin, sich um sie zu kümmern. Katrin fragt, ob sie wenigstens in den Kühlschrank gucken darf, das gehört zu ihren Pflichten. Die Kundin springt auf, sie schießt auf Katrin zu, beinahe rutscht sie aus. Katrin fängt sie auf, die Kundin schlägt ihr ins Gesicht. Sie erwischt Katrin an der Backe, drei lange Fingernägel graben sich ins Fleisch, hinterlassen tiefe Kratzer. In Katrin kriecht die Angst hoch, zum allerersten Mal, sie muss trotzdem noch den Kühlschrank kontrollieren, vielleicht sind verdorbene Lebensmittel darin, etwas schimmelt, sie muss ein Foto machen. Sollte ihre Kundin Durchfall kriegen, vielleicht noch Schlimmeres, ist Katrin daran schuld. Doch die Kundin lässt sie nicht, holt wieder aus, ihre Krallen fliegen auf Katrin zu, da wird die Angst zu groß. Sie will da nicht mehr hin, sagt sie zu ihrem Chef, der glaubt ihr nicht. Katrin weint, weil es zu viel wird, wenn nicht einmal ihr Chef sie unterstützt. Ihr geht die Kraft aus manchmal, sie würde es nie zugeben. Ich kann nicht anders, ich gebe es zu, ich habe Diazepam, Benzos, was immer dir hilft. Ach Engelchen, lacht Katrin. Wenn sie etwas bräuchte, um sich zu beruhigen, würde sie sich's aus der Nachtschublade ihrer Kunden holen. Die bekommen die Mittel massenhaft verschrieben, sie merken nicht, wenn etwas fehlt. Katrins Kollegen greifen zu, die jüngeren, aber die meisten trinken. Kaum einer ist dem Druck gewachsen, Pflege ist ein hart umkämpfter Markt, die Konkurrenz ist groß. Ich behalte meine Angst für mich, Katrin spürt sie trotzdem. Wenn sie verzweifelt, sich alleingelassen fühlt, wenn sie nicht weiß, wie's weiter gehen soll, dann schläft sie eine Nacht darüber, am nächsten Morgen hat sie es verwunden, ein neuer Tag kommt, und sie kann wieder strahlen. Das wirft mich um. Katrin lächelt, ich sehe die Traurigkeit darin, sie wischt sie rasch zur Seite. Katrin lacht, erzählt von einem Kunden, der war früher Richter, jetzt spielt er nur noch an sich selbst herum. Katrin bringt ihm Heftchen mit, mit seinem Computer kann der Richter nicht, um sich eine Professionelle zu engagieren, fehlt ihm der Mut. Er möchte Katrin heiraten, wenn sie Ja sagt, schenkt er ihr seinen Porsche, der steht immer noch in der Garage. Du bist zu alt für mich, sagt Katrin, du bist sogar zu faul, um von deiner Couch aufs Klo zu gehen, was soll ich denn mit dir. Der Richter lacht, er gibt ihr recht. Ich bin nicht sicher, vielleicht wäre es besser, wenn sie meiner Oma Zuppe lieber andere Geschichten erzählt. Katrin drückt meine Hand, keine Sorge, sagt sie, ich bin ja nicht von gestern. Endlich können wir den Stau der Lieferanten auf dem Tempelhofer Damm verlassen und kommen zum Alten Park. Oma Zuppe hat Kaffee gekocht, der ist nur noch lauwarm, entschuldigt sie sich. Ich mache uns frischen, damit die beiden sich beschnuppern können. Oma Zuppe hat schon bei der Kasse angefragt, die haben sie vertröstet. Wir regeln das privat, ohne Kasse, erkläre ich Oma Zuppe. Ich möchte nicht, dass Katrin nur kurz rein- und gleich wieder rausschwebt und Oma Zuppe sich dann wundern muss, woher der Luftzug kam. Katrin lacht und steckt Oma Zuppe damit an, das Eis ist gebrochen. Oma Zuppe führt Katrin in die Backstube, ich stelle die Zutaten bereit, dann gucken wir uns den Garten an. Oma Zuppe erzählt von ihrem Pavel und den Blumen. Katrins Mama war Floristin, das wusste ich nicht, vielleicht wusste ich es doch. Die beiden sind längst in ein Fachgespräch vertieft, ich bleibe außen vor. Oma Zuppe fragt, ob ich sie jetzt abgeschoben habe. Wir hören nicht einmal mehr die Vögel singen, Oma Zuppes Amselpaar ist auf Nimmerwiedersehen verschwunden. War doch nur Spaß, sagt Oma Zuppe. Sie sorgt sich trotzdem um das Geld, sie soll das meine Sorge sein lassen. Oma Zuppe sieht mich an, sie sagt nicht, was sie denkt, darüber bin ich froh. Sie streicht mir über die Wange, ist gut, mein Engel, sagt sie. Katrin lächelt, damit ist es besiegelt. Ich verdrücke mich, fädele mich ein in den Verkehr, ich rufe Deniz an, ich möchte fliegen. Wir treffen uns am Flugplatz, sagt er. Der Himmel beruhigt sich, alles wird wieder leichter und heller.

4

Was willst du auf 'nem Flugplatz?, fragt Jovanna. Es schüttet. Da, wo mal der Himmel war, klafft ein schwarzes Loch. Sieht so aus, als würde es größer werden. In drei Südbezirken heben sie die Trinkwasserwarnung wieder auf. Ayşe ruft an, ich gehe ran. Sie kann kaum sprechen, weil sie weint. Ich frage, wo sie ist. Bei Orhan, ihrem Vater, sagt sie. Ich bin gleich bei euch, verspreche ich. Jovanna stöhnt. Keine Ahnung, warum, wir haben bald Feierabend. Ich fahre zur Wache und will, dass sie sich um die Berichte kümmert. Frau Coric beschimpft mich auf Kroatisch, lässt mich aber gehen. Ich ziehe mich um und mache mich auf den Weg zu Ayşe und ihrem Vater. Ayşe öffnet mir die Tür, Ayşes Mann und ihre Mama sind noch im şekerli kahve. Orhan weigert sich, mit mir zu sprechen. Er will, dass ich wieder gehe. Ich bin privat hier, sage ich. Spielt keine Rolle für ihn. Baba, bitte, fleht Ayşe. Er verbietet ihr den Mund. Ayşe lässt sich nicht den Mund verbieten. Orhan geht ins Wohnzimmer, wirft hinter sich die Tür zu. Ich folge Ayşe in die Küche. Ihlas war in der Bäckerei, fängt sie an. Wir sitzen am Tisch, trinken Tee. Ich frage, was er wollte. Ayşe wischt sich Tränen aus den Augen. Ihlas war bei ihnen im şekerli kahve, fängt sie wieder an, vor ein paar Tagen schon. Erst war er höflich, hat Baba seinen Respekt erwiesen, Baba hat mit ihm Tee getrunken, dann meinte Ihlas plötzlich, er muss mit Baba über unsere Preise reden. Ihlas meinte, unser Fladenbrot kostet ab sofort dreißig Cent mehr, die dreißig Cent gehen dann an ihn. Ihlas macht das mit seinen Jungs jetzt überall, sagt Ayşe. Habe ich schon von gehört. Brotconnection nennen die Kollegen das. Ich hatte keine Ahnung, dass Ihlas da mit drinsteckt. Wir kennen uns von früher. Von der Straße. Vom Bolzplatz. Wir haben gegensätzliche Karrierewege eingeschlagen. Baba hat sich geweigert, meint Ayşe, er hat Ihlas aus dem Café geworfen. Heute ist Ihlas dann mit seinen Jungs bei Orhan zu Hause aufgetaucht. Enis, Ayşes Cousin, hat die Tür geöffnet. Enis hat nicht durch den Spion geguckt, wusste nicht, wer da vor der Tür steht. Ihlas hat sich Einlass verschafft, hat Enis gezwungen, alles mit anzusehen. Enis ist erst vierzehn. Zwei haben seinen Großvater festgehalten, damit Ihlas ihm die Hosen runterziehen konnte. Dann hat Ihlas ein Messer an Orhans Schwanz gehalten. Zahlst du oder zahlst du nicht?, hat er Orhan gefragt. Dass Schlimmste für Orhan ist, dass sein Enkel Enis das mit ansehen musste. Wenn sie Ihlas anzeigen, müssen Enis und Orhan aussagen, sage ich. Ayşe laufen wieder Tränen durchs Gesicht. Weil sie wütend ist. Baba will nicht, sagt sie. Ich weiß nicht, was ich für sie tun kann. Ayşe weiß es auch nicht. Sie musste einfach mit jemandem darüber reden. Ich lasse mir was einfallen, verspreche ich. Enis kommt in die Küche. Ich töte ihn, sagt er. Das wirst du schön bleiben lassen. Enis hört nicht auf mich. Dann hinder mich doch dran, sagt er. Holt sich Milch aus dem Kühlschrank, trinkt sie aus der Flasche. Ich bringe dich zur Tür, meint Ayşe. Ich laufe zur Tabor, in den Hauseingängen hocken sie auf ihren Schlafsäcken, die Sperlinge tanzen um die Reste ihres Abendbrots herum. Im Eingang des nahkaufs kontrolliert Security die Leute, wenn sie reingehen und noch mal, wenn sie rauskommen. Zu Hause wartet Baba schon auf mich. Kommst spät, sagt er. Er war einkaufen, hat den Abendbrottisch für uns gedeckt. Es gibt Fladenbrot, Käse, Oliven. Beim Anblick des Brots wird mir übel. Ich erzähle Baba das von Orhan, ist schließlich so was wie ein Freund von ihm. Er hört mir nicht zu. Guckt dauernd auf den Boden, bückt sich, wischt mit den Fingern über den Teppich. Ich frage ihn, wonach er sucht. Ist was runtergefallen, behauptet er. Da ist nichts, Baba. Ich muss işemek, sagt er. Ich räume den Tisch ab, er kommt nicht aus dem Bad raus. Baba! Er schafft es allein ins Bett. Du musst mal wieder unter Leute, Junge, sagt er und gibt mir einen Gute-Nacht-Kuss. Ich putze das Bad. Hole mir ein Bier, setze mich auf den Balkon. Mir fällt für Ihlas keine Lösung ein. Ich habe es versprochen. Vanessa. Wir haben unseren Flug versäumt, sagt sie. Ja. Ich sehe das

Reh nicht mehr. Welches Reh?, fragt sie. Da ist doch dieser Baum vor unserem Haus. Im Herbst und im Winter sehe ich in den Ästen den Kopf eines Rehs. Beim letzten Sturm ist einer der Äste abgebrochen. Das Reh ist verschwunden, aber ich suche immer noch danach. Ich will's nicht wahrhaben. Vanessa meint, ich soll meinen Blickwinkel verändern. Dann werde ich den Baum ganz anders sehen und nicht mehr daran denken. Ja, vielleicht. Sie will mich sehen. Morgen, sage ich. Ich soll's versprechen. Ich habe heute schon zu viel versprochen. Wir sehen uns trotzdem, sagt sie und legt auf.

5

Ich komme zu spät zum Dienst, ist meine Schuld, nicht Babas. Die Wachleiterin sieht darüber hinweg. Sie ist froh über jeden, der überhaupt noch erscheint. Ich frage nach Jovanna. Sie ist allein mit einem im Verhörraum. Gab eine Anzeige gegen ihn, wegen Körperverletzung, angeblich schlägt er seine Frau. Die leugnet es, aber eine Nachbarin hat uns verständigt und ihn angezeigt. Jovanna hat darauf bestanden, ihn alleine zu befragen. Vielleicht will sie mir was beweisen. Plötzlich kommt sie rausgerannt. Hat feuchte Augen und zittert. Sie stürmt in den Waschraum. Ein Kollege sichert den Verhörraum. Ich klopfe an die Tür vom Waschraum. Jovanna reagiert nicht. Ich gehe rein, sie seift sich das Gesicht ein. Schrubbt sich fast die Haut runter. Geh raus, flüstert sie. Ich höre sie kaum. Warte vor der Tür. Als sie rauskommt, leuchtet ihr Gesicht rot. Ich frage, was passiert ist. Sie stottert, ich hab, ich war. Ganz ruhig, sage ich, erzähl's mir. Sie fasst sich, weicht meinem Blick aus. Sie war unaufmerksam, nur für einen winzig kleinen Moment. Der Typ steht auf, beugt sich über den Tisch und leckt ihr übers Gesicht. Du kannst mir gar nichts, sollte das heißen. Ich sehe Tränen in ihren Augen. Mach eine Pause, sage ich, geh an die frische Luft. Die Kollegen, sagt sie. Ich will nicht, dass sie … Keine Sorge, Jovanna, ich kümmere mich darum. Ich gehe in den Verhörraum. Der Typ fläzt sich auf dem Stuhl, vergräbt die Hände in den Hosentaschen, grinst mich an. Ihm ist klar, sein Übergriff wird keine Konsequenzen haben. Es sei denn, ich poliere ihm die Fresse. Das hat dann Konsequenzen. Aber nur für mich. Ich werde dann suspendiert. Ich zögere trotzdem. Gehe wieder raus, bitte den Kollegen vor der Tür, dass er das Verhör fortsetzt. Was ist mit der Coric?, fragt er. Alles okay, sage ich, sie hat was am Magen, ist nur kurz an der frischen Luft. Er fragt nicht nach. Jovanna wartet auf dem Parkplatz auf mich, lutscht ein Bonbon. Besser?, frage ich. Sie nickt, will nicht darüber sprechen. 2-0-5 ist bereit, meldet sie. Wir kriegen gleich ’nen Einsatz, sollen zum Kottbusser Damm, zur Kreuzung Maybach- und Planufer. Am Maybachufer ist heute Wochenmarkt. Auf der Kreuzung gab es einen Unfall. Ein Uber-Fahrer hat einen kleinen Jungen angefahren. Ein Notarztwagen ist angeblich unterwegs, aber die haben Personalprobleme. Als wir ankommen, steht der Junge wieder auf den Beinen. Er hat Glück gehabt, wie es scheint. An seiner Stirn ist eine kleine Schramme, aber niemand kümmert sich um ihn. Sein Vater brüllt den Uber-Fahrer an. Um die beiden herum hat sich eine Menschentraube gebildet. Alle bestürmen den Uber-Fahrer. Ist ein Schwarzer, der kein Arabisch versteht. Ich sehe die Angst in seinen Augen. Und die Erleichterung, als er mich und Jovanna entdeckt. Jovanna kümmert sich um den kleinen Jungen. Über uns spielen die Nebelkrähen verrückt. Der Notarztwagen kommt. Ich gehe auf den Vater zu. Der Uber-Fahrer wird gegen seinen Wagen gedrückt. Der Vater des Jungen ist kurz davor, handgreiflich zu werden. Ich gehe dazwischen, frage ihn, ob er zu dem Jungen gehört. Er kapiert’s, geht endlich zu seinem Sohn. Ich erkundige mich nach Augenzeugen. Keiner von denen, die den Uber-Fahrer bedrohen, hat etwas gesehen. Der Fahrer sagt, er kam vom Kottbusser Tor, die Ampel stand auf Grün, da läuft der Kleine direkt vor ihm auf die Straße. Die Fußgängerampel war Rot, er schwört.

Jovanna hat eine Augenzeugin aufgetan, die seine Aussage bestätigt. Die Leute interessiert das nicht. Niemand fährt ungestraft ein Kind an. Die Mutter taucht auf, an sie hat keiner gedacht. Sie kommt vom Markt, zieht einen Einkaufstrolley hinter sich her. Jovanna geleitet sie zum Notarztwagen, die Mutter weint. Dem Kleinen geht es gut. Er hat einen Lolli von einem der Sanitäter bekommen. Ein Pflaster mit Spiderman klebt auf seiner Stirn. Die Mutter weint trotzdem weiter. Jovanna spricht mit dem Kleinen. Er hat nicht geguckt, sagt er. Er kann sich nicht erinnern, ob das Männchen rot war, weil er ja nicht geguckt hat. Der Vater will, dass Jovanna seinen Sohn in Ruhe lässt. Es finden sich zwei weitere Zeugen, die die Version des Uber-Fahrers bestätigen. Der wird immer noch bedrängt. Ich bemühe mich, die Versammlung aufzulösen. Plötzlich geht einer zu Boden, alle anderen erschrecken, ziehen sich sofort zurück. Alles hält inne. Stille. Nur die Krähen lachen. Sie waren es nicht. Der Mann am Boden blutet, ist aber bei Bewusstsein. Er fasst sich immer wieder an den Kopf. Ich rufe nach den Sanitätern, die zum Glück noch da sind. Neben dem Mann liegt eine Drohne. Der Quadrokopter ist abgestürzt, hat den Mann am Kopf erwischt. Die Kamera hat's nicht überlebt. Ist eine von unseren Drohnen, stellt Jovanna fest. Ich will, dass sie die Klappe hält. Zum Glück bin ich der Einzige, der sie gehört hat. Sonst würden die Leute jetzt auf uns losgehen.

6

Ich bitte Meister Parkinson, den Türöffner zu drücken. Ich halte den Jungs der Möbelspedition die Haustür auf, sie wissen, sie müssen in den fünften Stock. Ist schwerer als 'ne Waschmaschine, meint einer. Das muss an der Elektrik liegen. Ich verspreche ihnen ein faires Trinkgeld, wenn sie den Sessel unbeschadet bis nach oben bringen. Markus wundert sich, ich habe nichts verraten. Er soll entscheiden, wo der Sessel hinkommt. Meister Parkinson dirigiert die beiden Jungs ins Wohnzimmer, sie stellen den Sessel vors Fenster, tauschen ihn gegen den alten Ohrensessel aus, den bringen sie in Markus' Zimmer. Ich zahle sie aus, halte mein Wort, sie bedanken sich aufrichtig, mit so viel haben sie nicht gerechnet. Markus möchte erst Tee machen, bevor wir den Sessel ausprobieren, er ist genauso aufgeregt wie ich. Ich habe Kekse von Oma Zuppe mitgebracht, lege sie auf einen Teller, erzähle Markus von der Rezeptur. Wir trinken Tee und knabbern beide einen Keks. Markus setzt sich in den Sessel, er nimmt die Fernbedienung in die Hand, noch zittert er. Markus drückt auf Knöpfe, die Lehne kippt ganz langsam nach hinten, das Fußteil fährt genauso langsam hoch. Als Markus liegt, sucht er den Massageknopf, er trifft ihn nicht. Ich will ihm helfen, aber er schiebt meine Hand weg, möchte es alleine schaffen. Die Sonne zeigt sich im Fenster, graue Schlieren hängen davor, zwei Nebelkrähen landen auf dem Balkongeländer, sie starren uns an. Der Sessel beginnt zu vibrieren, er schüttelt Markus durch, wir fangen beide an zu kichern. Die Krähen haben genug gesehen, fliegen davon. Die Rückenlehne richtet Markus wieder auf, seine Füße landen auf dem Boden, in mir breitet sich eine wohlige Wärme aus. Markus betrachtet seine Hände, er drückt den Aufstehknopf, der Sessel hilft ihm aufzustehen, wir lachen beide. Markus schlurft in Richtung Sofa, setzt sich neben mich, ich fürchte, der Sessel gefällt ihm nicht. Doch, Engelchen. Auf einmal wird er ernst. Ich muss den Sessel wieder abholen lassen, sie können ihn sich nicht leisten. Der Sessel war ein Geschenk. Markus nimmt sein Teeglas mit nur einer Hand, sie zittert nicht. Ich soll das Deniz erklären, er wird wissen wollen, woher das Geld kommt. Wir haben Deniz beide nicht gehört, er steht in seiner blauen Uniform vor uns, sieht erschöpft aus, vielleicht hätte ich mich mit einem halben Keks zufrieden geben sollen. Konsumiere niemals selbst, hat der Bär mir eingetrichtert. Ich möchte aufstehen, komme nicht hoch, ich bräuchte eine Aufstehhilfe. Markus lacht, ich kann nicht anders, lache mit ihm.

Baba hockt mit Vanessa auf dem Sofa. Am Fenster steht ein klobiger Polstersessel, an einer Armlehne klemmt eine Fernbedienung. Ein Kabel verbindet den Sessel mit der Steckdosenleiste neben Babas Stereoanlage. Die beiden lachen. Vanessa hat Medizin vorbeigebracht, meint Baba.

Sei nicht böse.

Ist nur ein Versuch, meint Vanessa. Sie versteht mich nicht.

Deniz fragt, ob ich nicht sehe, was er anhat. Ich verstehe ihn nicht.

Was ist denn?, fragt Baba. Ich kann mich nicht erinnern, wann ich ihn das letzte Mal hab lachen hören. Vanessa verspricht, es wird ihm besser gehen. Mir geht's gut, mein Junge, sagt er. Ich soll mich zu ihnen setzen. Einen von den Keksen probieren. Baba schiebt mir den Teller zu. Vanessa strahlt mich an. Vielleicht strahlt sie einfach so. Ist klar, dass es an mir liegt, wie das hier weitergeht. Ist eh egal. Ich nehme mir einen von den Keksen. Baba steht auf, als wäre nichts. Geht zum Plattenspieler, fast aufrecht. Ohne zu schlurfen. Sucht eine Platte aus, will sie auflegen.

Lass mich das machen, sagt Deniz.

Baba winkt ab, will nicht, dass ich helfe. Geht schon, sagt er. Bewegt den Tonarm auf die Platte zu, die sich zu drehen beginnt. Du kriegst die Nadel nicht auf die Platte, wenn du zitterst, Baba. Weißt du doch.

Ich zitter nicht, sagt Markus.

Ich höre das Knacken, als die Nadel auf die Platte trifft. Als wär's tausendfach verstärkt. Ist 'ne Wunderheilung, meint Baba. Ist eine von Seldas Platten. Sticht mir direkt ins Herz. Vanessa will wissen, was wir hören. Selda Bağcan. War Mamas Lieblingssängerin. Ich sehe Mama vor mir, höre sie singen. Sie hat immer mit ihr mitgesungen.

Deniz verzieht sich ins Badezimmer, will sich etwas anderes anziehen, sagt er. Tanzt du mit mir?, fragt mich Meister Parkinson. Er nimmt meine Hände, wir drehen uns langsam, Markus singt zusammen mit Selda. Adaletin bu mu dünya? Ne yar verdin, ne mal, dünya Kötülerinsin sen dünya, İyileri öldüren dünya.

Ich komme zurück, Vanessa ist noch da. Baba tanzt mit ihr, singt mit Selda. Adaletin bu mu dünya? Ne yar verdin, ne mal, dünya Kötülerinsin sen dünya, İyileri öldüren dünya. War Mamas Lieblingslied. Baba streckt eine Hand nach mir aus. Komm, mein Junge, tanz mit uns. Ich lege einen Arm um Vanessas Schulter, den anderen um Babas.

Deniz singt ganz leise mit, Markus hängt ein bisschen hinterher. Deniz traut sich kaum, dabei trifft er jeden Ton, im Gegensatz zu Markus, es klingt trotzdem wunderschön.

Vanessa fragt, worum es geht. Ich versuch's für sie zu übersetzen. Es gibt Leute, die arbeiten, als gäb's keinen Tod, die haben nicht mal jemanden, den sie lieben können. Gibt welche, die haben keinen Cent, andere schwimmen dafür im Geld. Die Guten werden sterben, die Welt nennt das Gerechtigkeit. Niemand weiß, wie viele schon dran glauben mussten, ob's welche gab, die glücklich oder wenigstens zufrieden waren. So ähnlich jedenfalls. Baba tanzt allein. Ich geh schlafen, sagt er. Ist noch viel zu früh. Ob ich schwer von Begriff bin. Er räumt das Feld. Hab ich begriffen.

Vanessa hat schon einen Freund, sagt Deniz. Markus scheint nicht überrascht. Er möchte wissen, was das für ein Freund ist. Ich weiß es nicht, er ist Politiker, höre ich mich sagen. Markus lacht. Dann kann es nichts Ernstes sein, behauptet Meister Parkinson. Da irrt er sich. Ich umarme ihn. Gute Nacht, mein Engel. Gute Nacht, Meister Parkinson.

Ich frage Baba, ob er allein zurechtkommt. Siehst du doch, sagt er. Vielleicht gibt es wirklich so etwas wie eine Wunderheilung.

Markus lässt die Tür zum Flur offen, Selda Bağcan ist verstummt. Toller Sessel, sagt Deniz, mehr nicht. Gleich wird er mich auffordern, den Sessel wieder mitzunehmen. Was, wenn ich bleibe?

Jede Wette, Baba kommt gleich aus seinem Zimmer und muss mal işemek. Wir können die Tür abschließen, schlägt Vanessa vor. Wir haben keinen Schlüssel. Außerdem braucht Baba Zugang zur Küche. Warum er dann nicht hier schläft, fragt sie. Baba braucht sein eigenes Zimmer. Und du nicht? Sie lässt nicht locker. Ist nur vorübergehend, sage ich. Ich glaube mir selbst nicht. Baba marschiert ins Bad, lässt Wasser in die Wanne. Alle Türen stehen offen. Ich bin nicht da, sagt er. Kommt rein und holt sich was zu trinken. Wir sollen uns von ihm nicht stören lassen. Er kann nicht schlafen, will warm baden. Hat der Doktor ihm empfohlen, behauptet er. Du kommst alleine nicht in die Wanne, Baba. Ich gehe ins Bad, stelle das Wasser wieder aus. Warum ich ihm nicht helfen will. Ich bringe ihn in sein Zimmer, stelle den Fernseher an. Er will nicht, dass ich mir Sorgen mache. Ich schließe hinter mir die Tür. Ob es in der Nähe kein Hotel gibt, fragt Vanessa. In der Schlesischen ist ein Hostel. Ein Hostel ist keine Option, findet Vanessa. Am Görlitzer Bahnhof gibt es ein Vier Jahreszeiten. Perfekt, sagt sie. Sie meint es ernst. Worauf wartest du?, fragt sie. Wir nehmen den Weg durch den Park. Überall leuchten Displays. Sind Touristenhandys. Leuchtkäfer, auf der Suche nach Spaß. Wir hören einen Schrei, vor uns erlischt ein

Licht. Eine junge Frau kreuzt unsere Flugbahn, bittet uns um Hilfe. Sie wurde überfallen, gerade eben. War ein Mann, er hat ihr Handy. Da lang ist er, sagt sie und ist sich nicht mehr sicher. Im Park wird man schnell unsichtbar, vor allem nachts, egal, in welche Richtung einer flieht. Ihr Handy kann sie vergessen, erkläre ich ihr. Jetzt hat sie gar nichts mehr. Sie dachte wohl, sie kauft sich Gras. Hat mit ihrem Display allen gezeigt, hier bin ich. Hat den Deal mit ihrer Taschenlampe ausgeleuchtet. Niemand, der hier lebt, würde im Park kaufen. Sie kapiert es nicht. Es war ein großer Schwarzer, behauptet sie, der war mindestens einsneunzig groß. Ja klar. Wenn man Angst hat, erscheinen einem die Leute immer größer, als sie sind. Vanessa sagt kein Wort, die ganze Zeit schon. Ich biete der Frau an, sie aus dem Park rauszubringen. Sie willigt ein. Vanessa geht drei Schritte vor uns, verliert gleich die Geduld. Die Frau erzählt mir was von einem Supersparpreiswochenende, sonst wär sie gar nicht hier. Ich stelle sie an der Bushaltestelle vorm Spreebad ab. Vanessa bleibt nicht stehen. Die Frau bedankt sich. Ob ich nicht bleiben kann, bis ein Bus kommt. Sie guckt ängstlich ins Wartehäuschen. Auf der Bank liegt einer im Schlafsack, sein Hund ist bei ihm. Keine Sorge, sage ich, die tun dir nichts, sie wohnen hier. Vanessa kommt zurück, nimmt meine Hand, nimmt mich mit. Eine Ampel leuchtet rot, wir reihen uns ein. Fahrradboten fahren an uns vorbei, manche transportieren ihre Waren auch auf Rollern. Wir warten mit den anderen. Als die Ampel auf Grün springt, gehen alle los, nur Vanessa nicht. Sie hält mich zurück, reißt mir fast den Arm aus. Vielleicht hat sie's sich anders überlegt. Von mir aus gehen wir weiter nur spazieren. Sie sieht mich an, sie weiß, ins Vier Jahreszeiten würde ich normal nie gehen. Es gibt immer Ausnahmen, sagt sie. Sie zieht mich über die Straße, die Kuriere weichen aus. An der Rezeption nehmen sie Haltung an. Vanessa zeigt ihren Ausweis vor, zahlt in bar, unterschreibt. Ein Lift bringt uns in die sechste Etage. Ist ein Wunder, dass wir es noch bis oben schaffen. Wir haben ein Superior, über dem Bett glimmt ein

Bild vom Brandenburger Tor. Gut zu wissen, in welcher Stadt wir sind. Lass das Licht an, sagt Vanessa. Kein Problem.

Seine Hände sind überall, vor allem in mir, so fühlt es sich an. Ob er das auch mit seiner Zunge kann. Er grinst, ich schmecke sie, sie begibt sich auf Wanderung und lernt mich kennen, sie braucht nicht lange und ich komme, er freut sich, ich bin bereit, ihn reinzulassen.

Sie fragt, ob ich Kondome habe. Habe ich nicht. Sie hat auch keine. Sie lässt von mir ab, langt zum Telefon. Ruft beim Room Service an. Ob sie Kondome haben, fragt sie. Fünf Minuten später stehe ich an der Tür, mache sie einen Spalt weit auf. Schöner Hintern, sagt Vanessa. Ja klar. Ich nehme die Bestellung entgegen, sie sollen es auf die Rechnung setzen. Lass mich das machen, sagt sie. Sie nimmt mich in den Mund. Ich ziehe ein Kondom aus der Hülle, sie streift es mir über. Der Rest geht von alleine. Ich mag es klar und einfach, stoße auf Gegenliebe. Abpflücken soll ich mir die Tüte selbst. Kein Problem.

Bin gleich wieder so weit, sagt er. Nach dem zweiten Mal braucht er etwas länger, um sich zu erholen. Ich gehe duschen, er folgt mir, so lange braucht er doch nicht. Wir trocknen uns gegenseitig ab, liegen wieder im Bett. Ich sehe ihn an, weil er mich ansieht, er kann damit nicht aufhören. Berühren verboten, sage ich. Er lacht, weiß nicht, ob er es aushält. Er liegt auf dem Rücken, starrt zur Decke. Ich lege eine Hand auf seine Brust, nicht da, wo sein Herz schlägt. Ich spüre es trotzdem, es schlägt seltsam ruhig. Die Berührung fließt durch meine Hand, erreicht irgendwann auch meinen Kopf. Ich glaube nicht, dass ich meine Hand da jemals wieder wegnehmen kann. Sonst wäre ich schon nicht mehr hier, wäre nach dem ersten Mal gegangen, zufrieden, ohne ein Auf Wiedersehen, aber ich bin noch hier, genau wie er. Wir bleiben, Vier Jahreszeiten, Frühling, Sommer, Herbst und Winter. Ich fürchte, so schnell kommen wir aus dieser Nummer nicht mehr heraus. Ich fürchte gar nichts, glaube ich, aber vielleicht irre ich mich, weil ich mich ständig irre, sobald ich in seiner Nähe bin.

Ich bin noch hier. Könnte ihr Fragen stellen, lasse es. Habe eh schon ihre Finger auf meinen Lippen. Ich bin sofort erregt. Das erregt sie. Ich hab den Gummi schon parat. Keine Ahnung, wie viele in der Packung drin sind.

Ich zähle nicht mehr mit. Wir haben das Fenster aufgemacht, sollen sie sich ruhig über unseren Lärm beschweren. Ich lege mich wieder hin, will ihn auf Abstand halten, wir sind beide wund, er meint, eine Lücke zwischen uns kann er nicht dulden. Wir bestellen uns Burger mit Pommes und trinken Bier aus der Minibar. Als die Burger kommen, ist das Bier alle, wir bitten den Service, uns den Kühlschrank aufzufüllen. Deniz hat sich seine Boxer angezogen, er isst auf einem Sessel am Fenster, erst jetzt fällt mir auf, wie bleich seine Haut ist. Nur seine Arme haben Farbe, sein Gesicht, am Rest des Körpers haftet der Abdruck seiner Uniform. Er schmiert sich mit Ketchup voll, wischt sich mit einer Serviette durchs Gesicht, ich pule Zwiebeln von meinem Burger. Und wenn das jetzt zur Sucht wird? Was?, fragt er. Wenn du zu meiner wirst? Dann bin ich nur Ersatz für dich, sagt er, ist das Wesen der Sucht. Du ersetzt gar nichts, Deniz. Er sieht mich an, sitzt da im morgendlichen Zwielicht, vielleicht löst er sich gleich aus dem Grau heraus und wird lebendig. Wir könnten bleiben, solange wir wollen. In einem Hotel will er nicht leben. Er kann sich vorstellen, einen anderen Planeten zu besiedeln. Wird Zeit, sagt er. Ja. Wir durchqueren den Park, ich begleite ihn, mein Arbeitsplatz steht noch vor seiner Tür. Wir gehen die Wrangel hoch, die Stadtreiniger sind wieder da, kehren die Bürgersteige, schrecken die verwaisten Hunde auf. Deniz lädt mich ins şekerli kahve ein, möchte mit mir frühstücken, noch bleibt uns Zeit. Ayşe ist da, sie sieht schlimm aus, die Augen liegen in tiefen Höhlen, sie scheint um Jahre gealtert. Deniz fragt sie, wie es Orhan, ihrem Vater, geht. Baba verlässt die Wohnung nicht mehr, sagt Ayşe. Wir setzen uns raus, es ist kühl, die Luft ist klar, alles scheint friedlich, färbt sich rosa. Manchmal kann ich den Himmel nicht von der Erde unterscheiden. Nimmt die Erde die Farbe des Himmels an, oder ist es umgekehrt? Wir verlieren den Mond. Der Wagen eines Pflegedienstes hält bei uns, es ist Katrin, sie ist auf dem Weg zu Markus, hat uns entdeckt. Ich umarme sie, sie setzt sich zu uns, ganz selbstverständlich, kein Blick, der etwas wertet. Sie erzählt von Oma Zuppe, gestern mussten sie die Feuerwehr um Hilfe rufen. In meinem Gesicht beginnt es zu kribbeln. Sie waren zusammen einkaufen, hatten die Balkontür aufgelassen, als sie zurückkamen, lag auf Oma Zuppes Bett ein Wildschwein. Deniz lacht. Jetzt hab ich wohl ein Hausschwein, meinte Oma Zuppe, aber sie haben sich dann doch gefürchtet. Die Tiere dringen immer weiter vor. Ayşe bringt uns die Getränke raus, Katrin erschrickt. Erst als Ayşe wieder drin ist, fragt Katrin, ob Ayşe krank ist. Deniz erzählt uns von Ihlas und der Brotconnection. Er weiß nicht, was er unternehmen soll, er hat keinen Einfluss mehr auf Ihlas. Für seine Kollegen ist der Fall nur einer von vielen, bei denen sie machtlos sind. Das macht mich fertig, sagt Deniz. Er hat es Ayşe versprochen. Ich denke an Felix, Felix könnte Ihlas einen Besuch abstatten, ich behalte es für mich, Felix wird verwahrt. Katrin kennt Ihlas, er wohnt bei seiner Mutter, sagt sie. Katrin war bis vor Kurzem zwei Mal die Woche bei ihr in der Muskauer. Ihlas' Mutter ist Dialysepatientin, leidet an einer schweren Diabetis. Sie schafft den Haushalt nicht alleine, einmal hat sie Katrin gebeten, ihr beim Putzen zu helfen, während Ihlas auf dem Sofa lag und Videospiele spielte. Ich bin nicht die Putzfrau für Ihren Sohn, meinte Katrin, er hat nichts an den Armen, er soll gefälligst seine Mutter unterstützen. Katrin kann da nicht mehr hin, obwohl es ihr das Herz zerreißt. Sie erträgt es nicht, mit anzugucken, wie Ihlas sich von seiner kranken Mutter bedienen lässt. Wir schweigen.

Deniz geht zu Ayşe, will bezahlen, ich sehe ihm hinterher, er nimmt sie in den Arm, das ist nicht das, was sie von ihm erwartet. Katrin fährt schon vor zur Tabor, wir laufen hinterher. Ich fürchte, der Abschied wird uns misslingen, aber ich spüre Deniz' Hand in meinem Nacken, seinen Körper, der sich an mich drückt, ich küsse ihn, wir küssen uns wieder und wieder, ich atme ihn ein, will seinen Geruch bei mir behalten. Was wirst du deinem Freund erzählen?, fragt er. Ich habe keine Ahnung.

7

Ich stehe mit dem Apothekenwagen in der Muskauer Straße, gegenüber der Hausnummer 25. Ich warte, bin bereit, den ganzen Tag zu warten und morgen wieder, wenn es nötig ist. Gerade ist ein Krankentransporter vorgefahren, zwei Sanitäter sind in die 25 rein, nach ein paar Minuten kommen sie mit Ihlas' Mutter wieder heraus. Ich bin mir sicher, dass sie es ist. Die Sanitäter verfrachten sie mechanisch in ihren Transporter, wollen sie zur Dialyse bringen. Ich nehme das Päckchen, das ich vorbereitet habe und probiere mein Glück. Ich klingele bei Hassan. In der Gegensprechanlage knackt es, ich höre eine Stimme, sie will wissen, wer da ist. Ich bin die Apothekenkurierin und bringe die Medikamente für Frau Hassan. Die Haustür summt, in der dritten Etage ist eine der Wohnungstüren nur angelehnt, aber innen sichert eine Kette den Eingang, dahinter steht ein junger Mann, Ihlas. Meine Mutter kriegt nichts vom Kurier, sagt er. Ich stutze, weil ich eine Lieferung für Meryem Hassan in der Muskauer Straße 25 bei mir habe, vielleicht liegt ja ein Irrtum vor. Nein, sagt Ihlas. Es ist mir gelungen, ihn zu verunsichern. Wenn er mich reinlässt, können wir es klären. Plötzlich ist er arglos, löst die Kette. Er trägt eine hellgraue Jogginghose und einen schwarzen Hoodie mit einem goldenen Nike-Logo auf der Brust. Ein Fernseher läuft, wir stehen noch im dunklen Flur, es riecht nach Wunderbaum und Dope. Ich folge Ihlas ins Wohnzimmer. Ihlas hinkt, es erweckt den Eindruck, als würde er es schon seit seiner Kindheit tun. Auf einem Couchtisch steht eine verdreckte Bong, er hat sie gerade erst benutzt, seine Augen sind rot unterlaufen. Ihlas bewegt sich wie durch Watte, er stellt den Ton vom Fernseher aus. Meine Mutter bestellt normalerweise nichts beim Kurier, fängt er wieder an. Es handelt sich um einen neuen Service unserer Apotheke, lüge ich, er bemerkt es nicht. Ich entdecke die Brandnarben an seinem Hals, an seinem Ohr, die muss er sich schon als Kind zugezogen haben. Selbst wenn es kein Irrtum ist, er weigert sich, zu bezahlen. Ich lächele, öffne das Päckchen, breite die Ware vor ihm aus, Oxyconoica gegen die Schmerzen, außerdem noch Trevilor retard. Tre was, fragt Ihlas. Trevilor ist ein starkes Antidepressivum. Ich tue erstaunt, wundere mich, weil er nicht weiß, was seine Mutter einnehmen muss, ich spiele gut. Doch, klar weiß ich das, sagt er, Oxys also, ja? Ja. Ich habe ihn angefixt, ich lasse ihn nicht mehr los. Das ist ziemlich starker Stoff, den Ihre Mutter nehmen muss, sage ich, andererseits, wenn Sie selbst ihn nehmen würden, bringt der Stoff Sie paradiesisch durch den Tag, versprochen. Ihlas lacht. Ich habe ihn, ich weiß, er will die Sachen haben. Kannst mich ruhig duzen, sagt er, ich bin Ihlas. Hallo Ihlas, ich bin Vanessa. Ich möchte eine Unterschrift. Ihlas quittiert die Lieferung, seine Unterschrift wird man nicht zu ihm zurückverfolgen können, die hat er geübt. Ich hätte gerne ein Bier. Ihlas lacht und holt zwei aus dem Kühlschrank. Weiß dein Chef, dass du auf Arbeit trinkst?, fragt er. In Bier sind viele Elektrolyte, die halten mich fit, meinem Chef gefällt es, wenn ich immer fit bin. Ihlas grinst, er mag mich, erhofft sich mehr. Unsere Flaschen klacken gegeneinander, ob er nichts zu tun hat, frage ich. Ihlas arbeitet häufig nachts. Da fällt es sicher schwer, sich wachzuhalten, konzentriert zu bleiben. Ja, sagt er, du kennst dich ja voll aus. Das ist mein Job. Er nickt. Ob ich, wo ich schon mal da bin, vielleicht auch Adderall dabeihab. Mit Adderall verarscht er sich nur selbst, erkläre ich ihm, das schaltet in seinem Gehirn nur Dinge frei, die er sowieso schon kann. Ich empfehle ihm, es stattdessen lieber mit Ritalin zu versuchen, es kann das Gleiche, was auch Speed kann, aber er kommt leichter ran. Ich lächele Ihlas an. Er möchte wissen, ob ich auch Rezepte ausstelle. Schweiß perlt in der Rinne zwischen Ihlas' Nase und seiner Oberlippe, das ist die Gier. Ich sehe die Konsolen, die zu einer Xbox gehören, auf dem Sofa liegen, möchte wissen, was er spielt. Alles mögliche, sagt er. Was jetzt mit Ritalin ist. Ob ich welches habe. Wir können darum spielen. Ne, lass mal, sagt er. Bist du zu feige? Ihlas starrt mich an. Vielleicht bin ich zu weit gegangen, ich kann nicht mehr zurück. Ich setze mich aufs Sofa, nehme eine der Konsolen, worauf wartest du? Er gibt nach, denkt schon weiter, hält sich für unbesiegbar, vielleicht ist ja noch viel mehr bei mir zu holen. Er setzt sich mit zwei neuen Bier zu mir, wir zocken FIFA, ich spiele so, dass er mich ernst nehmen kann, doch dann verliere ich. Ihlas möchte, dass ich meine Schulden abbezahle. Ich komme gleich wieder, sage ich. Besser, ich komme mit, sagt er. Nein, entweder du vertraust mir oder nicht. Normalerweise bestimme ich die Regeln, sagt er. Ich glaube nicht, dass etwas zwischen ihm und mir normal ist. Ihlas sieht es auch so, gibt er zu. Sein Atem geht schwer, ich dränge ihn in den Flur. Ich habe gehört, du kannst gut mit Messern umgehen. Er schließt die Augen, bitte, fleht er. Ich bin gleich wieder bei dir. Ich laufe die Treppe hinunter, hole eine Schachtel Ritalin aus dem Lieferwagen. Ihlas steht oben am Fenster, versteckt sich hinter einer vergilbten Gardine, ich winke ihm zu. Die Tür summt, ich laufe die Treppe hoch, gehe wieder zu ihm rein, schließe die Tür. Er rührt sich nicht. Ich drücke ihm die Schachtel in die Hand, zwinge ihn, mich anzusehen. Ich kenne Ayşe, ich kenne ihren Vater, ich bin oft zu Gast im şekerli kahve. Sie brauchen dich da nicht, ich möchte mich auf dich verlassen können. Ihlas nickt, bemerkt es nicht. Ich weiß, wo du wohnst, weißt du, Ihlas, ich bin ein Engel. Engel fürchten sich vor nichts und niemandem.

IV.

1

In den Fenstern hängen Lichterketten, manche sprayen auch Schneekristalle an ihre Scheiben, die, die einen Garten haben, schmücken ihre Bäume. Sobald es ein Uhr nachts ist, kommt alles zum Erliegen, beinahe jedes Licht erlischt, die Stadt verstummt, nur vereinzelt gibt sie Laut. Von ein Uhr nachts bis vier Uhr morgens sparen wir gemeinsam Strom. Die Maßnahme soll noch bis zum Frühjahr gehen, fast alle sind einverstanden, nur die Clubbetreiber demonstrieren, ohne Musik kann man nicht tanzen. Raus dürfen wir trotzdem, ich stehe auf dem Balkon, es ist nicht kalt, mein Freund schnarcht, er hatte einen langen Tag, wie jeden Tag. Ich sehe nur Schemen, dann höre ich das Rattern der U-Bahn, sehe diesen Strom von Licht, der sich durch die Nacht bewegt, der Bahnhof hell wie eine Raumstation. Am Morgen zündet Olli zum zweiten Mal vier Kerzen an, gestern war der vierte Advent. Olli hat einen Kranz besorgt, er trägt ihn durch die Wohnung, der Kranz wandert vom Frühstückstisch in der Küche zum Couchtisch im Wohnzimmer. Überall verteilt Olli Kerzen. Manchmal liest er nachts in Büchern, macht sich Notizen, dann erwacht ein zweites Leben an den Wänden, wenn die Schatten darauf tanzen, weil die Kerzen flackern. Mein Freund hat viel zu tun, sie erkennen ihn endlich als Experten an, er verschafft sich mehr und mehr Gehör, sein Ansehen wächst. Sie interessieren sich für seine Ideen, machen sie publik, die Journalisten suchen sein Gesicht. Manchmal bemerkt er mich, dann freut er sich, manchmal wundert er sich auch, weil er allein ist.

Ich fahre raus nach Haselhorst, mein Bruder wird entlassen, es wird ein großer Tag. Ich parke den Wagen bei ihm vorm Haus, gehe zu Fuß zur Klinik, Felix möchte sich bestimmt bewegen, denke ich, aber ich irre. Er hatte gehofft, wir könnten seine Objekte transportieren. Die Kunsttherapie hat Spuren hinterlassen, auf die mein großer Bruder stolz ist. Ich verspreche, sie später zu holen, aber er sorgt sich. Bevor wir gehen können, müssen wir erst sicherstellen, dass seine Objekte auch verwahrt werden. Als wir endlich draußen sind, schließt Felix seine Augen, es hat sich nichts verändert, sagt er. Wir gehen über die Eiswerder Brücke, überqueren die Havel, sie sprüht Funken, das Licht der Wintersonne bricht sich im trüben Wasser. Die Luft fühlt sich wie Frühling an, die Vögel sind geblieben, sie spielen verrückt. Es sind kaum Menschen unterwegs, nur Lieferanten, die meisten fahren auf Elektrorädern oder -rollern. Felix ist schweigsam, wir kommen auf die Insel, ob er nicht froh ist, seit Wochen war er nicht mehr hier. Er drückt meine Hand ganz fest, ich fürchte, sie zerbricht. Seine Bezugstherapeutin übernimmt die Nachversorgung nicht, sie hat es ihm erst heute Morgen mitgeteilt. Felix ist verstört, er will zu keiner anderen. Vielleicht war da mehr. Nein, sagt er. Schon komisch, oder? Mit 29 Jahren ist er Frührentner. Wir lachen hilflos. An den Gedanken werden wir uns beide gewöhnen müssen. Alle zwei Jahre wird es eine Nachuntersuchung geben, der Amtsarzt soll dann feststellen, ob Felix nicht doch zurück in seinen Dienst nach Tegel kann. Niemand rechnet damit, niemand möchte das. Sie zahlen ihm jährlich 40.000 Euro, damit er fernbleibt.

Felix sperrt die Wohnung auf, ich habe für ihn eingekauft, Obst, ein Vierkornbrot, Grünen Tee und Säfte. Felix setzt Wasser auf, er möchte, dass ich bleibe. Wir sitzen auf Kissen auf dem Boden, so wie früher. Felix zündet Kerzen an, ich bitte ihn, auf seine Räucherstäbchen zu verzichten, er lacht. Was ist los, Vanessa? Ich kann es nicht vor ihm verbergen, er hat neun Wochen nichts anderes getan, als über sich zu reden, jetzt bin ich dran. Ich erzähle ihm von Deniz. Mein Bruder fragt nach Olli. Ich führe ein Doppelleben, in meinen eigenen vier Wänden. Nicht nur wegen Deniz, glaubt mein Bruder, es geht um mein Geschäft. Fliege ich auf, fliegt Olli raus aus seinem Leben, aus seinen Träumen, seine Karriere wäre vorbei. Das weiß ich selbst. Ich bin in Therapie bei meinem Bruder. Du vögelst einen Bullen, lebst mit einem Abgeordneten zusammen, das ist ein schlechtes Setting fürs Verticken, stellt er fest. Vielleicht bin ich ja vorbelastet, schließlich kennen wir nur die Hälfte unserer Gene. Felix findet das nicht komisch, ich habe das Tabu berührt. Wir lassen Zeit verstreichen, warten, bis es sich verflüchtigt. In der Klinik hat Felix sich Gedanken um seine Zukunft gemacht. Er kann nicht einfach rumsitzen, er muss etwas zu tun haben. Ich werde Trainer, verkündet er. Im neuen Jahr beginnt er mit einer Ausbildung, am Ende erhält er die Lizenz. Ich wusste, er hat längst einen Plan. Felix grinst. Na klar, sagt er, ich bin dein großer Bruder, du brauchst ein Vorbild. Er versucht, mir etwas vorzumachen, es geht ihm schlecht. Er weiß, dass ich es weiß. Was ist mit den Medikamenten?, frage ich. Solange er sie nimmt, wird er nicht trainieren können. Ich habe sie abgesetzt, sagt Felix. Wann? Gerade eben. Wir wissen, was das bedeutet. Ich weiß auch, was es für mich bedeutet, wenn ich sie weiter nehme, sagt mein großer Bruder. Das Licht schwindet. Ob ich mich nicht erinnere. Doch. Das erste Mal haben sie Felix nach seinem letzten Auslandseinsatz ein Antidepressivum verschrieben. Cipralex. Es sollte seine Seele heilen, ihn ruhig stellen, deshalb wollte dann sein Körper nicht mehr, er musste sich zum Training zwingen, ohne Erfolg, das schlug Felix noch mehr auf die Seele. Er konnte nicht mal mehr mit einer Frau schlafen, gab dem Medikament die Schuld daran, er wollte nicht länger leben, wollte sich den Kopf wegpusten. Ich habe keine Erinnerung daran, wo ich damals war. Seitdem fürchte ich, zu spät zu kommen, jedes Mal. Wir dachten beide eine Zeit lang, er hätte es verwunden, aber dann kam Tegel und die Suizide dort. Irgendwann hörte ich auf, sie mitzuzählen, Felix sammelte die Bilder, die mich selbst verfolgten, sobald er mir davon erzählte. Aber seine Träume kommen alle aus der Wüste, aus den Bergen. Durch Dörfer fuhren sie, auch nachts, Felix war einer der Schützen in den Panzerwagen. Sie wurden beschossen, haben zurückgeschossen, schossen in die Häuser rein, wussten nicht, auf wen sie schossen. Ich sehe Frauen vor mir, Kinder, Felix will nicht darüber sprechen. Uns holt das Dunkel ein, die Stille, für Felix dauert sie ein halbes Leben lang, sechs Jahre wenigstens. So lange trug er seine Uniform, in ihr stecken diese Träume. Alles, was ihm blieb, war der Gedanke an den Tod. Deswegen haben sie ihn wieder medikamentiert. Weil er seinen Tod immer noch als Ausweg sieht. Ich kann die Tränen nicht halten. Wir werfen Schatten an die Wand, sie sehen uns nicht ähnlich. Ich glaube, wenn ich sterbe, werde ich erlöst, sagt Felix. Ich soll nicht weinen. Er erträgt's nicht, wenn ich weine. Es geht vorbei, sagt er, verspricht es mir. Mein Bruder wird keine Medikamente mehr nehmen. Er hat alles im Griff, hat einen Plan, der hält ihn am Leben. Er erzählt mir von der Kunst, die ihm jetzt eine Zuflucht bietet, von einer Kunstschule erzählt er mir, die wollen ihn unterrichten. Er wird Trainer werden, und er wird auf diese Schule gehen, für etwas anderes bleibt da keine Zeit. Ich soll mir keine Sorgen machen. Mir bleibt keine Wahl. Wir versuchen beide zu lächeln. Wir sehen uns wieder, ganz bestimmt, sagt er zum Abschied.

2

Ich liefere, den ganzen Tag, ich soll zu einer Werkstatt, die Reifen wechseln lassen, angeblich brauche ich Winterreifen. Vielleicht schneit es irgendwann, vielleicht auch nicht, noch haben wir zwölf Grad über null. Zwei Füchse queren die Fahrbahn, ich halte vor einem Zebrastreifen an, vor mir winkt eine Schülerlotsin ihre Schutzbefohlenen durch, sie tragen neongelbe Leuchtwesten. Im Rückspiegel sehe ich einen brüllen, er hupt, ich soll fahren. Die Kinder gehen Hand in Hand, die Lotsin führt sie sicher auf die andere Seite. Ich fahre weiter, muss wieder bremsen, vor mir leuchtet eine Ampel rot. Der, der eben hinter mir verrückt war, kommt neben mir zum Stehen, lässt seinen Motor aufheulen, sucht meinen Blick, drückt seine Zunge gegen die Backe, die wölbt sich, er bewegt die Zunge auf und ab, die Ampel springt auf Grün. Er lässt die Räder durchdrehen, schießt los und schneidet mich. Ich bleibe ganz ruhig, folge einer Umleitung, schon stecke ich in einem Stau der Lieferwagen. Mein Bruder wohnt in meinem Kopf, was, wenn er da herausfällt? Ich suche nach einer anderen Umleitung, ich fürchte nur, sie führt an meinem Ziel vorbei. Ich erreiche es zu spät, fahre der Zeit hinterher, werde sie nie einholen. Ich höre das Knirschen, spüre den Aufprall, mein Gurt ruckt kurz, der Airbag löst sich nicht. Ich lebe noch, so wie alle anderen auch. Ich verständige die Werkstatt, der Auftrag ändert sich, es wird mehr als nur ein Reifenwechsel nötig sein. Für mehr gibt es keinen Platz, mehr wird dauern, sie wissen nicht, wie lange, ihnen fehlen Leute. Wir warten auf die Polizei, der, dem ich aufgefahren bin, droht die Geduld zu verlieren, er raucht eine nach der anderen. Für einen Moment hoffe ich, Deniz wird den Unfall aufnehmen. Aber ich habe ihn nicht in seinem Abschnitt verursacht, es sind seine Kollegen, die sich darum kümmern. Sie sind freundlich, erfassen meine Daten, prüfen, ob der Wagen zur Weiterfahrt geeignet ist. Der von mir Geschädigte ist überzeugt, sein Heck muss grunderneuert werden, weil der Rahmen sich verzogen hat. Die Polizisten lassen ungerührt sein Geheule über sich ergehen. Ich muss sofort hier weg, ich fürchte nur, ich habe keine Ahnung, wie viel Raum dieses Hier, dem ich entkommen muss, umfasst.

Zu Hause verschließe ich meine Tür, ich lagere Ware im Depot, höre das Klopfen, sehe die Klinke, die gedrückt wird, die Tür bleibt zu. Vanessa? Es ist Olli, er wohnt noch hier. Ich schließe die Tür auf, Olli wundert sich, weil ich abgeschlossen habe. Ich wundere mich selbst, ich war in Gedanken bei Felix. Hm, macht Olli. Ob ich nicht in die Bar muss. Nein, nicht heute. Felix behält wohl recht, ich bin eine Zumutung. Olli möchte trotzdem mit mir essen, es gibt Gemüselasagne, er hat sie bringen lassen, trinkt einen Riesling dazu, wir sehen uns kaum noch, sagt er. Ja. Vielleicht muss das so sein, wenn man so lang zusammen ist. Vielleicht vergisst man, wie es ist, wenn man den anderen vermisst. Hm, macht mein Freund. Er möchte Weihnachten zu seinen Eltern. Ich brauche nicht mitzukommen. Er fährt am 23., am 25. spätabends kehrt er zurück, dann haben wir den zweiten Feiertag für uns. Ich freue mich darauf. Er lächelt. Ich meine es ehrlich. Ich weiß, sagt er. Etwas ist anders, die Stille, das Schweigen, wo bist du?, frage ich. Überall und nirgends, sagt er. Das ist keine Antwort, die zu meinem Freund passt. Er möchte einen Film gucken, ich soll ihn aussuchen. Olli gießt sich Weißwein nach, ich spüle das Geschirr, mein Freund trocknet es ab, es fühlt sich wie Familie an. Vielleicht bleiben wir einfach, für immer, gehen nie wieder raus. Olli braucht noch einen Moment, er klappt sein Notebook auf, gegenüber leuchten Weihnachtsmänner in den Fenstern. Olli geht ins Bad, ich höre die Klospülung, er putzt sich die Zähne. Ich bin müde, wir verzichten auf den Film. Olli küsst mich, ob ich bei ihm schlafen möchte. Ja. Ich verkrieche mich in ihm, bin froh, dass er nicht mehr will, mich einfach nur im Arm hält, sich an meinen Rücken schmiegt, mir seine Wärme spendet. Mein Freund schläft ein, ich zähle die Minuten, bis er zu schnarchen beginnt. Es stört mich nicht, nicht heute, im Gegenteil. Da ist nur jemand, der, ohne es zu ahnen, verhindert, dass ich vor Angst ins Bodenlose stürze.

3

Ich soll Vanessa Heiligabend zu uns einladen, meint Baba. Ich habe mich schon zum Dienst gemeldet. Baba ist enttäuscht. Selda würde es nicht gefallen, wenn ich über Weihnachten arbeite. Selda lebt nicht mehr. Wir brauchen das Geld. Was für Geld?, fragt Baba. Feiertagszulage, erkläre ich ihm. Heiligabend ist kein Feiertag, sagt er. Er weiß nicht, was er jetzt mit unserem Baum anfangen soll. Seit Mama tot ist, haben wir keinen mehr gehabt. Vanessa hätte sich über unseren Baum gefreut. Das glaube ich kaum, Baba. Wir haben gar keinen.

Deniz muss arbeiten, er braucht das Geld. Ich habe genug Geld, kann es ihm nicht sagen, behalte es für mich. Normalerweise bin ich Heiligabend mit Andreas in der Bar, unsere Stammgäste mögen das, wir auch. Ich frage Felix, ob er mitkommt, Andreas würde sich freuen, aber Felix fliegt zu Mama. Sie hat ihn eingeladen, ich weiß, wie das endet. Mama wird sich wundern, dass er da ist, überrascht feststellen, dass sie auch über die Feiertage Seminare gibt, sich um die Frauen kümmern muss, kein Zimmer bei ihr frei ist. Felix muss das selbst herausfinden. Er verspricht, sich zu melden, sobald er zurück ist. Ich umarme den Bär, wir haben zusammen Schicht, vielleicht hat er schon eine Idee für Heiligabend. Er lässt sich jedes Jahr etwas einfallen, uns bleibt nicht mehr viel Zeit, um zusammen etwas vorzubereiten, aber der Bär kann mir nicht in die Augen sehen. Gleich wird er mir sagen, dass die Bar dieses Jahr an Heiligabend geschlossen bleibt. Er windet sich, unsere Gäste kommen Heiligabend immer erst nach elf, die meisten gegen Mitternacht, vor ein Uhr müssten wir schon wieder schließen, behauptet er. Es ist nicht wahr, das weiß er selbst, an Feiertagen wird der Strom auch in der Nacht nicht abgeschaltet. Ich werde nicht da sein, gesteht Andreas mir, er fliegt nach Amsterdam. Ich weiß, es ist nicht wegen mir, dann würde er den Bus nehmen. Alle Welt fliegt über Weihnachten aus, nur Deniz bleibt, aber ihn darf ich nicht mal anrufen, das darf man nur, wenn man in Not gerät, vielleicht werde ich das ja. Ich möchte Arjen kennenlernen, er soll hierher zu Andreas kommen, ich möchte, dass er bleibt. Der Bär holt unsere Whiskyflasche aus dem Regal, ich fürchte, gleich gesteht er mir noch mehr. Ich spüre das Kribbeln im Gesicht, unter den Achseln, aber diesmal spüre ich noch viel mehr. Alles wird zu eng, etwas drückt auf meine Brust. Es rauscht in meinem Kopf, ich möchte atmen, da ist kein Atem mehr. Plötzlich geht es wieder vorbei, für zwei Sekunden war ich voller Panik, das war ich noch nie. Andreas fährt zu seinem Freund, das ist normal, ich freue mich, Andreas ist verliebt, er hat zu einem Freund zurückgefunden, fängt wieder an zu leben. Silvester ist er wieder hier, Silvester feiert er mit mir in unserer Bar. Heiligabend bedeutet mir nichts, das hat es noch nie, mein Herz verrutscht, gleich wird er sagen, er gibt die Bar auf, für Arjen. Was ist los, mein Engel? Ich bin verliebt. Der Bär füllt unsere Gläser auf, wir stoßen an, ich freue mich für dich, sage ich, umarme ihn. Mach's gut mein Engel, pass auf dich auf.

Olli will sich ein Uber rufen, er hinkt dem Leben hinterher. Ich schenke ihm ein U-Bahn-Ticket, sonst wird er den Zug zu seinem Elternhaus verpassen. Es ist Heiligabend, gerade mal zehn Uhr am Morgen, bis mindestens siebzehn Uhr werden Geschenke ausgeliefert, die Straßen sind voll. Mein Freund küsst mich zum Abschied, ein Geschenk bekomme ich, wenn er zurück ist, ich habe keins für ihn. Ich laufe am Kanal entlang, überall schließen sie sich zu kleinen Gruppen zusammen. Vor den Zelten stehen Plastikweihnachtsbäume, selbst diejenigen, die nur noch einen Schlafsack haben, schmücken ihre Plätze. Hunde schleichen herum, niemand verscheucht sie, die Fahrradkuriere liefern Essen in die Parks, zu den Wohnmobilen, auf deren Dächern hocken Nebelkrähen, sie warten auf die Reste. Ich bringe Markus frische Kekse von Oma Zuppe, ich falle trotzdem hin, sagt Meister Parkinson. Deniz ist schon weg, beschützt die Stadt. Vielleicht ist Markus traurig, weil er Heiligabend allein zu Hause ist. Ich könnte bleiben, er versteht nicht, was ich meine. Markus hat eine Schallplatte aufgelegt, Selda ist bei ihm, Weihnachten war immer ihr Lieblingsfest. Ich drücke Meister Parkinson, will nicht weiter stören, bis bald, sage ich, er hört nur die Musik und Selda. Den 25. verbringe ich bei Oma Zuppe, am 26. wache ich morgens auf, und Olli ist zurück. Wir bleiben im Bett, dann essen wir aufgewärmte Reste, die er von zu Hause mitgebracht hat. Wir gehen im Gleisdreieckpark spazieren, hunderte Kinder suchen nach Schnee, vielleicht bin ich die Einzige, die welchen vermisst. Olli möchte Grog trinken, er stellt sich in die Schlange vor dem Stand. Ich setze mich auf eine Bank, schreibe Deniz einen endlos langen Brief, schließe die Augen, drücke auf Senden. Als ich die Augen wieder öffne, sitze ich noch immer auf der Bank, Deniz ist nicht da. Ich gucke auf das Display, warte auf Antwort, Olli steht noch in der Schlange. Ich warte bis zum Frühling, die Vögel singen, an der Tischtennisplatte spielen sie in T-Shirts, es riecht nach Grillfleisch, die Weihnachtsbäume vor den Zelten treiben Blüten. Deniz schreibt zurück, drei Worte, ich muss die Nachricht löschen, bevor sie jemand findet. Olli winkt, gleich ist er an der Reihe. Wir trinken Grog, er ist lauwarm. Wir spazieren zurück nach Hause, Cüneyt hockt vor seinem Laden, er hat eine Kiste Champagner gefunden, behauptet er, wir nehmen ihm drei Flaschen ab. Tote Hose, meint Cüneyt und lacht. Olli öffnet eine Flasche, Felix textet, er ist schon zurück, hat es nicht ausgehalten auf Mallorca. Mama hatte keine Zeit für ihn, musste arbeiten, sich um ihre Frauen kümmern, wahrscheinlich waren es selbst für Felix zu viele Räucherstäbchen. Es tut mir leid für ihn. Nicht schlimm, sagt er. Ob er zu uns kommen möchte. Das möchte er lieber nicht, es geht ihm gut, verspricht er mir, vielleicht sehen wir uns morgen. Olli möchte die Sopranos gucken, wir liegen auf der Couch, trinken eine zweite Flasche von Cüneyts Champagner, dann die dritte. Die Sopranos laufen ohne Ton, wir hören Musik, ich tanze. Olli sucht in seinem Notebook nach neuen Nachrichten, hält sich nur kurz auf dem Laufenden, postet eigene Neuigkeiten, es dauert nicht lange, sagt er. Ich texte Andreas, er schickt mir Emojis, er ist jetzt ein anderer. Ich denke an Deniz. Olli klappt sein Notebook zu, möchte mit mir schlafen. Ich will nicht. Hm, macht Olli und schläft ein. Ich lasse ihn auf der Couch zurück, am liebsten würde ich noch rausgehen, mehr Grog trinken, Champagner, oder Whisky. Ich finde mich in meinem Zimmer wieder, ziehe mich aus, es dauert keine zwei Minuten, bis ich weg bin und Weihnachten zum Glück vorbei ist.

4

Auf Babas Knien kleben große Pflaster. Er fällt immer wieder auf sie drauf. Trotzdem hat er Weihnachten halbwegs überstanden. Vanessas Kekse haben geholfen. Şekerli kahve, textet sie mit Fragezeichen. Eine Viertelstunde später sehen wir uns. Ich berühre sie nicht, sie mich auch nicht. Ist schwer auszuhalten. Geht ihr genauso. Wir finden keine Zeit für uns, vielleicht gibt es die nicht. Ayşe lächelt wieder, Orhan ist in der Backstube. Alles wieder gut?, fragt Vanessa. Ja, sagt Ayşe und umarmt Vanessa. Dann drückt Ayşe meine Hand. Ist wie ein Dankeschön. Ich frage nicht, wofür. Wo willst du hin?, fragt Vanessa. Ich klettere auf einen Baum, den haben sie stehen lassen. Die Äste tragen gerade eben mein Gewicht. Ich blicke in ein Fenster, dahinter steht ein Tannenbaum in einem Blumentopf. Die Nadeln rieseln, der Schmuck wird schon verpackt. Höher komme ich nicht. Deniz? Ja, bin hier. Endlich berührt sie mich. Ich bin spät dran, muss los. Ist der letzte Tag im Jahr. Versprich mir, dass wir uns nachher sehen, sagt sie. Versprochen.

Felix möchte zu Hause bleiben, möchte arbeiten. Alle Welt feiert heute Abend Silvester. Mein Bruder ist Rentner, wenn er von Arbeit spricht, meint Felix seine Kunst. Ich darf nicht widersprechen, sollte mich freuen, er hat etwas für sich gefunden, vielleicht den Sinn, nach dem er sich gesehnt hat. Sein Wohnzimmer hat sich verändert, Felix hat es zweigeteilt, ein Podest hineingebaut, da steht eine Couch drauf, es ist der Wohnbereich, die andere Hälfte des Raums dient ihm als Atelier. Er möchte nicht unter Leute, ich soll nicht traurig sein, vielleicht bin ich viel mehr als das. Ollis Referentin feiert eine Party, mein Freund hat für uns zugesagt, er hätte fragen können. Ich höre die Gespräche, ihr Lachen, ihren Eifer, sie hängen sich an die Lippen meines Freundes, er sucht die Nähe zu den Leuten, die er noch für sich gewinnen muss. Kurz vor Mitternacht klettern wir alle aufs Dach, mein Freund nimmt mich in den Arm, alle erfreuen sich an den Explosionen. Ich möchte zu Fish ins Sushi Macchiato, ich habe es ihm versprochen. Ich möchte zu Andreas in die Bar, das ist alles nur Vorspiel. Deniz' Schicht endet um sechs. Ich finde mit Olli durch die Leuchtfeuer, ein Einschlag folgt dem nächsten, Rauch verschleiert uns die Sicht. Vor dem Sushi Macchiato stehen sie Schlange, ich kenne den Weg über den Hof, durch die Hintertür, Olli möchte trotzdem nicht mit rein. Ich versuche, ihn zu überreden, ohne Erfolg, hier kennt ihn niemand, er sehnt sich nach einem Moment der Ruhe. Das ist ein seltsamer Augenblick dafür. Er sehnt sich auch nach mir, möchte mit mir alleine feiern, er möchte einfach nur nach Hause, sich auf seine Zukunft einstimmen, zu der gehöre ich dazu, ganz selbstverständlich. Bleib, sagt er. Er küsst mich flüchtig, bemüht sich, einen Elektroroller zu beleben, sein Handy streikt, ich helfe ihm. Mein Freund rollt in das neue Jahr hinein, blickt sich nicht noch einmal um. Ich bahne mir einen Weg zur Theke, Fish kann nicht glauben, dass ich gekommen bin. Wir umarmen uns, was möchtest du?, fragt Fish, ein frohes neues Jahr, er grinst und küsst mich. Auf einem Hocker sitzt ein Junge, schön und traurig, er sitzt da nur mit seinem Handy. Ich erkenne ihn gleich wieder, obwohl ich ihn seit Jahren nicht gesehen habe. Puma, damals war er sechs, jetzt ist er sechzehn. Fish möchte, dass Puma sich an mich erinnert, sein Sohn kann mich kaum sehen, seine braunen Locken fallen über die Stirn in seine Augen. Hallo, sagt der kleine Junge und wird erwachsen. Puma hasst es, hier sein zu müssen, er bemüht sich nicht, es zu verbergen. Es ist nur für ein paar Tage, sagt Fish, für Puma sind es viel zu viele. Es ist Silvester, Puma ist in dieser Stadt, ohne seine Freunde, er kennt seinen Vater kaum, Fish lässt ihn nicht alleine losziehen, Puma möchte um sich schlagen, es gibt hier viel zu wenig Platz für ihn. Andreas meldet sich, möchte wissen, wo ich bleibe. Ich verabschiede mich von Fish, der sich bedankt, weil ich Wort gehalten habe und vorbeigekommen bin. Ich verabschiede mich auch von Puma. Nimm mich mit, fleht er mich an und bringt mich zum Lachen. Heute nicht, Puma, es tut mir leid. In der Bar tanzen sie längst, Andreas steht mit Stellan hinterm Tresen, Awa tanzt zusammen mit den Gästen. Arjen ist nicht da. Der Bär erdrückt mich, es war nie die Rede davon, Arjen mitzubringen, behauptet er. Er hält ihn von mir fern. Der Bär lacht. Vielleicht hält er ihn von allem fern, das hier ist. Man kann auch gehen, ohne alles hinter sich zu lassen, vielleicht sieht mein Bär das anders, vielleicht geht er ja wirklich. Was ist, mein Engel? Alles löst sich auf. Ohne mich hätten Andreas und Arjen sich nie wiedergesehen, glaubt der Bär. Falls es so etwas wie ein zweites Glück gibt, seins verdankt er mir. Als wenn ich das nicht wüsste. Was ist mit mir? Wir trinken einen Shot, ich trinke zwei mit Stellan, einen mit Awa, dann wieder einen mit Andreas. Wir haben Strom bis übermorgen, ich zähle die Minuten.

Baba hat vergessen, aufzustehen. Ist in seinem Aufstehsessel eingeschlafen. Ich ziehe vorsichtig die Tür zu. Vanessa wartet draußen. Gehen wir nicht hoch, fragt sie. Geht nicht, wegen Baba. Ich ziehe sie in den Hof. Die Sperlinge verstummen. Sie will mich in sich haben, jetzt sofort. Ich schalte mein Gehirn aus, sie ihres auch. Ich höre sie noch, höre den Hall. Sie greift nach einer Hand von mir, drückt sie auf ihren Mund. Ich drücke fester, wir kommen uns immer näher, viel zu nah, dann kommen wir beide. Wir können uns trotzdem nicht voneinander lösen. Vier Jahreszeiten, sagt sie. Nein. Du musst nach Hause, sage ich. Sie versteht mich nicht. Zu deinem Freund. Der Himmel verfärbt sich. Ist kein Feuerwerk, nur ein neuer Morgen. Nichts ändert sich.

Olli liegt in meinem Bett, ich lege mich in seins, meine Flügel sind gebrochen, ich schlafe trotzdem ein, wache wieder auf, höre meinen Freund, der in der Küche rumort, in einer Pyjamahose presst er Orangen aus, gleich wird er fragen, wie es war. Noch haben wir Neujahr, erst morgen dreht die Welt sich weiter.

5

Es schneit, sagt Baba. Wir haben Ende Januar. Baba hockt in seinem Aufstehsessel, guckt aus dem Fenster in seinem Zimmer, da steht der Sessel jetzt. Der Himmel ist grau, hat gelbe Löcher. Es stürmt. Plastikplanen wirbeln durch die Luft, bleiben in den kahlen Ästen der Bäume hängen. Wir haben zwölf Grad über null. Warum steht der Sessel denn jetzt hier?, fragt Baba. Ist besser so. Der Fernseher steht ja auch bei dir. Ich will nicht fernsehen, flüstert er. Ich verstehe ihn kaum. Die Schlafattacken werden schlimmer. Wenn er aufwacht, weiß er nicht, dass er geschlafen hat, hat keine Ahnung, wo er ist. Er schwitzt wieder. Ich wechsele das Laken und die Bettwäsche. Dann ziehe ich Baba um, schon zum zweiten Mal heute. Es geht schwer, Baba kriegt die Arme nicht hoch. Die Muskeln wollen nicht. Er soll aufstehen, damit ich ihm die Hose hochziehen kann. Ich hab keine Schuhe an, sagt er. Ich stelle sie vor ihn hin. Er weiß nicht, wie er sie anziehen soll, wenn er steht. Dann setz dich wieder hin, Baba. Geht nicht, meint er. Ich frage, ob er seine Frühstückspillen genommen hat. Er weiß es nicht. Ich gehe nachgucken, das Morgenfach ist voll. Ich bringe ihm die Tabletten und ein Glas Wasser. Er hat die Schuhe immer noch nicht an. Ich kann nicht warten, bis er wieder funktioniert. Ich muss los, Baba. Gehste Schnee schippen?, fragt er. Es schneit nicht, Baba. Was erzählste denn da, Junge? Ich seh doch, wie's schneit. Mach's gut, Baba.

Jovanna lutscht Bonbons. Ich will mir in der Bergmann einen Kaffee holen. Sie stehen überall Schlange, so viel Zeit habe ich nicht. Ein Wagen muss in die Fürbringer. Jovanna meldet, dass wir fahren. Eine Frau Haidar hat den Notruf verständigt. Sie steht draußen vor dem Haus. Sie ist vielleicht Mitte zwanzig. Ihr linkes Auge ist zugeschwollen, die Lippen sind aufgeplatzt. Ihr Bruder hat sie angegriffen. Jovanna will den Notarzt rufen, Frau Haidar fleht uns an, es nicht zu tun. Sie fängt an zu weinen. Sie war zusammen mit ihrer

Schwägerin Lial unterwegs. Sie haben die Zeit vergessen. Als sie zu Lial nach Hause kamen, war Lials Mann schon da, Frau Haidars Bruder. Er war mit Freunden in der Wohnung, ein Cousin war auch dabei. Er will nicht, dass seine Frau mit seiner Schwester rausgeht. Hat seiner Schwester die Schuld gegeben. Hat auf sie eingeschlagen. Frau Haidar kann nicht weiterreden. Sie weint. Jovanna fängt an zu zittern. Ich habe es aus der Wohnung rausgeschafft, sagt Frau Haidar. Aber Lial, ihre Schwägerin, ist noch oben, mit ihrem Mann, Frau Haidars Bruder. Frau Haidar hat Angst um sie. Ich frage, wie viele Leute noch oben sind. Ihre Schwägerin, sagt sie, ihr Bruder, der Cousin und die beiden anderen Männer. Ich will auf Verstärkung warten. Jovanna will, dass ich mir Frau Haidars Gesicht angucke. Was glaubst du, was der mit seiner Frau macht?, fragt Jovanna. Frau Coric weigert sich zu warten. Frau Haidar hält mich am Arm. Sie glaubt ihr Bruder hat Tilidin genommen, das macht er öfter. Auf Tilidin hast du kein Schmerzempfinden, kennst keine Furcht. Mir bleibt keine Wahl. Jovanna ist schon im Treppenhaus. Ich gebe es über Funk durch, vier Männer, wahrscheinlich gewalttätig, mindestens einer unter Drogeneinfluss. Jovanna hämmert gegen die Tür, ist außer Atem. Frau Haidar hat einen Schlüssel, sie verschafft uns Einlass. Jovanna zögert. Sie kann mir nicht in die Augen sehen und erstarrt. War klar. Ich gehe trotzdem rein, rufe nach Lial. In einem Raum sitzen drei Männer, rauchen Shisha. Sie rühren sich nicht, als sie mich sehen. Der Ehemann taucht auf, Frau Haidars Bruder. Fährt sich schon hoch, brüllt los. Raus aus meiner Wohnung!, brüllt er. Beleidigt mich. Droht mir. Denkt, ich bin allein. Noch hält er Abstand. Jovanna ruft vom Treppenhaus nach Lial. Die taucht hinter ihrem Mann auf. Ihr Gesicht ist übel zugerichtet. Es ist nichts passiert, sagt sie. Ihr Mann grinst mich an. Dann grins doch. Solange du noch kannst. Ich bewege die Wände, siehst du das? Ich schließe den Raum um dich und mich, da ist kein anderer mehr drin. Niemand sieht uns, keine Ausflucht, nur du und ich, also grins, guck mich an. Los, guck mich an! Was siehst du, Arschloch? Du bist blind, für dich gibt es keinen Himmel, keine Hölle, nur den Glauben, du weißt nur nicht, woran du glauben sollst. Für dich gibt es hier nur noch mich, nur für diesen einen Moment, also halt ihn fest. Nicht mal das schaffst du. Du bist schwach, bewegst dich durch Watte, denkst, du schluckst ein bisschen Tilidin, schon bist du der Größte, hast keine Angst mehr. Ohne Angst schlägst du auf deine Frau ein, spürst keinen Schmerz, aber was ist mit mir? Warum verletzt du mich nicht? Verletz mich, Arschloch. Du guckst mich an und weißt nicht, wer ich bin. Du denkst, Angst kennst du nicht, Schmerz fühlst du keinen, also muss es etwas anderes sein, das dich vor mir zurückhält. Pass auf dich auf, Arschloch. Ich öffne den Raum wieder, schiebe die Wände zur Seite, du hast deine Chance versäumt. War deine letzte, du wirst dein Leben lang dran denken, an mich, weil du dich nicht getraut hast, feige warst. Du hast verloren. Die Shisha-Jungs sind aufgestanden. Sind unentschieden. Halten schließlich ihren eigenen Mann zurück, das bist du, Haidar. Ich bitte Lial, zu mir zu kommen. Sie weint. Sie zögert. Bitte, sage ich und verspreche, weder ihr noch ihrem Mann passiert etwas. Ich will nur, dass sie mit mir mitkommt. Sie drückt sich an der Wand entlang, erreicht die Tür. Jovanna und Frau Haidar nehmen sie in Empfang. Ihr Mann brüllt rum, ballt die Fäuste, seine Arme hängen schlaff herunter. Ich schließe die Tür. Als wir unten sind, rückt endlich die Verstärkung an. Wir haben zu wenig Leute, entschuldigen sie sich. Frau Haidar umarmt Lial, möchte sie mitnehmen. Jovanna will, dass sie zu einem Arzt gehen. Lial will zurück zu ihrem Mann. Sie weigert sich, Anzeige zu erstatten. Jovanna versucht, sie zu überreden, ohne Erfolg. Wenigstens erlaubt sie uns, sie erst mal zu Frau Haidar nach Hause zu fahren. Mehr können wir nicht tun. Wie läuft's mit der Angst?, frage ich Jovanna.

6

Felix lässt mich rein, obwohl ich störe. Mein Bruder lag auf seiner Akupunkturmatte, die Nadeln haben ein Lochmuster auf seinem geröteten Rücken hinterlassen. Er zieht ein T-Shirt über, ich soll die Augen schließen. Felix führt mich in sein Atelier, ich darf die Augen wieder öffnen. Wir stehen vor einem Bild, ich sehe es mir an. Felix war draußen im Wald, hat mit einer Pumpgun auf Sprühdosen geschossen. Die standen vor einer Holzfaser-Platte, die Schrotkugeln sind auf die Dosen getroffen, die sind explodiert, auf der Platte sieht man die Einschläge zersprengter Farbe. Struktur und Chaos nennt mein Bruder das Bild, weil er im Chaos lebt. Der Akt des Schießens steht für Aggression, sie bleibt ein Teil von ihm, er lernt sie mehr und mehr zu kontrollieren. Die Farben explodieren, sie bilden die Struktur. Sieht aus wie eine Galaxie. Ja, strahlt mein Bruder. Er zeigt mir ein zweites Bild, hält es vor sich. Mein Bruder hat auf ein altes Blech geschossen, dann hat er das Blech beleuchtet, es fotografiert, das Foto auf ein Alu-Board gezogen. Es sieht aus, als hätte er sich selbst geröntgt. Ich frage nach der Pumpgun. Ist noch ein Erbe von der Bundeswehr, ein Abschiedsgeschenk. Du hättest nicht zu kommen brauchen, sagt Felix. Er küsst mich, will duschen, dann muss er lernen, die erste Prüfung für die Trainer-Lizenz steht an. Mein großer Bruder lässt mich stehen, verschwindet in seinem Badezimmer. Ich weiß nicht, was ich tun soll, bisher wusste ich es immer. Ich fahre, ich liefere, ich bediene an der Bar. Die Vögel singen nur noch nachts, tagsüber lärmt die Stadt zu sehr, sie können sich nicht mehr hören. Ich höre Olli zu, jeden Abend muss er mir von seinem Tag erzählen, weil ich die Einzige bin, mit der er ehrlich reden kann. Ohne mich kann er nicht schlafen, nicht den nächsten Tag in Angriff nehmen. Ich brauche dich, sagt Olli, ich schaffe es nicht ohne dich. Als hätte er es irgendwo gelesen. Ich rufe Deniz an, er textet mir, dann ruft er an, und ich texte zurück.

7

Baba friert. Er schwitzt, ist klitschnass. Ich ziehe ihn um, und er friert. Haben wir nicht Sommer?, fragt er. Nein, Baba. Wir sitzen am Abendbrottisch. Er starrt auf den Boden, bückt sich, wischt über den Teppich. Da läuft was, sagt er. Was, Baba? Da läuft 'n Würfel Käse rum, meint er. Da ist nichts, siehst du doch. Warum läuft der Käse dann da rum?, fragt er. Baba, bitte. Ob es kein Bier gibt. Bitte, Baba, du musst was essen. Was soll ich essen, wenn das ganze Essen auf dem Boden rumläuft?, will er wissen.

Mein Freund ist glücklich, er darf an einer Konferenz in Bonn teilnehmen, die Drogenbeauftragte der Bundesregierung hat ihn persönlich eingeladen, jetzt ist er stolz auf sich. Ohne meine Unterstützung hätte er es nicht geschafft, sagt er. Ich freue mich für ihn. Olli fährt für vier Tage weg, er ist schon aufgeregt. Der Frühling naht. Vier Jahreszeiten. Auf keinen Fall, sagt Deniz. Ich weiß nicht, wo wir sonst hin sollen. Wir können zu mir, das möchte Deniz nicht, darüber bin ich froh. Ihr müsst hier raus, sagt Katrin, sie ist ein Engel, will sich um Markus kümmern. Ich weiß, was Deniz denkt, er schweigt uns an, mich und Katrin, er schließt die Augen, er braucht die Pause, alle wissen es. Wir fahren ziellos, ich habe uns einen Wagen gemietet, niemand soll Deniz mit meinem Apotheken-Service in Verbindung bringen. Deniz bremst mit, er ist es gewohnt, selbst zu fahren. Er fragt nach meinem Lieferwagen, der ist in der Werkstatt, ich brauche nicht zu lügen. Sie tauschen die Reifen wieder aus, der Winter ist vorbei, er hat nie stattgefunden. Wir hören Musik, Deniz lässt ein Fenster herunter, hält lässig seinen Arm raus. Ich schenke ihm eine Sonnenbrille, Deniz grinst. Könnte mir gefallen, in dich verliebt zu sein, sagt er.

Dass es mir gefallen könnte, in sie verliebt zu sein, sage ich. Sie sieht mich an und drückt aufs Gas. Vielleicht probierst du es aus, sagt sie. Ja, vielleicht. Ist längst zu spät, ist längst passiert.

Deniz lächelt. Sobald er lächelt, bin ich verloren.

Sieh auf die Straße, sage ich. Vor uns fahren zwei Kollegen. Wir haben die Grenze überschritten, sind längst in Brandenburg. Scheint, die Kollegen fahren hier anders. Richtgeschwindigkeit ist siebzig, sie fahren vierzig. Die Straße ist frei. Vanessa will überholen, die Kollegen beschleunigen, ziehen nach links, ich bremse mit. Kann sein, sie langweilen sich. Was ist los mit den Bullen! Vanessa. Nichts passiert, sage ich. Sie soll sich entspannen. Fahr, sage ich. Sie ist entspannt, meint sie. Ja klar. Die Kollegen winken uns vorbei. Vanessa traut ihnen nicht, überholt sie trotzdem. Ich gebe den Kollegen ein Zeichen, bedanke mich. Sie grüßen zurück, lachen.

Platanen säumen die Allee, auf der wir fahren, immer geradeaus, sie nimmt kein Ende, trägt uns von Welle zu Welle. Rechts und links leuchten Rapsfelder gelb, sie blühen zu früh. Deniz soll ein Haus für uns finden, eine Wohnung tut es auch, findet er, ich möchte ein Haus. Deniz fehlt eine passende App, ich gebe ihm mein Handy, und jetzt?, fragt er und lacht. Er macht nur Spaß. Ich höre sein Lachen, immer noch, zum allerersten Mal, jedes Mal. Deniz präsentiert mir einen Bungalow, der ihm gefällt. Er findet ihn zu teuer, wir nehmen ihn trotzdem. Wir suchen nach einem Supermarkt. Vor einer Kirche sitzt ein grauhaariger Mann mit Spazierstock. In meinem Gesicht beginnt es zu kribbeln, ich weiß nicht warum, mein Herz flattert. Als würde mich etwas mit ihm verbinden, das ich nicht greifen kann. Er knackt Sonnenblumenkerne auf, seine Füße sind schon mit den Schalen bedeckt. Merhaba nasılsın, ruft Deniz ihm zu.

Ich frage den beyefendi, wie es ihm geht, neler yapıyorsun? Er zuckt nur mit den Schultern, savrulup gidiyoruz, es ist ein Tag wie jeder andere, sagt er. Knackt einen Kern auf, die Schale fällt auf seine Füße. Burada süpermarket var mı, ob er mir sagen kann, wo wir einen Supermarkt finden. Er lacht. Buradan gelmediğinizi hemen gördüm, das hat er sich gleich gedacht, dass wir nicht von hier sind. Einen Supermarkt gibt es im Ort nicht. Da müssen wir viel weiter. In der nächsten Stadt gibt es einen, das sind noch zwanzig Kilometer. Ich bedanke mich. Vanessa winkt ihm zum Abschied zu, er schüttelt seinen Kopf, sieht mich an, als würde er mich kennen. Mein Herz flattert, keine Ahnung, warum. Als würde uns etwas verbinden, keine Ahnung, was. Zwanzig Kilometer weiter halten wir auf einem großen Parkplatz von Edeka. Wir decken uns mit Lebensmitteln und Getränken ein.

Die Vögel sind zurückgekehrt, fliegen über uns hinweg. Flieg hinterher, meint Deniz und gibt die Adresse unserer Unterkunft erneut ins Navi ein. Auf dem Display erscheint zum zweiten Mal nur eine grüne Fläche ohne Straßen. Das Navi möchte, dass ich abbiege, es wiederholt sich, die Stimme wird nervös, gleich wird sie ihre Fassung verlieren, trotzdem erreichen wir unser Ziel, ein altes Gutshaus. Der Gastgeber hat es schon vor Jahren entkernt und seinen Bedürfnissen angepasst. Er ist selbst nur ein Zugezogener, er mag es, wenn er nicht viel reden muss. Er ist aufrichtig freundlich, zwei Hunde toben um ihn herum, springen an Deniz hoch, wollen mit ihm spielen. Sie führen uns zu unserem Bungalow, der liegt zweihundert Meter entfernt vom Gutshaus an einem See, ist außer Sichtweite. Der Bungalow steht da ganz allein, umringt von einem wilden Garten mit Apfelbäumen, ringsum Felder und Wälder, das Schilf im See. Unser Gastgeber meint, wir sollen später staunen, er möchte uns das Haus zeigen. Wir sollen die Schuhe ausziehen, die Hunde warten auf der Veranda. Er stellt eine Flasche Rotwein auf den Küchentresen, zur Begrüßung, dann führt er uns herum. Auf dem Boden aus Beton liegen bunte Teppiche, es gibt nur einen einzigen Raum, hundert Quadratmeter Küche, Wohnen, Essen, Schlafen, die Front zum See ist komplett verglast, vom Boden bis zur Decke, nur das Bad und die Toilette verstecken sich hinter Türen. Wir haben seine Nummer, falls etwas ist. Es scheint, die Hunde wollen sich nicht von Deniz trennen. Ein scharfer Pfiff ihres Herrchens, schon laufen sie ihm hinterher. Zieh mich aus, sagt Deniz.

Sie zieht mich aus, dann ziehe ich sie aus. Wir liegen nebeneinander, berühren uns nicht.

Ich mag es, wenn Deniz, mich nur ansieht, trotzdem werde ich ungeduldig. Willst du keinen Sex haben? Nein, lieber nicht, sagt Deniz. Wir können auch Liebe machen, schlage ich vor, ich kann nicht länger auf ihn warten.

Wir machen Liebe. Keine Ahnung, ob ich das wirklich will. Gibt aber kein Zurück mehr.

Die Vögel sehen uns zu, oder die Hunde, es gibt trotzdem kein Zurück mehr. Danach spüre ich Deniz' Atem nach, ich höre ihn nicht mehr, will mich vergewissern, dass er noch lebt, aber Deniz sucht nach seinem Handy.

Ich will gucken, ob was mit Baba ist. Vanessa besteht darauf, dass ich das Handy ausschalte. Katrin kümmert sich, ich weiß. Tut mir leid, bin es nicht gewohnt. Vanessa küsst mich, streift an mir vorbei, streicht mit einer Hand über meinen Bauch. Sie zieht mein T-Shirt an. Öffnet die Flasche Rotwein unseres Gastgebers. Ich koche, sagt sie. Ich wusste nicht, dass sie das kann. Sie will nicht, dass ich helfe. Ich soll nur zusehen. Ich fläze mich in einen Sessel, trinke Rotwein, sehe ihr zu. Sie fragt, was mir mein Job bedeutet. Er erfüllt mich.

Wenn er keinen Sinn mehr machen würde, würde ich aufhören. Sie will wissen, worin für mich der Sinn liegt. Niemand traut uns. Freund und Helfer glaubt uns niemand mehr. Das kenne ich längst. Wir werden nur noch durchbeleidigt. Trotzdem, sage ich. Manchmal haben wir Erfolg. Wir stellen geklaute Handys sicher, retten Katzen und Vögel, verhaften Kinder, die Bonbons klauen, so was. Sie lacht. Sie findet mich heldenhaft. Hat keine Ahnung. Das ist kein Witz. Vielleicht ist das hier gleich vorbei. Sie fragt mich, ob ich Angst habe. Vielleicht kapiert sie es ja doch. Ich habe Angst, sobald ich mich in den Wagen setze. Dann macht es Klick, alles stellt dann eine Bedrohung dar. Ist egal, ob ich allein bin. Ich kann nicht warten, bis mir jemand hilft. Ich bin der, der hilft. Das ist mein Job. Dafür hab ich mich entschieden. Ich kann mit niemandem zusammen sein, der meinen Job nicht respektiert. Sie respektiert ihn, sagt sie. Niemand, der mit mir befreundet sein will, nennt mich Bulle.

Alle Materie um uns herum verschwindet. Vielleicht bin auch ich verschwunden, und nur er bleibt. Vielleicht ist er längst weg, und ich bleibe hier alleine zurück. Ich muss ihm sagen, wer ich bin. Ich darf ihn nicht gehen lassen. Es tut mir leid, höre ich mich sagen, ich schäme mich. Er will nicht, dass ich mich schäme, ich muss es kapieren. Ich habe es kapiert, er muss mir glauben, ich glaube mir selbst, wie ehrlich kann ich noch sein. Den Rest behalte ich für mich, es ist ihm nicht wichtig, was einer macht, das hat er gesagt, er hat es so gemeint, Deniz kann nicht lügen. Ich lüge nicht, ich schweige nur. Nichts, das ihm nicht wichtig ist, bedeutet mir noch etwas.

Ich will wissen, wie sie das Gericht nennt. Essen, sagt sie. Ich bin nicht sicher, ob man es essen kann. Sie lacht. Ich soll probieren. Es schmeckt erstaunlich gut. Ist selten etwas so, wie es scheint, sagt sie. Ja klar. Seit wann sammelst du Kalendersprüche? Sie lacht, steckt mich an. Wir trinken mehr von dem Wein, gehen raus. Nehmen

Decken mit zum Steg, lauschen dem Abendkonzert. Der Himmel spiegelt sich im See. Oder der See im Himmel. Frösche singen, Singzikaden begleiten sie. Am gegenüberliegenden Ufer beginnen Lichter zu tanzen. Der Wind lässt eine Fahne flattern. Die Winde schlägt gegen den Mast, ist das Taktell. Wir vögeln auf dem Steg. Du erschreckst die Frösche, meint Vanessa. Wir nehmen die Decken und gehen zurück zum Haus. Auf der überdachten Veranda steht eine Hollywoodschaukel. Wir zögern kurz, landen trotzdem im Bett, lassen alle Lichter aus. Der Mond schwebt direkt über dem See. Wir könnten mit dem Boot rausfahren, ihn berühren. Ein Hund fängt an zu bellen. Ein zweiter stimmt ein, dann noch einer. Ist ein Lauffeuer, das Gekläff geht um den ganzen See herum.

Ich wache auf, Deniz ist da, es riecht nach Kaffee. Alles blüht, Pollen wirbeln durch die Luft, im See treibt ein toter Schwan, er kam nicht einmal dazu, sein letztes Lied zu singen. Wir erkunden die Landschaft, stapfen über ein Kartoffelfeld, es erstreckt sich über einen Hügel, nimmt den nächsten ein, dehnt sich immer weiter aus. Wir verirren uns auf dieser kahlen Fläche, die von einem Horizont zum nächsten reicht. Soll ich dich tragen?, flachst Deniz. Ich trage ihn, Deniz lacht. Vielleicht ist es nur ein Acker ohne Aussaat, die Erde hat sich nie erholt, wovon auch immer. Wir ziehen weiter, streifen durch ein Weizenfeld, stoßen auf eine Frühlingswiese, die überlebt hat, durchschwimmen ein Meer blauer Korn-, gelber Sumpfdotterblumen, roten Mohns, die Gräser reichen uns bis an die Hüften. Sieh mal, sagt Deniz. Wir entdecken einen Stein, auf dem ein Name steht, wir haben keine Richtung, stoßen auf einen zweiten Stein, er ist viel älter, wieder steht ein Name darauf, davor ein Stern, dahinter ein Kreuz. Ein dritter Stein ist schwarz, geschliffen, wurde gerade erst poliert, Jahreszahlen sind eingraviert, die Gräser umwogen uns, ein Stein folgt dem anderen, sie werden immer jünger, es gibt trotzdem keine Ordnung, jeder besitzt eine eigene Form. Wir lesen die Namen, versuchen, sie in Erinnerung zu behalten, die Geburtstage, ihre Todestage, vielleicht sind sie im Kampf gefallen, alle kämpfen sich durchs Leben. Es ist ein schöner Ort, findet Deniz. Niemand weiß, wer zuerst hier war, die Gräser, die Blumen, die Steine, oder die, deren Namen sie tragen. Die Sonne treibt uns vor sich her, wir gelangen an einen Waldrand, da ist kein Weg. Umgestürzte Buchen liegen im Schatten ihrer Verwandten, Moos überzieht die Stämme, im Unterholz regt sich verschrecktes Leben. Wir stören, schleichen behutsam vorwärts. Gelangen auf einen Pfad, der führt auf eine Schotterstraße, sie wurde seit Jahren nicht befahren, führt ins Nirgendwo, da endet sie. Der Wald wächst über rote Backsteingebäude hinaus. Ein Zaun wurde umgewalzt, im Gemäuer klaffen Löcher. Stacheldraht und Betreten-verboten-Schilder rosten im Laub, ein eisernes Tor steht einsam zwischen Pfeilern aus Beton. Lebensgefahr, kann man gerade noch darauf entziffern, die Schrift ist längst verblasst. Wir gehen um das Tor herum, Deniz rechts, ich links herum, auf der anderen Seite finden wir uns wieder. Das war mal eine Munitionsfabrik, die haben vielleicht auch Waffen hergestellt, sagt Deniz. Vögel fliegen auf, die Luft erzittert, wir sehen weder Tauben, Nebelkrähen noch Sperlinge. Die Vögel, die hier leben, kennen wir nicht. Zwischen vier Mauern haftet noch Beton am Boden, in ihn verschraubt sind Tische aus Metall mit Stühlen davor, das lackierte Holz der Tisch- und Sitzflächen ist längst vermodert. Reihe in Reihe stehen sie, als blickten sie in Richtung einer Tafel, als wären wir wieder in der Schule. Sonnenstrahlen bahnen sich einen Weg zwischen Bäumen und Ruinen hindurch, sie bündeln sich, wir erreichen eine Lichtung inmitten einer Halle ohne Dach. Deniz trägt den Rucksack, wir breiten eine Decke aus, haben Bier, Brot und Käse. Vielleicht haben sie etwas zurückgelassen, bevor sie abgezogen sind, Blindgänger, Minen, um nicht in Vergessenheit zu geraten. Wer auf sie stößt, begreift sofort, sicher ist es nirgends. Für uns ist es zu spät, wir sind schon hier. Erzähl mir von ihm, sagt Deniz, erzähl mir von deinem großen Bruder. Kann sein, ich finde dann zu keinem Ende. Ich habe Taschenlampen mit, sagt Deniz. Er lässt mir keine Wahl, jetzt bin ich es, die Geschichten erzählt, eigentlich gehören sie Felix. Bei uns zu Hause waren nur Mama, er und ich. Felix wollte herausfinden, was es bedeutet, ein Mann zu sein, es war ganz einfach. Ein Mann muss kämpfen können, dachte er, ein Mann muss schießen können, und er braucht Muskeln. Also fing mein großer Bruder mit dem Training an. Kickboxen, Boxen, Krafttraining, er übertrieb es, verletzte sich häufig, nichts hielt ihn auf. Felix definierte sich nur über Leistung, suchte nach Bestätigung. Als kleiner Junge nahm sein Fußballtrainer Felix in den Arm, wenn er ihn lobte. Das war Felix wichtig, es hat ihn berührt. Vielleicht war's Schwäche, vielleicht war's mein Ersatz für Liebe, dachte mein Bruder. Mama verlor schnell die Geduld mit ihm, drohte, du kommst ins Heim, so etwas. Sie war ständig auf Arbeit, war überfordert, ich bin kein Wunschkind, dachte Felix immer. Später war ihm sein Kickboxtrainer so etwas wie ein Vater, zumindest glaubte Felix das. Es machte seinen Trainer glücklich, wenn Felix gewann, deshalb gab es für meinen Bruder kein Verlieren, Verlieren kam für ihn nicht mehr in Frage. Vor seinem ersten Finale blockierte er jeden Morgen das Bad, stand ewig unter der eiskalten Dusche. Er stellte sich den Kampf vor und pushte sich, rechte Gerade, linker Haken, High-Kick an die Schläfe. Felix stieg in den Ring, nach zehn Sekunden war der Kampf vorüber und mein großer Bruder deutscher Meister. Sein Trainer umarmte Felix, war glücklich, nur das zählte für Felix, er konnte etwas fühlen, das gut war. Aber er wusste, es gab auch seine andere Seite, die war hochaggressiv, für die interessierten sie sich bei der Bundeswehr. Sie glaubten an sein Potenzial, auf einen wie Felix warten sie da sehnsüchtig. Sie machten ihn kaputt, um ihn dann wieder aufzubauen, um Felix nach ihren Vorstellungen zu formen. Es dauerte nicht lange, sie waren gut darin. Felix war gelehrig, wurde Fallschirmjäger, gehörte zur Elite, sie lehrten ihn, ohne Waffen zu töten. Wenn er mit der Handkante auf den Hals eines Gegners schlägt, muss er den Schlag exakt dosieren können. Die Gefäßmuskulatur zieht sich zusammen, das Gehirn des Gegners kollabiert, er verliert sein Bewusstsein. Aber sobald er beim Schlag nur etwas mehr an Kraft aufwendet, reißen die Gefäßwände, und sein Gegner stirbt. Auch bei einem Schlag auf den Kehlkopf ist es unbedingt notwendig, exakt zu treffen. Du willst, dass der Feind zusammensackt, du willst ihn nicht töten, du tötest nur, wenn du es musst. Manchmal musste Felix das, im Einsatz. Sie mussten leistungsfähig bleiben, im Einsatz. Sie schluckten Spirodent, das täuscht eine Eiweißsynthese in den Muskeln vor, erweitert die Bronchien. Sie wurden leistungsstärker, verbesserten ihre Ausdauer, nahmen Amphetamine, jeder wusste es, niemand sprach darüber. In seiner Beurteilung stand Jahr für Jahr, nach jedem Einsatz, Felix Paschke verfügt über einen unabdingbaren Leistungswillen, über große mentale Härte, was auch sonst. Dafür hatten sie ihn ausgebildet. Wer weiß, wenn alle dich so sehen, siehst du dich vielleicht irgendwann genauso. Felix hat es trotzdem nicht mehr ausgehalten, er ging nach Tegel, aber das weißt du ja. Wenn ein Sondereinsatzkommando hochgradig Aggressive in die JVA verbrachte, hieß es immer, Felix gibt denen erst mal eine mit. Es war ein Ritual, die Kollegen waren nicht wie Felix. Die sind anders ausgebildet, spritzen sich Testosteron, um sich stark zu fühlen. Fast alle schlucken Antidepressiva, Amphetamine, sie haben keine Wahl, sind unterbesetzt, arbeiten im Dreischichtsystem, vierzehn Tage am Stück, manchmal länger, kommt dir das bekannt vor, Deniz? Wie hältst du das aus? Ich denke an dich, sagt Deniz. Ich meine es ernst, wie hältst du diesem Druck stand? Habe ich doch gesagt, sagt er, hat was mit dir zu tun. Ich bin nur ehrlich, sagt er. Das bin ich nicht. Nicht immer. Er denkt immer an den Tod, weißt du. Felix. Er kämpft um sein Leben, die ganze Zeit. Ich kann nichts tun, das macht mich verrückt. Die Schatten werden länger. Ich bin froh, dass du es mir erzählt hast, sagt Deniz. Wir brechen auf, entdecken einen hydraulischen

Betonmischer, Säcke mit Zement, Stahlrohre. Das ist erst der Anfang, meint Deniz, sie bauen die Munitionsfabrik neu auf. Wir weichen den Landminen aus, zeichnen eine Karte für die, die folgen werden. Der Wald schließt seinen Vorhang, in Deniz' Taschenlampen fehlen Batterien. Wir tasten uns vor, werden umringt von Sonnenblumen, sie wachsen über unsere Köpfe, die Sonne hat den Himmel schon verlassen. Wir kreuzen einen Weg, der uns bekannt vorkommt, hören Frösche, Singzikaden, Hunde, ihr Chor leitet uns ins Haus zurück. Wir duschen, kleben aneinander, das Wasser wird allmählich kälter, Deniz stört es nicht. Ich verhungere, zum Kochen ist es zu spät. Wir tauen Tiefkühlpizza auf, die muss ein anderer Gast vergessen haben.

Ich wasche ab, ziehe mich wieder aus. Gehe raus, lege mich auf den Rücken ins Gras.

Deniz ist draußen, liegt nackt auf der Wiese. Ich ziehe mich aus, lege mich neben ihn.

Was machst du?, fragt sie.

Ich suche den Südstern, sagt er.

Der ist am Südpol des Himmels, behauptet sie.

Über uns, das ist der Nordpol.

Ich drehe mich in die andere Richtung.

Ich drehe mich mit ihm.

Und jetzt?

Sind immer noch dieselben Sterne über uns.

Wir drehen uns immer weiter.

Sieht nicht so aus, als könnten wir uns wieder auseinanderdividieren.

Vielleicht wär's besser, wir gehen wieder rein.

Ja.

Vanessa findet ein Kartenspiel. Ob ich Finger-Kloppe kenne. Wer zuerst viermal das gleiche Bild hat, gewinnt. Der Verlierer sagt eine Karte an, die wird vom ganzen Stapel von oben oder unten abgezählt. Pik-Acht, sage ich, von oben. Es ist die dreizehnte Karte. Ich bekomme dreizehn Schläge mit dem Stapel der übrigen Karten. Auf die Fingerknöchel oder die Fingerkuppen, ich darf wählen. Vanessa lacht. Weil ich schon beim fünften Schlag zusammenzucke. Sie kennt keine Gnade. Die nächste Runde gewinnt sie wieder. Diesmal kloppt sie nur achtmal auf mich ein. Ich küsse sie, um mich zu trösten. Wir vögeln auf dem Teppich, könnte auch ein Fell sein. Ein Kamin fehlt. Wir kommen auch ohne ihn ganz gut zurecht. Wir schlafen ein, wachen auf. Wir wickeln uns in Decken ein, wollen raus zum Steg. Landen im Bett. Schlafen ein, wachen erst am nächsten Morgen wieder auf. Versuchen, uns zurechtzufinden. Keine Ahnung, wo wir sind. Wir nehmen das Boot, der Leichnam des Schwans ist verschwunden. Wir wollen angeln und haben die Angeln vergessen. Wir geben das Boot verloren, bleiben drin liegen. Vanessa hat Sonnenmilch dabei, interessiert die Mücken aber nicht. Ich packe die Ruder, kann den Mücken trotzdem nicht entkommen. Wir erreichen das Ufer, wildern durch die Gärten, klauen Pflaumen, Aprikosen, Kirschen. Es ist gerade mal Ende April. Wir brauchen eine Pause. Suchen den Schatten der Veranda. Schaukeln auf der Hollywoodschaukel. Vanessa muss ins Badezimmer. Ich gehe zum Schilf am Ufer runter, rufe Katrin an. Baba ist gestürzt, hat sich am Kopf verletzt. Ich soll mir keine Sorgen machen. Ich höre Baba. Er will eine Postkarte von der Riviera, da war er früher mal mit Mama. Vanessa ist zurück, was machst du da unten?, will sie wissen. Ich hab den Schwan gefunden. Wir beerdigen ihn, ich singe ein Lied für ihn. Heute kochst du, sagt Vanessa. Ja, jetzt noch nicht. Wir ziehen uns was an, spazieren durchs Dorf. Wir reden nicht darüber. Über Olli oder das, was wir hier machen. Wir treffen keine Menschenseele. Würdest du so leben wollen?, fragt sie. In einem Haus. In einem Dorf. Das Dorf dreihundert Meter von unserem Haus entfernt. Kommt darauf an, wer noch drin wohnt. Keine Ahnung, worüber wir gerade reden. Vielleicht reden wir ja doch darüber. Vielleicht spielen wir ein Spiel, damit nichts Ernstes daraus wird. Wir treffen einen Mann, er hat ein Gewehr geschultert. Er grüßt uns freundlich, fährt in seinem Jeep davon. Vielleicht geht er auf die Jagd. Vielleicht auch nicht. Er hatte keinen Hund dabei.

Deniz kocht, braucht alles auf, was wir noch haben, den Rest trinken wir. Wir spielen Backgammon, gegen Deniz habe ich keine Chance, ich verliere vier Partien hintereinander. Wir spielen immer weiter, fürchten beide den Morgen, er rückt immer näher. Wir lieben uns, bleiben wach, sitzen vor dem Fenster, blicken in die Nacht, sehen zu, wie sie zurückweicht. Licht breitet sich auf der Leinwand aus, taucht sie in Farben, die uns zum Aufbruch zwingen. Wir packen zusammen, entsorgen unseren Müll, ich werfe den Schlüssel in den Briefkasten unseres Gastgebers. Wir hören Glocken läuten, kein Mensch ist auf der Straße, nur Katzen und Hunde. Niemand wohnt hier, sagt Deniz, niemand weiß, wozu Menschen da sind. Wir folgen dem Weg, den wir gekommen sind, sind eine Weile unterwegs, dann erkennen wir die Kirche wieder. Der Mann mit den grauen Haaren, mit dem Spazierstock sitzt wieder auf der Bank, knackt Sonnenblumenkerne auf, die Schalen reichen ihm nun schon bis zur Brust.

Mir bleibt die Luft weg, ich kann ihn nicht ansehen. Er wohnt da jetzt, meint Deniz, bis zum Ende.

Ja, ich bin schon alt und wohne hier, bis zum Ende, so etwas kann ewig dauern. Der junge Mann hat das erkannt und erkennt mich trotzdem nicht, genauso wenig wie die junge Frau, mit der er zusammen ist. Vanessa und Deniz, darauf würde ich wetten. Meinen Namen habe ich vor langer Zeit vergessen. Was die beiden noch vor sich haben, das habe ich längst hinter mir. Trotzdem hört es nicht auf. Guten Tag, sagt Deniz, iyi günler. Kein Tag sollte schlecht sein, vor allem nicht dein letzter. Wir sind Engel, es ist mir unbegreiflich, warum die beiden das nicht erkennen. Wir sind, wer wir sind, ob sie wollen oder nicht. Egal, wo wir hinkommen, wir sind nicht von dort, war nie anders. Ich dachte, es gibt keine Engel mehr, sie sind ausgestorben; ich dachte, ich wäre der letzte, war wohl ein Irrtum. Vielleicht war ich nie einer, aber du warst einer, so viel steht fest, zumindest für mich, und ich nehme dich überall mit hin, du bist immer dabei, bist die Tage meiner Nächte. Sobald ich dich sah, brach ein Sturm los. So fing das an, jedes Mal. Ein Zug fährt ein, du fliegst auf mich zu, die Treppen herunter, landest direkt vor mir, der erste Augenblick der Zukunft. Uns ist beiden klar, es gibt jetzt kein Zurück mehr. So fängt das an, jedes Mal. Ich lande zuerst, warte auf dich. Ich beziehe eine Wohnung in der sechsten Etage, unten im Erdgeschoss das Al Baraka. Da gibt es Korbsessel aus Plastik, die Frau aus der dritten Etage sitzt auf einem, draußen auf dem Gehweg. Sie raucht und nickt. Ihre Wohnung im dritten ist teurer als meine im sechsten, behauptet sie, kneift die Lippen zusammen und streift ihre Asche ab. Ich fliege hoch in den sechsten, stehe im Bad vorm Spiegel und bemerke zum ersten Mal die Alterswarzen auf meiner Brust und unter den Flügeln. So alt bin ich also schon, alt genug für Alterswarzen. Du rufst an und fragst, kommst du noch raus. Was bleibt mir anderes übrig? Und dann komme ich raus und sehe dich, und es passiert das Gleiche wie immer. Nichts zählt mehr, alles wird leicht, der Sturm wirft mich um, aber dann ist doch etwas anders, weil ich bemerke, selbst du wirst älter. Das kann ich dir ansehen, du wirst immer schöner, je älter du wirst, obwohl du echt alt bist, mittlerweile. Aber so schön wie du ist trotzdem niemand für mich, war es nie, wird es nie werden, Warzen hin oder her, egal, wie viel du trinkst. Wir warten auf die Drinks, die du bestellst, und am Nebentisch fordert irgendwer Gefühle ein, obwohl nicht mal eine brauchbare Musik dazu läuft. Auf die Drinks müssen wir ewig warten, und das ist das Gute an dir, dass ich keine Gefühle einfordern muss, weil die ständig da sind und mich überschwemmen. Und wenn du mich dann umarmst und sagst, du weißt, dass ich dich liebe, das weißt du doch, dann weiß ich, dass du auf jeden Fall betrunken bist, und ich ganz sicher nie von dir verlangen werde, mit dem Trinken aufzuhören, auch wenn es dich umbringt. Zu Hause schmiere ich Zinkpaste auf meine Alterswarzen, damit die austrocknen und ich sie abpulen kann, aber als ich sie abpule, sind sie noch nicht ausgetrocknet, deshalb entzünden sie sich, und du bist bei dir zu Hause und irgendwer fordert Gefühle von dir ein, weil niemand kapiert, dass man nicht darüber reden muss, bloß weil man etwas fühlt. Außerdem bist du ein Engel, und Engel versteht man sowieso nie, weil die eine andere Sprache sprechen. Aber manchmal verstehe ich dich doch, wahrscheinlich, weil ich auch einer bin. Weil wir beide nicht hierhergehören, oder dazu, was auch immer, so etwas verbindet. Nur fliegst du viel höher, bist einfach begabter, vielleicht denkst du auch nur nicht so viel nach wie ich. Du berührst mich und alles wird gut. Was ist?, fragst du. Nichts, ist nur das Herz, das schlägt noch. Sicher? Ja, obwohl, eigentlich weiß ich nie, wie es mir geht. Du siehst mich an und sagst es mir. Was glaubst du, wie lange wir uns kennen?, fragst du, weil ich mich wundere, dass du jedes Mal richtig liegst. Ich kann mich nicht erinnern, so lange kennen wir uns, aus einer Zeit, zu der es noch keine Engel gab, nehme ich an. Die gibt es erst, seitdem es dich gibt. Wer weiß schon, was oder wozu ein Engel ist. Angeblich beschützen sie einen, weil Vater oder Mutter oder sonst wer verhindert sind, weil sie das immer sind, damit kennen Engel sich aus. Bei Engeln lässt sich der Vater auch nie blicken, den hat überhaupt noch nie jemand gesehen, oder die Mutter. Engel kommen zum Schutz, denken wir, aber die meisten von uns haben selbst keine Ahnung, wie das geht, das hat uns niemand gezeigt. Wir sind Engel und wissen auch nicht, was zu tun ist. Du bist ein Engel und hast keine Ahnung, wie das funktioniert. Deshalb scheißt du auch auf Engel, weil es keine gibt, behauptest du, aber du bist alles für mich, ich meine, warum dann nicht ein Engel? Vielleicht sind Engel nicht wirklich, vielleicht erschaffen wir die selbst, damit sie uns in Sicherheit wiegen. Aber dann bist du nicht wirklich, oder du bist nur wirklich, weil ich dich erschaffen habe. Dabei denke ich immer, ich bin nur, weil du bist. Du kannst mich nicht retten, hast du immer gesagt, und ich dachte, du rettest mich. Mach das Licht aus, sagst du, und ich zögere. Wir wissen beide, sobald das Licht ausgeht, stürzt die Stadt ein. Am nächsten Morgen wird es trotzdem hell. Auf dem Dach über unseren Köpfen greifen Möwen Nebelkrähen an. Fleischreste und abgenagte Knochen fallen vom Himmel, die Ernte ist verloren gegangen. Alle müssen sehen, was für sie übrig bleibt. Die Krähen geben auf, ziehen sich zurück und überleben. Es sind die Möwen, sagst du, die Möwen ziehen sich zurück. Wir gehen runter zu Luigi. Luigi ist Barista, sein Laden ungefähr so groß wie unser Fahrstuhl. Luigi stellt Tische und Stühle auf den Bürgersteig, unter seine Markise, die ist blau-weiß gestreift. Alle sitzen unter der Markise, wenn es regnet, nur regnet es fast nie. Die Äthiopier kommen auch zu Luigi, wenn gerade niemand in ihrem Laden etwas kaufen will, also eigentlich fast immer, weil sehr selten jemand etwas bei ihnen kauft. Sie holen sich Kaffee bei Luigi und gehen dann rüber in ihren Laden, um da den Kaffee zu trinken und die Zeit totzuschlagen. Manchmal schlagen sie sich die auch im Al Baraka tot, da kostet es zwar mehr, aber man kann währenddessen Shisha rauchen. Der, der den Äthiopiern den Laden vermietet, ist Perser, er hat da früher Stoffe für Innendekorationen verkauft. Es lagen immer die gleichen Stoffe und Rüschen in der Auslage, siebenhundert Jahre lang. Sein Sohn hat ständig telefoniert im Laden und sich gelangweilt. Jetzt fährt er SUV, kommt nur noch selten vorbei, aber sein Vater schlägt gern die Zeit mit den Äthiopiern tot. Vielleicht sorgt er sich auch nur um die Miete, fragt sich, wie sie die bezahlen wollen, wenn nie jemand etwas bei ihnen kauft. Wir sitzen schweigend unter Luigis Markise. Du erinnerst mich daran, dass es den Vater auch noch gibt. Keine Ahnung, warum du immer von dem Vater anfängst. Du lachst. Ich soll mich um den Vater kümmern, sagst du. Ich rufe zuerst den Heiler an, obwohl du von Heilern nichts hältst. Der Heiler erklärt mir das mit den Fröschen und ihrem Gift. Kambô, sagt er. Er hat so seinen Bruder geheilt, hat mit seinem Bruder das Ritual vollzogen. Ich beende das Gespräch mit dem Heiler und rufe den Vater an, erzähle ihm von den Fröschen und dem Kambô, aber er will davon nichts hören. Ich soll mit dem Schwachsinn aufhören. Warum ich immer so einen Schwachsinn rede, will er wissen. Ich lege auf und frage mich, warum ich überhaupt damit angefangen habe, weil der Vater mir egal ist. Schwachsinn, sagst du, er ist doch der Vater. Du bist unruhig, legst Münzen auf den Tisch, willst los. Wenn der Vater es nicht macht, mache ich es eben. Du zuckst nur mit den Schultern. Deine Entscheidung, sagst du, schlägst eine andere Richtung ein. Von mir aus. Ich lasse mich ritzen, folge dem Ritual, lasse mir das Froschgift geben. Das bringt mich dazu, alles aus mir rauszukotzen. Und das, was du da auskotzt, ist nicht nur dein Krebs oder sonst was, sondern all das, was seit Anbeginn der Zeit, von Befruchtung zu Befruchtung, weitergetragen wird, bis es endlich bei dir gelandet ist. Aber du willst das nicht haben, wurdest nie gefragt, ob du das haben willst, das zu deiner Geschichte, das zu dir wird, bloß weil es die Geschichte der anderen so will. Die schreibt sich nämlich ewig fort, trotz aller Kriege ist da kein Ende in Sicht. Selbst wenn niemand mehr von uns da ist, schreibt sie sich fort. Dann kommen eben andere, von außerhalb, von sehr weit außerhalb, und die lesen die Spuren, setzen unsere Geschichte zusammen und lachen sich kaputt, aber das ist eine andere Geschichte. Ich will nicht, dass das hier für uns zu Ende ist, deshalb glaube ich an die Frösche. Die helfen dir, das auszukotzen, du selbst zu sein, denn erst wenn du all die anderen aus dir rausgekotzt hast, bist du du selbst. Und genau deshalb lasse ich mich ritzen. Drei Schnitte am Oberarm, und die Welt erbricht sich. Und dann lande ich wieder bei mir, und du bist da, hast auf mich gewartet, glaubst mir nicht, glaubst nicht, dass ich es wirklich getan habe, weil du das niemals tun würdest, nicht für mich, nicht mal für dich, aber das wissen wir da noch nicht. Du vergewisserst dich, dass alles in Ordnung ist mit mir. Dann sagst du, wir sehen uns. Und gehst. Die Möwen kreischen, und die Krähen singen über mir. Wir waren zuerst hier, glauben die Möwen, und wir schon immer, behaupten die Krähen. Ich bin unter ihnen, halte mich raus, das glauben weder Möwen noch Krähen, also verfolgen sie mich, stürzen sich auf mich. Ich flüchte raus auf die Straße, versuche unsichtbar zu werden unter all den Menschen dort und verirre mich. Egal, wohin ich gehe, ich lande immer wieder vor dem Al Baraka. Weil ich nicht will, dass einer meine Flügel sieht, verzichte ich aufs Fliegen, fahre mit dem Lift hoch auf meinen Balkon und warte dort auf dich. Der Nachmittag ist längst vorbei, vergeht mit der Sonne, die malt Wolken an, überm Balkon, von dem ich nicht falle. Der Himmel ist schwefelgelb, ich melde mich, hast du gesagt und meldest dich nicht. Die Angst kommt zurück, wie immer, nur früher diesmal. Die Angst, du gehst zuerst und lässt mich zurück. Die Tür steht offen für die Angst, ich höre sie schon, obwohl sie keine Geräusche macht, weil sie sich anschleicht, nicht anklopft, ganz plötzlich in mir drin ist, sich im Kopf und dem Herzen und dem Dazwischen einnistet, alles in Beschlag nimmt und da ihren Film laufen lässt, und dann rufst du doch noch an. Für dich spielt Zeit keine Rolle, weil du sie am Ende immer einholst. Und dann sagst du, komm raus, und ich sage, ich kann nicht. Komm doch, sagst du. Heute nicht mehr, sage ich, und du sagst, schade, und immer wenn du schade sagst, denke ich, ich mache dich traurig, und das halte ich nicht aus, wenn du traurig bist. Also komme ich raus, und dann bist du da, zusammen mit lauter anderen. Ich hätte genauso gut wegbleiben können, du bist ja mit den anderen, das kapiere ich immer erst viel später, dass es ausreicht, einfach nur da zu sein. Dass es dir mit den anderen besser geht, sobald ich in deiner Nähe bin. Mehr braucht es nicht für dich, und das ist gut so. Keine Ahnung, warum ich immer so ein Theater darum mache. Weil du 'ne Drama-Queen bist, sagst du. Das wusste ich nicht. Wir fallen durch alle Zeitschleifen. Wachen auch drei Wochen später wieder nebeneinander auf. Die Luft am Morgen ist noch kühl. Eine Plane am Baugerüst flattert im Wind, und ich weiß, jetzt ist es passiert, jetzt ist der Vater tot. Ich erzähle dir die Geschichte, obwohl du noch schläfst. Macht nichts, sagst du, red weiter, obwohl du die Geschichte kennst, die Geschichte vom letzten Mal mit dem Vater, das war nach den Fröschen, danach habe ich ihn noch einmal gesehen; es war das letzte Mal. Wirst dich noch wundern, wie es ist, alleine alt zu werden, hat der Vater mir mit auf den Weg gegeben. Im Hintergrund sangen die Frösche. Seine Worte haben es kaum noch bis zu mir geschafft, dafür blieben sie haften. Über das Wegsterben wurde nicht gesprochen, das kam einfach nicht vor. Nur das Alleinsein und dass ich nie Erfolg habe, keinen, den er zählen, für sich in Anspruch nehmen konnte. Er wusste nicht, dass ich ein Engel bin. Er hat nie verstanden, wo ich herkomme, warum ausgerechnet einer wie ich bei ihm gelandet ist. Engel zählen ihre Erfolge anders. Mach's gut, lieber Vater, das konnte ich auch nie sagen, lieber Vater, oder so etwas. Halt die Ohren steif, hat er zum Abschied gern gesagt. Seit zwei Stunden ist er tot. Ich will fühlen, irgendetwas, stattdessen ist mir übel. Vielleicht ist das ja ein

Gefühl. Ich kann doch nicht einfach kotzen, nur weil der Vater gerade gestorben ist. Das sind bestimmt nur die Frösche. Ich spüre noch die Einschnitte, Kambô, das Gift. Vielleicht hätte ich bei ihm sein sollen, und jetzt ist mir übel, weil ich's nicht war. Wirst du bereuen, wenn du das versäumst, hast du gesagt. Jetzt ist es vorbei, und ich bereue es. Also ist mir übel vor Reue, denke ich, aber du antwortest nicht. Der Vater stirbt, und ich bin das Einzige, was ist. Ich war nicht da, als er endlich gestorben ist. Weil das hat ewig gedauert. Zweimal war ich da, als es passieren sollte. Und dann ist es doch nicht passiert, darüber war ich sehr froh. Vielleicht war er froh, dass es noch ein bisschen weiterging, sogar aufgetaucht für mich ist er wieder. Damit ich mit ihm sprechen kann. Weil er konnte nicht sprechen, da kamen keine Worte raus, nur Laute, weil da die Kontrolle gefehlt hat. Weil da die Körperfunktion Sprechen einfach nicht mehr funktioniert hat. Für mich hat er noch mal auf Funktion geschaltet, und wir haben gesprochen, nur darüber nicht. Über das, was da kommen sollte, eigentlich schon da war, das Sterben und den Tod, darüber konnten wir nicht sprechen, und das hat mit Geschichte zu tun, nicht mit Körperfunktionen, aber das konnten wir auch nicht sagen, dass wir es einfach nicht sagen können, wenigstens das hätte ja einer sagen können. Und irgendwie hat er das auch gesagt, beim letzten Mal, dass das jetzt nicht mehr so weitergehen könne. Dass das jetzt auch mal vorbei sein müsse. Wie lange das noch so weitergehen solle, wollte er wissen. Nicht mehr lange, das habe ich nicht gesagt. Ich weiß nicht, was ich gesagt habe, daran erinnere ich mich nicht mehr, obwohl ja alles gesagt ist. Schon immer gesagt war. Und es folglich auch nichts mehr zu sagen gibt. Du wirst einsam, wenn du alt wirst, hat er zuletzt gesagt und damit mich gemeint. Weil er von dir nichts wusste, nichts wissen wollte. Über dich hat er immer nur hinweggehört, und jetzt bist du nicht da. Du hast wieder getrunken, schläfst auf einer Rolltreppe, hörst nicht auf zu trinken, schläfst immer weiter, bis du aufwachst, auf einer Rolltreppe und weiter trinkst, mir eine Nachricht schreibst: Hey. Hey, schreibe ich zurück. Wo bist du?, fragst du. Ich weiß es nicht. Ich muss zum Friedhof, eine Grabstelle für den Vater aussuchen. In einer halben Stunde bin ich bei dir, versprichst du. Ich warte vor dem Al Baraka, dann bist du da, bist noch betrunken, fährst trotzdem. Wir halten an einer Tankstelle, ich besorge Wasser und Kaffee und Pfefferminzbonbons. Benzin können wir uns nicht leisten, müssen hoffen, dass es reicht. Warum Hönow?, fragst du. Dem Vater hätte es gefallen, dort ist ein Friedhof für Ungläubige. Ist fast auf dem Land, auf dem Land fühlte er sich am wohlsten. Wie geht's dir?, fragst du. Es geht so. Und wie geht das so?, willst du wissen. Woher soll ich das wissen? Ich klatsche eine Mücke auf meinem Arm, du hältst vor der Dorfkirche, das Tor ist verschlossen. Ein Gärtner erklärt uns, hier werden nur Gebürtige aus Hönow begraben. Wir müssen ins Neubaugebiet, sagt er, vorbei an den Gartenzwergen und Baumärkten. Das Navi streikt. Vielleicht haben wir Hönow längst verlassen, aber du findest immer dorthin, wo du hin willst, selbst wenn du gar nicht weißt, wohin du willst. Auf diesem Friedhof gibt es keine Kapelle, dafür Trauerweiden, Eschen, Buchen, dazwischen die Gräber, Wiesen mit Margeriten und Mohnblumen. Ich bin mit Herrn Krzyszkowiak verabredet, er ist der Chef hier, steht im Unterhemd vor dem Urnen- und Gedenkraum mit Flachdach und Garagentor. Herr Krzyszkowiak wischt sich die Hände an seiner speckigen Cordhose ab. Wir sind zu spät, stellt er fest und führt uns zu den Plätzen für die Ungläubigen. Wir stehen vor einer Hecke, blicken auf einen Komposthaufen. Der Platz gefällt uns nicht, aber dann landen wir auf einer Wiese mit Kornblumen. Unter eine Weide steht eine Holzbank. Du setzt dich darauf, ich setze mich neben dich, du nimmst meine Hand in deine. Wir mögen die Aussicht. Ich sage Herrn Krzyszkowiak, dass wir diesen Flecken Erde mieten möchten. Er ist einverstanden. Du musst noch eine Urne aussuchen, sagst du. Wir entscheiden uns für eine aus Edelstahl, darin kann der Vater sich in Sicherheit wiegen. Wir fahren zurück in die Stadt, lass und was essen gehen, sagst du. Ich soll sagen, worauf ich Lust habe. Ich weiß es nicht. Du siehst mich an und entscheidest dich für einen Laden, der koreanisches Bier hat, bestellst Kimchi, gebratene Algen, schwarze Bohnen, zwei Flaschen Cass Lager. Ich kann nicht trauern, warte andauernd darauf, dass mich endlich etwas überkommt, von dem ich sagen kann, es wäre Trauer. Aber sobald ich an den Vater denke, wird mir übel. Das ist doch eine Art zu trauern, wie kannst du glauben, du trauerst nicht, sagst du und bittest den Koreaner, der den Tisch abräumt, ein paar Flaschen Cass Lager für uns einzupacken. Wir gehen in den Park. Im Park herrschen die Nebelkrähen, die Ordnungskräfte haben die Flucht ergriffen. Überall stehen Zelte und dazwischen hocken die Krähen, inmitten der Abfälle, die ihr Überleben garantieren. Die Sonne brennt, nirgends ist Schatten. Sie haben die Bäume gefällt, alle Hecken und Büsche gerodet, die Verstecke der Dealer eliminiert. In der Kuhle bei den alten U-Bahn-Eingängen spielen zwei Betrunkene Golf, alle lachen, weichen den Bällen aus. Du ziehst dein T-Shirt aus, ich zähle die Leberflecken auf deinem Rücken, dann zähle ich die Leberflecken auf deiner Brust, deinem Bauch. Wir trinken Bier. Ich rufe Herrn Krzyszkowiak an, frage, ob der Platz neben dem Vater noch frei ist. Ja, sagt Herr Krzyszkowiak. Du willst los, möchtest, dass ich mitkomme, gehst nicht ohne mich, also komme ich mit. Wir fahren kreuz und quer durch die Stadt, trinken, warten auf den Beerdigungstermin. Du beschleunigst, wechselst die Spuren, hältst nicht an, fährst einfach weiter, bis es so weit ist und wir nach Hönow können. Atme, sagst du. Du ziehst das weiße Hemd an, das ich dir vor hundert Jahren geschenkt habe. Dem Vater war Kleidung immer wichtig, dass man sich einem Anlass entsprechend kleidet, sich an die Kleiderordnung hält, das hat ihm etwas bedeutet. Ich trage seinen dunkelblauen Anzug, einen eigenen besitze ich nicht. Die Hosen sind zu kurz, zu weit, die Ärmel vom Jackett reichen nicht mal bis zum Handgelenk. Herr Krzyszkowiak wartet wieder vor dem

Gedenkraum, da ist das Gefäß mit dem Vater drin. Ist ein Panzerschrank, die Urne, wie gemacht für den Vater. Er ist schwer. So nah bin ich dem Vater nie zuvor gewesen. Meine Hände sind schwitzig. Der Vater kann unmöglich so schwer sein. Du gehst dicht neben mir, damit du ihn im Notfall auffangen kannst. Wir sollen nicht so schnell gehen, meint Herr Krzyszkowiak. Wir sollen schreiten, also schreiten wir. Das Grab ist nur ein Loch, darum herum windet sich ein Kranz aus Blautanne, den habe ich nicht bestellt. Herr Krzyszkowiak nimmt mir die Urne weg. Die Versicherung erlaubt nicht, dass ich sie selbst ins Grab stelle, behauptet er. Das war so nicht vereinbart. Ich bin nicht einverstanden. Herrn Krzyszkowiak ist das egal. Du gehst zu ihm, ein Blick von dir reicht aus, und Herr Krzyszkowiak beginnt zu winseln. Du holst den Vater und gibst ihn mir zurück. Die Urne landet im Grab. Du singst In the Still of the Night, das Lied mochte der Vater. Ich werfe Blütenblätter auf ihn, die stehen in einem Korb bereit, sie haben hundertfünfzig extra gekostet. Das Lied ist zu Ende. Lass uns fahren, sagst du, und dann fahren wir, und ich bin froh, dass es vorbei ist. Ich danke dir, und du fragst, wofür. Wir fliegen weiter zum Fluss. Er fließt rückwärts, sobald wir darauf blicken, du an deinem Ufer, ich an meinem, und dann springst du hinein, schwimmst zu mir herüber, alles steht Kopf, und wenn du dich an Land ziehst und wir zusammen da sitzen und auf den Fluss blicken, fließt er zum Meer hin, fließt alles in die richtige Richtung, und wir können nach Hause. Am nächsten Morgen ist schon wieder ein anderer Tag. Du willst raus, weil du weißt, sobald du draußen bist, erlebst du etwas Neues, Unvorhersehbares, nichts ist mehr so, wie es gestern war, und dafür lebst du. Dafür liebe ich dich, obwohl ich immer der sein werde, der gestern auch schon da war. Und alles bleibt stumm und kein Sturm kommt auf, sagst du, und ich kapiere nicht, wie du das meinst, aber du grinst und reitest Wellen auf dem Flüsterasphalt, lächelst und hörst nicht auf damit, die Kopfhörer in den Ohren. Du singst auf den Wellen, auf deinem Brett singst du dieses Lied vor dich hin, und das ist das Schönste, was ich je gehört habe, das Schönste, was ich in den letzten dreihundert Jahren gesehen habe, bilde ich mir ein, dein Herz, randvoll mit Himmel. Du greifst durch mich hindurch, ich weiß nicht, wie lange ich das aushalte. Du hast dann so einen Blick, in den fällt alles von mir hinein, über den Moment hinaus, und dich bewegt das auch, immer wieder. Du greifst durch mich hindurch und nimmst jedes Mal was mit dabei, sodass es immer leerer wird in mir. Da fehlt immer mehr, und ich habe keine Ahnung, wie lange ich das überleben kann, wenn du mich so plünderst. Aber vielleicht ist es auch umgekehrt, und du merkst das gar nicht, oder eben doch, nur hast du es im Gegensatz zu mir gleich wieder vergessen. Und dann dauert es manchmal Monate, bis es wieder so weit ist, so weit kommt, dass du so guckst und mich berührst und uns verbindest und ich wieder etwas weniger werde, weil du alles bist in mir. Was bin ich dann noch, wenn da kein Begehren mehr ist?, fragst du, wenn ich nicht mal mehr jemanden umarmen will. Das ist das Schlimmste, nicht mehr von dir umarmt zu werden. Hör auf zu träumen, sagst du, wir träumen nicht, nichts davon. Du stehst unten auf der Straße, siehst nicht, dass ich dich beobachte. Keine Ahnung, wann du raus bist. Seit wann du da stehst. Der Asphalt glitzert, obwohl es nicht geregnet hat. Du stehst da unten, und ich weiß nicht, ob du weißt, dass ich weiß, dass du da stehst. Ich rede nicht mehr, glaube ich. Ich habe aufgehört zu sprechen. Du hältst das nicht aus. Irgendwann hast du zugeschlagen. Deine Faust in meinem Magen versenkt, nur um mir eine Reaktion abzutrotzen, irgendetwas aus mir herauszubekommen. Hast nicht bedacht, dass einem bei einem Schlag in den Magen die Luft wegbleibt. Dass man ohne Luft erst recht nicht sprechen kann. Du stehst da unten und entschuldigst dich. Zündest dir eine Zigarette an, siehst zu mir hoch und denkst, ich sehe deine Tränen nicht. Als es hell wird, stehst du noch immer da, willst noch immer, dass ich zu dir runterkomme. Ich steige aufs Geländer vom Balkon, springe, fliege, denke ich, habe vergessen, einer der Flügel ist verletzt. Entscheidend ist nicht der Fall, entscheidend ist die Landung, rufst du mir entgegen und fängst mich auf. Ich habe mich nur aus Langeweile verliebt, sagst du. Wäre so etwas möglich, die Kids würden Kopfstehen vor lauter Liebe. Die Luft wäre voller Schmetterlinge. Ich meine, darum geht's doch, sagst du, erst sind wir Raupen, dann werden wir zu Schmetterlingen, das ist die ganze Geschichte. Aber unsere ging weiter, hörte nicht auf. Frösche und Engel passen nicht zusammen, hast du gesagt. Ich wollte dich zu Kambô zwingen, wollte alles probieren. Ich scheiß drauf, hast du gesagt, du kannst mich nicht retten. Hast mich eingeladen, bei deinem Untergang dabei zu sein. Deine Entscheidung, hast du gesagt. Ich bin geblieben. Und jetzt sitze ich unter all diesen Schalen, und du bist nicht mehr bei mir. Bis zum Ende, hast du immer gesagt, wir bleiben zusammen bis zum Ende. Aber ich bin immer noch hier, obwohl es vorbei ist. Nur du sitzt da oben auf deiner Wolke, und ich bin immer noch hier, und alles bleibt stumm und kein Sturm kommt auf, obwohl du mich siehst.

Siehst du das?

Was?

Ich dachte nur.

Deniz?

Ja?

Worauf warten wir?

Wir wissen's beide nicht. Vanessa setzt mich zu Hause in der Tabor ab, will den Wagen noch zurückbringen. Wir sitzen nebeneinander, gucken zur Windschutzscheibe raus. Als wäre dahinter was, als gäbe es da was, das etwas ändert. Aber da hängt nur das Bild von einem, der sich ganz langsam unter seinen Schalen begräbt. Wir sagen nichts. Was wissen wir schon vom Leben der anderen. Ob ich bis zum Ende hier wohnen bleiben werde, fragt sie. Ja, kann sein. Ich sehe ihre Tränen. Meine sieht sie nicht. Ich will los, sagt sie. Ich weiß. Sie schmeißt mich raus.

8

Für Olli war die von der Drogenbeauftragten der Bundesregierung einberufene Konferenz ein Erfolg. Sie haben ihn beachtet und gelobt. Mein Freund hat sich vor allen mit Sebastian Hennig gestritten, seinem Kollegen, Widersacher, Konkurrenten, meinem Kunden. Als Olli seinen Namen erwähnt, werde ich nervös, Olli bemerkt es nicht, ist noch ganz bei dem, was er erlebt hat. Wir haben wirklich Aussicht auf einen Paradigmenwechsel in der Drogenpolitik, glaubt Olli, auch wenn Leute wie der Hennig es nicht wahrhaben wollen. Sebastian Hennig hat Olli nach meiner Handynummer gefragt, ob ich eine neue habe, wollte er wissen, Olli hat ihn nicht verstanden, der Hennig war so fahrig. Ich habe Herrn Hennig nur blockiert, erkläre ich meinem Freund, ich habe unseren Beratervertrag gekündigt, es wurde mir zu viel, Herrn Hennig fällt es schwer, das zu akzeptieren. Olli nickt, ein Erinnerungslicht flackert auf, Vanessa, die Beraterin, der Abgeordnete Hennig, schon ist Olli wieder woanders. Verstehe, sagt er. Ich habe nicht gelogen, ich habe Sebastian Hennig schon vor Längerem aus meiner Kundenliste entfernt. Er ist gefährdet, will es nicht wahrhaben, wird mir gefährlich, die von ihm vertretene Nulltoleranzpolitik schlägt bei ihm selbst nicht an. Mein Freund möchte, dass ich das kläre, er hängt der Geschichte doch noch nach. Mir bleibt keine Wahl, ich verabrede mich mit Herrn Hennig in seinem

Stammcafé. Das Licht in der Kuchenvitrine fällt aus, es dreht sich nur eine einzelne Torte auf einem Teller, die Sahne darauf schimmert grün. Herr Hennig wartet schon. Farbe blättert von der venezianischen Karnevalsmaske, die Feder am Piratenhut ist abgebrochen, das Gesicht hat einen Sprung. Herr Hennig lächelt, seine Lippen zittern. Der Harlekin über ihm grinst hinterhältig, er verdreht die Augen, der Rahmen, in dem das Bild hing, ist verschwunden. Die Tapete bekommt dunkle Flecken, wellt sich, an einigen Stellen löst sie sich von den Wänden. Herr Hennig möchte mich umarmen, er verliert das Gleichgewicht, fällt zurück auf seinen Platz. Aus den mit rotem Samt überzogenen Polstern quillt Schaumstoff hervor. Herr Hennig freut sich, dass ich es einrichten konnte, wir haben uns zu lange nicht gesehen, er benötigt dringend meine Hilfe, ob ich nichts bestellen möchte. Neben mir taucht eine Servierkraft auf, es ist nicht die Frau, die ich kenne. Ich erkundige mich nach ihr, die Servierkraft, die neben mir steht, weiß nicht, von wem ich spreche. Sie hat sich die Wimpern getuscht, die Tusche perlt auf ihren Lidern, ihr fehlen Schürze und Strümpfe, ihre Füße sind nackt, stecken in Sandaletten, die Riemchen sind mit Strass-Steinen beklebt, ihre Haare sind gefärbt. Ich helfe nur aus, sagt sie. Herr Hennig bekommt kein Sylter Frühstück, warme Küche haben sie nicht mehr. Ich nehme nur einen Tee, der Grüne ist aus, Schwarzen gibt es nur im Beutel, Herr Hennig zuckt mit den Schultern. Seine Referentin fehlt krankheitsbedingt, er hat den Besuch einer Delegation aus Mexiko vorzubereiten, Grabenkämpfe in seiner Fraktion zu schlichten, er lässt seine Espressotasse fallen, ach herrje, sagt er. Wir angeln nach ein paar Servietten, er hatte solche Sorge, mich gar nicht mehr erreichen zu können. Er schließt die Augen, atmet tief ein und wieder aus, massiert sich die Schläfen. Wir sind die einzigen Gäste, es riecht nach Wunderbaum und Filterkaffee. Herr Hennig möchte noch einen Espresso, ich empfehle ihm, sich eine Auszeit zu nehmen, von allem, er schnäuzt sich in ein Stofftaschentuch. Er darf keine Schwäche zeigen, das muss ich doch verstehen, ob ich ihm etwas mitgebracht habe. Ich schiebe ihm ein Buch zu, es ist das letzte Mal, sage ich. Ja natürlich, selbstverständlich, nickt er, nur einen Moment noch, er hat so viel zu sagen, es gibt niemanden, mit dem er reden kann, seiner Frau geht es viel besser, sie kümmert sich jetzt nur noch um sich selbst. Es steht nicht gut um die Menschen, glaubt Herr Hennig, bis in ihr Innerstes sind sie vom Wunsch erfüllt, sich einem starken Mann oder einer starken Frau zu unterwerfen, und zugleich will jeder selbst herrschen. Jedem neuen Vorgesetzten, jeder neuen Vorgesetzten möchte man die Füße küssen, solange es nur jemanden gibt, der unter einem steht, nach dem man treten kann. In meinem Tee schwimmen Fettaugen, Herr Hennig macht mich traurig. Ich sage es noch einmal, ich möchte, dass Sie sich eine Auszeit nehmen, verreisen Sie, Herr Hennig, zusammen mit Ihrer Frau, bitte. Wie soll das gehen, er weiß es nicht, jeder erschafft sich seine eigene Ideologie, spielt mit seinen Überzeugungen, wie es gerade passt, aber von der Politik erwarten wir Moral, ausgerechnet, als wäre Moral eine politische Größe. Ich kann ihn nicht erreichen, er sieht blass aus, wird immer dünner. Er tupft sich mit seinem Stofftaschentuch einen Schweißfilm von der Stirn, nicht mal sein Bündnis gegen Einsamkeit wird von allen mitgetragen, wenn er sich eine Auszeit nimmt, wird es wohl nie zustande kommen, ohne ihn sind sie verloren, er ist es auch. Herr Hennig fällt in sich zusammen, es tut ihm leid, er entschuldigt sich, die Frau mit den gefärbten Haaren wischt den Gang zu den Toiletten, nur einen Moment noch, bittet mich Herr Hennig. Er hat sich kürzlich im Rahmen seiner Ausschussarbeit mit Studien zu Methamphetaminen auseinandergesetzt, die viel potenter als Amphetamine sind, gerade in Bezug auf ihre Auswirkung auf die Ausdauerleistung. Er würde seine Studien gern vertiefen, ob ich nicht auch Literatur zum Thema Crystal Meth für ihn bereitstellen kann. Ich kann das nicht, Herr Hennig, ich möchte gehen, ich möchte Sie nie wiedersehen. Aber sicher, aber sicher, sagt er und bedankt sich. Vielleicht denken Sie ja doch noch einmal darüber nach, Frau Paschke, bitte. Die Servierkraft räumt unseren Tisch ab, was haben Sie denn für eine Sauerei veranstaltet?, fragt sie. Auf Wiedersehen, Frau Paschke, auf bald, sagt Herr Hennig, er drückt erst der Servierkraft, dann mir Scheine in die Hand. Ich sage es zum allerletzten Mal, ich möchte Sie nie wiedersehen, Herr Hennig, ich möchte nicht, dass Sie mich jemals wieder kontaktieren. Sein Mund reißt auf, es kommt nichts mehr heraus, seine roten Augen werden feucht. Wir schließen auch, sagt die Servierkraft.

9

Ich besorge Schaumstoff und polstere alle Kanten ab. Was soll denn das?, fragt Baba. Kannst auch ’nen Helm aufsetzen, wenn dir das lieber ist. Er lacht. Ich habe ein ständiges Ziehen im Bauch. Kann kaum was essen. Muss dauernd an Vanessa denken. Ich rufe bei der Krankenkasse an. Erkläre unserer Sachbearbeiterin, dass wir dringend mehr Unterstützung brauchen. Sie wollen ihren Vater neu einstufen lassen?, fragt sie. Ja. Ich soll die Formulare ausfüllen. Sie verspricht, sich zeitnah zu melden, um einen Termin zu vereinbaren. Sobald ihr die Formulare vollständig vorliegen. Ich muss zum Dienst. Wie war dein Urlaub?, fragt Jovanna. Keine Ahnung. Frau Coric will wissen, was ich gemacht habe. Ich frage sie auch nicht, was sie in ihrer Freizeit macht. Ich wollte nur freundlich sein, sagt sie. Ich habe geschlafen und ein bisschen was in der Wohnung gewerkelt, zufrieden? Ob ich die Dusche eingebaut habe. Was weißt du von der Dusche? Eine ebenerdige Dusche für deinen Vater, die hast du doch beantragt, sagt sie. Schwer zu glauben, dass ich ihr davon erzählt habe. Muss ich vergessen haben. Ist noch nicht genehmigt von der Kasse. Tut mir leid, sagt sie. Irgendwas ist anders. Ihre Bonbons fehlen. Was für Bonbons?, fragt Frau Coric und grinst. Wir müssen zu einer

Drogerie am Kottbusser Damm. Ist kurz vor Ladenschluss. Im Verkaufsraum steht ein Rollkoffer, der zu niemandem gehört. Die Angestellten halten Abstand, die Kunden weichen aus. Ich hebe den Koffer an. Wenn er schwer ist, ist vielleicht ein Sprengsatz drin. Jovanna hält mich für verrückt. Ich soll den Koffer wieder hinstellen. Sie verständigt die Leitstelle, sie sollen ein Sprengstoffkommando schicken. Ich öffne den Reißverschluss an der Seite des Koffers. Ist eine Metallbox drin. Die Leitstelle will, dass wir sofort den Laden räumen. Jovanna schiebt die Leute raus. Ich hole die Box aus dem Koffer, Jovanna bekommt's nicht mit. Ich hebe den Deckel an. Sind Dildos drin. Fellumringte Handschellen und Vibratoren. Jovanna gibt Entwarnung. Ist ja noch mal gut gegangen, meint eine Kassiererin. Ob sie den Koffer mit den Spielsachen behalten sollen. Falls der Besitzer sich meldet. Jovanna verschließt die Box. Wir nehmen alles mit, entscheidet sie. Zieht ihre Hose hoch, versucht, den Gürtel enger zu schnallen, ohne dass es jemand mitbekommt. Ich trage den Spielekoffer zum Wagen, stelle ihn in den Kofferraum zu den Einsatzmitteln. Jovannas Schlagstock liegt drin. Sie hatte ihn beim Einsatz nicht dabei. Klebt ein Aufkleber drauf, der ist neu. Bitte flüchten Sie weiter!, Es gibt hier nichts zu wohnen!, Refugees are not welcome!, steht drauf. He, Jovanna, dein Dildo! Ich werfe ihr den Schlagstock zu. Sie hat Mühe, ihn aufzufangen, klar. Zeigst jetzt Flagge auf deinem Schlagstock, ja? Sie sagt nichts, legt ihn zurück zu den Einsatzmitteln. Die Botschaft würde deinen Großeltern bestimmt gefallen, Frau Coric. Sie ignoriert mich, will, dass ich einsteige. Gibt durch, dass wir bereit sind. Du bist sauer wegen dem Aufkleber, stellt meine Kollegin fest. Ja. Weil er krank ist. Sie schnaubt. Du weißt schon, was sie über solche wie uns sagen, oder, Deniz? Das sind keine Kollegen, das ist der Feind in unseren Reihen, das sagen sie, Deniz. Ach ja? Ich dachte, du bist Deutsche, Jovanna. Nicht für alle, das weißt du selbst am besten. Stimmt. Für dich bin ich der Türke. Sie sieht aus dem Fenster. Ob ich mir mal überlegt habe, warum sie mich mit ihr fahren lassen. Ich mache das freiwillig, Jovanna, weil kein anderer mit dir fahren will. Vielleicht will ja auch niemand mit dir fahren, Deniz, hast du darüber mal nachgedacht? Jedenfalls wärst du bei keinem anderen der Streifenführer. Hört sich an, als hätte sie ’nen Punkt gemacht. Mir platzt gleich der Schädel. Der Funk mischt sich ein. In der Hasenheide bedroht vor einer Tanzschule eine ältere Dame einen älteren Herren mit einer Krücke. Ist wahrscheinlich ihr Ehemann, den sie mit ihrer Krücke schlägt. Jovanna kramt in ihren Taschen. Schätze, sie sucht nach Bonbons. War klar, dass sie rückfällig wird. Fick dich, Deniz. Ja klar. Und wer fickt dich, Jovanna? ’Ne Weißwurst aus dem rechten Block? Genau, sagt sie. Ich höre die Tränen in ihrer Stimme. Trete in die Bremse, halte vor einem Kiosk. Was machst du?, fragt sie, wir haben einen Einsatz. Sie kriegt kaum die Worte raus, weil sie weint. Der Einsatz ist nicht eilbedürftig, entscheide ich. Springe raus, hole ihr Schokobonbons. Dauert keine Minute. Ich entschuldige mich bei ihr. Jovanna kruschtelt mit dem Bonbonpapier. Das war nett, sagt sie. Kann sein. Ob wir jetzt unseren Beziehungsstatus ändern. Keine Ahnung, was sie meint. Ich sehe den See vor mir. Den Bungalow. Vanessa. Deniz? Was? Fährst du nicht? Doch. Ich denke die ganze Zeit an sie. Das Ziehen im Bauch will nicht aufhören. Der Frühling fängt an, meint Jovanna. Die Dame mit der Krücke hockt auf einer Bank, ihr Mann sitzt auf dem Boden, ihr zu Füßen, hält sich den Arm. Manchmal muss ich dran denken, dass er mal was mit einer anderen hatte, erklärt die Frau uns. Wir helfen ihrem Mann auf die Beine. Er nimmt es ihr nicht übel, meint er. Wir sollen wieder gehen. Wir übernehmen auch die nächste Schicht, haben keine Wahl, wir sind zu wenige. Keine neue Nachricht von Vanessa, immer nur dieselbe. Wann sehen wir uns? Fahr, sagt Jovanna. Die Tore am Tempelhofer Feld sind längst verschlossen. Wir halten Columbiadamm, sollen in die Kolonie am Flughafen. Die Hakenkreuze am Mahnmal vom Konzentrationslager Columbia hat niemand entfernt. War klar. Wir gehen zum Eingangstor der Kolonie. Nicht wieder Katzen, denke ich. Geht aber um unbefugtes Betreten. Ich dachte, nachts ist da niemand, meint Jovanna. Der selbsternannte Sicherheitsdienst der Kolonie erwartet uns. Im Jogginganzug und mit Taschenlampe. In seiner Nachbarschaft gehen seit Wochen nachts Leute ein und aus. Nach 22 Uhr sind Gäste hier verboten, sagt er. Aha. Ob es sich um Lärmbelästigung handelt, fragt Jovanna. Im Gegenteil, meint der Laubenvater, die sind verdächtig still. Aha. Er leuchtet uns den Weg. Wir bleiben stehen. Er deutet mit seiner Lampe auf die Datsche, die er für verdächtig hält. Die Gardinen vor den Fenstern sind zugezogen, trotzdem sieht man Licht. Und jetzt?, fragt Jovanna. Jetzt sagen wir Guten Abend. Das Gartentor quietscht, sofort erlischt das Licht hinter den Fenstern. Hallo!, ruft Jovanna. Keine Antwort. Hinter der Tür hören wir zwei aufgeregte Stimmen wispern. Etwas fällt zu Boden, zerbricht. Ich klopfe gegen die Tür. Polizei!, rufe ich. Sie sollen die Tür öffnen. Sie verstummen. Etwas wird über den Boden geschoben. Wir hören ein Wimmern. Auf der Rückseite der Datsche klirrt Glas. Aufmachen!, ruft Jovanna. Immerhin, sie ist noch da. Ich beleuchte mit meiner Taschenlampe den Weg zur Rückseite. Bin schon auf dem Sprung. Schätze, einer versucht zu fliehen. Vorne wird die Tür geöffnet. Tun sie mir nichts, bitte, fleht eine Stimme. Gesichert!, ruft Jovanna. Vor mir höre ich aus dem Dunkel am Boden ein Stöhnen. Liegen bleiben, sage ich. Er muss sich beim Sturz aus dem Fenster verletzt haben. Ich will seine Hände auf seinem Rücken sehen. Er folgt der Anweisung. Ich lege ihm Handschellen an, er leistet keinen Widerstand. Jovanna hat den anderen. Sie findet einen Schalter, der Eingang wird erhellt. Neben Jovanna steht ein Mann im Anzug. Sieht aus wie ein Familienvater. Wahrscheinlich ist die Familie längst aus dem Haus. Er jammert erbärmlich, tupft sich mit einem Stofftaschentuch wieder und wieder über die Stirn. Frau Coric wedelt stolz mit einem durchsichtigen Plastiktütchen. Sind weiße Kristalle drin. Ist wahrscheinlich Crystal Meth. Du Idiot!, brüllt der, den ich habe, den anderen an. Meiner scheint der Verkäufer zu sein. Es ist nicht so, wie Sie denken, sagt der Familienvater. Er sieht verzweifelt dem Beutel hinterher, den Jovanna ihm abgenommen hat. Ist ein Beweisstück. Ich gucke mir seinen Ausweis an. Sebastian Hennig heißt der Mann. Er ist immun, behauptet er, ein Abgeordneter. Bitte, heult er, ich kann das erklären. Darauf wette ich.

Zwei Toastscheiben flippen aus dem Toaster, ich mache uns Rühreier, es ist das Rezept von Deniz, mit Tomaten und grünen Paprikaschoten. Olli wundert sich nicht, obwohl ich uns noch nie Eier zum Frühstück zubereitet habe. Mein Freund wischt über sein Tablet, die Farbe weicht aus seinem Gesicht. Der Hennig wurde verhaftet, sagt er. Ich spüre das Kribbeln, mir wird heiß, Olli wischt auf seinem Tablet vor und zurück. Zeig her, höre ich mich flüstern. Ich überfliege den Artikel, Laubenkolonie, Fraktionsvorsitzender, Crystal Meth, Gesundheitsexperte, Druck zu hoch, einmaliges Experiment. Olli verschüttet Kaffee, die Eier verbrennen. Ich ziehe die Pfanne vom Herd, Olli reißt das Fenster auf, sein Handy klingelt, Ollis Referentin meldet sich. Die Medien klopfen an, bitten Olli um eine Stellungnahme. In vierzig Minuten ist er im Abgeordnetenhaus, sagt er. Er soll sich beeilen. Ich schaffe es in dreißig, sagt er. Ich spüre seine warme Hand kurz auf meinem Arm, dann ist er weg. Mich trifft keine Schuld, rede ich mir ein, Herr Hennig wusste es besser. Trotzdem tut er mir leid, so einsam, wie er jetzt ist, wird ihn auch sein Bündnis gegen Einsamkeit nicht retten können. Mein Freund darf vor die Kameras, das wird ihm Auftrieb geben. Der Tag verfliegt und geht doch nicht vorüber. Olli kehrt erschöpft zurück, hat etwas beim Griechen bestellt, es müsste gleich kommen, das griechische Restaurant ist um die Ecke. Wir sitzen auf dem Balkon, gegenüber tanzen Menschen auf dem Dach. Cüneyt verkauft Fisch vor seinem Kiosk, Schlangen bilden sich vor seinem vw-Bus, Möwen kreisen über der Straße. Olli muss reden, Sucht ist die zentrale Krankheit unserer Zeit, glaubt er.

Alle gucken weg, weil alle denken, es betrifft sie nicht. Jeder glaubt, er hat sich selbst im Griff. Niemand hinterfragt, wie wir unser Bedürfnis nach Glück, Sicherheit und Sinn befriedigen. Olli bedauert seinen Freund. Auf einmal ist Sebastian Hennig ein Freund, er darf es nur mir gestehen. Es macht uns kaputt, all das Misstrauen unter den Kollegen, Olli singt sein altes Lied. Sie sind alle isoliert in ihrem Job, Einzelkämpfer, Olli weiß nicht mehr, wofür sie kämpfen. Um die Stimmen, die Wiederwahl, sie können nicht mal irgendetwas. Sie müssen nur wissen, wie sie ihre Konkurrenten ausschalten können, dem war der Hennig nicht gewachsen. Aber mein Freund hält stand. Er weiß nicht, wo ihn das hinführt, gerade noch hatte er das Gefühl, es bewegt sich etwas, er kann etwas bewegen. Dann passiert das direkt vor seinen Augen, und er bemerkt es nicht, bemerkt den Absturz des Kollegen nicht, weil er selbst nicht stürzt. Was, wenn ihm dasselbe widerfährt? Ich passe auf dich auf, sage ich. Er lächelt, was, wenn das nicht reicht? Mein Freund zweifelt an allem, nur nicht an mir. Ich kann ihn nicht verlassen, noch nicht, und wenn ich es tue, was dann? Er gießt sich Weißwein nach, ich möchte keinen. Umso besser, dann bleibt mehr für mich, sagt er.

10

Ich frage Vanessa, ob sie mit mir und Baba ins Stadion kommt. Mein Freund Edin kickt zum Karriereende 5. Liga beim FC Berlin. Früher war Edin Vollprofi, hat 2. und 3. Liga gespielt. Vanessa ist mit ihrem Bruder verabredet. Sie soll ihn mitbringen. Ich hör sie lächeln. Ob sie uns abholen soll. Wäre gut, wegen Baba. Dann muss er nicht dreimal umsteigen.

Felix wartet vorm Stadion, er war gleich einverstanden, ich musste ihn nicht überreden. Vielleicht möchte er mir eine Freude machen, vielleicht geht es ihm auch einfach gut. Mein großer Bruder fährt neuerdings Motorrad, er lotet nachts auf der Stadtautobahn die Grenzen aus, die seiner Maschine und seine eigenen. Felix hat die Prüfungen bestanden, seine Lizenz erhalten, mit dem Motorrad hat er sich belohnt, darum beneide ich ihn. Ich darf nicht auffallen, predigt der Bär. Ich habe Geld, niemand darf wissen, dass ich es habe, ich darf es nicht ausgeben, nicht spenden, wozu soll es dann gut sein! Felix stellt sich allen vor, er gibt zuerst Markus die Hand, dann Deniz, als wäre es selbstverständlich. Vor dem Stadion leeren freiwillige Helfer die städtischen Mülleimer, einige haben Leichensäcke dabei, tote Tauben liegen vor einem der Kassenschalter, als hätten sie sich dort verabredet, um gemeinsam in den Tod zu gehen. Deniz hat Tickets für uns alle, von seinem Freund Edin, vielleicht ist es Deniz nicht bewusst, aber wir führen unsere Familien zusammen. Deniz grinst, Familienzeit ist heilig, sagt er, vielleicht kann er Gedanken lesen. Markus möchte Bier, wir trinken alle keins. Edin spielt auf der Sechser-Position, er macht ein gutes Spiel, ist hellwach, er ist der beste Mann auf dem Platz, sein Stellungsspiel ragt heraus, davon lebt er, Edin ist nicht mehr der Schnellste. In der zweiten Halbzeit geht ihm die Luft aus, aber er beißt sich bis zum Abpfiff durch. Markus ist eingenickt, Felix lacht mit Deniz, ich habe nicht mitbekommen, worüber. In der Nähe des Stadions gibt es einen Biergarten. Edin lädt uns ein, Deniz stellt uns vor. Vanessa ist in der Medikamentenbranche tätig, erklärt ihm Markus. Edin wird hellhörig, er strahlt mich an, ich habe ihn eingefangen, ohne ein Wort. Wir holen zusammen die Getränke, Deniz und Felix wollen sich ums Essen kümmern, Markus soll unsere Plätze freihalten. Deniz ist skeptisch, fall nicht um, Baba, sagt er. Der ganze Garten summt und lärmt, als wären alle zum ersten Mal seit Monaten wieder draußen. Edin ist kaum größer als ich, wir stehen in der Schlange. Was verdient man in der Oberliga? Edin lacht. Ist kaum mehr als Taschengeld, nur er bekommt viel mehr, weil er mal Profi war und sein Name etwas wert ist. Außerdem spielt er noch immer besser als die meisten anderen, obwohl er kaum noch laufen kann. Das habe ich gesehen. Wir kommen kaum vorwärts in der Schlange. Edins Knie sind kaputt, das kommt nicht nur vom Spiel. Edin jobbt noch auf Baustellen, er hat hohe Schulden, sind die Folgen eines falschen Investments, er wurde schlecht beraten, sagt er. Edin wurde abgezockt, er schämt sich nur, es zuzugeben. Edin schleppt Tuppen mit Schutt, vierzig Kilo sind in einer, eine in jeder Hand, er hält die Schmerzen kaum noch aus. Ich bin Expertin für Schmerzen. Edin grinst, das hat er sich gedacht. Ob es in der Oberliga Dopingproben gibt, frage ich. Edin lacht. Nicht mal in der Regionalliga gibt der DFB noch Geld für Proben aus. Edin bestellt fünf halbe Liter Bier, Markus darf keins, Edin bestellt ihm trotzdem eins. Wir können uns wiedersehen. Ja, sagt Edin, so bald als möglich. Montag klingt für uns beide gut. Wir bringen die Gläser zu unserem Tisch, Felix und Deniz stehen noch am Grillstand an. Edin stellt ein Bier vor Markus hin, wir stoßen mit ihm an. Meister Parkinson nimmt einen großen Schluck, und für einen kurzen Augenblick scheint es, als wäre das Glück zu ihm zurückgekehrt.

Ich stehe mit Vanessas Bruder am Grillstand. Vanessa hat mir ein bisschen was von dir erzählt, sage ich. Felix grinst. Dich hat sie auch erwähnt, meint er. Ob er noch als Sportschütze aktiv ist, frage ich ihn. Er war schon lange nicht mehr auf einem Schießstand, aber früher ständig. Er war Landesmeister mit der Handfeuerwaffe, Großkaliber. Langwaffe interessiert ihn nicht, ist ihm zu langweilig, zu simpel. Er will keinen Stress, deshalb macht er nur statische Disziplin. Ist wie Meditation, findet er. Vanessa meint, du arbeitest als Trainer. Ich denke an Jovanna. Nicht am Schießstand, sagt er. Er hat eine Lizenz für Fitness, Kampfsport, Sportreha. Wir bestellen Bratwürste, Brezeln und Kartoffelsalat. Felix will bezahlen. Ich übernehme das, sage ich, aber er besteht darauf. Ich bin Rentner, sagt er, er kann sich's leisten. Ich frage, was er für eine Trainingsstunde nimmt, beim Kampfsport. Kommt darauf an, meint er, zwischen 60 und 90 Euro. Ob ich Interesse habe. Eine Kollegin vielleicht, deute ich an. Wäre wichtig für sie, aber 60 Euro sind zu viel. Wenn er die Leute mag, ist er flexibel, meint Felix. Er muss eh darauf achten, nicht zu viel dazuzuverdienen. Wir tragen jeder ein Tablett zu unserem Platz. Baba trinkt Bier. Ist alkoholfrei, meint Edin. Ja klar. Ich gucke Vanessa an, kriege nichts mehr mit. Baba sieht glücklich aus, ist leider nicht möglich. Er hält höchstens noch eine Stunde durch. Felix hilft mir, ihn zu Vanessas Wagen zu bringen. Ich soll's mir überlegen, wegen der Kollegin. Er kriegt jeden fit, behauptet Felix, das glaube ich ihm aufs Wort. Baba hat Probleme beim Einsteigen, die Beine sind steif, der Nacken auch. Vanessa umarmt Edin. War klar, dass sie sich mögen. Ich drücke Baba auf den Sitz runter, muss auf seinen Kopf aufpassen. Wir waren zu lange unterwegs. Vanessa setzt uns zu Hause ab, fragt, ob sie noch mit hochkommen soll. Besser nicht. Baba ist neben der Spur, ich muss früh raus. Okay, sagt sie und küsst mich. Und ich, krieg ich keinen Kuss? Baba. Vanessa schmatzt ihm auf den Mund. Baba freut sich. Wird sich gleich ändern, wenn er die Treppe hoch muss. Ich muss işemek, sagt er. Wir schaffen es gerade noch rechtzeitig. Ich wechsele trotzdem seine Windel. Zehn Minuten später sagt er wieder, ich muss işemek. Er verschwindet im Bad und kommt nicht zurück. Ich stehe vor der Tür. Baba? Geh weg! Ich gehe rein. Er hat die Windel nicht rechtzeitig heruntergekriegt. Hat sich mit Bierscheiße vollgeschmiert. Den Boden und die Schüssel auch. Tut mir leid, Junge, sagt er und weint. Nicht schlimm, Baba. Ich mache ihn sauber, ziehe ihn um. Er sitzt in seinem Aufstehsessel. Ich putze das Bad. Vanessa textet. Ob alles gut ist. Ja. Alles wie immer. Ich gehe zu Baba rein, will gucken, ob er noch was braucht. Komm, mein Junge, setz dich zu mir, sagt er. Was ist denn, Baba? Wie es mir geht, fragt er. Bin nur ein bisschen müde. Das mein ich nicht, meint er. Er meint, er ist 'ne Last für mich. Bist du nicht, Baba. Natürlich bin ich das, sagt er. Was mit Vanessa ist. Warum fragst du? Du magst sie doch, sagt er. Natürlich mag ich sie. Ich weiß, wie du guckst, wenn du verliebt bist, Junge. Und wenn schon, Baba. Er will nicht im Weg sein. Du bist nicht im Weg, Baba. Ich soll ihm nichts vormachen. Ich soll nicht meinen, er kriegt nichts mit. Wird alles zu viel für dich, sagt er. Ich erzähle ihm, dass ich die Kasse angerufen habe. Dass er bald neu eingestuft wird. Dann bekommen wir einen besseren Pflegegrad, und Katrin kann öfter kommen. Er nickt nur. Brauchst du noch was, Baba? Er will nicht im Weg sein, sagt er wieder. Wo willst du denn sonst hin, Baba? Ihm geht's darum, was ich will. Ob ich nicht weiterkommen will. Ist schwierig zurzeit, Baba. Sie brauchen Leute auf der Straße, wir sind zu wenige. Der Job ist gut, so, wie er ist. Er sieht mich an, sagt nicht, was er denkt. Liebst du sie, Junge? Woher soll ich das wissen, Baba, ich kenne sie kaum. Was soll das jetzt wieder heißen, du kennst sie kaum, natürlich kennst du sie. Dir läuft das Leben davon, Junge, ich will nicht daran schuld sein. Liegt doch nicht an dir, Baba. Worauf ich dann noch warten will. Er lächelt. Hab ich von ihm, mein Lächeln, behauptet er. Damit hat er Selda rumgekriegt. Ja klar. Komm, Junge, lächel mal. Ich versuch's. Hab dich lieb, mein Junge. Ich dich auch, Baba. Er drückt auf die Fernbedienung. Die Lehne klappt nach hinten, und seine Füßen kippen hoch. Ich schlaf im Sessel heute, sagt er.

11

Edin möchte mit mir Tischtennis spielen, ich bin sicher, ich schlage ihn. Edin lacht, wir wollen uns bei den Platten im Lietzenseepark treffen. Eine Frau zerrt ihren Hund hinter sich her, sie ist ungeduldig, hat es eilig, der Hund nicht, er hat einen eigenen Kopf. Ich kann ihr Parfüm riechen, vielleicht ist es auch ein Deodorant oder der Duft einer Lotion. Ihr Mantel ist bunt und aus Wolle, viel zu warm, sie rennt vor etwas davon oder auf etwas zu. Der Hund schnuppert am

Boden entlang, folgt einer anderen Spur. Vielleicht fürchtet sie die Menschen vor den Zelten, vielleicht erinnert sie sich daran, wie es früher im Park war, als beim Naturschutz- und Grünflächenamt noch genügend Leute beschäftigt waren, die sich um die Beete, den Rasen, die Bäume, das Unkraut kümmern konnten, als im Park noch niemand wohnte. Nur auf den Bänken nahe des Kaiserdamms schliefen sie manchmal, da treffen sich jetzt Jugendliche, die scheinen nie zu schlafen. Da kann sie nicht mehr lang, es sind zu viele, sie sind da Tag und Nacht, als hätten sie keine Pflichten, als gäbe es keine anderen Orte mehr für sie, und sie muss es ausbaden. Aber sie lässt sich nicht unterkriegen, sich nicht vertreiben, sie kleidet sich schön und sorgfältig, sie kümmert sich um ihre Haut, um ihren Körper, ihren Hund, und doch wird ihr unwohl, sobald sie vor die Tür tritt, sobald sie draußen ist. Sie zerrt an ihrem Hund, sie lässt ihn an der Leine, früher ließ sie ihn laufen, das traut sie sich nicht mehr. Es gibt zu viele Hunde, die zu niemandem gehören. Edin hat Schläger und Bälle mitgebracht, er ist ergraut. Edin lacht, das ist nur der Staub der Baustelle, der hängt noch in seinen Haaren. Seine Rückhand ist miserabel, mit meinen Aufschlägen kommt er nicht zurecht, ich gewinne, Edin gibt auf. Wir setzen uns auf einen Streifen Grün am Ufer, Edin kommt kaum runter, die Knie wollen nicht. Seine Hände sind rau und rot, voller Schwielen, er spürt sie kaum noch. Ich frage, ob er Tilidin kennt. Edin nickt. Der Schmerz wird ausgeblendet, mit Heilung hat es nichts zu tun. Es kann keine Dauerlösung sein, die Suchtgefahr ist riesig. Ich weiß, sagt Edin, zu heilen gibt's da eh nichts mehr. Ich weiß, Edin meint nicht nur seine Knie. Wenn du alles verlierst, gehen meistens auch die Freunde, so war es bei Edin, ich sehe es ihm an. Erst haben sie ausgeholfen, er wollte ihre Almosen nicht, dann haben sie ihn vergessen, weil sie ihr Leben weiterlebten und er da nicht mehr reinpasste. Er zählt ein paar Scheine für mich ab, auf irgendetwas wird er dafür verzichten müssen. Lust auf ein Bier?, fragt er. Ja, gerne, aber ich bezahle. Edin ist einverstanden. Mir war nicht bewusst, dass Leistungssportler am Nachmittag trinken dürfen, Edin lacht. Ich helfe ihm hoch, ziehe an seiner Hand, er verzieht vor Schmerzen das Gesicht. Wir gehen zum Bootshaus, die Jalousien sind heruntergelassen, die Stühle und Tische auf der Seeterrasse sind verschwunden. Zwei Mädchen stehen am Eingang, haben eine Kühlbox dabei, sie sind höchstens sechzehn Jahre alt. Sie verkaufen uns zwei Bier, bitten uns, die leeren Flasche wieder bei ihnen abzugeben. Felix textet. Kannst du kommen?, schreibt er. Ich spüre sofort das Kribbeln, bekomme ein flaues Gefühl im Magen. Alles in Ordnung?, fragt Edin. Nein, tut mir leid, ich muss los. Kein Problem, meint Edin. Er nimmt mich in den Arm, ich soll mir wegen Deniz keine Sorgen machen, alles bleibt unter uns, das ist Ehrensache. Das hatte ich verdrängt, Edin ist ein guter Freund von Deniz, Edin ist mein Kunde. Dafür habe ich gerade keinen Kopf, da ist nur Felix drin, Angst nistet sich ein. Ich kann dich fahren, sagt Edin. Ich komme wieder zu mir, ich komme schon klar, wir sehen uns, Edin, versprochen. Ich fahre über Siemensstadt, brauche eine Viertelstunde. Ich klingele bei Paschke, Felix macht nicht auf. Ich benutze meinen Schlüssel, auch oben, für die Wohnungstür. Felix hockt auf der oberen Stufe des Podests im Wohnzimmer, er blickt auf sein Atelier, durch das ich muss, um zu ihm zu kommen, aber dieses Bild, auf das ich blicke, hält mich zurück. Über dem Podest verläuft ein Deckenbalken aus massivem Holz, um den Balken ist ein Seil gewickelt, ein Ende ist zu einem Henkersknoten geknüpft, der baumelt über Felix' Kopf. Ich reiße mich zusammen, taste mich vorwärts, setze mich neben meinen großen Bruder. Er zittert, ich zittere auch. Ich nehme seine Hand, streichele sie. Felix lehnt seinen Kopf an meine Schulter, versucht, seinen Atem zu beruhigen, das hat er gelernt, er muss sich nur daran erinnern. Es gibt nichts zu sagen, noch nicht. Ich entdecke ein neues Objekt, ein großes Kugelpendel. Die Kugeln sind keine Kugeln, es sind Handgranaten, bestimmt sind es Attrappen. Es gefällt mir, höre ich mich sagen. Sie sind entschärft, flüstert Felix. Das habe ich mir gedacht. Felix lacht kurz auf, seine Nase läuft, er wischt sich mit dem Ärmel darüber. Mein Bruder hatte Besuch, ein Kamerad von früher war in Berlin, Felix hat ihn eingeladen. Kaum war er da, fing er an, über die alten Zeiten zu reden. Die sind für mich vorbei, erklärte Felix ihm ganz friedlich. Felix will sich nicht erinnern. Der Kamerad gab vor, das zu verstehen, er fragte Felix nach der Waffenkammer. In der ist er zurzeit beschäftigt. Felix war das eine Zeit lang auch. Der Kamerad ist überzeugt, er kann da Waffen rausschaffen, Felix soll ihm helfen, bestimmt hat er das früher selbst gemacht, hat Erfahrung, behauptete er. So etwas hätte Felix nie getan, er wurde zornig, wollte, dass er ihn damit in Ruhe lässt. Der Kamerad blieb ruhig, sah Felix an, vielleicht sah er, wie bei ihm der Zorn aufstieg. Er schaltete sofort um, entschuldigte sich, dieses Gespräch hat niemals stattgefunden, versprach er, er wollte nur noch kurz das Bad benutzen. Felix ließ ihn. Es dauerte, bis er wieder rauskam, er wollte los, ging direkt zur Tür raus, wir sehen uns, sagte er. Felix ahnte etwas, lief ins Bad, er bewahrt dort Wertsachen auf, auch der Ring seiner Freundin lag dort. Ich wusste nicht, dass mein Bruder eine Freundin hat. Er wollte mir von ihr erzählen, es hat sich nicht ergeben, sagt er, sie unterrichtet an der Kunstschule, ist seine Lehrerin. Sie lässt ihren Schmuck in Felix' Bad, also ist es etwas Ernstes. Ihr Ring war verschwunden. Felix stürmte die Treppe hinunter, erwischte den Kameraden noch im Treppenhaus, der Lift war langsamer. Der Kamerad wusste, er hat jetzt ein Problem, aber da hatte Felix ihn sich schon gepackt. Der Kamerad rang nach Luft, Felix atmete ruhig, konnte es kontrollieren, überlegte. Wenn ich zuschlage, dachte mein Bruder, wenn das einer mitbekommt, wenn mein Kamerad mich anzeigt, dann verliere ich meine Rente. Beinahe war Felix erleichtert, er funktionierte noch, er ließ den Kameraden los. Der röchelte kurz, dann lachte er meinen Bruder aus. Felix konnte ihm den Ring nicht abnehmen, er musste sofort raus aus der Situation, sonst hätte er die Kontrolle und alles andere verloren. Er rannte hoch, zurück in seine Wohnung. Er schloss sich ein, dann hat es ihn zerrissen. Sein Therapeut war unerreichbar, ging nicht ans Telefon. Stunden ist das her, er ruft Felix nicht zurück, Felix hat es probiert, wieder und wieder, eine Nachricht nach der anderen hinterlassen. Seitdem sitzt er hier, kann sich nicht rühren. Mein Bruder sieht mich an, seine Augen sind glasig, es geht mir nicht gut, sagt er. Ich möchte, dass wir den Strick, unter dem wir sitzen, herunterholen. Das ist nicht nötig, versucht mein Bruder mich zu überzeugen. Er arbeitet an einem neuen Objekt, wollte etwas ausprobieren, ganz sicher bringt er sich nicht mit einem Strick um. Ich gehe in die Küche, setze Teewasser auf. Felix legt seine Arme um mich, ich habe ihn nicht kommen hören. Es tut mir leid, sagt er. Vielleicht war es ein gutes Zeichen, er konnte sich kontrollieren, vielleicht muss man es so sehen. Ja, vielleicht. Endlich meldet sich sein Therapeut, Felix kann gleich zu ihm kommen. Ob ich ihn fahren kann. Natürlich. Vielleicht wirst du wieder Medikamente nehmen müssen. Ja, sagt er, vielleicht. Aber das ist dann auch kein Leben, verstehst du das, Vanessa? Ich versuche es. Versprochen? Ja. Am Horizont färbt sich der Himmel gelb, über uns glänzt er noch grau. Nebel legt sich über alles, die feuchte Luft gefriert, Raureif umhüllt Blätter und Zweige, wir spüren die Kälte nicht, doch dann bemerken wir, es ist nur kaltweißes Licht, das uns und alles andere umfängt.

12

Ich muss meinen Lieferwagen abgeben, ich darf ihn privat nicht länger nutzen. Es gibt einen Schlüsselsafe am Eingang der Apotheken-Zentrale, ich erhalte den Code, lege den Schlüssel zur Übergabe an den Nachtkurier hinein, und am nächsten Morgen hole ich ihn mir wieder. So haben wir das nie vereinbart. Ich laufe zur Bar, in der

Lausitzer steht ein Sofa auf dem Bürgersteig, davor ein Tisch, daneben eine Lampe und ein Kühlschrank. Sie wohnen dort zu zweit, wenn es regnet, breiten sie eine Plane über sich aus. Ob ich etwas spenden möchte, fragen sie. Ja, natürlich. Ich bin mit Andreas in der Bar, es wird ein ruhiger Abend, es ist warm bis in die Nacht, die Leute wollen draußen bleiben, nach 23 Uhr dürfen wir draußen nicht mehr ausschenken. Viele holen sich ihr Bier am Kiosk, es ist billiger. Ich kette die Bänke und Tische zusammen, stelle den Hunden Näpfe mit Wasser hin. Andreas verzweifelt, wir haben Probleme mit den Leitungen, schon seit Wochen erreichen wir keinen Elektriker, alle sind überlastet, ausgebucht. Zum Glück haben wir keinen Wasserschaden. Der Bär holt unsere Whiskyflasche aus dem Regal, ich erzähle ihm von Felix. Ich erzähle von meinem Wagen, dass ich den nicht mehr habe. Der Bär lacht. Ich kann ihn ohne Wagen nicht zum Busbahnhof bringen, morgen will er fahren. Arjen wartet schon, ich brauche neue Ware. Der Bär schafft es auch allein zum ZOB, er möchte eine Woche bleiben, vielleicht auch zwei. Das ist zu lang. Er brummt. Du kannst dich auf mich verlassen, weißt du doch, sagt er und schiebt mich weg. Ich soll nach Hause gehen, er kommt allein zurecht. Bei Fish im Sushi Macchiato brennt kein Licht mehr, auch Kerem und Laleh haben schon zu, immer mehr Läden machen gar nicht mehr auf. Vor einem Blumenladen sitzen sie auf Sesseln, zwei kommen mit Matratzen dazu, sie wissen nicht, wohin. Alle Plätze sind belegt, die mit den Sesseln weichen keinen Zentimeter. Ich laufe bis zur Tabor, stehe bei Deniz vorm Haus, es ist zu spät, vielleicht warte ich hier bis morgen früh. Ich soll nach Hause, meinte der Bär. Ich muss erst überlegen, wo das ist. Ich weiß es nicht. Ich miete einen Elektroroller, checke mit meiner Kreditkarte ein und rollere in die Großbeerenstraße. Alles kreist nur um die Politik, sagt Olli, sein ganzes Denken, seine Phantasie, er singt sein Lied. Ihm fehlt eine Familie, um die könnte er sich kümmern. Ob er über Kinder mit mir reden möchte, möchte ich wissen. Er denkt nur laut nach, sagt er, über sein Leben, seine Ziele. Vielleicht führen wir ja ein Beziehungsgespräch. Ich soll nicht alles gleich auf mich beziehen. Ja, gut. Olli möchte laufen gehen, er läuft auch nachts, das wusste ich nicht. Er fängt gerade erst damit an, sagt er und küsst mich. Ich soll nicht auf ihn warten.

13

Baba sitzt mit Vanessa auf dem Balkon. Sie hat nichts gesagt. War eine spontane Idee, sagt sie und küsst mich. Baba döst. Vanessa war mit ihm bei Ayşe im şekerli kahve, zum Drei-Uhr-Kuchen mit den Pillen. Sie hat auch wieder Kekse mitgebracht. War keine gute Idee. Es geht ihm besser mit den Keksen, sagt sie. Es soll ihm aber gerade nicht besser gehen. Warum soll's mir denn nicht besser gehen? Auf einmal ist Baba wieder wach. Morgen kommt jemand vom Medizinischen Dienst. Die beurteilen, welchen Pflegegrad wir kriegen. Das wusste ich nicht, sagt Vanessa. Sie entschuldigt sich, es tut ihr leid. Ob wir ein bisschen rausgehen wollen. Ja, sagt Baba. Wir sollen uns amüsieren. Schon ist er wieder eingenickt. Ich habe ihn umgezogen, sagt Vanessa, wir können los.

Also gehen wir, wir wissen nicht, wohin. Wir holen uns zwei Wegbiere bei Laleh und Kerem, Deniz stellt uns vor. Laleh lacht, das hat Markus längst erledigt. Laleh ist schwanger, Deniz wusste es noch nicht. Er freut sich für sie beide, umarmt erst Kerem, dann Laleh, mich umarmt er nicht. Wir laufen zum Treptower Park, hocken am Ufer der Spree, das Wasser ist schwarz, Ausflugsdampfer schippern flussabwärts, ich genieße Deniz' Nähe.

Es passiert nichts, wir reden kaum. Ist keine Verlegenheit, fühlt sich natürlich an. Ich genieße einfach ihre Nähe.

Wir stellen die leeren Flaschen an einen Mülleimer, um den tanzen Nebelkrähen herum. Auf einer großen Wiese haben sich hunderte Menschen versammelt und einen Kreis gebildet. Ich bin neugierig, wir bleiben stehen, warten, was passiert. Die meisten haben Flaggen dabei, unzählige Länder wehen im Wind, auch die Ringe der Olympischen Spiele sind vertreten, der Kranz der UNO. Streifen, Sterne, Kreise, Wappen, Tiere, aus allen Kontinenten versammeln sich die Staaten mit ihren Farben und Emblemen. Es gibt Dutzende Flaggen, die wir nicht kennen, sie bilden ein riesiges Meer und gehen in Flammen auf, eine nach der anderen, die Welt wird eins. Wir sehen die Asche fliegen, schweigen. Deniz sieht sich um, vielleicht kommen seine Kollegen, lösen die Versammlung auf, sie lassen sich nicht blicken. Es fühlt sich an, als würden wir den Boden unter den Füßen verlieren. Keine Nation hat überlebt, die Farben aller wurden ausgelöscht, aber etwas hält uns nach wie vor am Leben. Wir besorgen uns zwei Rückweg-Bier. In Deniz' Hofeinfahrt rappen vier Mädchen, alle kennen Deniz, eine ruft, hast du 'ne Freundin, Deniz? Die anderen lachen. Kommst du noch mit hoch?, fragt Deniz. Heute nicht. Na gut, sagt er und lächelt. Wir sind uns einig, knutschen, die Mädchen fangen an zu johlen und zu pfeifen. Wir zeigen ihnen, wie es geht, geben eine Zugabe, dann beenden wir die Vorstellung. Deniz lässt als Erster los, bis die Tage, sagt er.

14

Ich lasse als Erster los. Bis die Tage, sagt sie und wünscht uns viel Glück für morgen. Baba ist noch wach. Wer kommt morgen?, fragt er. Ich erklär's ihm wieder. Er will keine Fremden im Haus. War ein Witz, sagt er. Das ist nicht witzig. Er muss denen klarmachen, dass wir mehr Hilfe brauchen. Ob er das hinkriegt, will ich wissen. Ich soll nicht sauer sein. Ob Katrin auch dabei ist. Ja. Sie hat's versprochen. Er sieht mich traurig an, streicht mir über die Wange. Gute Nacht, mein Junge, wird schon schiefgehen. Ja. Ich klappe das Sofa um, hole mein Bettzeug aus der Kammer. Unten auf der Straße feiern sie. Ich mache die Balkontür zu, höre sie trotzdem noch. Ich stecke mir Pfropfen in die Ohren, mache die Balkontür wieder auf. Sehe die Regenbogenfahne im Fenster gegenüber, der Ego-Shooter hat sie rausgehängt. Baba muss işemek. Wird eine lange Nacht. Am Morgen klappe ich das Bett zum Sofa um, hänge das Bettzeug raus. Bereite den Tee zu. Ich klopfe an Babas Tür, gehe rein. Er steht nackt vor seinem Bett. Hat sich seine Sachen, die er anziehen will, zurechtgelegt. Was machst du, Baba? Ich zieh mich an, sagt er. Er soll es bleiben lassen. Er muss gleich vorführen, dass er sich alleine nicht anziehen kann. Wieso kann ich mich allein nicht anziehen?, fragt er. Kommt im Bademantel an den Frühstückstisch, trinkt seinen Tee. Flüssigkeit schwappt über den Rand des Bechers. Zittern klappt ganz gut, sagt er. Als es klingelt, fragt er, wer kommt. Die Gutachterin der Kasse, Baba, weißt du doch. So kann ich keinen Besuch empfangen, meint er. Doch, kannst du. Er will wissen, wo Katrin ist. Keine Ahnung, sie verspätet sich. Ich mache die Tür auf. Es ist die Ärztin vom Medizinischen Dienst. Ich lasse sie rein, rufe Katrin an. Sie meldet sich nicht. Guten Morgen, sagt die Ärztin, Sie sind der Herr Aziz? Ja. Baba taucht auf, hält sich am Türrahmen fest. Dann müssen Sie der Vater sein, der Herr Stummer, richtig? Baba nickt nur, fragt, ob sie sich setzen will. Ja, natürlich, gern, sagt sie. Na dann hier lang. Baba geht vor. Teppich!, rufe ich. Er bleibt stehen. Rechtes Bein hoch! Linkes Bein hoch! Die Ärztin lächelt. Wir sitzen am Esstisch. Die Ärztin findet den ersten Eindruck von meinem Vater ganz gut. Sie möchte einen Blick in mein Pflegetagebuch werfen. Baba verschüttet Tee. Ich hole einen Lappen, wische den Tee auf. Ich führe kein Pflegetagebuch. Fehlt mir die Zeit für. Macht ja nichts, sagt sie. Ich soll trotzdem damit anfangen. Die Ärztin trägt einen aprikosenfarbenen Rollkragenpullover. Um ihren Hals hängt eine Korallenkette. Ob es stimmt, dass ich im Schichtdienst arbeite. Ja, manchmal zwei Schichten hintereinander. Manchmal sind's auch drei. Baba. Aha, sagt sie und hängt ihre Jeansjacke über die Stuhllehne. Wie sieht es denn mit dem An- und Ausziehen aus, Herr Stummer, klappt das allein? Ich bin heute morgen nur noch nicht dazu gekommen, meint Baba. Die Ärztin lächelt. Aber Sie können auf die äußeren Bedingungen reagieren und die richtige Kleidung wählen? Ich zieh immer das Gleiche an, sagt Baba. Ich muss grinsen, sie sieht es nicht. Sie will wissen, wie es um Babas Ernährung bestellt ist, ob er da Hilfe benötigt. Baba lächelt mich an. Ich könnte einen neuen Koch gebrauchen, sagt er. Sie öffnet ihren Spiralblock und beginnt, Notizen zu machen. Warum er nicht selbst kocht. Baba streckt seine Hände vor sie hin. Können Sie ja selbst sehen, beim Umrühren ist das Zittern praktisch, aber beim Schneiden wird's gefährlich. Aha, sagt sie. Auf ihren Fingernägeln ist durchsichtiger Lack, an einem Finger steckt ein silberner Ring mit einem grünen Stein. Und Bewegung, Herr Stummer, gehen Sie regelmäßig spazieren, zum Beispiel? Warum soll ich spazieren gehen?, fragt Baba. Die Ärztin kräuselt die Stirn. Aber Sie finden sich zurecht, wenn Sie rausgehen? Natürlich finde ich mich zurecht, behauptet er. Er geht kaum raus, mische ich mich ein. Höchstens bis zum Kiosk. Oder zum Bäcker. Sie nickt mir freundlich zu. Wendet sich wieder an Baba. Und in der Wohnung, da bewegen Sie sich ohne Mühe? Baba guckt sie an, als wäre sie nicht da. Erzähl ihr von den Stürzen, Baba. Sie stürzen? Auf einmal scheint sie interessiert. Nur wenn ich sturzbesoffen bin, sagt Baba. Das war ein Witz, erkläre ich. Natürlich war das ein Witz, lacht er. Ich verstehe, lächelt die Ärztin. Sie schreibt etwas auf. Oder hakt etwas ab. Oder streicht es durch. Was glauben Sie denn, Herr Stummer, können Sie Ihren Alltag noch gut allein bewältigen? Natürlich, ich hab ja nichts zu tun, sagt er. Sie haben nichts, womit Sie sich beschäftigen? Baba wird mürrisch. Womit soll ich mich denn Ihrer Ansicht nach beschäftigen? Sie weiß keine Antwort. Sie stellt nur Fragen. Also würden Sie schon sagen, dass Sie auf fremde Hilfe angewiesen sind? Deniz lässt keine Fremden ins Haus, sagt Baba. Er putzt mit einer Serviette einen Fleck von seinem Bademantel, der nicht da ist. Sie ignoriert es. Wie sieht es denn mit Ihrer Verdauung aus, Herr Stummer, können Sie die kontrollieren? Baba lässt die Serviette auf den Boden fallen. Was sind Sie denn für 'ne Ärztin?, fragt er. Es tut ihr leid, sie muss das fragen. Baba sieht mich an, fleht stumm um Hilfe. Verdauung ist ein großes Thema, sage ich. Ist so was wie ein Verrat für Baba. Er steht problemlos auf. Ich will in mein Zimmer, sagt er. Ich will, dass er sich wieder setzt, ist ihm egal. Klappt doch prima, das Aufstehen und Gehen, meint die Ärztin. Sie spielt mit ihrer Halskette. Wir sind gleich fertig, Herr Stummer, können Sie sich denn nun selbst sauber halten? Wonach sieht's denn aus?, fragt Baba. Sie bittet ihn um einen kleinen Moment Geduld. Er beachtet sie nicht. Ich muss zu Selda, sagt er und verschwindet in sein Zimmer. Knallt die Tür zu. Die Ärztin sieht mich verwundert an. Selda?, fragt sie. Meine Mutter. Und die ist heute nicht hier, weil ... Weil sie vor Ewigzeiten gestorben ist. Steht doch in Ihren Unterlagen. Sie blättert, findet nichts. Ja, sicher, sagt sie, es tut ihr leid. Wie es um Babas soziale Kontakte bestellt ist, will sie wissen. Ob er die aufrechterhalten kann. Ich öffne die Balkontür, kann ihren Geruch nicht mehr ertragen. Er redet mit Kerem und Laleh vom Kiosk. Und mit Orhan und Ayşe vom şekerli kahve. Ayşe war Mamas beste Freundin. Und sonst?, fragt sie. Nichts sonst. Ah ja. Ist ihr eine weitere Notiz wert, meine Aussage. Na dann. Sie klappt den Block zu. Sie glaubt, sie hat alles, was sie braucht. Steht auf, zieht ihre Jacke an. Das war alles?, frage ich. Sie interessiert sich einen Scheiß dafür, warum alle Kanten abgepolstert sind. Ins Bad oder sein Zimmer will sie auch nicht gucken. Muss bei der Begutachtung nicht eine Pflegefachkraft dabei sein?, frage ich. Nicht unbedingt, meint sie. Ich erkläre ihr, dass Katrin kommen wollte. Ob sie nicht warten möchte, um mit ihr zu reden. Das wird nicht nötig sein, Herr Aziz, sagt sie. Ich will wissen, was für eine Ärztin sie ist. Sie ist HNO-Ärztin. Spielt keine Rolle, es ändert an den Sachverhalten nichts, behauptet sie. Bewegt sich Richtung Ausgang. Rechtes Bein hoch! Linkes Bein hoch! Ich finde, es spielt sehr wohl eine Rolle. Nein, das tut es nicht, sie kann es mir versichern. Ich soll mir keine Sorgen machen. Ob ich schon mal über einen Rollator nachgedacht habe. Ein Rollator ließe sich problemlos bewilligen. Ja klar. Sie hören bald von uns, Herr Aziz. Sie lächelt wieder. Glaubt nicht, dass es lange dauern wird, bis eine Entscheidung fällt. Weil sie die längst getroffen hat. Auf Wiedersehen, sagt sie. Reicht mir ihre knochige Hand. Grüßen Sie Ihren Vater von mir. Ich wette, sie weiß schon nicht mehr seinen Namen. Auf Nimmerwiedersehen. Ich schließe die Tür. Mein Handy klingelt. Katrin. Verdammt, wo warst du! Sie erklärt's mir. Sie kann nichts dafür. Tut mir leid, dass ich dich angeschrien habe. Das muss es nicht, ihr tut es leid. Ich muss auflegen, kann's nicht länger zurückhalten, fange an zu heulen.

15

Meister Parkinson hat zu wenig Punkte erzielt, sie bekommen keinen höheren Pflegegrad. Deniz ist wütend. Er weiß nicht, wohin mit seiner Wut, deshalb schluckt er sie herunter, sieht mich an, lächelt, weil er weiß, was dieses Lächeln mit mir macht. Er kann nichts dafür, er muss lächeln, sobald er mich sieht, selbst wenn er wütend ist. Wir sitzen draußen bei Fish, er hat uns einen Platz freigehalten, sie stehen schon mittags Schlange vorm Sushi Macchiato, auch Wolts und foodpandas warten. Fish blieb keine Wahl, er musste sich den Lieferservices anschließen. Er bringt Deniz und mir eine Pho. Fish ist ungewöhnlich blass, obwohl überall die Sonne hinbrennt. Er fährt die Markise herunter, Sperlinge flattern aufgeregt davon. Fish ist fahrig, es geht ihm nicht gut, er braucht jemanden zum Reden, sagt aber nichts, wegen Deniz. Ich will Fish wenigstens ein Zeichen geben und erkundige mich nach seinem Sohn, frage, ob es Puma gut geht. Wir reden später, sagt Fish, lasst es euch schmecken. Deniz wickelt Reisbandnudeln mit einer Gabel auf, hält einen Löffel unter das Knäuel. Als Angehöriger, der pflegt, würde er bei einem höheren Pflegegrad etwas Geld bekommen. Sie könnten endlich die Badewanne rausschmeißen, ohne draufzahlen zu müssen. Markus erhält nur eine Erwerbsminderungsrente, die reicht nicht einmal für ein gesundes Leben. Deniz muss sie ständig neu beantragen, für die Regelrente ist Markus noch zu jung, das wird er noch eine ganze Weile bleiben. Noch mehr Schichten kann Deniz nicht übernehmen, auch wenn der Polizei die Leute fehlen. Er könnte Polizeipräsident werden, der verdient mindestens 10.000 im Monat. Heiratest du mich dann, Vanessa? Ich denke darüber nach. Ach ja? Ja, aber noch bist du kein Präsident. Ich muss Polizeipräsident werden, damit du mich heiratest, ehrlich? Das Standesamt ist in der Schlesischen, wir können aufstehen, jetzt sofort dort hingehen. Deniz nimmt seine Schüssel in beide Hände, trinkt die Suppe. Ich sehe nur seine Augen, die mich über den Rand der Schüssel angrinsen. Fish bringt uns Limonaden, er hat sie selbst gemacht, mit Limone, Granatapfel, Ingwer. Es geht nur ums Geld. Ja, sagt Deniz, wie immer. Ob ich welches habe. Ja. Das sage ich nicht, Deniz würde es nicht annehmen, ich würde ihn nie wiedersehen. Ich könnte lügen, die Herkunft des Geldes verschleiern, er würde mir nicht glauben. Und wenn ich euch regelmäßig unterstütze? Deniz zieht die Augenbrauen hoch, das habe ich noch nie gesehen. Du willst Baba jeden Tag die Windeln wechseln, im Ernst? Ich komme für Deniz also nicht infrage. Er erinnert mich daran, dass ich schon zwei Jobs habe. Ich habe drei, der Erlös des dritten könnte ihre Probleme lösen. Wir kommen schon klar, sagt Deniz. Ich gehe rein, um zu bezahlen. Ich umarme Fish. Wir sehen uns bald. Ja. Deniz wartet draußen, er drückt mir einen Zehn-Euro-Schein in die Hand, er darf ihn behalten. Ich halte dich gerne aus, sage ich und zaubere ihm ein Lächeln ins Gesicht. Reden wir irgendwann darüber?, fragt er. Ich spüre das Kribbeln, die Hitze. Worüber? Über dich und deinen Freund. Ich dachte, du bist mein Freund. Ich bin der in der Warteschleife, Vanessa. Ich kann jetzt nicht darüber reden, ich küsse Deniz, habe Lust auf mehr. Das Standesamt hat schon geschlossen, sagt er. Wie stehst du zu Sex vor der Ehe?, frage ich. Deniz lacht.

Wir gehen zu mir, schicken Baba spazieren. Dauert ewig, bis er loskommt. Tu ihm nicht weh, Engelchen, sagt er noch, dann fällt die Tür ins Schloss. Ist schwierig für mich. In der Welt dieser Wohnung läuft das mit der Liebe anders. Ist alles besetzt. Wir könnten dein Bett ausklappen, schlägt sie vor. Wir könnten auf den Balkon. Oder bleiben im Flur. Sie gibt sich alle Mühe. Sie schläft ein. Ich sehe sie an. Ertrage es kaum. Ich gehe raus, stehe im Flur, weiß nicht, was ich da soll. Ich ziehe mich an, will weg. Ich gehe zurück, sehe sie an, berühre sie. Gehe wieder raus. Als wäre sie zu viel. Keine Ahnung, was ich erwarte. Vielleicht nur Klarheit. Dass es einfach ist. Das wird es nie. Eigentlich ist alles klar. Ich lege mich zu ihr. Sie wacht auf. Du hast dich angezogen, sagt sie, küsst mich. Ich mache uns einen Tee, wir trinken ihn auf dem Balkon. Der Himmel pflanzt sich auf die Bäume, ihr Grün reicht nicht an ihn heran. Der Himmel mag zwar auch aus Farben bestehen, aber am Ende ist er nichts. Nur etwas, das über uns schwebt. Das man durchlöchern kann, um irgendwo anders hinzugelangen. Ins All. Niemand weiß, ist das dann auch noch Himmel, das All. Die Gegend über dem Mond, heißt die auch Himmel? Oder wenn man der Sonne zu nahe kommt, denkt man dann, da brennt der Himmel? Was denkt man über den Himmel, wenn man sich immer weiter von der Erde entfernt? Vielleicht ist es ja anders, sagt Vanessa, vielleicht lichtet die Erde ihre Anker, weil sie auf der Suche nach einem besseren Ort ist, Ankunft ungewiss. Kann sein. Kann sein, ihr stellt sich etwas in den Weg. Laleh ruft an, gibt mir Baba. Selda ist nicht da, sagt er. Er will, dass ich ihn abholen komme.

16

Ich öffne die Wohnungstür, höre Stimmen aus der Küche, wir haben nie Besuch in unserer riesigen Wohnung. Ich erinnere mich noch an das Aufstiegsspiel in der Alten Försterei, sagt mein Freund. Echt, da warst du? Die Stimme gehört zu Edin. In meinem Gesicht beginnt es zu kribbeln. Edin kann nicht einfach bei uns auftauchen, wir waren verabredet, aber nicht hier, das wäre ein Versehen, ein Fehler, ich darf mir keine Fehler erlauben. Edin sitzt mit Olli in der Küche, sie trinken Bier, lernen sich kennen, erinnern sich zusammen an ein episches Elfmeterschießen. Großer Sport!, ruft Olli. Er stößt mit Edin an, hat einen Freund gefunden. Hallo, sage ich. Edin wirft mir einen verstohlenen Blick zu. Olli ist zu früh zu Hause, er wusste nichts von meiner Verabredung mit Edin, er dachte, wir wollten zusammen essen. Ich weiß nicht, was ich dachte. Ich wollte nur etwas von Vanessa leihen, springt Edin für mich ein. Olli fragt zum Glück nicht nach, mir fiele nichts ein, das ich Edin leihen könnte. Olli lädt ihn ein zu bleiben, mit uns zu essen. Ein anderes Mal sehr gerne, er muss zum Training, wir sehen uns, sagt Edin. Olli lacht, aber nicht im Stadion, der FCB ist nicht sein Fall. Er freut sich, Edin kennengelernt zu haben, sucht nach seinem Notebook. Edin folgt mir in mein Zimmer, ich schließe hinter ihm die Tür, hebe die Teppichkante hoch. Edin lacht, er sieht die Kartoffelchips, die ich unter dem Teppich versteckt habe, sie legen eine unsichtbare Spur bis zur Vitrine, meinem Depot. Sind sie zerbröselt, weiß ich, jemand ist daraufgetreten, Olli, er hat sich unbefugt in meinem Zimmer aufgehalten, ich habe ein Problem. Du bist paranoid, meint Edin, allmählich werde ich es. Sein Handyakku ist leer, versucht Edin zu erklären, er konnte mich nicht anrufen, hatte gehofft, mich anzutreffen. Olli war da, er hat ihn hereingebeten, was sollte er tun. Nicht herkommen, nicht reinkommen. Er wäre nicht hier, wenn es nicht dringend wäre. Bei Edin ist es immer dringend, er nimmt zu viel Tilidin. Wie lange willst du das noch machen, Edin? Er wird nervös, muss Samstag spielen, sonst steht er auf der Straße. Edin bekommt nur Prämien, wenn er auf dem Platz steht, die Treppen auf der Baustelle ersetzen sie für ihn auch nicht durch einen Lift. Ich bin die Einzige, die helfen kann, das ist für uns beide nicht gut, es kann auf Dauer keine Lösung sein. Edin weiß es, ihm fällt keine andere ein, mir jetzt gerade auch nicht. Ich möchte, dass er mir verspricht, mich nie wieder in meiner Wohnung danach zu fragen. Edin ist zerknirscht, er verspricht es, er zählt Scheine ab, es sind viel zu viele, ein ganzes Bündel, knapp 1000 Euro hält er in der Hand. Olli klopft an die Tür, er wartet nicht ab, kommt herein, ehe ich Herein sagen kann. Er hat die Laufschuhe an, steht in Shorts und T-Shirt vor uns, er entschuldigt sich, weil er so reinplatzt. Er sieht das Bündel Geld in Edins Hand, wofür nimmst du so viel Leihgebühr?, fragt Olli mich. Ich leihe Edin Geld, was ist dein Problem, Olli? Er sieht mich entgeistert an. Ich bin wütend, wütend kennt mein Freund mich nicht. Er ahnt nicht einmal, dass ich wütend auf mich selbst bin, er kommt nicht auf die Idee, zu fragen, woher ich so viel Geld habe. Ich wollte nur sagen, dass ich laufen gehe, sagt Olli und schließt hinter sich die Tür. Edin hält noch immer das Geld in der Hand, weiß nicht, wohin damit. Warum hast du so viel Geld, Edin? Er beginnt zu zittern, versucht das Bündel in seiner Hosentasche zu verstauen, es sind die Schulden. Die, denen Edin etwas schuldet, verlangen die Zahlungen in bar. Edin muss dem nachkommen, er hat keine Wahl. Ob Deniz davon weiß, will ich wissen. Edin sieht mich an, als wäre ich von der anderen Seite, der Seite, die das Geld eintreibt. Ein falsches Wort und Edin ist verloren, erkennt sein eigenes Gesicht nicht wieder. Deniz weiß es, weiß, wem Edin etwas schuldet, wer ihn reingelegt hat. Deniz kann nichts machen. Deniz' Kollegen von der Einheit gegen Organisierte Kriminalität sind genauso machtlos, es ist an Edin, da herauszufinden. Das kann er nur, wenn er bezahlt, Monat für Monat. Hinter Edins Augen erlischt das Feuer, eben haben sie noch gesprüht vor Lebensfreude.

Ich kann sie zahlen, deine Schulden, sage ich zu Edin. Ich sehe den Bär vor mir. Was würde Andreas dazu sagen, was Deniz, wenn er davon erfährt. Aber Edin lässt es eh nicht zu, lass gut sein, Vanessa, ich komme klar, sagt er und will das Tilidin bezahlen. Kommt nicht infrage, ich will nichts dafür. Es flackert kurz in Edins Augen. Und wenn wir einen Job für dich finden, der es dir erlaubt, ohne Schmerzen und ohne Tilidin neu anzufangen, die alten Lasten loszuwerden? Ich bin nicht dein Problem, Vanessa, sagt Edin und umarmt mich. Ich drücke ihn, wünsche ihm Glück fürs Spiel. Vielleicht probier ich's ja mit Glücksspiel, lacht Edin. Lieber nicht, bitte. Ich soll mich nicht sorgen, noch steht er mit beiden Füßen fest auf dem Boden, noch halten seine Knie, noch bleibt er bei Verstand. Seine Mama würde es ihm nie verzeihen, käme er ein zweites Mal vom Weg ab, die Liebe seiner Mama setzt Edin nicht noch einmal aufs Spiel. Erst am Ende des Wegs wird abgerechnet, glaubt Edin, nur dass der Weg kein Ende nimmt, und wenn doch, weiß am Ende keiner mehr, wo es langgeht. Edin nimmt den Weg die Treppe runter, ohne seine 40-Kilo-Tuppen voller Schutt, mit meinem Tilidin. Ich rufe Andreas an, der Bär wollte längst zurück sein. Er geht nicht ran, ist mit Arjen, ich bin kein Ersatz, ich will nicht wissen, wie es ist, ihn für immer zu vermissen. Ich schmore Gemüse, koche Hirse, das habe ich noch nie gemacht. Olli kommt vom Laufen zurück, seine Stirn wirft Falten, er duscht sich, setzt sich zu mir an den Tisch. Wir essen und schweigen. Du hättest die Möhren schälen können, sagt er, fragt, ob ich nicht in die Bar muss. Heute nicht. Es wird schon dunkel, Olli möchte bei mir schlafen, bei mir ja, mehr nicht. Wir liegen nebeneinander, hören die U-Bahn auf den Gleisen über dem Kanal, Nebelkrähen krächzen kehlig laut, sie sammeln sich, haben etwas vor. Was mit mir los ist, möchte Olli wissen. In letzter Zeit verhalte ich mich eigenartig, findet er. Ich verschließe mein Zimmer, vergesse es, beschwere mich, sobald er zu mir reinkommt, als hätte ich etwas zu verbergen. Du verleihst Geld, das du nicht hast, sagt er. Woher willst du das wissen? Es war mein Geld, ich habe es verdient. Olli pfeift durch die Zähne, das ist neu. Er wusste nicht, dass ich so viel verdiene. Vielleicht schulde ich ihm etwas, schenke ihm zu wenig Aufmerksamkeit. Ich habe zu viel in meinem Kopf, die ganze Arbeit, ich bin immer unterwegs, es tut mir leid. Er lacht verächtlich. Du arbeitest in einer Bar und fährst Kurierdienst, wie schwer kann das sein, Vanessa? Ich kann nicht glauben, dass mein Freund so überheblich ist. Was bist du für ein Arschloch! Ich rücke von ihm ab, kann seine Berührung nicht ertragen. Da habe ich wohl einen wunden Punkt getroffen, sagt er, es klingt wie ein Triumph. Wir werden nie etwas klären können, wenn er es so anfängt. Dann gibst du also zu, dass wir etwas zu klären haben?, fragt er. Das ist nicht mehr mein Freund. Vielleicht, weil ich nicht mit ihm vögeln will. Wir haben schon seit Wochen nicht mehr miteinander geschlafen, stellt er fest, er hat die Tage gezählt. Also benehme ich mich in deinen Augen seltsam, weil ich nicht mit dir vögeln will? Stimmt deshalb etwas nicht mit mir? So hat er es nicht gemeint, ich verdrehe alles, was er sagt, wirft er mir vor. Bei Cüneyt gegenüber brennt bestimmt noch Licht, manchmal spielt er die ganze Nacht mit seinen Freunden. Ich wünschte, ich wäre bei ihnen, Olli würde schlafen, aber etwas treibt ihn um, das bin nicht ich. Er möchte singen, also ermuntere ich ihn, ich höre dir zur, sage ich, erzähl, es ist das alte Lied. Olli möchte die Welt verbessern, die Politik ist nicht der Ort dafür. Es gibt dort nur funktionale Soziopathen, aber er kommt nicht davon los. Er kann da alles einsetzen, was er kann, er kann vieles besser als die anderen, glaubt er. Warum zweifelst du dann, unterbreche ich ihn. Er darf nie Schwäche zeigen, sagt er. Ich fürchte, seine Stimme bricht. Ich habe das zu oft gehört, nicht nur von ihm. Niemand darf schwach sein, nirgends, alle glauben das. Olli hört mich nicht, nur sich. Die Gefühlsrohheit untereinander setzt ihm zu, er muss verlernen, anderen zu vertrauen, er weiß nicht, wie lange er das noch aushält. Er nimmt es mit nach Hause, irgendwann misstraut er jedem, selbst mir. Er berührt mich,

ich lasse es zu. Worum geht es dir wirklich?, frage ich. Ich will, dass es den Menschen besser geht, sagt er. Ich weiß, das ist nicht alles. Olli hat Träume, er spricht sie nur nicht aus. Die Luft steht still. Ich wäre gerne im Bundestag, davon habe ich immer geträumt. Jetzt ist es doch heraus. Seine Augen glänzen im Dunkel. Ich bin froh, dass er es endlich ausgesprochen hat. Wenn es das ist, was du willst, dann musst du da auch hin, Olli. Ich drehe ihm den Rücken zu, damit er es nicht bemerkt. Weinst du, Vanessa? Er zögert, mich in den Arm zu nehmen. Ich kann nicht länger mit dir zusammen sein, höre ich mich sagen. Gleich wird er wissen wollen, wie ich das meine. Wir müssen uns trennen, das meine ich.

17

Ich hab die Elf-Uhr-Pillen vorm Essen vergessen, deine Mutter hat mich nicht erinnert, meint Baba. Es ist gerade mal zehn. Um zehn esse ich nichts, behauptet er. Wo willst du hin, Baba? Ich habe ein Geschäft zu verrichten, sagt er. Vorsicht, Teppich! Rechtes Bein hoch! Linkes Bein hoch! Ich soll mir keine Sorgen machen. Ja klar. Er geht ins Bad, kommt nicht wieder raus. Die Tür ist abgeschlossen. Baba? Hast du Abführmittel geschluckt? Ich soll verschwinden. Hast du? Lass mich in Ruhe!, brüllt er. Wir wissen beide, was passiert, wenn er Abführmittel mit den Pillen zusammen nimmt. Ich soll gefälligst abhauen. Mich um meinen Scheiß kümmern. Ich hole den Staubsauger aus der Kammer. Will die Geräusche aus dem Bad nicht hören. Als er sich wieder blicken lässt, habe ich die ganze Wohnung gesaugt. Den Abwasch hab ich auch erledigt. Du musst das Bad putzen, sagt er. Kann er vergessen. Nach der Abführorgie ist das sein Job. Ich brauche frische Luft, sagt er. Will zur Wohnung raus, gerät ins Taumeln. Ich fange ihn auf. Immer schön langsam, Baba. Ist nur der Kreislauf, meint er, du hast vergessen mir die Strapse anzuziehen. Die Kasse hat ihm Stützstrümpfe spendiert, die fördern die Durchblutung, glauben sie. Ich schleppe Baba zu seinem Aufstehsessel, versuche, ihm die Strümpfe anzuziehen. Es geht schwer, ist jedes Mal ein harter Kampf. Er könnte sich ruhig mal die Zehennägel schneiden. Ne, kann ich nicht, sagt er. Wo er recht hat, hat er recht. Heute Nacht hat er wieder geträumt. Das kommt häufig vor in letzter Zeit. Ich frage ihn, ob er sich diesmal an den Traum erinnern kann. Er zuckt nur mit den Schultern. Aber du hast um dich geschlagen, und du hast geschrien, Baba. Ob ich bald mit den Strümpfen fertig bin, will er wissen. Die Dinger nützen eh nichts. Dann zieh sie mir wieder aus, meint er. Was soll ich nur mit dir machen, Baba? Ich komme allein zurecht, sagt er. Nein, tust du nicht.

18

Geh nicht, bitte, schreibt Olli, wir können es klären. Ich soll bleiben, uns nicht aufgeben, er versucht, früh nach Hause zu kommen, er kann es nicht versprechen, er möchte mich unbedingt sehen. Ja, vielleicht. Ich bin auf der Suche nach Rabih's Gebrauchtwagenhandel, im Netz war er ganz leicht zu finden. Ich blicke durch drei Fenster in einem Erdgeschoss, Kita Pusteblume steht auf dem Glas. Die Zimmer versinken in gelbem, trübem Licht. Ein Mädchen tanzt mit einer Erzieherin, sie drehen sich im Kreis. Im Zimmer nebenan steht ein Junge vor einer Tafel, er hat seine Jacke an, ist unschlüssig, was er tun soll, niemand sonst ist da, die beiden anderen tanzen ohne ihn. Vor mir rollt ein kleiner Junge auf einem Segway heimwärts, sein Opi trottet hinterher, das Gefährt, auf dem sein Enkel steht, blinkt gleichmäßig blau, alles scheint im grünen Bereich. Rabih erwartet mich schon, er zeigt ihn mir, es ist ein dunkelgrüner Mercedes SL 560, ein Cabrio von 1986. Ich bestehe auf eine Probefahrt, Rabih möchte mich begleiten, das kommt nicht infrage. Ich öffne das Verdeck,

Rabih sieht mir hinterher, er weiß nicht, ob er mir trauen kann. Es ist zu spät, ich verlasse die Stadt, komme nur bis nach Kleinmachnow, dann muss ich umkehren. Ich sehe die Tribünen entlang der Avus, Nebelkrähen haben sie erobert, jubeln mir zu. Ich erreiche Rabihs Parkplatz, er möchte wissen, wie die Fahrt war. Die Fahrt war gut. Ich enttäusche Rabih, gut ist ihm zu wenig, einen SL 560 von '86 finde ich in diesem Zustand nirgends, für Rabih ist er ein Schatz. Ich bin auf Rabihs Seite, aber 28.000 sind zu viel, Rabih lacht. Er hat sich selbst verliebt, 26 sagt er, sein letztes Angebot, weil ich es bin, er meint es ehrlich. 25 sind mein letztes Wort, Rabih verzieht sein Gesicht, ich kenne seinen Schmerz. Er bleibt bei 26, aber ich bekomme noch heute die Zulassung und Nummernschilder, er kümmert sich um alles. Ich möchte ihn umarmen, ich kann es nicht machen, ich kann nicht an mich halten, ich muss etwas nur für mich tun. Rabih strahlt, ich strahle mit ihm. Ich kann nur bar bezahlen. Rabih lacht, das ist für Rabih kein Problem.

V.

1

Ich habe frei und besuche Fish im Sushi Macchiato, das habe ich lange aufgeschoben. Ich sitze auf meinem Lieblingsplatz am Fenster, die Fische im Aquarium schwimmen auf und ab und hin und her, als gäbe es kein Ziel für sie. Fish ist noch immer blass, er hat abgenommen und dunkle Ringe um die Augen. Er bereitet mir einen Espresso zu, die Küchentür schwingt auf, und Puma kommt heraus. Er hat eine Plastik-Schürze um, sie reicht ihm bis zu den Knöcheln. Schweiß perlt auf seiner Stirn, über seiner Oberlippe hat sich ein dunkler Flaum gebildet, den hatte er am Silvesterabend noch nicht. Was ist los, Puma?, blafft Fish ihn an, von Pause war keine Rede. Puma reißt sich die nasse Schürze vom Leib, eben wird er noch gespült haben. Puma schmeißt die Schürze auf den Boden, ist wütend, ich bin minderjährig, Kinder dürfen überhaupt nicht arbeiten, beschwert er sich. Fish versucht ruhig zu bleiben, wir haben eine Verabredung, erinnert er Puma. Der klaubt die Schürze wieder auf, seine braunen Locken kleben an der Stirn. Er lebt jetzt bei mir, erklärt mir Fish. Da ist viel mehr, das er sagen möchte, nicht hier, nicht jetzt, nicht vor Puma, deswegen ist Fish so blass, so fahrig, Puma ist sein zweiter Vollzeitjob. Puma hockt sich neben mich, bestellt eine Cola bei seinem Vater. Ob ich Fishs Freundin bin. Nein, das bin ich nicht. Berlin ist voll das Loch, findet Puma. Fish stöhnt auf, ist am Rande seiner Kräfte. Ich erhalte eine Nachricht von Felix, er muss mich sehen, mir wird schwarz vor Augen. Felix sendet eine zweite Nachricht, ich soll Badesachen mitbringen. Gleich wird es wieder heller. Wo willst du hin?, fragt Puma. Ich gehe schwimmen, kommst du mit? Puma ist sofort bereit. Fish verbietet es, ich ernte einen bösen Blick von ihm. Ein anderes Mal, Puma, verspreche ich, er seufzt. Ich umarme Fish, sag, wenn ich helfen kann, flüstere ich. Puma hört es, krieg ich deine Nummer?, fragt er. Frag deinen Vater, er gibt sie dir.

Die Sonne brennt, auf den Bürgersteigen stellen sie Sonnenschirme auf. Eine Gruppe junger Leute sitzt vor einem Ladenlokal, der Rollladen ist schon seit Wochen heruntergelassen, alle blicken auf den Bildschirm eines Notebooks, folgen gemeinsam einer Vorlesung. Die Stadtreiniger sammeln mit Kehrschaufeln tote Sperlinge auf, Nebelkrähen sehen zu. Ich reihe mich in den Verkehr der Lieferwagen ein, Felix wartet schon, staunt und bewundert meinen SL. Er ist nicht aufrichtig, etwas stört ihn daran, ich frage nicht. Felix möchte zum Steg, er muss sich bewegen, will schwimmen, ich bin nicht sicher, ob man in der Havel schwimmen sollte, das Wasser ist schwarz. Felix schmiert sich mit Vaseline ein, dann geht es, sagt er, man darf das Wasser nur nicht schlucken. Ich warte lieber, Felix springt kopfüber in den Fluss, krault bis zur Insel und wieder zurück. Wir haben einen Sechserträger Corona dabei, ich öffne uns zwei Flaschen. Felix erzählt mir von seinen Kunden, dem Studio, in dem er sie trainiert, es gibt viel mehr Interessenten, als er annehmen kann. Deswegen bin ich nicht hier, wir wissen es beide. Ich lasse Felix Zeit, aber dann frage ich doch, ob sich die neuen Antidepressiva mit seinem Training vertragen. Ich bin nicht depressiv, sagt Felix, ich mach ja Sport. Darum geht es gar nicht, oder? Nein. Es geht um Boran Pantelić. Ob ich Boran oder Borans Vater Ivo kenne. Ich habe nie von ihnen gehört. Mein großer Bruder nickt, er hat es sich gedacht, das ist das Problem. Felix öffnet uns zwei neue Bier. Boran ist einer seiner besten Kunden, Boran und sein Vater kennen mich. Boran hat sich nach mir erkundigt, hat gefragt, ob Felix eine Schwester hat, Vanessa. Ja, hat Felix zugegeben. Was ich so treibe, wollte Boran wissen, womit ich Geld verdiene. Mir wird schwindelig, vielleicht liegt es an der Sonne, dem Bier. Ob ich mich erinnere, was Andreas mir geraten hat, ob ich mich an die Regeln erinnere, will mein großer Bruder wissen. Immer unter dem Radar bleiben, nicht auffallen, nicht zu groß werden. Ja. Felix und Boran kennen sich aus Tegel, Boran hat Felix nicht vergessen. Felix hat ihn in Tegel immer fair behandelt, als Einziger. Boran hat sich die Kämpfe meines Bruders angesehen, deshalb trainiert er jetzt bei Felix, seit Boran aus Tegel wieder raus ist. Sich nach mir zu erkundigen, war eine freundschaftliche Warnung. Felix ist mein Bruder, das zählt etwas, sie mögen Felix. Ich bin ein Nichts, trotzdem haben sie mich entdeckt. Felix ist nur der Bote, er kann nichts für mich tun. Boran respektiert ihn, das darf sich nicht ändern. Magst du Boran? Felix öffnet die letzten beiden Flaschen. Es spielt keine Rolle, sagt er, aber Boran ist okay. Vor allem mag ich dich, Vanessa. Mein Bruder lächelt, er will nach Costa Rica fliegen, mit seiner Freundin, der Kunstlehrerin. Drei Wochen wird er weg sein, so lange war Felix noch nie mit einer Frau zusammen. Bis er zurück ist, soll ich das mit den Pantelićs geregelt haben. Ich weiß nicht, wie, ich kann nicht einfach mein Geschäft aufgeben. Doch, das kannst du, sagt mein großer Bruder. Ich habe drei Wochen, sonst lerne ich Boran kennen, seine Familie. Felix hat Angst um mich, ich muss es versprechen, sonst kann er nicht fliegen. Ich umarme ihn, verspreche es.

Baba döst unterm Sonnenschirm. Hat sein erstes Training mit dem Rollator hinter sich, auf dem Balkon. Auf der Straße will er nicht. Schämt sich. Denkt, alle halten ihn für einen Krüppel. Katrin ist da, ich mache Tee für uns. Sie erzählt mir von einer Freundin aus Polen. Die zieht bei Leuten ein, um sie zu pflegen. Kostet viel weniger als offizielle Pflegedienste. Wie soll bei uns noch jemand wohnen? Ist eh egal, wie wenig sie auch verlangt, wir haben es nicht. Keine Ahnung, was das soll. Baba muss nicht rund um die Uhr betreut werden. Noch nicht, sagt Katrin. Ich will es nicht hören. Er lässt eh keine Fremden in die Wohnung. Wegen Selda. Katrin meint, ich soll Vanessa fragen. Keine Ahnung, was sie meint. Ob ich nicht mit ihr darüber spreche. Worüber, Katrin? Ich dachte nur, sagt sie, vielleicht fällt Vanessa etwas ein. Baba kommt vom Balkon rein, hält einen toten Sperling in der Hand, wirft ihn in den Mülleimer, ignoriert uns. Geht in den Flur, wir hören die Wohnungstür auf- und zugehen. Bis er die Treppe runter ist, muss er bestimmt işemek. Denk darüber nach, Deniz, sagt Katrin und umarmt mich zum Abschied. Ja klar. Vielleicht besorge ich Baba ein Armband mit Alarmknopf. Damit er nicht verloren geht. Vielleicht räume ich eine Bank aus. Oder die Asservatenkammer im LKA.

2

Ich finde einen Parkplatz zwischen umgestürzten, leblosen Elektrorollern und einem Caravan in der Gustav-Meyer, Ecke Brunnen, vor einem Eingang zum Humboldthain. Zwei Frauen sitzen auf Campingstühlen auf dem Bürgersteig, beide telefonieren, haben ihr Handy in den Hijab geschoben, vors Ohr geklemmt, so haben sie die Hände frei, können Gemüse putzen und schneiden. Ich klappe das Verdeck hoch, zwei Jugendliche versuchen, die Tür einer City-Toilette aufzuschieben, ohne Erfolg, auch ihre Tritte und Schläge nutzen nichts. Ich muss an Puma denken, er könnte einer der beiden sein. Ich laufe über die große Wiese, das Gras ist verbrannt, ein Fuchs kommt mir entgegen, hat eine tote Taube im Maul, flüchtet ins Gebüsch. Frisbeescheiben fliegen, Kuriere machen Pause, liegen neben ihren Rädern, baden in der Sonne, andere trinken Bier, rauchen Gras, spielen Gitarre, debattieren oder lernen für Prüfungen. Unter den alten Buchen haben sich Männer um die Bänke im Schatten versammelt, die meisten sind weit über sechzig, haben Schiebermützen auf den Köpfen, tragen kurzärmlige karierte Hemden mit Strickwesten darüber und lange braune Hosen. Ein paar von ihnen stehen auf der Wiese, sie werfen Kugeln aus Metall, diskutieren ihre Würfe oder ihr Leben oder das der Abwesenden. Ich erkenne ihn sofort, obwohl ich ihn noch nie gesehen habe. Er sitzt auf einer der Bänke, macht eine Pause vom Spiel. Ivo?, frage ich. Er schirmt mit einer Hand seine Augen ab, blinzelt, hier gibt es drei Ivos, sagt er. Welchen suchst du?, fragt er mich mit rauchiger Stimme. Das Rauchen hat er längst aufgegeben, noch hängt er am Leben. Ich glaube, ich habe den richtigen schon gefunden, Ivo Pantelić, richtig? Er lächelt, sein Lächeln bedeutet alles und nichts, gehört zu seiner Maske. Der Alte neben ihm erhebt sich, Ivo klopft mit der Hand auf die Bank, ich setze mich zu ihm. Hallo, ich bin Vanessa. Ivo lächelt wieder, diesmal habe ich ihn tatsächlich überrascht. Ivo hat sich beim Rasieren geschnitten, bestimmt benutzt er ein richtiges Rasiermesser. Auf dem Kopf hat er noch Haare, ziemlich viele, sie sind bürstenkurz. Auf Ivos Spazierstock thront ein aus Elfenbein geschnitzter Adler. Wie nennt ihr euer Spiel?, frage ich. Ivo sagt, sie nennen es Boćanje. Oder Balote, das können wir hier leichter aussprechen. Man spielt es wie Boccia oder Boule, ob ich mitspielen möchte. Das möchte ich sehr gerne. Ivo nickt, wir warten noch, sagt er. Ich sehe keine Frauen, nur die Männer. Vanessa also, ja? Ja. Ob mein Bruder mich geschickt hat. Nein, Felix würde mich umbringen, wüsste er davon. Ivo nickt wieder, langsam, bedächtig. Seine Kumpane tun so, als würden sie uns ignorieren, sie halten Abstand und behalten mich im Auge. Ich könnte wegrennen, sie kämen mir nicht hinterher. Wir treffen uns hier jeden Dienstag, jeden Sonntag, aber das weißt du sicher schon, sonst wärst du ja nicht hier, Vanessa. Ja. Ich sehe mit Ivo zu, wie die Männer in ihren Wollwesten die großen Kugeln einer kleinen hinterherwerfen oder -rollen oder andere große zu treffen versuchen, die zu nahe an der kleinen liegen. Ist friedlich hier, sagt Ivo. Das finde ich auch. Ich würde gerne wissen, wie es in seiner Heimat aussieht, woher er stammt. Ich wette, du liebst Zitronenbäume, Ivo, du liebst das Meer, bist oft schon im Morgengrauen mit deinem Vater zum Angeln gegangen. Ihr hattet einen Garten, so groß, dass du von deinem Zimmer aus die Mauern nicht mehr sehen konntest, auf denen du als Kind entlanggelaufen bist, mit einem Stock auf dem Rücken, der war dein Gewehr, mit dem du euch vor Eindringlingen geschützt hast. Ivo nickt langsam, bedächtig, dann malt er eine Landschaft für mich aus, die mich viel mehr berührt, als das, was ich mir vorstellen kann. Erinnerung muss wehtun, meint Ivo, sonst verliert man sie. Man muss lernen, mit dem Schmerz zu leben, statt ihn zu fürchten. Ob er glaubt, dass man mehr als eine Heimat haben kann. Alles, was ich brauche, finde ich hier im Park, jeden Dienstag, jeden Sonntag, sagt Ivo. Ich glaube ihm, ich wusste nicht, dass es so einfach ist. Ich gestehe ihm, ich habe nie über Heimat nachgedacht, aber wenn das Heimat für ihn ist, bekomme ich ein Gefühl davon, vor allem dafür, was es bedeuten muss, wenn man sie verliert. Ivo lächelt, diesmal bemerke ich es kaum. Er zaubert einen Flachmann hervor, schraubt den Deckel ab, bietet mir an, zu trinken. Ich nehme einen Schluck und fange Feuer. Selbstgebrannt, in der Heimat, sagt Ivo und fordert mich auf, noch einmal zu probieren. Ich trinke einen zweiten Schluck, Ivo nickt anerkennend. Ob ich aus einem bestimmten Grund zu ihm gekommen bin. Nein, ich wollte dich nur kennenlernen. Ivo findet, das war eine gute Idee von mir. Das finde ich auch. Ivo steht auf, stützt sich auf seinen Stock aus Ebenholz, nimmt seine Kugeln, stellt mich seinen Kumpanen vor. Einer wirft die kleine Kugel, ich darf beginnen, Ivo leitet mich an, führt mir die Bewegung vor. Ich bin besser, als die Kumpane dachten, ein Naturtalent, stellt Ivo fest. Die anderen bleiben bei ihrer Muttersprache, bewegen sich um Ivo und mich herum, lenken ihre Aufmerksamkeit scheinbar nur aufs Spiel. Als wären wir Luft für sie, dabei sind wir unantastbar. Ein junger Mann kommt auf unsere Gruppe zu, einige rufen ihm schon von Weitem zu, lachen. Ivo wirft einen Blick in seine Richtung, legt eine Hand auf meinen Rücken, deutet auf die kleine Kugel, auf die der junge Mann zuzulaufen scheint. Du bist dran, sagt Ivo. Es ist der letzte Wurf, ich gewinne, der junge Mann hebt Ivos Kugeln auf, steuert auf uns zu. Es ist Boran, ein Blick genügt, um ihn so zu sehen, wie niemand sonst ihn sieht. Er bemerkt es nicht, begrüßt seinen Vater, nimmt seine Hand, küsst Ivo auf die Wangen. Das ist Vanessa, sagt Ivo. Boran mustert mich, ich reiche ihm meine Hand, seine ist weich und unentschieden. Boran sieht ganz anders als erwartet aus, er versteht sich darauf, seine zarten Züge zu überdecken, das hat er geübt, schon als Kind, ihm blieb keine Wahl. Sein Blick flirrt hin und her, findet keine Ruhe, als fühle er sich bedroht, als lauere Gefahr in einem toten Winkel, in seinem Rücken. Wie von Zauberhand stehe ich mit Boran im Abseits, wir alle folgen Ivos Choreografie. Die Sonne sinkt, der Flakturm beginnt zu glühen, eine graue Wolkendecke zieht sich über uns und wird zu rosa Zuckerwatte. Boran hat eine kleine Narbe am Kinn, wie geht es Felix?, fragt er. Felix ist auf Costa Rica, es geht ihm gut, hoffe ich. Boran nickt, es ist das langsame, bedächtige Nicken seines Vaters. Spielst du nicht mit?, frage ich. Er lächelt, das Lächeln ist sein eigenes, zwei Grübchen erscheinen auf den Wangen. Boran ist ein kleiner Junge, die Welt, in der er spielen muss, ist viel zu groß für ihn, vielleicht ist sie auch zu klein für seine Träume, die behält er immer schon für sich. Ich gucke nur nach Tata, sagt er. Vielleicht guckt dein Tata auch nach dir? Borans rechtes Augenlid beginnt zu zucken, ich liege richtig. Boran wendet sich ab, Ivo entgeht es nicht, er überlässt seinem Sohn den Flachmann, möchte, dass ich mit Boran von dem Selbstgebrannten trinke, damit wir Brüder werden, oder Schwestern. Ich vertrage mehr davon als Boran, auf dem Flakturm zünden sie Raketen, sprengen einen bunten Funkenregen in die Nacht, jemand muss Geburtstag haben. Das Spiel ist längst vorbei, niemand geht, sie zünden Fackeln an. Ivo winkt Boran zu sich, erteilt ihm Anweisungen. Boran sieht zu mir, nickt, dann küsst er seinen Tata. Gleich wird Boran zu mir zurückkommen, komm, wir gehen, wird er sagen. Ich umarme Ivo, ich soll gut auf seinen Jungen achten, flüstert Ivo in mein Ohr. Ja. Er sieht mich in einem weißen Kleid, führt uns, auf seinen Stock gestützt, zum Traualtar. Pass auf sie auf, ruft er seinem Sohn nach, sie ist ein Engel. Wo wollen wir hin? Boran weiß keine Antwort, er hat sich den Abend anders vorgestellt. Ich führe ihn zu meinem Cabrio, Boran umrundet es, nickt langsam und bedächtig. Die Geschäfte laufen also gut, sagt er. Ja. Ich möchte, dass er einsteigt, seine Grübchen öffnen sich, er grinst, vielleicht ist es ein Lächeln. Auf dem Oranienplatz markieren sie mit Absperrbändern ihre Areale, es gibt welche, die haben sogar ihre Kleiderschränke aufgestellt, sitzen auf ihren Betten, trinken Tee oder Bier. Nebenan sortieren sie ihr Kochgeschirr, dazwischen schleichen Füchse umher, die Kuriere der Lieferdienste haben Schwierigkeiten, ihre Kunden zu orten. Boran lädt mich in ein Lokal ein, er möchte etwas essen. Kurz überlege ich, ihm das Sushi Macchiato zu zeigen, es wäre zu früh, noch können wir uns nicht trauen. Boran glaubt, alles ist gesagt, obwohl wir über nichts gesprochen haben. Boran ist nur mit mir zusammen, weil Ivo es so möchte. Wir trinken Bier, Boran sieht aus dem Fenster, vielleicht würde er jetzt mit seinen Freunden an einem anderen Ort sitzen, Bier trinken, aus dem Fenster sehen, er würde lachen, beinahe daran glauben, dass er dazugehört. Die Freunde würden nicht bemerken, wohin sein Blick entflieht, er liebt sie, sie sind ihm nicht alles, auch wenn er es vorgibt, sie ihm glauben, weil es für sie selbstverständlich ist, sich gegenseitig alles zu sein. Aber Boran ist ein anderer, er vergisst es selbst, um sich zu schützen, um sie vor ihm zu schützen. Heute Nacht beschütze ich ihn, weil sein Vater es so will. Boran entschuldigt sich, er muss zur Toilette. Ich rufe Deniz an, ich möchte tanzen. Er ist zu Hause, wollte gerade schlafen gehen. Bitte, sage ich, wir waren nie zusammen tanzen. Deniz zögert, wo willst du hin, Vanessa? Ich sage es ihm, es ist nicht verhandelbar, er lacht. Von mir aus, sagt er, wir sehen uns gleich. Ich ziehe mit Boran los, er dachte schon, es ist vorbei, er hat es hinter sich. Wo willst du hin? Wir gehen tanzen. Ich nehme seine Hand, sein Augenlid beginnt zu zucken. Falls ich daneben liege, gerate ich in Not. Wir gehen die Oranien hoch, sie sitzen vor den Lokalen, die noch geöffnet haben, vor den Spätverkäufen. Vor dem SO36 stehen sie in einer Schlange, ich schlängele mich mit Boran an ihnen vorbei. Boran entzieht mir seine Hand, jetzt muss es schnell gehen, sonst verliere ich ihn. Ich umarme Zazie, sie und Kayla machen heute Abend die Tür. Ehe Boran sich versieht, hält Zazie seinen Arm, Kayla drückt ihm einen Stempel auf sein Handgelenk. Ich schiebe Boran hinein, er will sich wehren, nur mit einem halben Herz, die andere Hälfte beginnt, wie wild zu pochen. Wir treten ein ins House of Halay, hier feiern sie heute Nacht Gayhane. Schon umspielen uns die Beats, die Lichter ziehen uns magisch an, alle, die schon drin sind, laden uns ein, mit ihnen zusammen zu feiern. Sie glitzern, strahlen, haben sich geschmückt, herausgeputzt. Boran weiß nicht, wo er zuerst hingucken soll, seine Sinne werden geflutet, alles stürmt auf ihn ein, er kann sich schon nicht mehr entziehen, wird überwältigt. Sie sind queer, sie sind bunt, sie lassen los, jeder eine Verführerin, jede ein Verführter. In einer Gayhane-Nacht stellt das House auf Halay uns alle unter Schutz, die Grenzen lösen sich auf, geraten in Vergessenheit. Wir haben keinen Selbstgebrannten mehr, Boran folgt mir zur Theke, sein Augenlid flattert, ich bestelle zwei Bier und dazu Tequila. Silas an der Bar trägt Engelsflügel, früher war sie meine Schwester, jetzt ist er mein Bruder. Boran lächelt schüchtern, seine Augen strahlen heller als die Discokugeln. Wir trinken den Tequila, nehmen die Biere mit zur Tanzfläche, schon ist sie so voll, dass alle sich berühren. Boran ist es nicht gewohnt, niemals hätte er sich allein hierher getraut. Woher wusstest du?, fragt mich sein Blick, er schämt sich, nur für einen Moment, was, wenn mich jemand sieht, denkt er. Es bleibt kein Raum dafür, es gefällt ihm viel zu sehr, Boran ist schon Teil davon. Ehe er es sich versieht, ist er mit mir mitten auf der Tanzfläche, er beginnt, sich zu bewegen, langsam tastet er sich vor, hört auf die Musik, saugt sie in sich auf. Darauf hat er jahrelang gewartet, jetzt ist er angekommen, sie heißen ihn willkommen, reißen ihn mit, er tanzt mit ihnen zusammen. Boran fängt die Blicke ein, zieht sie auf sich, weiß nicht, wohin mit seiner Flasche, ich nehme sie ihm ab, ziehe mich zurück. Boran bleibt nicht lange allein, hört auf, sich mit den anderen zu drehen, er hält sich mit seinem Blick an einem fest, der hat Boran auserwählt, vielleicht war es auch umgekehrt. Er trägt ein Fußball-Trikot, hat die Ärmel über der Schulter abgeschnitten, seine langen dunklen Haare mit einem Holzstab hochgesteckt. Seine Lippen glitzern, er berührt Boran, Boran lässt es sich gefallen, lacht mit ihm, hat mich schon vergessen. Es ist sein erstes Mal, jetzt gibt es kein Zurück mehr. Ich habe es Ivo versprochen, ich achte auf seinen Sohn, Ivos Traum in Weiß löst sich in Luft auf. Ich finde mich auf einer schwarzen Liste wieder, vielleicht auch nicht, vielleicht geht Ivos Liebe sehr viel tiefer, als Boran es sich vorstellen kann. Ich spüre einen flauschigen Bart an meiner Wange, zwei Arme umschlingen mich, Deniz. Wir küssen uns, er bewegt sich gleich mit der Musik, wir sind auf dem Weg zum Tanz, niemand tanzt wie Deniz, so tanzt er nur mit mir. Auch Boran tanzt, noch immer mit dem Schönen im Fußball-Trikot, nichts passt mehr zwischen sie. Sie küssen sich, als Boran mich entdeckt, hält er kurz inne, als gäbe es noch etwas zu verbergen. Doch dann grinst er, seine Grübchen öffnen sich. Deniz schiebt sich zwischen uns, der Track erreicht den Peak, alle jubeln, der ganze Saal vibriert, wir sind im Fluss, der alle mitreißt. Deniz und Boran sind von allem losgelöst, der im Fußball-Trikot achtet auf Boran, hält ihn, hat warme Augen, es ist der Richtige, ich bin ganz sicher, manchmal finden sich zwei, von einem Moment zum anderen ist alles klar. Ich suche Deniz' Körper, er findet meinen, da sind auch noch all die anderen, die uns berühren, uns auseinander- wieder aufeinander zu treiben. Egal, wer etwas nimmt oder eben nichts nimmt, alle fliegen auf der gleichen Wolke, die uns für eine begrenzte Zeit zusammenführt. Wir landen an der Bar, ich mit Deniz, Boran mit seinem neuen Freund, vielleicht ist es ein Freund für eine Nacht, vielleicht sehen sie sich wieder. Boran möchte alle einladen, Deniz möchte nichts, ich muss früh raus, sagt er, Boran will es nicht gelten lassen. Was machst du, das so wichtig ist, dass du nicht mit mir trinken willst? Ich bin Polizist, sagt Deniz. Boran nickt das Nicken seines Vaters, langsam und bedächtig, vielleicht verspiele ich mein Leben. Borans Blick streift mich, sein Augenlid flattert, der Schöne mit den warmen Augen legt einen Arm um ihn, Boran fängt sich wieder, alles geht zu schnell für Deniz. Dann wundert's mich, dass du überhaupt noch hier bist, sagt Boran. Deniz grinst, ja, mich auch. Auf dich, sagt Boran, er prostet Deniz zu, ich umarme Boran, weil ich mit Deniz gehe. Wenn das unter uns bleibt, bin ich dir etwas schuldig, flüstert Boran mir ins Ohr. Er braucht sich nicht zu sorgen, wir passen aufeinander auf. Ja, sagt er, lächelt ein glückliches Lächeln, an das er sich morgen hoffentlich erinnern wird. Ich lande mit Deniz auf der Straße, noch immer stehen sie Schlange, wir sind verschwitzt, fragen uns, wohin. All das, was wir für zwei Stunden im House of Halay vergessen konnten, holt uns wieder ein. Ich habe mich von meinem Freund getrennt, höre ich mich sagen. Zu Deniz sind es zwei Kilometer, zum Vier Jahreszeiten dreihundert Meter, für Deniz sind es dreihundert zu viel. Auf keinen Fall lasse ich ihn allein nach Hause gehen. Wir schalten einen Elektroroller frei, Deniz stellt sich hinter mich, hält sich an mir fest. Ich fahre Schlangenlinien. Deniz besteht darauf, die Plätze zu tauschen, jetzt halte ich mich an ihm fest. Wir versuchen, still zu sein, ich muss aufs Klo, höre die Schreie erst, als ich die Tür schon geschlossen habe. Deniz ist bei Markus, hält ihn, du hast geträumt, Baba, ist nur ein Traum gewesen. Hallo, Meister Parkinson, flüstere ich. Ist das der Engel?, fragt er. Ich bin es, Vanessa. Markus will wissen, wie spät es ist. Es ist halb vier. Warum es dunkel ist, will er wissen. War ein Witz, lacht er, er muss mal işemek. Deniz hilft ihm aus dem Bett, ich kann das auch allein, sagt Markus. Im Flur gerät er ins Schlingern, stolpert über eine Teppichkante, die nicht existiert, Deniz fängt ihn auf. Ich gehe in die Küche, trinke ein Glas Wasser, dann noch eins. Ich klappe das Sofa zum Bett um, hole Decke und Kissen aus der Kammer. Deniz umarmt mich, schiebt seine Hände unter mein T-Shirt, ich spüre sie auf meiner Haut am Rücken, es reicht, um mich zu erregen. Deniz!, ruft Meister Parkinson. Er war bei Kerem, hat Bier getrunken. Ich streife Hose und Socken ab, öffne die Balkontür, der Ego-Shooter von gegenüber ist noch im Spiel. Ich lege mich ins Bett, versuche, wach zu bleiben. Deniz liegt neben mir, vögeln ist nicht, meint er. Ich muss lachen. Wie kommt Baba darauf, dass du ein Engel bist? Alle halten mich für einen, nur Deniz nicht. Es gibt keine Engel, sagt er. Wer bin ich dann? Deniz weiß es auch nicht. Als ich aufwache, hantiert er schon in der Küche herum. Markus sitzt im Bademantel am Tisch, wartet auf sein Frühstück. Na, Engelchen, gut geschlafen?, strahlt er mich an. Mir war nicht bewusst, dass ich geschlafen habe. Deniz gibt mir mein Handy, sieht mich fragend an. Olli hat versucht mich zu erreichen, achtmal, dazu kommen noch vier Textnachrichten. Ich war im Flugmodus, habe ihn vergessen. Wohnst du noch bei ihm?, fragt Deniz. Ja. Na gut, sagt er, ich muss los. Ob ich Markus beim Anziehen helfen kann. Natürlich, ja. Ich zieh mich allein an, meint Baba Markus. Deniz küsst ihn auf die Stirn, mich küsst er auf den Mund. Katrin sagt, du hättest vielleicht eine Idee, wie wir eine private Pflegerin bezahlen können. So beiläufig, wie Deniz es erwähnt, bin ich bereit, alles zu gestehen, mein gesamtes Einkommen samt der Quellen offenzulegen. Hat Katrin gesagt, wie sie daraufkommt?, höre ich mich fragen. Nein, hat sie nicht. Ich weiß es auch nicht, sage ich. Habe ich mir schon gedacht, meint Deniz und geht.

3

Fish ist früh im Sushi Macchiato, Getränke werden geliefert, er hat die Kaffeemaschine schon in Betrieb genommen. Draußen rollen sie ihre Schlafsäcke zusammen, machen den Stadtreinigern Platz und übergeben ihnen die Tüten mit Müll, den sie rings um die übergelaufenen Eimer und Tonnen aufgesammelt haben. Fish bereitet mir einen Espresso Doppio zu, ich frage nach Puma. Er beginnt heute mit einem Kurs für Unbeschulbare, Fish konnte ihn überzeugen, Puma ist tatsächlich aufgestanden und hingegangen. Fish ist erleichtert, es ist ein Anfang, sagt er, aber dann überwiegen gleich die Zweifel, ob Puma den Kurs auch bis zum Ende durchhält. Fish kann nichts tun, nur abwarten, er muss sich um die Lieferanten kümmern. Mein Cabrio steht noch am Oranienplatz, es ist unversehrt. Ich fahre nach Hause, in die Großbeerenstraße, zu Olli, vielleicht war das einmal mein Zuhause. Ich denke an Ivo, daran, was Heimat ihm bedeutet, vielleicht sehne ich mich danach, nach etwas, das mir genauso viel bedeuten kann. Vielleicht war Olli meine Heimat, dann bin ich jetzt heimatlos. Cüneyt öffnet seinen vw-Bus, er verkauft Fisch, sie stehen schon in der Schlange an. Die Tür zu Cüneyts Spätverkauf wurde versiegelt, er konnte die Miete nicht mehr bezahlen. Olli ist längst weg, ich schreibe ihm eine Nachricht, entschuldige mich, erkläre nichts, mir fällt nicht ein, wie. Was könnte ich erklären? Ich putze die Wohnung, ich wasche Wäsche, vielleicht zum letzten Mal, es gibt noch kein Wohin. Bleib, überall und immer wieder bleib, Olli fleht. Am Nachmittag erscheint der Schriftzug Unbekannt auf meinem Display, das Handy klingelt, ich gehe ran, ich höre Pumas Stimme. Puma, sagt er, ob ich mich an ihn erinnere. Natürlich. Er möchte mich sehen, bitte, ob wir uns treffen können. Ja, am Engelbecken, schlage ich vor, in einer halben Stunde. Ich warte auf einer schattigen Bank im Laubengang, Rosen klettern hinter mir die Wand entlang. Vielleicht sollte ich Fish sagen, was ich tue, ich weiß ja selbst nicht, was das ist, ich warte ab. Auf der Bank neben mir weint ein Mann, vielleicht ist er vierzig, die Haare lichten sich, er schluchzt herzzerreißend, ich setze mich zu ihm, was ist passiert? Er sieht mich nicht an, verschränkt die Hände, sie waren fünfzehn Jahre zusammen, seine Tanja und er, auf einmal ist sie weg, hat ihn verlassen, er kann nicht ohne sie sein, will nicht mehr, nicht ohne sie, ohne sie ergibt nichts mehr einen Sinn. Fünfzehn Jahre lang war sie ihm alles, er hat sie großgezogen, sie ist nie von seiner Seite gewichen, plötzlich ist sie tot, er hat sie gefunden, unter der Eckbank lag sie, in der Küche, hat sich nicht mehr gerührt. War das Herz, das nicht mehr wollte. Keiner Fliege hat sie etwas zuleide getan, seine Tanja, sie war besser als jeder Mensch, den er gekannt hat, jetzt kennt er niemanden mehr. So hübsch war sie, sie hatte seidiges Fell. Er versucht einer Berührung nachzuspüren, kramt aus seiner Hosentasche eine Schachtel hervor, zeigt sie mir, die Tabletten soll er nehmen, die haben sie ihm im Krankenhaus gegeben, Haloperidol haben sie ihm verschrieben. Er sollte bleiben, im Klinikum am Hafen, sie wollten ihn beobachten, ein, zwei Tage, sie wollten, dass er Ruhe findet. Es war kein Bett frei, er wollte nur nach Hause, nur zu ihr, zu seiner Tanja. Er steckt die Tabletten zurück in seine Hosentasche, ich versuche es ganz vorsichtig. Vielleicht sollten Sie sie doch einnehmen, Sie können sie ganz gering dosieren, nur für eine kurze Zeit, drei, vier Tage vielleicht. Er hört mich nicht, lässt mich sitzen. Ich sollte ihn nicht einfach gehen lassen, aber dann kommt Puma doch noch, springt die Treppen beim Legiendamm herunter, seit einer halben Stunde warte ich auf ihn. Da bist du ja, sagt er und pflanzt sich neben mich, tut mir voll leid, wenn ich zu spät bin, ehrlich. Guck mal, sagt er, ich bin extra mit 'nem Uber da, ich war voll im Stress, Mann, ich wusste gar nicht, wo das ist, Engelbecken. Jetzt hat er es gefunden, ich frage, warum wolltest du mich sehen? Er reißt die Augen auf, empört sich, du hast doch selbst gesagt, ich soll anrufen, wenn ich was zum Rauchen brauche. In meinem Gesicht beginnt es zu kribbeln, das habe ich nie gesagt. Puma trägt Shorts, zwei unterschiedliche Socken, eine mit Ringeln, eine mit Luftballons, seine Sneakers sind verbeult, unter seinen Fingernägeln ist Dreck. Ich glaube, wir sind hier fertig, Puma. Ich stehe auf, gehe in Richtung des Indischen Brunnens, dort wohnen zwei, sie verkaufen Wasser. Puma kommt mir hinterhergelaufen, er hüpft um mich herum, als wäre er es, der mir etwas verkaufen möchte, es sprudelt nur so aus ihm heraus. Wie fertig, Vanessa? Ich habe mich verspätet, tut mir echt leid, ich habe Aufmerksamkeitsdefizit, ich war nur unaufmerksam, ehrlich, Vanessa, so was passiert mir seit ich drei bin, voll ADHS. Meine Mutter ist fertig mit mir, deswegen hat sie mich auch abgeschoben, Vanessa, bitte. Eigentlich bin ich voll auf Ritalin, aber in Berlin nehme ich den Scheiß nicht mehr, deswegen verspäte ich mich dauernd, tut mir echt leid, Vanessa, ich bin einfach nicht normal, weißt du? Ich meine, auf Ritalin bin ich total normal, ehrlich, Vanessa, sobald ich Ritalin schlucke, bin ich so, wie ihr mich haben wollt, sozial voll funktionsfähig, total unauffällig und pünktlich, ehrlich, voll der Zombie. Ich will aber kein Zombie mehr sein, Vanessa, bitte. Ich dachte, du verstehst das, weil dein Gras, das ist echt cool, also das ist viel besser als Ritalin, weil ich davon nicht depressiv werde, ich träume auch nicht mehr andauernd von Amokfahrten, wenn ich das rauche. He, war nur ein Witz, ehrlich. Puma grinst. Ich staune, bleibe stehen, alles dreht sich, wieso rauchst du mein Gras, Puma? Er tänzelt weiter vor mir her, mit Fish zusammen hat er Gras von mir geraucht. Fish wird dir kaum meine Nummer gegeben haben, damit du mich nach mehr fragst. Puma springt in die Luft, wirft einen unsichtbaren Basketball in einen unsichtbaren Korb. Jetzt hast du es, sagt er, du bist doch nicht so dumm, wie ich grad dachte. Er lächelt, er ist ein Junge, er beleidigt mich, und ich möchte ihn umarmen. Stattdessen beginne ich zu dozieren, ich haben einen Freund, der ist Psychiater, Neurologe, sage ich. Neunzig Prozent seiner an Schizophrenie erkrankten Patienten haben mit dreizehn oder vierzehn angefangen zu kiffen. Wenn du Cannabis konsumierst, während dein Gehirn noch wächst, stehen die Chancen gut, dass du … Schizo was, unterbricht mich Puma. Wir bewegen uns auf die Waldermarbrücke zu, ich bin eine andere, es gibt kein Entrinnen, Puma hat sich festgebissen. Hunde rennen an uns vorbei, niemand beachtet uns. Unter der Brücke sitzen sie an einem Küchentisch, neben sich ein Kühlschrank, den Strom zapfen sie von den Laternen auf der Brücke ab. Schizophrene sehen am Himmel Chemtrails, sie glauben, der Staat besprüht sie von Flugzeugen aus mit bewusstseinsverändernden Drogen, etwas Besseres fällt mir nicht ein. Wie kann es sein, dass ich so hilflos bin? Puma ist begeistert, die habe ich heute gesehen, ruft er, diese Chemtrails, die gibt es wirklich, Vanessa, die waren direkt über meinem Kopf, also vorhin, als ich Flugzeuge gucken war, da haben die vom Staat mich angegriffen, meinst du? Das habe ich eigentlich nicht gemeint. Puma lacht, schon klar, war ein Witz, Vanessa, ich hab eh erst mit fünfzehn angefangen zu kiffen. Das beruhigt mich überhaupt nicht. Wie alt bist du jetzt, sechzehn? Ich bin siebzehn, Mann! Das ändert alles. Also krieg ich doch was? Er hört nicht zu. Du hörst nicht zu, Puma. Er grinst, ADHS, schon vergessen? Puma läuft neben mir her, redet weiter auf mich ein, als wäre ich es, die schwer von Begriff ist, vielleicht bin ich es. Wie Fish immer sagt, wenn ich kiffe, baue ich wenigstens keinen anderen Scheiß, erklärt mir Puma. Fish meint, Kiffen ist harmlos im Vergleich zu dem, was ich sonst anstelle. Wenn du mir kein Gras vertickst, na ja, dann werde ich wahrscheinlich kriminell, du weißt schon, Beschaffungskriminalität, so was, nur wegen dir, Vanessa. Ehrlich, ich meine, wenn Fish dein Freund ist, also er meint, Kiffen ist das Einzige, was ihn und mich verbindet. Ist so ein Vater-Sohn-Ding, wenn du verstehst, was ich meine, das ist voll wichtig für Fish. Voll krass, dass du ihm das wegnehmen willst, ich meine, was für eine Freundin bist du? Das frage ich mich selbst, mir wird schwindelig, Puma kreiselt um mich herum, bringt alles durcheinander. Am Drachenbrunnen hocken sie auf einer Couch, sie verkaufen Sonnenbrillen und Taschentücher. Puma vergräbt die Hände in den Hosentaschen, ich weiß mir keinen Rat. Ich kann nichts für dich tun, Puma, ich muss los, da vorne steht mein Wagen. Puma trabt neben mir her, der alte Benz ist deiner, echt? Plötzlich ist er ein kleiner Junge, der sich über ein neues Spielzeug freut. Ich kann dich nach Hause fahren, biete ich ihm an. Ich wohne in München, sagt er und bringt mich zum Lachen. Puma grinst, hast du eigentlich auch Ecstasy, Vanessa, ich meine nur, falls Fish was braucht. Nach einer halben Stunde mit Puma bin ich total erschöpft, mir wird bewusst, was er für Fish bedeutet. Wenn du schon kiffen musst, dann rate ich dir, die Finger wenigstens von allem anderen zu lassen, bringe ich gerade noch hervor. Auf deinen Rat kann ich verzichten, teilt mir Puma mit. Gut, dieses Gespräch ist sowieso beendet. Ich sehe Puma im Rückspiegel, er schnorrt sich eine Zigarette bei einem, der Bier trinkt. Puma setzt sich zu ihm, sie rauchen, dann fällt das Bild aus, erst bei Fish komme ich wieder zu mir. Vor dem Sushi Macchiato stehen sie Schlange, Fish kann nicht weg. Ich muss mit ihm reden, sofort. Er zieht mich in die Küche, zur Tür, die zum Hof mit den Mülltonnen hinausführt. Fish bringt sie zweimal die Woche selbst zu einer Sammelstelle der Stadtreinigung. Wir stehen in dieser Tür zwischen drinnen und draußen. Ich begreife nicht, warum er Puma meine Nummer gibt, damit er Gras bestellt. Natürlich hat er Puma meine Nummer gegeben, ich wollte es doch so, erinnert er mich. Wir sind eingeklemmt zwischen Küche und Himmel und Müll. Ich soll nicht so einen Wind machen. Ich mache keinen Wind, ich mache mir Sorgen um Puma. Fish versteht nicht, was ich von ihm will, was er meiner Ansicht nach tun soll. Er kann Puma nicht einsperren, Puma würde ihm den Laden auseinandernehmen. Wenn Puma kiffen möchte, für Fish ist das in Ordnung. Puma soll sich nur nicht den Dreck aus dem Görlitzer Park besorgen, nur darum geht es Fish. Das hätten wir besprechen können. Ja. Fish kann mir nicht in die Augen sehen. Ja, sagt er noch einmal. Er wirkt zerknirscht, vielleicht auch nur, weil er mich loswerden möchte. Es muss eine andere Lösung geben. Fish muss nicht so viel arbeiten, er kann jemanden für die Geschäftsführung engagieren. Fish lacht, es gibt niemanden, der etwas taugt, glaubt er, es ist schwer, Leute zu finden, die einen Laden zuverlässig am Laufen halten, ich sollte das wissen. Erst erzählen sie dir, wo sie schon überall waren, dann kommen sie entweder zu spät oder gar nicht, oder sie machen schlechte Arbeit, beschweren sich über die Arbeitsverhältnisse und bekommen dann

Angst um ihren Arbeitsplatz. Fish wütet, ist wütend auf mich, auf die Welt, auf sich selbst vielleicht. Von mir aus soll er seine Wut auf mir abladen, es geht um Puma, nicht nur darum, dass er kifft. Ich muss es Fish sagen, ich komme nicht dazu. Es geht mich nichts an, sagt er. Ich mische mich ein, mache auf besorgt, tue auf verständnisvoll, erzähle was von Hilfe und veranstalte doch nur einen Aufruhr wegen eines Anrufs, einer Frage. Wen fragt man denn, wenn nicht den Kurier? Fish versteht die Heuchelei nicht, hält mich für eine Heuchlerin. Fish braucht mich nicht, Puma braucht mich erst recht nicht, er und Puma kommen gut allein zurecht. So habe ich Fish noch nie erlebt. Die beiden Köchinnen und ihre helfenden Hände ignorieren uns, hören alles mit, ich existiere nicht für sie. He Fish!, ruft Puma, der plötzlich in der Küche auftaucht. Er zwängt sich an den Köchinnen vorbei. Keine Ahnung, was sie dir erzählt hat, fängt Puma an, ich unterbreche ihn. Es ist alles geklärt, du brauchst dir keine Sorgen zu machen, nicht wegen mir. Pass auf dich auf, Puma, sage ich noch und gehe über den Hof. Ein Waschbär schreckt vor mir zurück, jetzt kommen sie schon am Tag. Ich höre Fish. Vanessa!, ruft er mir hinterher, ich drehe mich nicht noch einmal um, nicht heute, nicht jetzt, irgendwann vielleicht einmal. Ich laufe bei Laleh und Kerem vorbei, ich stehe vor der Kirche in der Tabor, sie haben die Tore verriegelt, niemand weiß, ob sie sie noch einmal öffnen. Auf der Straße und dem Bürgersteig hat sich ein grüner Film gebildet, der sich immer weiter ausdehnt. Es besteht kein Zweifel, es ist Moos. Ich warte auf den Lieferservice, erinnere mich, dass ich ihn bestellt habe. Vielleicht habe ich das nicht, vielleicht haben sie sich bei mir gemeldet, gesagt, sie kommen. Vielleicht bin ich deshalb hier gelandet, weil ich nicht wusste, wo ich sonst hin soll. Andreas ist noch immer nicht zurück, morgen, hat er gesagt, wann war das? Ich hoffe, gestern, vielleicht war es auch heute. Morgen hole ich ihn ab, dann ist der Bär zurück, und alles wird gut. Ich warte, sie kommen, einer trägt den Stuhl für mich nach oben. Markus ist da, sein Motor läuft, er freut sich, mich zu sehen. Ich rolle den Stuhl zum Esstisch. Was ich mit dem Stuhl will. Der ist für dich. Es ist ein Bürostuhl auf Rollen, sie rollen auf Teppich und auf Laminat. Meister Parkinson fällt es mittlerweile schwer, einen normalen Stuhl an den Tisch heran- und wieder wegzuschieben. Er setzt sich auf den neuen und übt zu rollen. Wir stellen die Höhe der Armlehnen ein, die Rückenlehne, der Stuhl gefällt ihm. Er braucht ihn nicht, sagt er, ich soll ihn wieder mitnehmen. Ich schlage vor, er behält ihn eine Weile, nur zur Probe, dann hole ich ihn wieder ab. Markus lächelt, sein Lächeln erinnert mich an Deniz, damit ist es besiegelt. Wir essen zusammen auf dem Balkon, ich habe es bestellt, wir reden kaum, willst du darüber reden?, fragt er. Lieber nicht. Er nickt, ich denke an Ivo, an Boran. Ich spüle ab, helfe Meister Parkinson beim Umziehen, er möchte seinen Freizeitanzug anziehen, in dem kann er zur Not auch schlafen. Halt Deniz nicht so lange hin, sagt Baba Markus. Ich halte ihn nicht hin. Markus streichelt mir zärtlich über die Wange, doch, das tust du, Engelchen. Ich soll mit Deniz reden, Deniz muss wissen, woran er mit dir ist, es ist besser für uns alle, sagt Meister Parkinson. Ich weiß nicht, was ich sagen soll. Ob ich wissen will, wo Deniz jetzt gerade ist. Ja. Baba Markus zeigt mir stolz eine neue App auf seinem Handy, mit der kann er Deniz orten und Deniz ihn. Deniz meint, das ist zu meiner Sicherheit, sagt Baba Markus. Ich umarme ihn zum Abschied, er drückt mich, mach's gut, Engelchen. Es gibt keine Engel.

4

Jovanna hat uns abgemeldet. Ich will bei Imren Burger essen. Jovanna beschwert sich, weil es keinen Salat gibt. Frau Coric behauptet, sie trainiert. Lässt mich sitzen, will sich woanders was holen. Ein dunkelgrünes Oldtimer-Cabrio parkt in einer Lücke vor Imren ein. Vanessa steigt aus, lächelt mich an. Sie war bei Baba, er hat ihr die App gezeigt. Sie hat gehofft, ich bin noch hier. Setzt sich zu mir, möchte nichts essen. Sie kann mich kaum ansehen, fragt nach meiner Kollegin. Die mag keine Burger. Vanessa nimmt's zur Kenntnis. Ich frage, ob sie nicht arbeiten muss. Als wäre einer von uns beiden zur falschen Zeit am falschen Ort. Etwas stimmt nicht, sie kann es nicht sagen, nicht jetzt, nicht hier. Ist kein Problem für mich. Ich nehme ihre Hand. Sie zieht sie zurück, hält meinem Blick nicht stand. Zum ersten Mal. Ob der Benz zu ihr gehört, frage ich. Ja. Sie möchte mit mir rausfahren, sobald meine Schicht zu Ende ist. Ich weiß nicht. Ob ich wegen dem Wagen zögere, will sie wissen. Er muss ein Vermögen gekostet haben. Sie wird unruhig. Es ist nicht nur der Wagen, Vanessa. Ich weiß, sagt sie. Sie möchte nicht jetzt darüber reden, nicht hier. Das hatte ich schon beim ersten Mal verstanden. Ich glaube nicht, dass wir uns heute noch sehen können. Jovanna und ich müssen eine zweite Schicht dranhängen. Sie nickt nur, steht auf. Melde dich, wenn dir danach ist, sagt sie. Steigt in ihren SL, fährt an mir vorbei. Ich sehe ihr hinterher, dann ist sie weg. Wer war das?, fragt Jovanna. Sie pflanzt sich neben mich, hat sich einen Salat geholt. Packt ihn aus. Eine Freundin, sage ich. Seit wann hast du eine Freundin?, fragt Frau Coric. Ich gehe rein und zahle. Jovanna packt ihre Salatbox wieder in die Tüte. Trottet hinter mir her zum Wagen. Was ist denn los mit dir? Nichts. Wir steigen ein. Ich hab doch nur gefragt. Sie nimmt Anteil an meinem Leben, behauptet sie. Ob ich ein Bonbon zum Nachtisch möchte. Nein. Ein Bier vielleicht? Schon eher. Das war ein Witz, sagt sie. Sehe ich so aus, als würde ich Witze machen, Jovanna? Sie hat den Witz gemacht, erklärt sie mir. Muss ich überhört haben. Sie stöhnt laut auf. Was ich plötzlich für 'ne Laune habe, will sie wissen. Keine Ahnung. Was macht die Angst, Jovanna? Sie arbeitet daran, behauptet sie und schnallt sich an. Ob ich Angst habe, sie könnte mich wieder im Stich lassen. Ja. Ich soll ihr vertrauen, auch wenn es mir schwerfällt. Ja klar. Ich will ein Bonbon. Wirklich?, fragt sie. Ja. Sie gibt mir eins. Die Schokolade schmilzt in meinem Mund. Ich halte an, hole mir ein Bier. Das kannst du nicht machen, meint Frau Coric. Doch, kann ich.

5

Ich kreisele, finde keine Lücke, endlich kann ich meinen SL doch noch in der Bredtschneider parken. Am Zentralen Omnibusbahnhof herrscht ein unglaublicher Betrieb, es gibt viel mehr Busse, die ankommen oder abfahren, als üblich. Die Wartehalle ist überfüllt, die meisten tragen mehrere Lagen Kleidung übereinander, als würden sie versuchen, so viel wie möglich von dem, was sie besitzen, mitzunehmen. Sie drängen sich vor den Schaltern, es gibt kein Vor und kein Zurück. Hunde schleichen umher, auf der Suche nach Nahrung, Schilder werden hochgehalten, Menschen suchen Menschen, die sie nie zuvor gesehen haben. Auf der Anzeigetafel rattern Buchstaben und Zahlen durch, im Coffeeshop kommt die einzige Servicekraft den Bestellungen nicht hinterher. Der Bus aus Amsterdam kommt an Gate 8 an, dort warten sie schon, zehn Minuten später wird der Bus außerplanmäßig direkt wieder weiter, zurück nach Amsterdam fahren. Er beginnt wie viele andere nonstop zu pendeln. Auf der Anzeigetafel wird eine Verspätung angezeigt, eine Frau bricht in Tränen aus, es wird nicht angezeigt, ob es sich um Minuten oder Stunden handelt. Ich rufe Andreas an, sie sind so gut wie da, brummt er. Ich erkenne ihn kaum, etwas stimmt nicht. Ich bin nur müde, sagt er und beendet das Gespräch, das gar keins war. Ich bleibe bei den Schließfächern stehen, zwei Frauen in gelben Leuchtwesten verschenken Kuscheltiere, sie zaubern sie verschmutzt aus einer Kiste hervor. Einem Kaninchen fehlen die Ohren, ein Känguru hat keinen Schwanz. Die Stimmen lärmen, einige klingen aufgeregt, andere erschöpft. Ich sehe den grünen Bus aus Amsterdam, er schleicht auf Gate 8 zu, es sind zu viele Menschen auf der Fahrbahn. Endlich öffnen sich die Türen, die Wartenden weichen zurück. Ich erhasche einen Blick auf Andreas, die Türen des Kofferraums klappen hoch. Die Fahrgäste drängen sich, holen Taschen und Koffer heraus, Andreas lässt einen nach dem anderen vor. Schon laden die neuen Passagiere ihr Gepäck ein, die Fahrerin steht unbeteiligt daneben und raucht. Wenn niemand sie ablöst, wie wird sie sich wach halten? Andreas bückt sich, verschwindet halb im Stauraum, er taucht wieder auf, zögert kurz, dann entfernt er sich langsam, ohne unsere große Reisetasche, nur mit seinem Rucksack. Jemand reicht der Fahrerin einen Sechserträger Red Bull und eine Schachtel Tabletten. He!, rufe ich, bin kaum zu sehen. Koffer rollen, Menschen hasten hin und her, Andreas kommt auf mich zu, nimmt mich wahr, er geht an mir vorbei, ohne mich zu umarmen, mich zu begrüßen. Komm, sagt er nur. Ich versuche, neben ihm zu bleiben, ich freue mich, dich zu sehen. Er hört mich nicht, ist angespannt, niemand soll es bemerken. Ich bin eingeschüchtert, werde gleich verrückt, wir sind schon kurz vor den Treppen am Ausgang. Sie hocken auf den Stufen, schlafen oder essen, die, die wach sind, machen uns Platz. Wo ist dein Gepäck?, traue ich mich zu fragen. Ist nicht da, sagt er. Ich greife seinen Arm, will ihn aufhalten, wir können hier ohne sein Gepäck nicht weg. Ich möchte innehalten, nachdenken, wir könnten die Fahrerin fragen, es gibt ein Fundbüro, wir müssen etwas unternehmen. Kein Gedanke, den ich zu fassen bekomme, ist klar. Komm, habe ich gesagt! Andreas schüttelt meine Hand ab. Halt den Mund und beweg dich, bedeutet das. Es kribbelt in meinem Gesicht, unter den Achseln, Andreas will wissen, wo ich stehe. Endlich verlassen wird das Gelände des ZOB, immer mehr Busse treffen ein, stauen sich an den Gates. Ich öffne die Türen meines Cabrios, Andreas stutzt. Ein SL 560, sagt er nur. Ja. Er zwängt sich rein, der Sitz liegt tief, sein Bauch ist dick, er hat schon stundenlang gesessen. Er ächzt, verlangt zu wissen, was der Wagen mich gekostet hat. Vielleicht mein Leben. 25.000 schätzt er, es waren nur 18.000, lüge ich und fädele uns in den Verkehr ein.

Wir hören Sirenen, sehen blaue Lichter im Rück- und in den Seitenspiegeln. Andreas drückt sich in seinen Sitz, Schweiß bildet sich auf seiner Stirn. Die Einsatzwagen überholen uns, Andreas atmet wieder. Die Sonne brennt, Fahrtwind rauscht. Dann war der Wagen ja ein echtes Schnäppchen, fängt Andreas wieder an. Natürlich regt er sich auf. Nicht auffallen, nicht gierig werden, ich breche seine Regeln, glaubt er. Ich bin nicht gierig, ich habe nur … Ich finde, wir haben jetzt gerade ein ganz anderes Problem. Auf einer Kreuzung sind zwei kleine Jungs, sie gehen von Wagen zu Wagen, sie verkaufen Taschentücher. Andreas drückt einem einen Zwanziger in die Hand, der Junge wirft alle Taschentücher, die er hat, auf meine Rückbank und winkt seinem Freund mit dem Zwanziger zu. Vielleicht nehmen sie sich den Rest des Tages frei. Die Ampel springt auf Grün, wir stehen immer noch, hinter uns beginnt ein Hupkonzert. Die Tasche, die ganze Ware kann doch nicht einfach weg sein. Der Bär brummt. Ich verstehe kein Wort, wahrscheinlich fahre ich zu schnell. Der Bus macht einen Zwischenhalt in Düsseldorf, da war am Gate die Hölle los, sie hatten zu viele Fahrkarten an Zusteiger verkauft, einige hatten Freifahrtscheine, Flextickets, alle wollten in den Bus. Ein Tumult entstand, die Ladeklappen zum Kofferraum standen offen, jemand muss die Taschen verwechselt haben. Vielleicht hat sie einer einfach so herausgenommen, ohne zu ahnen, was er da herauszieht und an sich nimmt. Plötzlich verstehe ich jedes Wort, ich fahre viel langsamer, gerate ins Schwitzen. Es gibt nichts mehr zu sagen. Andreas hat alles gesagt, was es zu sagen gab. Wir schweigen uns im Lärm der Straßen gegenseitig an. Als ich es nicht länger aushalte, frage ich, wohin wir fahren. Mein Bär möchte nach Hause, die Geräusche der Stadt hüllen unser Schweigen wieder ein. Ich halte vor Andreas' Haus, ich möchte mit hochkommen, der Bär quält sich aus dem Ledersitz. Wir sehen uns morgen, sagt er, er duldet keine Widerworte, so habe ich ihn noch nie erlebt. Vielleicht ist es ein Tag der Abrechnung, das Ende vom Lied. Ich muss trotzdem in die Bar. Ich schmecke himmelblauen Schnee auf meiner Zunge, Frau Holle übergibt sich nur für mich. Wind kommt auf, eine Böe trifft die Tanne in der Hofeinfahrt, sie hält nicht stand. Äste brechen, einer erschlägt ein Wiesel, es hat es nicht rechtzeitig unter mein Cabrio geschafft. Es hatte Pech, ich Glück, noch lebe ich. Drei Waschbären plündern eine Mülltonne, einer hält den Deckel auf, die zwei anderen sortieren aus, auch sie kämpfen um ihr Leben. Die Angst kommt zurück, die Tür steht offen, ich höre sie schon, obwohl sie nicht zu hören ist, sie schleicht sich an, darin ist sie gut. Sie klopft nicht an, die Angst, ganz plötzlich ist sie in mir drin, nistet sich in meinem Kopf, in meinem Herz und dem Dazwischen ein, flutet mich mit ihren Bildern. Awa wartet schon, sie macht heute die Bar mit mir zusammen. Die Bilder beginnen zu rasen, rauschen vor und zurück, Farben vermengen sich, am Ende bleibt ein Bild stehen, das ich noch nie gesehen habe. Die Rosen auf der Textiltapete an den Wänden erwachen zu neuem Leben, beginnen zu tanzen, die Landkarte an der Decke verändert sich, die Meere nehmen das Land ein, wir gehen unter. Alles gut bei dir?, fragt Awa. Ja. Sie kann gehen, ich schaffe den Rest auch alleine, sie ist nicht sicher. Doch, bitte, wirklich, sage ich. Awa umarmt mich, ich spüle Gläser, stelle Stühle hoch, leere Aschenbecher, verschließe den Laden, lasse den Wagen im Hof, die Waschbären bewachen ihn. Ich muss mich bewegen, laufe nach Hause. Auf den Bürgersteigen und in den Hauseingängen entbrennen Kämpfe um die besten Plätze. Erregte Anwohner tauchen auf, bemühen sich, sie von den Bürgersteigen, aus den Hauseingängen zu vertreiben. Einen Block weiter kämpft ein junger Mann mit einer Dixie-Toilette, er ist verzweifelt, er prügelt auf die Toilette ein, beschimpft sie. Vielleicht ist jemand darin, der nicht mehr herauskann, vielleicht möchte der junge Mann hinein, ihm bleibt keine Wahl, er muss, die Tür bleibt verschlossen, er schlägt gegen sie, gegen die Wände. Immer lauter beschimpft er das Toilettenhäuschen, tritt und ruckelt, es bleibt verschlossen, gerät ins Wanken, droht umzukippen. In den Fenstern darüber tauchen Köpfe auf, ihre Nachtruhe wird gestört, sie fühlen sich belästigt. Einige der Köpfe verschwinden aus den Fenstern, tauchen plötzlich auf der Straße auf, gehen auf den jungen Mann zu, wollen ihn zum Verstummen bringen, schlagen zu. Der junge Mann beginnt zu bluten, er wimmert, man hört ihn kaum noch, sie kehren in ihre Fenster zurück, werfen einen letzten Blick auf das Häufchen Elend. Sie sind zufrieden, es herrscht wieder Ruhe, endlich können sie sich schlafen legen. Der junge Mann schläft vor dem Toilettenhäuschen ein, ich bin kein Engel, höre auf zu existieren, stehe nur daneben, neben ihm und mir. Im Landwehrkanal schwimmt weißer Schaum. Cüneyt hockt vor seinem Laden, der ist immer noch versiegelt, Cüneyt bewacht ihn, wenn er müde wird, legt er sich in seinen vw-Bus. Cüneyt hat seine gute Laune trotz allem nicht verloren. Nur der Geruch ist übel, sagt er, ich rieche wahrscheinlich wie tausend Fische auf einmal. Ich kann mich selbst schon nicht mehr riechen, lacht Cüneyt, er wünscht mir eine gute Nacht.

Ich steige die Treppen hoch, das Holz knarrt unter meinen Füßen, Mondlicht streut durch die Buntglasfenster. Ich schleiche in die Wohnung, in der hat einmal mein Freund gewohnt. Die Tür zu meinem Zimmer steht offen, es brennt Licht darin, Olli hat auf mich gewartet. Er sitzt auf einem Stuhl, hält ein Schälchen mit Kartoffelchips in einer Hand. Im Moment, da ich eintrete, schiebt er sich mit seiner anderen Hand ein paar der Chips in seinen Mund. He, sage ich. Er schmatzt. Ob ich mich nicht beschweren möchte. Er ist in meinem Zimmer, hat nicht um Erlaubnis gefragt, die Chips findet er köstlich. Olli mag keine Chips. Er hat sie unter dem Teppich gefunden, sagt er, sie sind köstlich und ekelhaft zugleich, er kann sich nicht entscheiden. Völlig zerbröselt sind sie, er muss daraufgetreten sein, hat den Alarm ausgelöst, so war es doch von mir gedacht, nicht wahr? Erstaunlich, was man alles findet, wenn man den Krümeln folgt. Ich möchte, dass er aufhört, er hört mich nicht, springt auf, ich schrecke zurück. Er kniet sich vor die Vitrine, reißt an den Türen, das

Holz splittert, das Schloss bricht aus der Verankerung. Olli fegt den Rest an Ware aus meinem Depot, er brüllt mich an. Was ist das alles?, möchte er wissen. Ich bin nicht sicher, ob er eine Antwort erwartet, ob ich antworten soll. Er atmet schwer, ist zornig. Mir fällt nicht ein, wie ich darüber reden kann, ich möchte ins Wohnzimmer, raus aus diesem Zimmer. Olli ist einverstanden. Ob er getrunken hat, frage ich. Nein, sagt er, ich habe gekotzt. Ich hole mir ein Bier aus dem Kühlschrank, bringe ihm eins mit, er rührt es nicht an. Er spricht es aus. Dealerin. Du bist eine Dealerin. Er sagt meinen Namen. Vanessa. Vanessa, die Dealerin, sagt er. Er saß in meinem Zimmer, hat überlegt, die ganze Zeit, wie ist das möglich, sie ist doch meine Freundin. Ich bin nicht mehr deine Freundin, Olli, ich habe mich von dir getrennt. Er hört mich nicht, ist in Bewegung, läuft von Wand zu Wand, vermisst den Raum. Vielleicht besänftigt es ihn, wenn ich mich nicht von der Stelle rühre. Wie kommst du an die Sachen ran?, fragt er sich, erklärt es sich selbst, alles liegt auf der Hand. Er möchte es von mir hören. Ich suche einen Anfang. Er will nichts hören, brüllt er mich an. Olli, bitte. Er hört mich nicht. Es tut ihm leid. Er schlägt sich vor die Stirn, wie dämlich ist das, er hat von alldem nichts mitbekommen, er fasst es nicht. Er ist der drogenpolitische Sprecher seiner Fraktion, seine Freundin dealt, und er bekommt davon nichts mit. Wer soll ihm das glauben? Ich bin nicht mehr deine Freundin. Er hört mich nicht. Ich hocke auf einer Stuhlkante, drehe die Bierflasche in meinen Händen. Niemand wird je davon erfahren. Jetzt hat er mich gehört. Niemand weiß, dass wir zusammen sind?, fragt er. Er stiert mich an, kommt mir zu nahe. Wir sind nicht mehr zusammen. Er zieht sich zurück, tigert wieder auf und ab, will reden, er muss sich reden hören. Ein Stehpult würde helfen, er könnte sich daran festhalten, so wie im Plenarsaal des Abgeordnetenhauses. Er spricht über seine Freundin, die schließt sich in ihrem Zimmer ein, es ist nur eine Eigenart, die er akzeptiert, weil er sie liebt. Sie besteht auf getrennte Schlafzimmer, er lässt sich darauf ein, vielleicht hält er so etwas am Leben, das er für Liebe hält. Er vertraut seiner Freundin, aber sie verarscht ihn, anders kann er es nicht sagen, warum verarschst du mich, Vanessa! Wieder kommt Olli mir zu nahe, Spucketröpfchen fliegen aus seinem Mund in mein Gesicht, ich soll gefälligst mit ihm reden. Er hat schon alles gesagt, redet an meiner statt. Ob ich mit ihm zusammen bin, damit er mir als Tarnung dienen kann. Ich bin nicht mehr mit dir zusammen. Diesmal hört er mich, er scheint ehrlich überrascht, setzt das Puzzle zusammen, viele Teile fehlen nicht mehr. Ich habe mich von ihm getrennt. Aus Rücksichtnahme. So rede ich es schön. Es klingt komisch, auch für mich. Er lacht, verachtet mich. Ich hole mir noch ein Bier aus dem Kühlschrank, Olli will mir den Weg versperren, überlegt es sich anders, folgt mir in die Küche, starrt mich an. Der Hennig, sagt er, der war dein Kunde. Ja. Aber ich habe ihm nur Speed verkauft, kein Crystal Meth. Für Olli macht das keinen Unterschied. Ich will wieder aus der Küche raus, sie wird zu eng, es gibt keinen Fluchtweg. Ich schiebe Ollis Arm zur Seite, quetsche mich an ihm vorbei, spüre seinen Atem, er klebt in meinem Nacken. Wie ist das mit dem Hennig abgelaufen?, will er wissen. Herr Hennig hat mich angesprochen. Olli glaubt mir nicht, das verstehe ich. Ich verteile keine Werbeflyer, Olli. Er durchlöchert mich mit Blicken, es arbeitet in ihm, sein Zorn lässt nach, Angst breitet sich aus. Olli scheint unsicher, fragt sich, wer ich bin, mit wem er es zu tun hat, mit wem er hier zu sprechen versucht. Er beginnt zu flattern. Alles muss weg, er will, dass das alles sofort aus seiner Wohnung verschwindet. Er greift meinen Arm, quetscht ihn, ich unterdrücke den Schmerz, den Schrei, will, dass er mich loslässt. Er besinnt sich, schämt sich, sinkt erschöpft auf die Couch. Ich wahre Sicherheitsabstand, biete ihm an, doch ein kaltes Bier für ihn zu holen. Er nickt, blickt ins Leere. Ich bringe ihm das Bier, setze mich an das andere Ende der Couch. Er möchte wissen, wie es abläuft, an wen ich verkaufe, wie die Ware zu den Kunden kommt. Ich erzähle es. So habe ich mir meine Freundin immer vorgestellt, sagt er. Ich bin nicht mehr deine Freundin, Olli. Warum wohnst du dann noch hier? Ich habe keine Antwort. Ich mache mit ihm Schluss, um ihn zu schützen, aber nutze seine Wohnung weiterhin als Drogenlager, das ist Junkie-Logik, findet er. Wahrscheinlich hat er recht, nur bin ich kein Junkie. Er sieht mich an, holt aus, wirft seine Flasche in meine Richtung. Sie trifft die Wand hinter mir, zerschellt daran. Scherben fallen auf meine Schultern, meinen Kopf. Olli kehrt zurück ans Rednerpult, er muss mich anzeigen, sonst macht er sich verdächtig, sie werden ihm nicht glauben. Warum hat er von alldem nie etwas mitbekommen, werden sie fragen. Er darf mich nicht anzeigen, er schadet nur sich selbst. Egal, was er tut, am Ende des Tages wirft es ein schlechtes Licht auf ihn. Ich entferne vorsichtig die Scherben von meinem Körper, bin nicht verletzt. Olli weint, er fürchtet, verrückt zu werden. Ich möchte ihn umarmen, ich traue mich nicht. Es ist ganz ruhig auf einmal. Der Morgen dämmert. Du musst weg, sagt er. Ich soll ausziehen, heute noch. Wir brauchen einen Grund, glaubt er, für die Trennung, er muss sie glaubhaft kommunizieren können. Geld genug werde ich wohl haben, er lacht. Will wissen, was ich verdiene, was ich mit dem Geld mache, der Benz fällt ihm ein. Ich lebe davon, sage ich. Das muss ein tolles Leben sein, wo, mit wem ich es lebe, möchte er wissen. Ich würde gerne mit Deniz leben, aber Deniz behalte ich für mich. Deniz wäre für Olli eine Überdosis. Ich habe mich verrannt, der Bär, mein großer Bruder, sie haben es geahnt, ich werde mir selbst zu viel. Ollis Handy klingelt, es ist halb sechs am Morgen. Olli spricht frei, ich höre mit, Ollis Referentin meldet sich, ich erkenne ihre Stimme wieder. Im Berghain ist ein Junge ums Leben gekommen, sagt sie. Allem Anschein nach hat der Junge im Club verunreinigten Stoff erworben, vermutlich GBL, Liquid Ecstasy. Der Junge war gerade siebzehn, hätte gar nicht in dem Club sein dürfen. Die Medien wollen mit Olli sprechen, alle erinnern sich plötzlich wieder an sein Drug-Checking-Projekt, sogar die Redaktion von Lanz hat angefragt. Meine Beine werden taub. Die Referentin geht mit Olli seinen neuen Terminplan durch. 9:30 Uhr Spiegel Online, dann die Berliner Medien, am Nachmittag die Süddeutsche, DIE ZEIT hat sie auf morgen geschoben, es stehen Auftritte im Mittagsmagazin von ARD und ZDF an, vorher noch Punkt 12 bei RTL. Die Abendschau möchte Olli live im Studio haben, danach wird er direkt zu Lanz nach Hamburg geflogen. Ich glaube, ich muss mich übergeben, höre ich Olli sagen. Die Referentin möchte, dass Olli sich zusammenreißt. Sie brauchen ihn jetzt, es ist seine große Chance, auf die haben sie gewartet, er soll die Welle nutzen. Du meinst, ich soll die Leiche eines Teenagers schänden, bemerkt Olli. Auch Politiker waren mal Menschen, er war einmal mein Freund. In ein paar Tagen interessiert das niemanden mehr, glaubt die Referentin. Wenn Olli die Zeit bis dahin nutzt, haben ihn danach alle auf dem Schirm. Olli nickt, ich sehe es, die Referentin nicht. Sie brauchen ihn in Hochform, ob er das schafft, fragt sie. Kein Problem, meint Olli. Er fragt, was sie über den Jungen wissen. Ich weiß es längst, will es nicht wahrhaben, hoffe. Ich wusste nicht, dass es für mich so etwas wie Hoffnung gibt. Ich halte die Luft an, ersticke fast. Nicht viel, sagt sie, sie sind noch dran. Angeblich heißt der Junge Puma, der Name ist wohl koreanisch, vermuten sie, er lebt erst seit Kurzem bei seinem Vater in Berlin. Mir wird schwarz vor Augen, alles dreht sich, in meinen Ohren rauscht es unerträglich. Ich weiß nicht, wohin, ich möchte bleiben, ich weiß nicht, wo, bitte bleib, wo gehörst du hin, Vanessa? Ich weiß es nicht. Zu meinem Bruder. Dann geh zu ihm, zieh bei ihm ein. Ich kann nicht, ich weiß nicht, wohin, ich weiß nicht, wo ich bin, wo ich hin muss, wohin ich darf. Es gibt keinen Ort, ich bin überall zu Hause, das ist nirgends, nirgends halte ich es nicht länger aus. Wir haben den Mond verloren. Olli beendet das Gespräch. Alles in Ordnung mit dir?, fragt er. Nein, aber das sage ich nicht. Bis heute Abend bist du hier raus, sagt er. Ja. Ich stehe auf, gehe. Wo willst du denn jetzt hin!, ruft er mir hinterher. Er ruft meinen Namen, da bin ich schon weg, da wohne ich schon nicht mehr dort.

6

Ich wähle Fishs Nummer, ich stehe bei ihm zu Hause vor seiner Tür, ich klingele und klopfe, ich verschaffe mir Einlass zum Hof. Die Hintertür zur Küche des Sushi Macchiato steht offen, eine Köchin sortiert einsam ihre Einkäufe, wischt sich Tränen aus den Augen, deutet zum Gastraum. Fish ist dort, er will öffnen, sie versteht es auch nicht. Niemand ist bei ihm. Fish sitzt vor dem Aquarium, sein Kopf folgt den Bewegungen der Bewohner, die ihn nicht beachten, längst aufgegeben haben, nach einem Ausgang zu suchen. Sie erkennen die Grenzen ihrer Welt an und vergessen, dass es welche gibt. Ich umarme Fish, er lässt es zu. In seiner Wohnung hält er es nicht aus, überall liegen Pumas Sachen herum. Es ist nicht lange her, da haben sie Pumas Zimmer zusammen eingerichtet. Fish hat die Arbeit übernommen, Puma hat ihm zugesehen, alles bemängelt. Puma mochte sein Zimmer, Fish weiß es, er ist sich sicher. Ich mache uns zwei Espressi, ohne zu fragen. Seine Gaggia ist Fish heilig, kaum einer darf sie berühren, jetzt ist es ihm egal. Pumas Mutter hat die Nachricht nicht verkraftet. Sie ist nicht reisefähig, sagt Fish. Er sieht mich an, beginnt zu reden. Es war erst gestern, gestern Morgen, da ist er zu Puma ins Zimmer. Fish hat ihn geweckt, raus aus der Falle, hat er gesagt, und Puma hat protestiert, ich hab Ferien! Er hat sich unter seiner Decke verkrochen, Fish hat sie ihm weggerissen, du hast keine Ferien, Puma, du bist von der Schule geflogen. Der Kurs für Unbeschulbare sollte für Puma so etwas wie ein Rettungsanker sein, ein letzter Versuch. Puma empfand das als belastend, er wollte da nicht hin, er dachte, Fish und alle anderen halten ihn für einen Idioten. Fish hat Puma vor die Wahl gestellt, entweder hilft er im Sushi Macchiato in der Küche aus, oder er besucht diesen Kurs. Ich fahr zu Mama nach München, meinte Puma, als wäre das eine Option gewesen. Sie hat ihn abgeschoben, ihn aufgegeben, vielleicht hat Fish das auch, schon sehr viel früher. Mama und du, ihr könnt mich beide, meinte Puma. Küche oder Kurs, Fish hat ihm die Wahl gelassen. Scheiß ich drauf, meinte Puma. Also Küche, entschied Fish. Da ist Puma aufgewacht. He, Fish, ich mach's, aber ich bin nicht unbeschulbar. Niedrigschwelliges Angebot für schuldistanzierte Jugendliche nannte der Kurs sich offiziell. Puma fand das verletzend, Fish hat es zu spät verstanden. Puma sollte endlich lernen, sich wenigstens eine Stunde lang auf etwas zu konzentrieren, mit anderen in einem Raum zu sitzen, ohne eine Prügelei anzustiften, er sollte lernen, einfach mal den Mund zu halten, zuzuhören, ein normales Gespräch zu führen, ohne Handy, ohne Spiele auszukommen. Puma hatte Tränen in den Augen, ich bin kein Idiot, hat er gesagt, wieder und wieder. Es liegt an dir, das zu beweisen, meinte Fish. Puma wollte wissen, ob er wieder zur Schule kann, wenn er diesen Kurs absolviert. Fish konnte es nicht verprechen, es liegt an dir, hat er gesagt und nicht an mir. Puma ging auf ihn los, was ist das jetzt, ein normales Gespräch, oder was? Puma war schon immer helle, nur nicht in dem Sinne, in dem man es von ihm erwartete. Fish machte Frühstück, Puma wollte dies, wollte das, Fish gib mal, Fish mach mal. Probier's doch mal mit Papa. Puma lachte, Papa Fish, oder was. Puma zog los, ging zu diesem Kurs, danach haben er und Fish sich noch einmal gesehen, ich war dabei. Ich habe mit Fish gestritten, dort drüben, in der Küche, Puma kam dazu. Pass auf dich auf, habe ich gesagt, dann bin ich weggegangen. Die ist voll weird, war Pumas Kommentar. Es ging ihm gut, sagt Fish, sie haben zusammen zu Abend gegessen. Fish musste nicht fragen, Puma hat freiwillig von seinem Tag erzählt, das hat er sonst nie gemacht. Puma war der einzige im Kurs, der Sozialarbeiter hieß Oskar, er wollte mit Puma zusammen Sperrmüll entsorgen. Ich denke, ich soll hier was lernen, meinte Puma, Oskar hat nur gelacht. Puma musste einen Arbeitsanzug und Schutzschuhe anziehen, Oskar bestand darauf, wenn Puma ohne Schutzkleidung etwas passierte, bekämen sie beide ein Problem. Wenn mich einer in den Klamotten sieht, dann bekomm ich ein Problem, meinte Puma.

Oskar hat sich darüber amüsiert. Sie haben Sperrmüll abgeholt, ihn zur Stadtreinigung in Reinickendorf gebracht. Ist ja 'ne Müllhalde, meinte Puma. Er hat sich geweigert, auszusteigen, die Sachen wieder auszuladen. Ich bin nicht dein Sklave, meinte Puma, aber Oskar hat ihn überzeugt. He, hat er gesagt, du hast dich noch immer nicht verpisst, du arbeitest noch immer hier mit mir zusammen, das ist doch ein Erfolg. Der Himmel war voller Flugzeuge, Landung, Abflug, Landung, Abflug. Puma hat es Fish demonstriert, ist durchs Sushi Macchiato geflogen. Die waren so dicht über uns, die Flugzeuge, so dicht! Puma dachte, die Flugzeuge stürzen ab, stürzen auf ihn und Oskar, auf ihren Transporter, aber Oskar blieb cool. Ob Puma Lust hat, sich das genauer anzusehen. Klar hatte Puma Lust, also hielt Oskar an, sie standen draußen am Wagen und haben zusammen Flugzeuge geguckt. Fish ist nie dazu gekommen, zusammen mit seinem Sohn irgendwohin zu fliegen. Vielleicht machen wir jetzt einfach eine kleine Tour, dachte Fish, Hauptsache, wir machen etwas zusammen, bestimmt kommen sie im Sushi ein paar Stunden ohne mich aus, dachte er. Puma wollte nicht. Wir können was rauchen, schlug Fish ihm vor, Puma war sofort bereit. Sie sind mit den Rädern zur Insel der Jugend, saßen am Wasser, Fish baute einen Joint, Puma fing wieder von den Flugzeugen an. He, hier, guck mal, Fish, ich hab sie gefilmt, die sind riesig, die Dinger, guck mal, wie riesig die sind. Ich will auch in den Urlaub fliegen, nach Korea, du bist doch ein halber Koreaner, Fish, also bin ich mindestens ein Viertel, das macht zusammen drei Viertel. Fish lachte, konnte sich nicht erinnern, Puma schon mal so erlebt zu haben, so voller Begeisterung für irgendetwas. He, Fish, wir fliegen zusammen nach Korea! Fish stimmte zu, klar machen wir das, wenn du zur Abwechslung mal etwas zu Ende bringst, Schule, Lehre, irgendwas, zuerst mal den Kurs. Du kannst auch nichts und bist was, protestierte Puma. Du kochst Suppen, zerhackst rohen Fisch, und die Frauen stehen trotzdem auf dich, die müssen sogar reservieren, wenn sie dich sehen wollen. Puma nahm Fish den Joint ab, zog daran, blies ihm Ringe ins Gesicht. Das war harte Arbeit, um da hinzukommen, wo ich jetzt bin, meinte Fish. Puma lachte, ich werd bestimmt kein Koch wie du. So mit Messern umgehen zu können, ist eine Kunst, um das zu lernen, braucht es Zeit und Ausdauer, versuchte Fish ihm zu erklären. Mit Messern kann ich auch gut, meinte Puma. Sie saßen auf der Insel der Jugend, Puma zog ein Butterfly-Messer aus seiner Hosentasche, klackte es auf und zu, rasend schnell, er hatte ein lockeres Handgelenk. Fish wurde wütend, die Dinger sind verboten. Ist nur zu meiner Sicherheit, ich habe einen Waffenschein, behauptete Puma. Fish wollte, dass er damit aufhört, Puma reichte ihm das Messer, Fish sollte es auch mal probieren. Fish ließt das Messer in seiner Hosentasche verschwinden, Puma lachte ihn aus. He Fish, das is 'n Trainingsmesser, voll stumpf, so eins darf jeder haben. Fish behielt es trotzdem. Gib her, forderte Puma, er meinte den Joint. Puma zog daran, im Ernst, Fish, du solltest lieber nicht Fish heißen. Fish lachte, so einen Namen wird man nicht so einfach wieder los. Puma schlug ihm vor, seinen Laden in Fish 'n' Puma umzubenennen, er wäre dann Baghira, und Fish wäre Nemo. Stimmt, sagte Fish, die stinken beide. Sie lachten, waren bekifft. War ein gutes Gespräch, fand Puma. Das fand Fish auch. Sie fuhren zurück, Fish glaubte, alles ist in Ordnung. He, hast du ein bisschen Kohle für mich?, fragte Puma. Fish wollte wissen, wofür. Ich will ins Berghain, meinte Puma. Ob er noch richtig tickt, Fish war aufgebracht. Puma verstand nicht, warum, Berghain ist Weltkulturerbe, ist wie Bildung, wenn ich da hingehe, meinte er. Fish versuchte, sich zu beruhigen, erklärte es ihm, du bist siebzehn, Puma, also vergiss es. Du sperrst mich ein, warf Puma ihm vor. Klar sperre ich dich ein, wenn es sein muss. Fish schlug ihm vor, in eine Kneipe zu gehen, sie verhandelten. Um zwölf sollte Puma zurück sein. Wenn du es versaust, sperre ich dich wirklich weg, schwor Fish. Dann schwör doch, ätzte Puma. Fish wusste nicht mehr, was er machen sollte, ich bin deine letzte Chance, kapierst du das nicht, Puma? Ja klar, um zwölf, kein Problem, Papa Fish. Puma lächelte, versprochen. Es war das Letzte, was Puma je zu Fish gesagt hat. Fish hat es geglaubt, wollte es glauben. Mit zwei jungen Frauen kam Puma an der Tür vorbei, er sprach sie draußen in der Schlange an, es wäre sein letzter Tag in Berlin, das wäre voll schlimm für ihn, wenn er nicht reinkäme. Sie mochten ihn, dachten nicht nach, an der Tür sagten sie, er gehört zu uns, es funktionierte. Die an der Tür fragten Puma nach seinem Alter. Zwanzig, behauptete Puma. Ich weiß, ist schwer zu glauben, meinte er, aber gut aussehende Asiaten sehen immer viel jünger aus, als sie sind, ist echt ein Fluch. Der Türsteher lachte, winkte die drei durch. Fish sieht mich an, vielleicht sieht er auch durch mich hindurch. Er hat mit den beiden Frauen sprechen können, sagt er. Tränen sammeln sich in seinen Augen. Die beiden haben ihm dabei geholfen, nachzuvollziehen, was dann passiert ist. Sobald sie drin waren, verloren sie Puma aus den Augen, entdeckten ihn nach einer Weile wieder. Puma spendierte ihnen etwas zu trinken. Am Tresen sprach ihn einer an, eine der beiden Frauen bekam etwas davon mit. Ob Puma zum ersten Mal da ist, fragte der Typ, ob alles cool ist, ob er vielleicht Lust auf ein bisschen GBL hat. Puma verstand nicht, fragte nach Ecstasy. Der Typ lachte, legte einen Arm um Puma, GBL ist Ecstasy in flüssig, nur viel besser, sagte er. Puma wollte wissen, ob es glücklich macht. Aber klar doch, meinte der Typ. Die Frau wollte Puma zurückhalten, aber Puma grinste nur und verschwand mit dem Typ in Richtung Toiletten. Die Erzählung reißt ab, Fish zittert am ganzen Körper, vorsichtig lege ich eine Hand auf seine Schulter, er schließt die Augen, presst die Lippen aufeinander, seine Muskeln spannen sich an, ich ziehe meine Hand zurück. Fish sucht nach den Worten. Eine der beiden Frauen sah Puma da liegen. Er lag vor einer Wand, sie kniete sich zu ihm, rüttelte ihn, schrie ihn an, aber Puma reagierte nicht. Sie rief nach Hilfe, eine Angestellte erschien, die Angestellte weigerte sich, etwas zu unternehmen. Der kommt bestimmt nur 'n bisschen runter, sagte sie. Die Frau hielt

Pumas Kopf, Schaum quoll aus seinem Mund. Verdammt!, brüllte sie die Angestellte an. Die Zeit stand still, die Zeit sprang vor, sie sprang zurück. Die Angestellte blieb ungerührt, der steht bestimmt gleich wieder auf, sagte sie, ich kenne mich aus, ehrlich, lass ihn einfach in Ruhe. Die Zeit verlor ihr Maß. Die Sanitäter kamen zu spät. Sie probierten noch, Puma wiederzubeleben, es war umsonst. Fish wischt sich über die Augen, geht in die Küche. Ich bleibe, wo ich bin, rühre mich nicht. Fish kommt zurück, geht zum Eingang, schließt auf, öffnet das Sushi Macchiato. Ist die einzige Möglichkeit, nicht verrückt zu werden, sagt er, ist der einzige Ort, wo alle vor mir sicher sind. Er bedankt sich, weil ich da war. Du musst nicht weinen, sagt er, du kannst nichts dafür. Er möchte, dass ich gehe.

Die Sonne brennt, vor Rewe und den Coffeeshops bilden sich lange Schlangen. Diejenigen, die es noch können, leben ihr Leben weiter. Keiner weiß genügend über das der anderen. Ich taumele, niemand weicht mir aus. Andreas wartet, er wird mich halten, meine Flügel flicken. Es gibt keine Engel, ich bin nichts. Andreas ist in seiner Bar, hat schon geputzt, auf der Tapete bilden sich Bläschen, die Rosen sind von Rost befallen. Ich sehe schlimm aus, stellt Andreas fest. Ich habe nicht geschlafen. Andreas macht mir einen Espresso Doppio, ahnt nicht, dass ich schon drei hatte. Ich erinnere mich an eine Reisetasche. Der Bär ist ohne unsere Tasche aus Amsterdam zurückgekehrt, nur der Bär ist wieder da, die Lieferkette wurde unterbrochen, was machen wir denn jetzt? Es klebt zum Glück kein Namensschild an dieser Tasche. Sie findet nicht zu uns zurück, niemand wird sie zu uns zurückverfolgen können. Wir sind sicher, versichert mir der Bär. Aber … Es gibt kein Aber. Ich möchte einen Whisky. Ob das mein Frühstück wird. Ja. Andreas stellt zwei Gläser auf den Tresen, holt unsere Flasche aus dem Regal. Ich habe einen großen Verlust erlitten, den kann ich kaum verkraften. Du hast Rücklagen, den Benz zum Beispiel, stichelt der Bär. Mein Verlust ist relativ. Das Cabrio gebe ich nicht wieder her. Der Bär zweifelt an mir, fragt wieder nach den Regeln, ob ich sie alle breche. Nein. Er möchte, dass ich mein Geschäft aufgebe. Ich möchte, dass er nachschenkt. Ich habe jetzt eine Menge Schulden bei ihm. Er lächelt. Es ist ein seltsames Lächeln, eins aus weiter Ferne, obwohl er ganz nah bei mir steht, ich seine Wärme spüre. Ohne ihn würde ich einfach umfallen. Deine Schulden kannst du in der Bar abarbeiten, schlägt er vor. Wovon lebe ich dann? Ich habe nicht mal eine Wohnung. Der Bär fragt nach Olli. Olli war einmal mein Freund. Ich habe ihn verlassen. Der Bär ist froh. Ob er Bescheid weiß. Ja. Andreas nickt, vielleicht ist er jetzt nicht mehr froh. Nach Deniz fragt er nicht. Er schenkt uns nach, mir reicht's, sagt er und freut sich, weil wir einen Schlussstrich ziehen. Der Verlust der Ware war ein Zeichen, glaubt er. Es fühlt sich mies an, wenn ich nicht selbst entscheide, wann etwas vorbei ist. Der Bär schnaubt. Deswegen brauchte es ein Zeichen, brummt er, davon lässt er sich nicht mehr abbringen. Ich berühre seine Hand. Morgen fliegt er nach Amsterdam, er wird da bleiben, vielleicht für immer. Er zeigt mir Verträge, breitet sie vor mir aus, er hat schon alles vorbereitet. Ich soll die Bar übernehmen, ich brauche nur zu unterschreiben, dann gehört sie mir. Ich werde tapezieren müssen. Das soll es einfach so gewesen sein? Als wäre alles gesagt, so still ist es. Vielleicht hat er die Ware absichtlich verloren, es gab sie nie. Er lächelt wieder, ist schon so weit fort, sein Lächeln ist kaum noch zu erkennen. Wir trinken aus, ich fülle mir nach. Und wenn ich deine Bar nicht will? Er möchte mich umarmen. Wenn ich es zulasse, wird er mich verlassen. Ich drücke ihn so fest ich kann, ich wünsche ihm alles Glück der Erde. Er hat es schon gefunden. Vielleicht besuche ich ihn und lerne Arjen kennen.

Ich möchte duschen, ich möchte schlafen, ich rufe Felix an, er ist zurück aus Costa Rica. Ich darf bei ihm vorbeikommen, er lässt mich rein, lässt mich in sein Bad, gibt mir Handtücher, das Wasser wird nicht richtig warm. Felix rubbelt mir die Haare trocken.

Beinahe wäre ich gestorben, sagt er. Ich fange an zu weinen. Weil ich an Puma denke. Weil ich mir vorstellen muss, mein großer Bruder stirbt. Schon gut, sagt er, ich lebe noch. Er fragt mich nicht, ich sage nichts. Er war am Strand, mit seiner Freundin, nachts, sie hatten Sex, danach sind sie ins Wasser, ins Meer, sie waren losgelöst von allem, alles war egal, sie waren verliebt, er spürte es trotzdem, das Gefälle, die Unterströmung, sie wurde da schon rausgezogen. Die Wellen schlugen höher, plötzlich rief sie, Felix! Ich schaffe es nicht mehr! Er musste zu ihr, dafür haben sie ihn ausgebildet, ich schaffe das, dachte er. Felix erreichte seine Freundin, sie klammerte, er wollte sie halten, die Wellen rissen sie auseinander. Sie trieben weiter hinaus, er verlor die Orientierung, war wieder bei ihr, griff nach ihr. Plötzlich gab es weder ein Unten noch ein Oben. Die Wellen drückten ihn hinunter, spülten ihn zurück an die aufgewühlte Oberfläche. Er bekam seine Freundin zu fassen, ging mit ihr gemeinsam unter, tauchte mit ihr zusammen wieder auf. Plötzlich gab es einen Moment, da war er bereit, sie aufzugeben. Ihm wurde klar, er schafft es nicht, nicht mit ihr, egal, was er probierte, zum Grund tauchen, mit dem Wind, gegen den Wind, ich kriege es nicht hin, dachte er. Er wollte, dass es möglichst schnell vorbeigeht. Ruhe kehrte ein. Am Ende ist man eh allein, dachte er, warum dann nicht schon früher? Er sah sich von oben, er sah seine Freundin von oben. Als ihm der Tod so nahekam, spürte er eine ungeheure, nie für möglich gehaltene Erleichterung. Alles löste sich, er wurde leicht, er war bereit, das war er nicht. Verlieren ist keine Option, nicht für Felix. Er durfte sie auf keinen Fall verlieren. Sie nicht zu retten, war undenkbar. Er musste es schaffen. Plötzlich kam er an die letzten Reserven heran, er weiß nicht, wie, er fand für sie, mit ihr zurück, zurück zum Strand. Sie lagen bewegungslos im Sand, es dauerte eine Stunde, zwei Stunden, bis sie sich wieder rühren konnten, bis sie begriffen, dass sie beide lebten, bis er begriff, dass er tatsächlich nicht verloren hatte. Aber jetzt ist er wieder hier, und da ist die Erinnerung an diesen Moment der absoluten Ruhe, an das befreiende Gefühl der Leichtigkeit angesichts des nahen Todes. Die Erinnerung an den Moment des Einverständnisses, er wird sie nicht los. Ich soll mich nicht sorgen. Er lächelt. Mir geht es gut, sagt er. Er will wieder Medikamente nehmen, sie probieren ein neues aus, vielleicht hilft das. Was ist mit dir?, fragt er. Ob alles geklärt ist, möchte er wissen. Ich habe keine Antwort. Mit Boran, mit Ivo, jetzt erinnere ich mich. Ich nicke, langsam und bedächtig, bin noch im Meer mit meinem Bruder, in der Strömung, unter den Wellen. Du kannst nicht bleiben, sagt er, nicht heute, es tut ihm ehrlich leid. Seine Freundin kommt, sie ist schon auf dem Weg. Sie sind zusammengeblieben, aber sie sind noch nicht zusammen über das Erlebte hinweg. Sie brauchen Zeit für sich. Ich werde sie kennenlernen, verspricht er mir, nur nicht heute, sie sind noch nicht so weit. Alles ist zerbrechlich, ich zerbreche alles. Ob ich vielleicht Cialis für ihn habe, fragt mein großer Bruder mich. Mit den neuen Antidepressiva wird er Unterstützung benötigen, wenn er mit seiner Freundin schlafen will, und das will er, mehr denn je. Ich fahre nicht mehr für die Apotheke. Ich bin sicher, er bekommt es auf Rezept. Ja, sagt er, vielleicht. Ich habe dich lieb, Felix. Ich dich auch, sagt er und schließt hinter mir die Tür.

7

Baba verschüttet Tee. Versucht, die Pfütze mit seiner Serviette aufzuwischen. Bin fertig, sagt er und rollt mit seinem neuen Drehstuhl vom Tisch weg. Ist Vanessas Stuhl. Der Stuhl ist hier, sie nicht. Ich lege Baba die Protektoren an, die ich besorgt habe. Die sollen seine Knie, Ellenbogen und Handgelenke schützen. Ich ziehe die Klettverschlüsse fest, Baba lässt es zu. Was soll denn aus den ganzen Möbeln werden, wenn ich mal nicht mehr bin, fragt er. Als wären die Möbel das Problem. Das sind meine Möbel, sage ich. Er sieht mich an, versucht sich zu erinnern. Wo sind denn meine? In deinem Zimmer, Baba. Ist Selda nicht da? Nein, Baba. Er möchte wissen, warum ich ihm die ganzen Polster überstülpe. Nur falls du hinfällst, Baba. Ich falle nicht hin, sagt er. Ich setze ihm einen Helm auf. Ist einer vom Eishockey. Kerem hat ihn uns besorgt. Ich will zu Laleh, sagt Baba. Er versucht, sich den Helm wieder abzusetzen. In der Montur will er nicht auf die Straße. Du kannst auch den Rollator nehmen, schlage ich vor. Ich trage ihn dir runter, wenn dir das lieber ist. Was soll ich mit 'nem Rollator?, fragt er. Wir sind beide müde. Ich muss los. Mach's gut, Baba. Pass auf dich auf, mein Junge, sagt er. Mach ich, Baba, versprochen. Ich gucke auf meinen Display. Kein Anruf. Keine Nachricht. Was ist los mit dir, Vanessa? Ich halte mich zurück, will mich nicht als Erstes melden. Keine Ahnung, warum. Vielleicht, weil ich nicht hören will, was sie mir zu sagen hat. Dabei ist mir das eigentlich egal. Sie kann sagen, was sie will. Ändert nichts an dem, was ich empfinde. Alles klar bei dir, Deniz? Jovanna. Sie wartet schon auf mich. Hat meine Hemden gebügelt. Gar nichts ist klar. Du schläfst zu wenig, Deniz. Ja. Schon klar. Wir haben Spätschicht. Am Blücherplatz haben Anwohner der Umgebung ein Grillverbot durchgesetzt. Jovanna will dafür sorgen, dass es eingehalten wird. Ich sehe ihr zu, lehne am Wagen vor der Amerikanischen Gedenkbibliothek. Deren Türen sind seit Wochen verriegelt. Nur der private Wachdienst kommt noch rein. Die Familien in der Grünanlage sind mit Tischen, Stühlen, Lampions und Fackeln ausgerüstet. Sie feiern ihre Feste, jede für sich ihr eigenes. Ist trotzdem ein Volksfest. Jovanna diskutiert, spricht Verwarnungen aus, notiert sich Namen. Gestikuliert wild mit den Armen, droht. Alle amüsieren sich und debattieren fröhlich mit ihr. Bieten ihr zu essen, zu trinken an. Sie sucht Blickkontakt zu mir, will, dass ich sie unterstütze. Kein Interesse. Sie kommt zurück. Steig ein, sagt sie, sie hat genug. Ich steige zu ihr in den Wagen, fahre aber nicht los. Was machst du andauernd mit deinem Handy, Deniz? Jovanna ist genervt. Ihr fehlt ein Erfolgserlebnis. Ob ich wieder wette, will sie wissen. Geht sie nichts an. Worauf diesmal, Deniz, Hunderennen? Ich antworte nicht, muss mich konzentrieren. Sie gibt keine Ruhe. Niemand ist so blöd und verschwendet das bisschen Kohle, das er hat, an Hunde, erklärt sie mir. Du verlierst eh wieder. Nein, diesmal gewinne ich. Sie lacht mich aus. Ja klar. Ich muss gewinnen. Wir brauchen das Geld. Der Funk meldet sich. In der Brachvogelstraße fliegen Blumentöpfe aus einem Fenster auf den Bürgersteig. Wir übernehmen, gibt Frau Coric durch. Ich soll endlich losfahren. Von mir aus. Siehst du die Ampel da vorn, Jovanna? In acht Sekunden wird sie grün. Sie glaubt, in sechs. Ich setze zwanzig Euro. Bei zehn geht sie mit. Dann eben nur zehn. Die Uhr tickt. Wir zählen zusammen die Sekunden mit. Bei sechs springt die Ampel auf Grün. Jovanna johlt, schlägt sich vor Freude auf die Schenkel. Lanet olsun, amına kodumun şansı! Sie will, dass ich still bin. Red Deutsch, Deniz, sagt sie. Wir kommen in die Brachvogel. Vier Blumentöpfe sind auf dem Bürgersteig zerschellt. In der zweiten Etage steht ein Fenster offen. Eine Menge Stimmen sind von oben zu hören. Sind zu viele, meint Jovanna. Sie fordert Verstärkung an, will auf die Kollegen warten. Von mir aus soll sie warten. Ist eh nicht klar, ob welche kommen. Ist schließlich nichts passiert. Niemand wurde verletzt. Ich probiere ein paar Klingelknöpfe aus. In der Hofeinfahrt stehen ein Mann und eine Frau. Sie streiten sich, bemerken uns nicht. Wir waren uns über die Schutzzone einig, sagt der Mann. Das bedeutet, wir patrouillieren selbstverständlich auch in den S-Bahnen, also ist klar, dass wir da dann auch filmen, und das ins Video reinkommt. Die Frau schnaubt wütend. Hält ihn für einen Idioten. Niemand meldet sich über die Gegensprechanlage oder öffnet die Tür. Wenn wir in Junge-Nationalisten-Westen ohne Drehgenehmigung durch die S-Bahn marschieren, verstoßen wir gegen die Hausordnung, sagt die Frau. Ist dem Mann egal. Sie soll sich nicht einpissen. Die Menschen sollen unsere Bürgerwehr schließlich ernst nehmen, sagt er, wir haben unsere eigenen Regeln, kapiert? Die Frau will etwas erwidern, hält inne. Jovanna hat sich zu mir bequemt. Die Frau stupst den Mann an. Bullen, sagt sie, hinter dir. Unsere Blicke treffen sich. Jemand im Haus betätigt doch noch den Türöffner, ich höre das Summen. Gehe mit Jovanna rein. In der ersten Etage stürmen die Frau und der Mann aus der Hofeinfahrt an uns vorbei. He, nicht so hastig, beschwert sich Jovanna. Wir folgen den beiden. In der zweiten Etage ist der Mann schon in einer der Wohnungen verschwunden. Die Frau will gerade die Tür zuwerfen. Ich bringe einen Fuß dazwischen, hindere sie daran. Von innen kommen Stimmen. Müssen etliche Leute in der Wohnung sein. Ist wahrscheinlich die Einheit, in der eins der Fenster zur Straße offen steht. Wir wollen die Stadt für Deutsche wieder sicher machen, egal wie, alle Hilfsmittel sind erlaubt, sagt jemand im Flur. Ich frage die Frau, ob sie hier wohnt. Gucke aufs Namensschild. Hunke. Jovanna gibt es durch. Drinnen brüllt einer, alle sollen ruhig sein. Die Bullen sind da. Stimmt genau. Für einen Moment verstummen alle. Dann ertönt ein Chor. Wir sind die Volkspolizei!, brüllen sie voller Inbrunst. Alles für die Volksgemeinschaft! Die Frau fragt, was wir wollen. Ob es verboten ist, Gäste zu haben. Nein, ist es nicht. Jemand hat gemeldet, dass aus Ihrem Fenster Gegenstände auf den Gehweg geworfen werden, erkläre ich. Sie sieht mich an, es arbeitet in ihr. Jovanna ist noch am Funk. In der Wohnung intonieren sie einen neuen Chor. Still loving Germany! Die Frau entschuldigt sich, es tut ihr leid. Es war nur ein Blumentopf, behauptet sie. Ist ihr aus der Hand gerutscht, als sie übers Fensterbrett wischen wollte. Ja klar. Vielleicht war's auch ein Zielschießen. Unten sind welche langgelaufen, deren Gesichter denen hier oben nicht gepasst haben. Jovanna zerrt an meinem Ärmel. Drinnen lachen und grölen sie. Eine Anzeige wegen Ruhestörung liegt nicht vor. Wir können nicht in die Wohnung rein. Wieder ertönt der Chor. Wir sind die Volkspolizei! Müssen mindestens fünfzehn, zwanzig Leute in der Wohnung sein. Hat sich erledigt, meint Jovanna. Ich bin unschlüssig. Jovanna wird unruhig. Komm, sagt sie.

Die Frau in der Tür grinst überheblich. Still loving Germany! Ist nicht erledigt, unser Einsatz, finde ich. Deniz! Jovanna meint es ernst, will weg. Na dann. Nehmen Sie sich vor offenen Fenstern in Acht, höre ich mich sagen. Ob das eine Drohung sein soll, fragt Frau Hunke. Wer weiß. Möglich wär's. Sie wirft die Tür zu. Jovanna rennt die Treppe runter. Als wären wir auf der Flucht. Ich verstehe nicht, was das soll. Das waren Lutz und Ilka Hunke, sagt Jovanna. Zwei hohe Tiere der Nationaldemokratischen Partei Deutschlands. Aha. Die geben einen Sektempfang für Nazi-Schläger, und alles ist gut, oder was? Ist nicht unsere Baustelle, meint Frau Coric. Sehe ich anders. Ist Jovanna egal. Sie will nur weg. Die schicken einen Zug der Einsatzhundertschaft, wir sind hier fertig, sagt Frau Coric. Als wäre sie die Streifenführerin. Wir stehen noch vor dem Haus. Das Fenster wurde geschlossen. Durch die Haustür hören wir Lärm aus dem Treppenhaus. Sind viele Stiefel auf den Stufen unterwegs. Sie stürmen raus. Ich reagiere zu spät. Sind vier Typen und drei Frauen. Wir sind zu zweit. Vielleicht bin ich allein. Ich sehe Baseballschläger, Schlagringe. In den Fenstern ringsum gehen die Lichter aus. Niemand sieht was. Niemand hört was. Niemand sagt was. Muss ein Irrtum sein. Ich kann Jovanna hören. Ihre Stimme bebt. Verpisst euch! Verpisst euch, oder ich hau euch kaputt! Hört ihr nicht! Ich hau euch kaputt, wenn ihr nicht abhaut! Dann könnt ihre eure braune Suppe durch 'nen Strohhalm ziehen! Frau Coric ist außer sich. Keine Ahnung, wo sie das auf einmal hernimmt, aber ich bin der Einzige, der von ihr beeindruckt ist. Die sieben Fratzen grinsen uns an, formieren sich, rücken auf uns zu. Ich ziehe meine Waffe, interessiert sie nicht. Ich bin zu langsam. Einer schlägt sie mir mit seinem Baseballschläger aus der Hand. Als wäre ich der letzte Vollidiot. Ich schlage mit der anderen Hand zurück, lande mit meiner Faust in seinem Gesicht. Eine tritt nach mir, sie hat Stahlkappen in ihren Stiefelspitzen. Einer kommt von hinten. Der Zug der Einsatzhundertschaft lässt auf sich warten. Jovanna ist weg. Sie sagt nichts mehr. Die Straße ist wie leergefegt. Alle verstecken sich, gaffen. Ich liege am Boden. Im Lichtkegel einer Straßenlaterne. Sie treten zu. Ich komme weder an meinen Schlagstock noch an das Pfefferspray. Ich sehe meine Dienstwaffe, sie ist unter einem Auto gelandet. Ich komme nicht an sie heran. Ich sehe Jovanna nicht, höre sie nicht. Versuche, meinen Kopf zu schützen. Versuche, wieder auf die Beine zu kommen. Meine Wut ist größer als der Schmerz, viel größer als die Angst. Wieder bin ich zu langsam. Einer stürzt sich auf mich. Landet auf mir, zückt ein Messer. Ich bekomme seinen Arm zu fassen. Ich spüre eine Stiefelsohle auf meiner Schulter. Erwarte, Knochen brechen zu hören. Der Schmerz betäubt mich. Der mit dem Messer bekommt seinen Arm frei. Ich höre ihn lachen. Er sticht zu. Ich höre einen Schrei. Ich starre auf die Messerklinge. Etwas stimmt nicht. Die Spitze ist beschädigt. Es klebt kein Blut daran. Ich kann mich nicht rühren. Er setzt die Klinge an meinen Hals. Spuckt mir ins Gesicht. Ein Schuss fällt. Ich sehe Jovanna, bilde ich mir ein, sie rührt sich nicht. Meine Kräfte schwinden. Ich höre einen Schuss. Sirenen nähern sich. Einer brüllt: Abzug! Ich kann mich nicht rühren. Alles ist taub. Eine Stahlkappe trifft mich an der Schläfe. Ich versinke in einem Meer, vielleicht ist es auch ein Fluss. Das Wasser ist schwarz. Sie kommen und holen mich. Wollen mich zum Hades bringen, den kenne ich aus der Schule. Ich treibe auf dem Fluss der Toten, erinnere mich nicht. Bin ich schon tot, oder sterbe ich noch? Nichts ist klar, dafür ist es viel zu dunkel. Es gibt nur diesen Sog. Macht keinen Sinn, sich zu widersetzen, er ist zu stark. Hades zieht mich zu sich, erwartet mich. Ich bin schon unterwegs zu ihm. Das gefällt mir nicht, dass es ihn wirklich gibt. Ich versuche doch, mich festzuhalten. Ich kann das Ufer erreichen, muss es nur wollen. Ich möchte unbedingt ans Ufer zurück, vielleicht bist du da. Der Sog ist stärker als ich. Es tut mir leid, ehrlich. Ich hab's probiert. Hades spielt kein Spiel, auch nicht mit mir. Ein Leben lang bewohne ich diese scheiß Welt, versuche sie jeden Tag, jede Nacht zu retten.

Einmal bin ich zu langsam. Vielleicht, weil ich allein bin. Das war es also. Ich komme in die Unterwelt. Rette ich eben die. Ich hätte mich gern von dir verabschiedet. Dich noch einmal geküsst. Berührt. Du tanzt mit mir. Selda singt. Baba? Ich kann das spüren, wie es vorbeigeht. Wie der, der ich mal war, aus mir herausgesogen wird. Jetzt weiß ich nicht, wohin mit mir, Baba. Mit diesem Rest von mir, der von sich sagen kann, das war mal ich. Dieses schwarze Etwas lacht nur, reißt mich mit, weil es sich einen Scheißdreck für uns interessiert.

Ich stehe bei Deniz vor der Tür, habe geklingelt, aber niemand öffnet. In der Hofeinfahrt sind sie noch wach, bereiten sich über Gaskochern ihr Essen zu, sitzen auf Korbstühlen vor einer Vitrine, sie erinnert mich an Mamas, die mal mir gehört hat. Moos breitet sich aus, wandert die Fassaden hoch. Ich gehe auf die andere Straßenseite, sehe Licht in der Wohnung. Ich rufe an, keiner geht ran, auch Markus nicht. Ich werde unruhig, spüre das Kribbeln im Gesicht, gehe zum Spätkauf von Laleh und Kerem. Ein paar haben Halogenstrahler aufgestellt, sie bauen ihren PKW zu einem Caravan um, immer mehr machen das. Andere verlassen die Stadt, Umzugstransporter blockieren die Straßen. Kerem ist im Spätkauf, er hat Markus heute Abend nicht gesehen. Ich frage nach dem Schlüssel, Kerem hat einen für den Notfall, ich fürchte, es ist einer. Kerem stimmt mir zu. Ich gehe zurück zur Tabor, ein Rudel Hunde kommt mir entgegen, Füchse sind unter ihnen, sie haben sich zusammengetan. Ich schließe die Haustür auf, gehe die Treppen hoch, oben klingele ich wieder, klopfe an der Tür, ich rufe, bin sicher, Markus ist zu Hause. Ich bin es, Vanessa! Niemand reagiert. Ich spreche mit der Tür, erzähle ihr, dass ich den Schlüssel von Kerem geholt habe, dass ich jetzt reinkomme. Im Flur ist es dunkel, im großen Zimmer mit der Küche brennt nur die Lampe über dem Herd. Die Tür zu Markus' Zimmer steht offen, Mondlicht streut durchs Fenster. Ich dachte, den Mond hätten wir verloren. Meister Parkinson sitzt in seinem Aufstehsessel. Ich schalte die Nachttischlampe an, er kneift die Augen zu. Auf seinem Kopf sitzt ein Eishockeyhelm, an den Ellenbogen, den Handgelenken, den Knien sind Protektoren befestigt. Wo ist Deniz?, fragt Baba Markus. Ich weiß es auch nicht. Ich soll ihn anrufen. Das probiere ich schon die ganze Zeit. Bestimmt hat er Dienst. Er meldet sich sonst immer, wenn es später wird, sagt Markus. Ich weiß. Markus hat Tränen in den Augen. Das wird Selda nicht gefallen, dass der Junge jetzt noch auf der Straße ist, flüstert er. Auf der Sitzfläche des Sessels ist ein dunkler Fleck. Die Windel hat nicht dicht gehalten. Vielleicht ziehen wir dich erst mal um, schlage ich vor. Ich soll Deniz anrufen. Ich probiere es wieder, wieder meldet sich nur die Mailbox. Du musst aus dem Nassen raus, Markus. Er hört mich nicht. Ich soll es bei der Wache versuchen. Ich bin sicher, Deniz hat einen Einsatz, meldet sich, sobald der vorbei ist. Vielleicht ist er schon unterwegs. Markus weint. Es rauscht in meinem Kopf. Ich suche die Nummer von Deniz' Dienststelle heraus. Markus hält mich zurück, er will doch nicht, dass ich dort anrufe. Deniz soll nicht denken, dass er sich Sorgen macht. Ist gut. Ich setze mich zu ihm. Deniz kommt bestimmt gleich, sagt er. Ja. Ich möchte Markus von den Protektoren befreien, berühre ihn, ganz vorsichtig. Er zuckt zusammen. Fass mich nicht an!, schreit Meister Parkinson. Es tut mir leid, ich wollte nur … Mir stockt der Atem. Hau ab!, brüllt er. Verschwinde! Ist gut. Es tut mir leid. Deniz kommt bestimmt gleich. Ich sehe die Tränen in seinem Gesicht, es werden immer mehr. Ich lösche das Licht, wische mir über die Augen, meine Knie zittern. Ich laufe die Treppe hinunter, bringe den Schlüssel zurück zu Kerem. Ob alles in Ordnung ist. Ja. Ich suche mein Cabrio. Vielleicht ist es noch da. Ich finde es, es ist unversehrt. Ich setze mich hinein, schließe die Augen, versuche zu atmen. Die Nacht rauscht an mir vorüber, der SL fährt von alleine, wir finden den Ausgang nicht. Mein Handy klingelt, ich öffne die Augen, Deniz' Name erscheint auf dem Display. Ich halte an. Ich höre seine Stimme. Wo bist du?, fragt er. Ich weiß es nicht. Unterwegs. Ob wir uns sehen können. Ja. Er ist noch mit Kollegen etwas trinken, am Mehringdamm, in der Destille. Ob ich kommen kann, sofort. Ja. Vielleicht gelingt es mir, mir das zu merken, Mehringdamm, Destille. Markus ist in Sorge. Ich habe ihn erreicht, sagt Deniz. Ich rase auf eine Ampel zu, sie springt von Grün auf Gelb. Ich beschleunige, mir bleibt keine Wahl. Ich sehe das rote Leuchten, schließe die Augen, ich sehe ihn, mehr brauche ich nicht. Er steht alleine draußen, seine Kollegen sind noch drinnen, sie feiern. Deniz' linkes Auge ist zugeschwollen, die Haut darum herum verfärbt sich, seinen rechten Arm hält er geschient in einer Schlinge. Die Schulter hat es auch erwischt, sagt er. Ich umarme ihn, tue ihm weh. Sie wollten ihn nicht gehen lassen, aber im Krankenhaus werde ich verrückt, sagt er. Er küsst mich zaghaft, fürchtet den Schmerz. Ob ich bei ihm bleibe. Er kann mich nicht festhalten. Natürlich bleibe ich, sonst wäre ich nicht gekommen. Er sieht mich mit einem Auge an, wer weiß, was er sieht. Wir feiern, sagt er. Er möchte gehen, seine Kollegin ist die Heldin, auf sie trinken alle. Sie hat Deniz das Leben gerettet. Erst war es nur seine Schutzweste, der Stichschutzeinsatz aus Keramik, den trägt er immer schon zusätzlich, heute hat es sich bezahlt gemacht. Aber sein Hals blieb ungeschützt. Jovanna konnte nicht zulassen, dass sie ihn verliert. Sie hat ihre Dienstwaffe genutzt, zum allerersten Mal, deshalb ist er noch am Leben. Der andere, der mit dem Messer, nicht. Alles um uns herum bewegt sich in Zeitlupe. Wir hören den Lärm von drinnen, draußen tanzen Lichter, die Kuriere streifen durch die Nacht. Deniz lächelt, diesem Lächeln halte ich nicht stand. Willst du es mir jetzt erzählen?, fragt er. Nicht wirklich, nein, aber ich muss.

Na dann.

Meinst du, du hältst das aus?

Du hast noch immer keine Ahnung, wie ernst mir das mit dir ist, oder?

Ich schätze, das finde ich jetzt heraus.

8

Ich höre ihr zu, bis zum Schluss. Manchmal reicht ein Augenblick, um etwas zu beenden, auch wenn's für immer schien. Guck einfach keinem in die Augen, denke ich. Ich weiß nicht, was ich sagen kann. Ich will's nicht hören. Es ist vorbei, sagt sie. Ja. Klar. Sie hat es hinter sich gelassen. Ist egal, was war. Manchmal ist etwas für immer, dachte ich. Bis zum Ende wenigstens. Ich denke an Selda. An Baba. Einer geht. Einer bleibt. Nichts ist für immer. Ich könnte vergessen, was sie getan hat. Wer weiß. Ich sehe sie an, berühre sie. So wie sie, hat mich noch nie jemand berührt. Liegt nur an mir, ob das mit uns weitergeht. Ja. Klar. Was weiß ich. Ich liebe dich so sehr, dass ich nicht sagen kann, warum. Da ist nur das Gefühl, das alles überschwemmt. Das ist so groß, dass ich darin verschwinde. Ich kann nur an einem Ort überleben, wo du alles bist, und das bist du. Ich will an keinem anderen Ort sein, nur bei dir, in dir, mit dir. Dachte ich. Keine Ahnung, ob das jetzt noch geht. Sag's mir, Vanessa. Du weißt es auch nicht. Klar. Ist meine Entscheidung. Also gut. Geh. Ich will, dass du gehst. Ruf mich nicht an. Nie mehr. Du gehst, und ich bleibe. Wird eh schon hell. Auch ohne dich.

Der Himmel färbt sich blau, ein gelbes Wolkenband zerteilt ihn, das şekerli kahve hat geöffnet, ich gehe hinein, einer ist schon vor mir drin. Ayşe kommt aus der Backstube, sie freut sich, mich zu sehen, fragt mich, was ich möchte. Er war vor mir da, er ist so groß, so alt wie ich, er hat ein T-Shirt an, es war mal weiß, jetzt hat es einen

Grauschleier. Seine Shorts sind bunt, die Flipflops ausgelatscht. Ich lasse dich gerne vor, sagt er. Nicht nötig. Ich bitte Ayşe, ihm einen Latte Macchiato mit richtiger Milch zuzubereiten. Er grinst. Ob er frühstücken möchte, fragt Ayşe ihn. Das glaube ich nicht, sage ich. Ayşe sieht mich verwundert an. Wenn er frühstückt, bekommt er gleich wieder Hunger, deswegen frühstückt er so gut wie nie. Er lacht. Woher weißt du?, fragt er. War nur geraten. Er findet, ich sehe traurig aus. Ja, kann sein. Ayşe will mir einen Espresso Doppio machen. Zum Mitnehmen, sagt er, seinen Latte möchte er auch zum Mitnehmen. Ob ich einen Namen habe. Ja, habe ich, und du? Er heißt Nelson. Ich heiße Vanessa. Nelson bezahlt für uns beide. Bis bald, sagt Ayşe. Vor der Tür weiche ich mit Nelson einer Kehrmaschine aus. Na dann, sagt Nelson, ich stehe da. Er zeigt auf ein schwarzes Wohnmobil, auf beiden Seiten flammt ein silberner Blitz auf. Er ist auf dem Sprung, möchte zum Atlantik, Wellen reiten. Ob ich das schon mal gemacht habe. Nein, aber ich lerne schnell. Nelson lacht. Es ist ein schönes Lachen. Ich wohne gerade nirgends, sage ich. Nelson hat nichts gegen Mitbewohner. Ich schließe das Dach meines Cabrios, verriegele die Türen, gehe zurück ins şekerli kahve. Ich vertraue Ayşe die Schlüssel und die Fahrzeugpapiere an. Ayşe soll sie Deniz geben, es ist ein Geschenk, zum Abschied. Ayşe sieht mich an, versteht, ich halte ihrem Blick nicht stand, sie nimmt mich in die Arme, drückt mich ganz fest. Ich lasse endlich los. Nelson wartet. Ich steige zu ihm in sein Haus. Er fragt nach meinem Gepäck. Wenn ich etwas brauche, besorge ich es mir unterwegs. Nelson lacht, sucht nach Musik. Ich soll mir keine Gedanken machen. Ich kann so lange bei ihm wohnen, wie ich möchte. Das ist gut. Nelson startet den Motor, drückt auf Play, dreht die Musik laut, der Tank ist voll. Ich schließe die Augen. Nelson muss bremsen, der Gurt hält mich. Was soll das!, was will der!, flucht Nelson. Er versteht nicht. Deniz steht in seiner Polizeiuniform mitten auf der Straße, versperrt uns den Weg. Kommt auf uns zu, öffnet die Fahrertür. Er trägt den verletzten

Arm noch in der Schlinge. Deniz will Nelsons Papiere sehen. Nelson besitzt keine, die gültig wären. Nur die Fahrzeugpapiere halten Deniz' Überprüfung stand. Deniz steckt sie ein. Er zerrt Nelson aus dem Wagen, nimmt seinen Platz ein. Alles in Ordnung?, fragt er. Ja. Ob ich verletzt bin. Nein. Ich hab's mir anders überlegt, sagt er. Ich werde geflutet, überwältigt. Du musst schalten, Vanessa. Ja. Mein Freund hat keinen rechten Arm. Wir wenden. Deniz sieht mich an. Ich sehe ihn an. Er lächelt. Ich falle.

Was dagegen, wenn wir Baba mitnehmen?

Nein, im Gegenteil.